大唐雙龍傳

【修訂版】

黃易 作品集

卷十五

【目錄】

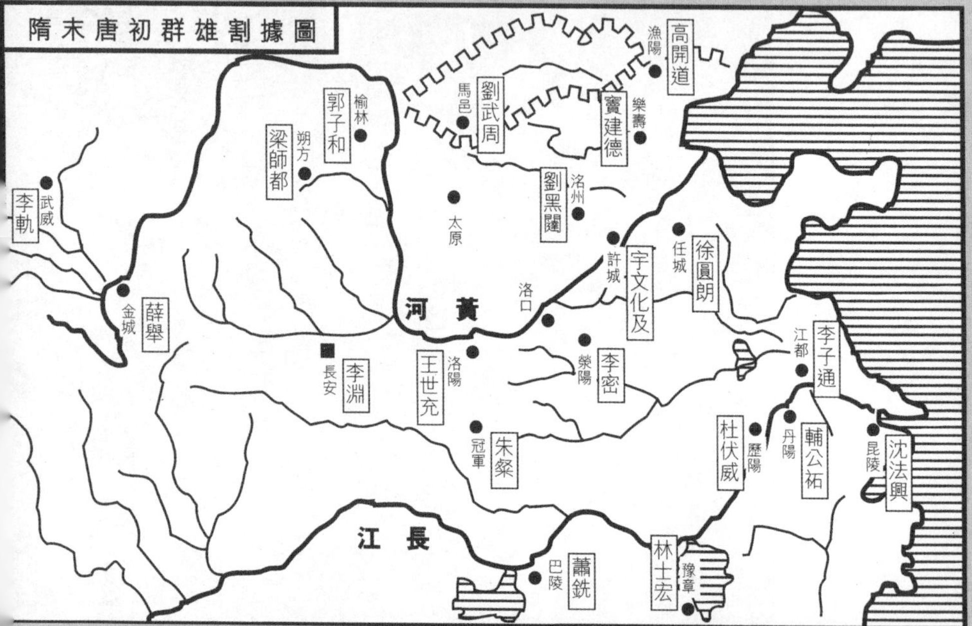
高開道
漁陽
劉武周
馬邑
竇建德
樂壽
郭子和
榆林
梁師都
朔方
李軌
武威
劉黑闥
洺州
太原
宇文化及
許城
徐圓朗
任城
黃河
洛口
薛舉
金城
李淵
長安
王世充
洛陽
李密
滎陽
李子通
江都
朱粲
冠軍
杜伏威
歷陽
輔公祏
丹陽
沈法興
昆陵
長江
蕭銑
巴陵
林士宏
豫章

隋末唐初群雄割據圖

第一章

眞相大白

作品集

第一章　真相大白

人影一閃，拜紫亭在伏難陀倒伏街頭前，將屍身擁個結實，老淚縱橫的痛哭道：「國師三年前曾占到自己會在渤海立國前遭逢死劫，想不到眞的一占成讖。國師並沒有死去，你永遠活在我們心中。粟末族定不會辜負國師的期望。」

寇仲三人聽得面面相覷，這分明是拜紫亭見勢不妙人急智生作出來振奮手下的謊言，一切推往老天爺身上。老天爺要他死，伏難陀自是在劫難逃；同樣老天爺要粟末族勃興，天王老子都阻不住。難得是他說得情辭懇切，表情十足。

寇仲倏地踉蹌兩步，張口噴出一蓬鮮血，顯示他爲殺死伏難陀，非是沒有付出代價。城頭和大街兩端擠滿龍泉城千百計的將領軍民，但仍是靜至落針可聞，沒有人能接受他們視爲天人的伏難陀橫死街頭的殘酷現實。氣氛沉重至極點。跋鋒寒打出手勢，著寇仲移到他們處，危險的形勢一觸即發，再不受他們的控制，若龍泉城狂怒拚死的軍民一擁而上，可將他們搗成肉漿，甚麼武功都不管用。寇仲卻是不敢輕舉妄動，止步立穩，指頭都不敢稍移。

拜紫亭將伏難陀攔腰抱起，狂喝道：「龍泉必勝！渤海必勝！」

龍泉軍民轟然喝應，吶喊聲直沖上龍泉城上空。

拜紫亭瞪圓如銅鈴的目光往寇仲射去，厲喝道：「我們就以他們三人的鮮血，祭祀國師在天之靈。」

四週喊殺聲震盪回響，傳遍整條朱雀大道，有武器和沒有武器的兵將平民，均狀如瘋子的四下圍攏殺將過來。寇仲等早猜到他有此一著，若非如此如何能宣洩龍泉軍民的悲憤和怨恨，再沒時間和拜紫亭計較他的無恥和不守信諾。

跋鋒寒向寇仲大喝道：「入店！」邊說邊和徐子陵往適才與拜紫亭等人談判的食店退進去。

箭矢密集射至，寇仲縱身避過，在宗湘花、宮奇等將領趕到攔截前的一刻，朝食館大門掠去。宮奇的馬刀，宗湘花的劍，緊追而至，燃燒著恨火的人潮水般湧過來，群情洶湧，此時即使拜紫亭改變主意，亦無法阻止。喊殺聲把一切淹沒，嘈吵至令人聽不到聲音的境地。兩張大圓枱從店內旋轉飛出，剛好留下一個空隙，可容寇仲穿過。寇仲狂喊一聲，換氣加速，險險避過一根從左側投來的長矛，迅疾投進店內去。跋鋒寒和徐子陵正不斷把桌子擲得旋轉往外，阻止擁殺進來的敵人。否則如被困住，必死無疑。

寇仲擲出最後一張桌面，硬把十多人撞得東仆西滾，狂喝道：「從後街走！」

不待他吩咐，跋鋒寒和徐子陵早緊貼他背後，衝過後門。就是那瞬間，食店內滿是想擇人而噬發瘋般的龍泉軍民，把一切能搗毀的東西粉碎。

三人竄房越屋，直到撲伏於一座樓房瓦背處，發覺與東城牆只是一街之隔，城牆上雖有守衛，但若他們突然發難，肯定可輕易踰牆離城。城南門那邊喧吵震天，且逐漸擴散往全城，但相對下目前處身的地方仍算寧靜，街上幾乎不見行人。

寇仲縮回探看城牆方向動靜的大頭，嘆道：「我們絕不能這麼拍拍手便離開，離開後可能沒有辦法回來。」

側臥瓦脊向著他的徐子陵點頭同意道：「沒有宋二哥、朮文和他的兄弟以及我們兩匹馬兒，我們不可以離去。」

寇仲苦惱的道：「爲甚麼會發展成這樣子，我是否殺錯伏難陀？拜紫亭難道不著緊被我們劫去的守城必需品嗎？」

躺在另一邊的跋鋒寒冷然道：「你並沒有做錯，因爲拜紫亭請我們三個入城，早有預謀不讓我們活著離開。拜紫亭此人不但精通兵法，更是個好戰的狂徒，不能以常理測度。」

徐子陵同意道：「我們之所以一再吃虧，正因我們是正常的人，他是瘋子。」

寇仲深吸一口氣，正要說話，風聲驟響，一人從下方橫巷翻上瓦面來，三人大吃一驚，看清楚竟是「霸王」杜興，都不知該繼續緊張還是放心。

杜興喝道：「他奶奶的熊，想要命的跟我來！」

寇仲向兩人打個「且跟去看看」的眼色，領頭追在杜興背後，徐子陵和跋鋒寒心忖目前可算走投無路，亦抱著瞧杜興耍甚麼花樣的心情，隨之而去。

杜興把他著名的長柄「霸王斧」解下放在桌面，向三人苦惱的笑道：「這把鬼東西又笨又重，我請人打造時只懂叫他落足料子，結果重達一百零八斤，揹在背上不知有多麼不便，平時還可著兒郎們做腳伕，像現在的情況只好自己當苦力，早知當初揀輕些的東西來練。」

三人雖視他爲敵，亦不由得爲之莞爾。

這是杜興在皇宮對面里坊內的另一巢穴，可見這位在山海關稱霸的黑道龍頭，在龍泉已生根。

「砰！」杜興一掌拍在桌上，口沫橫飛的道：「他奶奶的熊，伏難陀竟給少帥宰掉，恐怕發生此事前整個大草原沒人會想到。現在小龍泉和老拜的大批補給全落在你們手上，老拜是大勢已去，再難成事。」

寇仲道：「我們也有人和馬匹在他手上，杜霸王有甚麼好提議？」

杜興胸有成竹的微笑道：「只要你們向拜紫亭說出『大祚榮』三字眞咒，保證拜紫亭要乖乖屈服。」

跋鋒寒皺眉道：「大祚榮是甚麼東西？」

杜興哈哈笑道：「他奶奶的熊！大祚榮是甚麼東西？大祚榮並非東西，而是拜紫亭足五歲的愛子，他粟末族長的繼承人，是拜紫亭的心肝命蒂，是拜紫亭最寵愛的妃子爲他生的，且其愛妃因產子而死，令拜紫亭更視大祚榮如珠如寶。刻下大祚榮給安頓到臥龍別院，由他的心腹武士保護，縱使龍泉失陷，大祚榮亦可安全離開，將來爲拜紫亭報仇。而這才是拜紫亭的要害，只要讓拜紫亭生出兒子再不安全的危機感，三位大哥可把老拜玩弄於股掌之上。」

寇仲動容道：「我立即去找拜紫亭。」

杜興得意笑道：「少帥稍安毋躁，我已使人傳書老拜，封函上只寫『隱龍別院大祚榮少帥敬奉』寥寥數字，足可制得老拜不敢輕舉妄動，就當是我杜興送各位的一份小禮。」

三人聽得面面相覷，杜興爲何忽然變得這麼合作幫忙？

徐子陵不解道：「這究竟是怎麼一回事？」

杜興冷哼道：「兄弟可以成仇敵，仇敵自亦可變爲朋友兄弟，出來江湖混當然要看形勢變化。勿要怪我坦白言來，他奶奶的，你們大小姐以後想做關外線的生意，仍要看我杜興的臉色，荊抗算是老幾，若非高開道看著他，老子早把他煎皮拆骨。告訴我，大小姐是否打算做完這筆羊皮生意後金盆洗手，躲在家中帶孩子？」

跋鋒寒啞然失笑道：「我開始有點喜歡你哩！因爲你的確很有趣。」

杜興拍胸道：「這是你們掙回來的，人總有不同的一面，對朋友我杜興兩脇插刀甘之如飴；對敵人我比任何人更狠辣無情。非如此如何生存？不過我不來和你計較，你也勿要和我計較，是敵是友全由你們決定。」

寇仲苦笑道：「我們可否先弄清楚些事情？」

杜興道：「這個當然，不如此老子反會懷疑你們沒有做兄弟的誠意。」

寇仲道：「你爲何在與我們和可達志說話後，立即去告知許開山此事。」

杜興微一錯愕，罵道：「你奶奶的熊，竟敢找人跟我。他娘的！我愛做甚麼是我的事，許開山敢騙我，我當然要當面去操他十八代的祖宗。他奶奶的，分明是大明尊教的妖孽，卻推個一乾二淨，以後許開山再不是我的兄弟！你們聽清楚了嗎？許開山再不是我『霸王』杜興的兄弟，就算他給人五馬分屍，也不關我的屁事。」說時額上青筋暴現，銅鈴大眼似像噴出火燄，神情激動，使人感到他的恨火發自眞心，非是裝出來的。

寇仲等呆看著他，一時說不出話來。

杜興急喘幾口氣，平復少許時嘆道：「你們來龍泉只是幾天的事，當然不能在短時間內弄清楚眞正的情況，但我卻是參與者之一，知道很多你們不曉得的事。」

三人開始感到杜興確有和解的誠意，關鍵處仍是個人的利益，因爲正如他所說的拜紫亭大勢已去，杜興必須爲自己作打算。

跋鋒寒訝道：「你不是半個突厥人嗎？爲何會助拜紫亭跟頡利、突利作對？」

杜興冷笑道：「但我也是半個契丹人，頡利一直想找人來取代我，作他入侵中原的踏腳石。細節我不想說出來，你們知道這麼多該已足夠。而拜紫亭只要能牽制頡利亦足夠，那時沿海的生意，盡是我杜興囊中之物。你們可知有過萬兒郎跟著我混飯吃，我不爲自己著想也要爲他們著想。」

徐子陵道：「有甚麼事我們是不曉得的呢？」

杜興露出一絲詭異的笑容，道：「你們可知託我尋找其芳蹤的美艷是誰的女兒？」

三人爲之錯愕。

杜興拍桌笑道：「哈！眞好笑！像馬吉那樣的大肥豬，竟生出個如此嬌滴滴的女兒來。」

三人失聲道：「甚麼？」

杜興意興飛揚的大笑道：「有甚麼不甚麼的？美艷就是馬吉的女兒，伏難陀的小情人，由伏難陀在床上親身授她天竺愛經。甚麼波斯大明尊教拉摩的傳人只是一派胡言，只有笨蛋相信。拉摩非是沒有傳人，但聽說早給回紇的大明尊教追殺滅族，被迫逃往中原去，明白嗎？」

三人你眼望我眼，均感難以接受。

杜興嘆道：「你們可知殺掉伏難陀，事實上是幫了拜紫亭一個大忙。」

三人愈聽愈糊塗，深感憑表面情況的猜想，與事實確大有出入。不過只看騙子管平既爲拜紫亭辦事，本身又是美艷的人，可看出美艷很有問題。只是被她美麗的外表蠱惑，沒作深思。

杜興一不做二不休的道：「事情要從五年前伏難陀西來傳法開始，那時拜紫亭仍安安份份做他的粟末族大酋，年年忍受頡利對他的苛索，到伏難陀爲他占得著名的立國卦，才把他的命運，也是粟末全族的命運改變。」

跋鋒寒搖頭哂道：「拜紫亭精明一世，竟沒想過此乃神棍的騙人手法，竟那麼把整族人的生命財產押上去。」

杜興不耐煩的道：「你先聽我說，伏難陀的手段當然不止如此，占得此立國卦不久，契丹阿保甲傳來保管多年的五采石失竊的消息，此事更增拜紫亭的信心，認爲是應卦之象。又兼突利和頡利在很多事情上發生磨擦，而頡利重用趙德言，苛索無度，更使一向靠攏頡利的人萌生離心，在此種種情況下，拜紫亭遂大興土木建設龍泉，擴軍備戰。他娘的，眞正有野心的人是伏難陀，拜紫亭只是他的扯線傀儡。照我們猜，縱使渤海成功立國，伏難陀亦會害死拜紫亭，再把大祚榮捧作傀儡皇帝，自己做太上皇，時機成熟後更取而代之。你看看街上的暴民，該知伏難陀在他們心中神聖不可侵犯的地位。」

寇仲問道：「拜紫亭何時發覺伏難陀對他的威脅？」

杜興沉吟道：「這個很難說，我猜是自從兩年多前伏難陀和高麗的蓋蘇文開始來往，他終生出警覺，所以暗中拉攏野心勃勃的大明尊教，以對抗伏難陀與日俱增的勢力。至於馬吉和伏難陀何時搭上，則該是伏難陀到龍泉前的事。但伏難陀和拜紫亭的關係惡化，則應是美艷將五采石託你們帶來龍泉促成的。你們應知若非五采石出現，頡利和突利未必能這麼快講和，龍泉也不用面臨狼軍壓境的厄運。」

寇仲不解道：「這樣做對伏難陀有甚麼好處？」

杜興沉聲道：「這是伏難陀策劃的一場豪賭，最理想是拜紫亭戰死，伏難陀代其領隊擊退狼軍，蓋蘇文則借勢取高麗王高建武之位而代之。至不濟伏難陀亦可與蓋蘇文瓜分拜紫亭多年斂聚的金銀珠寶，拍拍屁股各自回國。死的只是粟末族的人，他們不會少半根汗毛，如若成功，得益將是難以估計。」

三人終於明白爲何宰掉伏難陀竟是幫拜紫亭一個大忙，因爲伏難陀已變成粟末人心中的神，就像畢玄之於突厥，傅采林之於高麗，即使拜紫亭亦無法動他。他們更想起馬吉船上的三大箱黃金珍寶，大有可能是伏難陀的私產。

寇仲忍不住問最關鍵的問題，道：「狼盜究竟和你老哥有甚麼關係？」

杜興立即殺氣大盛，咬牙切齒的道：「我一向只知狼盜是拜紫亭的人，劫來的貨均交給馬吉處理，只要他不犯我，我杜興可睜隻眼閉隻眼，殺幾個漢人算甚麼鳥事。到安樂慘案發生，我才覺得事不尋常，而你們更揭破狼盜與大明尊教有關，我首次生出警覺。我操他奶奶的祖宗，當你們告訴我許開山是大明尊教的大尊或原子，我才醒悟到事情的眞相，包庇狼盜的不但有許開山，還有荊抗那殺千刀的老傢伙，安樂幫因發現荊抗和狼盜的關係，其幫主才會全家遭遇毒手，此事我絕不會猜錯。事實上我還很感激你們，否則我被人害死仍不知是怎麼一回事，死後也要做個糊塗鬼。」

眞相確是離奇曲折，若非三人曉得平遙商到山海關後是由荊抗招呼，令任俊無法阻止平遙商北來，肯定一時間不能接受杜興的說法。

四人八目交投。

寇仲吁出一口氣道：「假設狼盜眞與杜霸主沒有關係，以後我們就是朋友。」

杜興哈哈笑道：「我之所以和許開山成爲拜把兄弟，全是由拜紫亭從中穿針引線，我眞正的兄弟是呼延金，希望三位看在我臉上，在頡利和突利面前說幾句好話，勿要和他計較。」

三人恍然而悟，始明白呼延金昨晚忽然肯與他們講和的原因，正因受杜興的影響。

跋鋒寒道：「杜霸王那封代我們向拜紫亭發出的警告信，已打草驚蛇，拜紫亭是否會立即把他的兒子搬走？」

杜興道：「這是不可能的，蓋蘇文亦非善男信女，有大祚榮在手上，方不怕會被拜紫亭出賣。這是一個交易，拜紫亭只能空著急，不會輕舉妄動。更要不讓蓋蘇文曉得伏難陀被殺。」

寇仲長身而起道：「多謝杜霸主這一席有用的話，我已曉得該怎樣做啦！美艷是否亦在臥龍別院呢？」

杜興笑道：「我還有一個有用的消息告訴你，你們的兄弟菩薩來哩！」

三人換過衣衫，戴上面具，昂然穿街過巷，朝外賓館所在走去。街上混亂情況依然，一群又一群的暴兵亂民，目露凶光手提兵器的四處搜尋三人蹤影，反予他們方便，不用憂心會給守軍盤查，因爲敵人目標明顯，反疏忽他們。杜興更會依商定計劃找人扮作他們踰牆逃離龍泉，等敵人誤以爲他們不在城內，他們便可見機行事。

三人跟著一股人身後走過一段朱雀大街，轉入一處橫巷，跋鋒寒道：「你們怎樣看杜興？」

寇仲攤手道：「我聽不出任何破綻，因爲他的確曾與許開山大吵一場。我們辦妥事後，去找許開山算賬，還有烈瑕和韓朝安，不放過一個。哼！」

徐子陵望往對街的外賓館，那是平遙商落腳的地方，令人難知吉凶。最理想的是歐良材等已離城，最壞的情況是他們給囚禁到牢獄去。

跋鋒寒道：「現在我們別無選擇，只好把重注押在杜興身上，若他敢騙我們，我絕不放過他。」

寇仲道：「別看他滿口粗話，卻是個粗中有細極有分寸的人，更是識時務者，除非他不惜放棄千辛萬苦在山海關經營起來的事業，否則只好乖乖與我們合作，來個帶罪立功。哈！」

徐子陵凝望外賓館大門，道：「這回來的先頭部隊不是突厥狼軍，而是菩薩的回紇精兵，對拜紫亭會造成怎樣的心理影響呢？」

寇仲欣然道：「陵少想得非常周到，影響可分幾方面來說，首先是有關回紇本族的形勢，菩薩在突利的全力支持，頡利的首肯和他因赫連堡一戰如日中天的聲勢下，奪回他在本族失去的東西，故能領軍西來。此更代表大明尊教在回紇失勢，大幅削弱大明尊教對拜紫亭的影響力。」

跋鋒寒嘆道：「突利總算做對件好事。」

寇仲續分析道：「其次是頡利、突利讓菩薩打頭陣，擺明在對拜紫亭造勢施壓，顯示反對拜紫亭立國的並不限於突厥人，還有其他大草原的種族。若我是拜紫亭，今晚定不能成眠。」

徐子陵此時喝道：「看！」

兩人聞言往外賓館望去，只見管平閃閃縮縮的走出大門，左張右望。三人忙往後移，避開他鬼祟的目光。

寇仲喜道：「歐良材等定因城門關閉走不了哩！」

管平從大門閃出，往南門方向走去。

寇仲當機立斷道：「陵少和老跋去跟他，小弟入館探望老朋友。」

管平坐上藏在橋底的小艇，往龍泉城西南方划去。

徐子陵正要沿岸追躡，跋鋒寒牽他衣袖道：「橋底尚有另一艘小艇，走水道總好過走陸路，誰想得到我們尚有遊河的興致？」

兩人迅速登艇，徐子陵負責划槳催船，遠吊著前方若現若隱的管平。管平警覺甚高，不斷往岸上察看，又朝他們瞧來，顯是對他們生出懷疑，兩人心中叫糟。

跋鋒寒低聲道：「看來還是棄舟登岸追他穩妥點，雖然困難倍增，總好過明目張膽的隨他在河道上左兜右轉。」

徐子陵優閒的撥槳，微笑道：「我敢賭他是到大明尊教的巢穴小回院去，這正是我和寇仲那次到小回院的同一水道。」

管平此時左轉划進往北的水道，若依這方向，肯定不是到位於西南的小回院。

跋鋒寒早從兩人處聽過小回院，冷笑道：「好狡猾的傢伙，想試探我們哩！」接著皺眉道：「若杜興說的是事實，美艷該是伏難陀的人，理應與大明尊教處於對立，爲何美艷的手下會到小回院去？」

徐子陵沒有跟進管平的河道，逕自直朝西行，道：「此事確令人費解，不過杜興並非通天曉，美艷和大明尊教的眞正關係恐怕連他都不知道。烈瑕說過美艷曾是他的女人，我看他該不是說謊。而他對伏難陀的敵意亦是發自眞心。」

聖光寺的佛塔高聳前方，徐子陵觸景生情，不由得嘆息。

跋鋒寒訝道：「子陵有甚麼心事？」

徐子陵的心神馳越時空，回到與師妃暄相處那既動人又神銷魂斷的回憶裏。她現在芳蹤何處？是否正在返回雲深不知處的靜齋途上，對於將來，他再沒有任何企盼和希望，忽然又想起懷內尚秀芳託他送交石青璇的天竹簫。搖頭道：「沒甚麼！此處事了後，你是否隨我們一起回中土去？」

跋鋒寒默然片晌，漫不經意的道：「不！我還要去見一個人，遲些才到洛陽找寇仲。」

徐子陵一呆道：「芭黛兒？」

寇仲提高精神在賓館周圍巡視一遍，肯定沒有敵人監視，從後院翻牆入內，他還怕拜紫亭高明得在這裏藏有伏兵，逐間廳房的踩清楚形勢，到最後肯定十多名平遙商全集中在大廳，扯下面具，從後門入廳道：「各位別來無恙，小弟大感欣慰。」

歐良材、羅意等正坐對愁城，為自己未來命運擔憂，加上被街上暴亂的情況駭得三魂不齊，驟見寇仲出現，均是又驚又喜。原來他們今早依約等到正午，仍不見寇仲出現，心知不妙，慌忙離城，豈知所有城門均禁止出入，無奈下只好折返賓館。

寇仲道：「現在我們必須立即離開，否則拜紫亭早晚會記起你們，他現在方寸盡失，充滿戾氣，甚麼都不會放過。」

羅意嘆道：「少帥有高來高去的本領，說走便走，可是我們有甚麼辦法走呢？」

寇仲道：「我並非要你們和我打出城門去，而是將你們先移往安全地點。我在這裏有個非常有辦法的朋友，會看機會把你們送到安全所在。明天我們將可坐船回山海關，你們那筆欠賬亦有了著落。放心吧！我怎樣都會保住你們的。」

眾人大喜過望，忙拿起早準備妥當多時的簡單行裝。就在這要命時刻，「砰砰砰！」外院正門給人敲得震天響起，每一下都像轟雷般敲在寇仲和眾人的心臟要害處。其中三人雙腿一軟，駭得坐倒地上。羅意等亦是面無人色。

宮奇的喝聲傳進來道：「這處已給我重重包圍，立即給我滾出來。」

以寇仲的強悍和信心，也要冒出一身冷汗。他勢不能拋下他們獨自逃生，這一下如何是好？宮奇也算了得，竟曉得自己在這裏。

宮奇再喝道：「還不給我出來開門。」

寇仲心中大訝，若宮奇要對付自己，肯定會破門或翻牆衝進來攻自己一個措手不及，怎會叫他去開門。旋即醒悟過來，宮奇並非曉得他寇仲在此，而是要來拘禁羅意等人，靈機一觸，立時計上心頭。

夕陽斜照下，霧氣繚繞，河橋處處的龍泉上京縱使在大戰將臨的前夕，仍是那樣迷人。幻成金碧色的河水輕悄悄的流動，暮靄挾著溫泉河升起的水氣籠罩著小船四方隨著舟行而不斷改變的迷濛天地，雷雨後澄明的西邊天際凝聚著一抹絢爛的霞彩，和一塊塊隨意閒適舒捲的浮雲。

跋鋒寒淡淡道：「你可知為何我要和芭黛兒分手？」

徐子陵心中一陣感動，跋鋒寒是把自己視為知己，始會透露心底密藏的事和情緒。

跋鋒寒露出一個充滿無奈和苦澀的表情。目光投往河水，嘆道：「最大的問題是我們分屬兩個不同階層的人，自出生便注定如此，大家無論在生活習慣、思想方式和人生目標都大相逕庭。在開始時，仍可靠衝破一切禁忌的熱戀支持，那種由仇敵變作愛侶的刺激和忘情把一切淹沒。可是當我沒法將她變得肖似我自己，而她亦因我沒有爲她作絲毫改變而失望時，磨擦日漸增多，到最後終發展至難以忍受的地步。」

徐子陵雖不曉得他們之間實在發生的事，亦可想像到像芭黛兒這突厥貴族出身的貴女，被抱著報復心態的跋鋒寒俘擄身心那不平衡的心態，她背叛本身的階層投向跋鋒寒，肯定要承受龐大的壓力。

跋鋒寒苦笑道：「那個早上她是自己走的，她走時我只是詐睡，她也曉得我在詐睡，可是我並沒有留下她，這使她恨我入骨。過去的再不能挽回，我們更不可能重溫舊夢。這些年來我對男女之情日趨淡泊，無復昔日情懷，可是我心中對她仍存一份眞切的歉疚，一直以來我不願去想更不敢去想。在赫連堡的牆頭上，面對死亡的一刻，我忽然發覺橫亙心臆的惟此憾事，當時已決定若僥倖不死，會去見她一次，向她表達心中的懊悔。」

徐子陵皺眉道：「可是她要求的可非只是你的懺悔或道歉。」

小舟緩緩停在橋底，小回院出現在霞霧深處的左方遠處，若有舟船靠近院後的碼頭，定逃不過他們的監視。

跋鋒寒道：「她會的，沒有人比她更明白我，也沒有人比她更深愛我，只要她曉得自己是我跋鋒寒心中唯一的女人，到現在仍是如此，她大概會放我一馬。唉！我的娘！」

一艘小舟出現在小回院那邊水道迷濛處，緩緩駛至。

寇仲當機立斷，向羅意等人道：「不用怕！他們絕不敢傷害你們，我還會陪你們一起去坐牢。」說罷往大門方向奔去，順手把面具取出戴上，幸好剛才爲避人耳目，刀和弓均藏在外袍內，除非對方搜身，否則不虞被發現。希望逢此兵荒馬亂的時刻，對方會馬馬虎虎，不能保持平時的嚴謹作風。來到外院門和主堂的廣場，驀地想起一事，心中叫糟，正要另取面具換上。「砰！」門閂折斷，外院門硬被撞開。戴著醜神醫面具的寇仲裝作雙腳發軟，坐倒地上，改變聲音驚惶失措的嚷道：「大人饒命！大人饒命！」

宮奇凶神惡煞的在大批粟末兵簇擁下衝將進來，目露凶光的盯著地上的寇仲，冷喝道：「進去搜！不得漏掉半個。」如狼似虎的戰士潮水般從寇仲兩旁擁往大堂。宮奇在六、七名手下陪侍下來到寇仲跟前，狠狠盯著他道：「你叫甚麼名字。」他身旁一位像文官的手下從懷中掏出一份卷宗，張開查看。

寇仲心中叫苦，想不到對方做事如此周詳，竟來個核對身分，自己豈非要原形畢露，別無選擇下，硬著頭皮道：「小人管平！大人饒命！」一邊盤算如何以最凌厲的手法，一舉將這混蛋置於死地。

那文官兒點頭道：「名單上有這名字。」

宮奇卻是凶光更盛，手按刀柄，冷冷瞧著寇仲道：「我好像在甚麼地方見過你。」

寇仲整個人輕鬆下來，至少這批人包括宮奇在內，並不曉得管平是美艷的人，又爲拜紫亭辦事。可知龍泉正亂成一團，做起事來效率大不如前。顫聲道：「小人卻是第一回見大人，不知是否在街上碰過面呢？」

宮奇顯是想起那次在對街見過他的事，反釋去疑慮，再不看他，目光投往大堂去，一名手下衝出來報告道：「只有十六個，尚差一人。」

宮奇冷冷指著寇仲道：「有否將這沒膽的傢伙計算在內？」

那手下驚愕失神下惶恐道：「將軍大人恕罪，是小人疏忽。」

寇仲心中暗喜，伏難陀之死、小龍泉失陷和菩薩的先頭部隊壓境，肯定動搖龍泉軍心，使上上下下失去方寸，故鬧出這種笑話，自然大大方便自己行事。

宮奇大怒道：「蠢才！立即將犯人全給我押回宮去收監。」

兩人用神看去，均為之愕然。小艇上的並非管平，而是大明尊教五明子之首的烈瑕。徐子陵運功硬把艇子移後，免給對方瞥見。烈瑕泊舟碼頭，離船登岸。兩人又待片刻，仍不見管平的小舟出現。

跋鋒寒嘆道：「杜興沒有說謊，管平根本不是到小回院來，我們可能錯失一個尋到美艷的機會。不過知道她仍在城內這區域，可大大縮小找尋她的範圍。」

徐子陵道：「我們應否回去與寇仲會合？」

跋鋒寒搖頭道：「這叫既來之則安之，也是將錯就錯。烈瑕這小子昨晚既想要你的命，我們怎能容他安安逸逸的活下去。」

徐子陵皺眉道：「但我們並不清楚院內虛實，而且事情鬧大對我們沒有好處。」

跋鋒寒目光投往小回院後方隱約可見亮起燈火的南城牆，微笑道：「這處要打要逃都很方便，且事情鬧得愈大愈好，最妙是全城的兵士都往這處擁來。不過照我看大明尊教絕不會驚動拜紫亭，因為他們仍不願我們曉得他們和拜紫亭的關係，何況與我們尚未撕破臉皮。」

徐子陵想起段玉成，心中暗嘆，跋鋒寒作風強橫，一個不好就動刀動劍，盡最後的努力道：「假若許開山在裏面，恐怕我們難以脫身。」

跋鋒寒訝道：「子陵怎會害怕任何人，是否另有原因？」

徐子陵苦笑著把段玉成的事交代出來。

跋鋒寒啞然失笑道：「殺少個有甚麼問題，去吧！」

小舟駛出橋底，往小回院後院外的碼頭滑過去。

跋鋒寒把面具扯下，笑道：「每次我戴上面具，心中都不由得驚嘆魯妙子那雙巧奪天工的妙手。」

徐子陵心底浮現出魯妙子的音容，不由得又想起商秀珣吃美食時的動人神態，心中百般滋味。順手學跋鋒寒般脫下面具。驀地兩人生出警覺，回頭瞧去，一艘快艇疾駛追來，船上有一男一女。雙方隔遠打個照面，均吃一驚。男的竟是拜紫亭座下右丞客素別，女的則是侍衛長宗湘花，兩人可在正當龍泉陷於水深火熱的關頭到小回院來，自然是有重要事情與大明尊教的領導層商討。

跋鋒寒和徐子陵心叫不妙，快艇追至三丈的距離。徐子陵暗嘆一口氣，將小艇泊在烈瑕的艇子旁。宗湘花和客素別快艇駛近，前者手按劍柄，秀眉凝霜，雙目射出的卻非純是仇恨，而是頗爲複雜的情緒。

跋鋒寒悠然道：「兩位好！」

客素別出奇地不露敵意，緩緩把快艇泊到他們船旁，苦笑道：「兩位該比任何人更明白，我們何好之有？」

宗湘花纖長的手離開劍柄，有點萬念俱灰似的木然道：「你們立即離開，有多遠滾多遠，以後不要在我眼前出現，否則勿要怪我們不客氣。」

徐子陵和跋鋒寒聽得你眼望我眼，大惑不解。宗湘花不立即拔劍相向，又或召大明尊教的人來援，已大出他們意料之外，現在竟還任他們離開，實是奇怪之極。

一向態度溫和的客素別嘆道：「宗侍衛長從秀芳大家處曉得少帥曾親口承諾要保住龍泉平民的性命財產，又看在你們曾在小龍泉放過她，所以不想再和你們爲敵。唉！我們——我們——」

兩人明白過來，更明白客素別所說的原因均非最重要，眞正令宗湘花不願動手的原因，是她對戰爭失去所有鬥志和希望，只能呆等滅族屠城的厄運。

徐子陵憐意大生，柔聲道：「事情仍非沒有轉機，只要我們找到五采石，而貴上又肯放棄立國，我們可設法說服突利，再由他去向頡利說項。」

宗湘花頹然搖頭，垂下螓首。

客素別珍惜地掃視四周河橋寧美的環境，露出心如刀割的表情，慘然道：「先不說大王一意孤行，決心死戰，就算我們肯放棄立國，獻出五采石，突厥人仍不會罷休，跋兄該清楚頡利趕盡殺絕的作風。」

徐子陵想起初抵龍泉時朱雀大街繁華興盛的情況，想到婦孺老弱在突厥狼軍鐵蹄踐踏下生靈塗炭的可怕景象，義憤湧上胸臆，斷然道：「我絕不會讓突厥人屠城的。」

宗湘花抬頭往他瞧來，欲言又止，終沒說出話來，但秀眸再無絲毫敵意。

跋鋒寒皺眉道：「怎會弄至這般境地的？難道你們沒想過憑僻處一隅的微薄力量，挑戰雄霸大草原，威懾中土的突厥狼軍，只是以卵擊石。蓋蘇文雖是一著奇兵，最多亦只能把亡族的命運稍爲推遲。」

客素別雙目射出悔之莫及的傷感神色，狠狠道：「大王這叫一錯再錯，但說到底仍是受馬吉蠱惑，在他引介下奉伏難陀爲師，不惜手段斂財擴軍，更搭上蓋蘇文，迷信伏難陀指示的所謂天命。現在伏難陀自身難保，他終於醒覺，但已錯恨難返。當時我曾苦勸他勿要信任馬吉和伏難陀，卻給他痛斥一頓；從此投閒置散，只代他做些招呼外賓的工作。昨天我和宗侍衛長曾苦諫他不要擒拿宋公子，可是他全不聽我們的話，引致你們攻陷小龍泉，又觸怒傅大師的弟子嫱小姐，失去高麗這強援，最後伏難陀更命喪少帥之手。唉！我也弄不清楚事情因何發展至這地步。」

宗湘花回復冷漠，淡淡道：「不要再說啦！兩位當幫我們一個忙，立即離城，否則我們會很難向大王交代。」

跋鋒寒沉聲道：「兩位請勿低估寇仲和徐子陵，他們說過要化解龍泉這場大屠殺，定有方法辦到，且需要兩位的合作。你們就算不把自己生死放在眼內，也該爲全城的無辜平民百姓著想。」

宗湘花冷哂道：「跋鋒寒不是出名鐵石心腸的嗎？因何忽然變得像個悲天憫人的俠士？你若眞的爲我們著想，請把劫去的東西送回來，我保證大王會把人交回你們。」

跋鋒寒明白她的心情，雖給搶白，卻沒有動氣，向徐子陵打個眼色，著他說話。

徐子陵會意，坦然道：「請兩位三思後答我一個問題，兩位究竟是忠於拜紫亭還是忠於粟末族？請勿倉卒回答，我要曉得兩位眞正的心意，粟末族正面臨滅族的生死存亡關頭，或者會由你們的答話決定將來的命運。」

宗湘花和客素別同時露出震駭神色，朝他瞧來。

寇仲和平遙商一行十七人，被押上本應用來載貨的騾車，在宮奇和近百名禁衛軍押犯般招搖過市的朝皇宮駛去。街上的暴民仍餘怒未消，雖因被阻止不能把他們這批漢人從車上揪下來狠揍，仍不住辱罵，甚至向他們擲石，嚇得羅意等人面無人色，縮作一團只懂抖震。寇仲當然擺出與他們相同的姿態和害怕神情，事實上則是心情大佳，還求神拜佛宮奇把他們送入囚禁宋師道等人的同一個監牢。這可能性非常大，把人質集中監禁，既方便防守，又利於運送。就在此時，急劇的蹄聲響起，七、八騎從後馳來，領頭者赫然是韓朝安。寇仲差點探手拔刀，所謂仇人見面分外眼紅，幹掉伏難陀和深末桓後，他最想殺的就是這可惡的傢伙，然後才輪到烈瑕。

宮奇別頭笑道：「韓兄從別院回來啦！」

韓朝安沉著臉，看也不看寇仲等一衆囚犯，直馳到宮奇身旁，與他並騎而行，氣沖沖的道：「事情是怎樣發生的，又怎可能發生？讓寇仲那小子攻下小龍泉，劫去事關重大的三船貨物，已是丟盡渤海的面子，至無稽的是在整城人眼睜睜瞧著下，任由寇仲擊殺大國師，事後竟又被他逃之夭夭，你告訴我這是怎麼一回事。明天那場仗還憑甚麼去打？只寇仲已足可令龍泉覆滅。」

若宮奇是粟末人，肯定招架不住。宮奇低聲道：「韓兄勿要動氣，世事豈能盡如人意，我們錯在低估寇仲逃命的本領，但若非我們接受韓兄的提議暗算宋師道，事情怕也不會弄至如斯境地吧！」

韓朝安亦壓低聲音，仍掩不住心內怒火道：「明明是你們把計劃砸掉，還來怪我，你們把宋師道處決了嗎？」

寇仲大吃一驚，登時聯想到連串事情。宮奇不單說出擒拿宋師道是由韓朝安提議，還用上「暗算」的字眼，可以想像當時是由韓朝安先出手，令沒有防範之心的宋師道著道兒，再由伏難陀助攻，殺宋師道一個措手不及，否則以宋師道的武功，或會力戰而亡，絕不會窩囊得受辱遭擒。韓朝安為何要這樣做？這可從若他的計劃成功去推想，如宋師道和寇仲被殺，拜紫亭會會同蓋蘇文的奇兵，以雷霆萬鈞之勢收復小龍泉，將徐子陵、跋鋒寒和古納台一舉殲除，那時勢將士氣昂揚，戰志堅定。這是即時的效果。

較遠的作用是把高麗王和弈劍大師傅采林捲進此事內，在未來女婿和兒子同時喪生於龍泉，作爲拜紫亭夥伴的高麗自亦難以卸責，將來若傅采林到中土來，宋缺肯定會與傅采林作生死決戰。而宋缺正是天下間寥寥數個有資格挑戰傅采林的人之一。對韓朝安和蓋蘇文來說，傅采林是他們登上高麗王位的最大障礙，故欲去之而後快。這些念頭電光石火般閃過寇仲腦際，旋又想到另一個迫在眉睫的嚴重問題。

韓朝安聞訊匆匆趕回來，並非只是發一番脾氣，而是要殺宋師道滅口，使高麗方面永遠不知道他參與出手擒拿宋師道，否則傅采林會是第一個不放過他的人。寇仲暗抹一把冷汗，幸好自己誤打誤撞的碰上此事，否則將成終生憾事，更無法向宋家交代。

宮奇淡淡道：「有關宋師道的事，最好由韓兄親自去問大王，我們這些當下屬的，只是執行命令。」

寇仲心中一動，猜估韓朝安並不曉得宮奇是大明尊教的人。

韓朝安回頭一瞥騾車上擠作一堆的寇仲等人，問道：「這些是甚麼人？」

宮奇忽然在馬背上探身挨往韓朝安，束音成線的向韓朝安說了幾句話，寇仲雖功聚雙耳，仍收聽不到一言片語，心叫不妙。

果然韓朝安精神大振，奸笑道：「橫豎小弟有空，就陪宮將軍去內宮囚牢兜個轉。哈！宮將軍真夠朋友。」

寇仲的心直沉下去，想著聽漏的究竟是甚麼話。宮奇根本是不安好心，要借韓朝安的手去殺宋師道，而這可把寇仲陷入進退兩難之局。在王宮內苑，任他寇仲三頭六臂，仍難救人保命兩全其美。何況平遙商十六人全是手無縛雞之力者，動手之下首先遭殃的將是他們。可是他怎能眼睜睜瞧著韓朝安將宋師道害死？

宗湘花臉上血色倏地褪盡，無意識地緩緩搖頭，客素別顏容則忽晴忽黯，露出內心不同的思想衝突。

跋鋒寒冷哼道：「一個人的錯誤，怎都不該由整族的人去承擔！」

宗湘花失常的尖叫道：「不要再說！」

客素別壓低聲音向宗湘花道：「宗侍衛長請冷靜點，他們的話非是沒有道理。」

宗湘花一震道：「你要背叛大王？」

客素別苦笑道：「我只希望能拯救龍泉。」

宗湘花從艇上彈起，一個翻騰，投往岸上，繞過小回院而不入，迅速去遠。

客素別收回望向她消失方向的目光，無奈的道：「兩位放心，宗侍衛長是深明事理的性情中人，絕不會向大王報告此事。」

徐子陵反怕有大明尊教的人來取船碰個正著，道：「我們移往僻處再商量！」

朱雀大門在望，寇仲苦無妙計下只好行險一搏，顫聲呻吟道：「這位將軍大人，小人可否代表大家作一個提議。」在前方雙騎並行的宮奇和韓朝安不耐煩的別頭往他瞧過來，羅意等則心兒撲撲跳的看著他。

寇仲早收斂眼神，裝作驚惶萬狀的垂頭道：「我們都是在平遙有名望的商人，只要——」

宮奇大喝道：「閉嘴！」

寇仲仍佯裝惶恐的作最後努力道：「我們可保證不告訴任何人。」

宮奇怒道：「再說一個字，我割下你的舌頭。」

羅意等均不明所以時，韓朝安卻給寇仲提醒，忙與宮奇來個交頭接耳。寇仲心中暗笑，曉得韓朝安中計，醒悟如在事後洩出他韓朝安進過內宮監牢而宋師道則告被殺慘死，那誰都會懷疑是韓朝安下的毒手。最妙的是宮奇亦不想將此事攬上身，成為「天刀」宋缺的殺子仇人可非說笑的事，何況更會成為寇仲和徐子陵的死敵。所以兩人不但不能讓平遙商曉得此事，甚至要瞞過其他粟末兵，那將把寇仲要對付的人大幅減少。唯一的問題是他如何脫身去阻止慘劇的發生，只好見機行事。

騾車在前後押送下穿過朱雀大門，進入皇城。果然宮奇勒馬停定，發出命令，把隊內的粟末靺鞨兵轉交把門的小將，只留下看模樣便知是狼盜的十多名親信與韓朝安的七名手下。

宮奇向門將道：「立即稟告大王，平遙商全體落網，押往內宮牢囚禁。」接著再發命令，押著騾車往內宮門馳去。

寇仲心中叫好，下一著宮奇必是將他們送往僻靜處，暫留片刻，到他們辦妥事後，才將他們送進牢內。他求神拜佛的功聚雙耳，全神貫注在兩人的對話上，心神進入井中月的境界。不出他所料，在到達內宮門之際，宮奇湊過去向韓朝安說了幾句話。寇仲心中苦笑，因為他聽不到半句。

進入宮城，宮奇故意落後，向其中一名手下吩咐一番，然後道：「韓兄請自行去見大王，末將另有要務，恕不相陪。」

韓朝安欣然道：「宮將軍不用客氣。」

在宮奇那名狼盜手下的領路下，韓朝安一眾離隊策馬朝正殿方向馳去。除宮奇外，只有寇仲心知肚明兩人約好在內宮牢外會合，好取宋師道之命。

跋鋒寒和徐子陵離艇登岸，繞到小回院外院正門處，前者微笑道：「我多麼希望可破門而入，見人就殺，落得痛快乾淨。可惜子陵不喜歡這種作風，換過是寇仲，肯定舉手贊成。」

徐子陵道：「我現在最想做的事是衝進宮內救人，但這樣蠻幹只會令客素別無法進行他遊說其他將領的艱苦重任，時間無多，我們只好忍耐。」

他們從客素別處知悉，拜紫亭派他們來是要探聽大明尊教的意向，看他們在形勢急轉直下之際，是否仍肯支持他。大明尊教這回傾巢而來，本意是取伏難陀的天竺教代之。據客素別所言，他們是希望聯合粟末和回紇兩族的勢力，趁頡利、突利內鬥正烈之際混水摸魚，擴展大明尊教在政治上的影響力。豈知人算不如天算，給感到危機的伏難陀打出「五采石」這張牌，硬逼拜紫亭孤注一擲地面對突厥軍的進犯，亦在別無選擇下引狼入室惹來蓋蘇文這支另有居心的援軍。縱使擊退狼軍，拜紫亭不但會被伏難陀和蓋蘇文聯手鉗制，甚或被害，大明尊教在龍泉亦無容身之所。大明尊教的劣況且不止此，菩薩成功奪回在回紇失去的權位，正代表大明尊教被逐的命運。客素別的情報，引證出杜興說的是實話。

跋鋒寒拿起門環，重重敲一記，聲音遠傳進占地寬廣的小回院內，從容道：「記著！烈瑕是我的。」

足音傳來。女聲響起道：「是哪位貴客？」

跋鋒寒淡淡應道：「烈瑕公子在嗎？請通傳一聲，是跋鋒寒和徐子陵來找他。」

門內女子的呼吸立即緊促起來，道：「兩位請稍候片刻。」足音遠去。

跋鋒寒探手撫門，道：「這道門非常堅固，你道我能否一掌把它震破？」

徐子陵苦笑道：「不用這麼激烈吧！」

跋鋒寒訝然失笑道：「聽寇仲說，在長安時你扮岳山到晁公錯的府第尋他晦氣，亦是二話不說的破門而入，當時的豪氣現在到哪裏去哩？」

徐子陵搖頭嘆道：「我投降啦！或者惡人當須惡人磨，老哥請放手而爲，小弟全力支持。」

跋鋒寒哈哈笑道：「我怎會強子陵所難，人來哩！」

「依唉」一聲，大門往內左右分開，現出一臉笑容的烈瑕，尚未有機會說話，跋鋒寒一腳飛出，朝他胸口疾踢。烈瑕驚叫一聲，忙往後飛退，落在主宅石階前的空地。

跋鋒寒像沒發生過任何事般，負手跨檻入門，哈哈笑道：「好身手，不愧是大明尊教五明子之首。」

徐子陵隨在他身後入園。

烈瑕一臉冤屈的抗議道：「跋兄就算要試愚蒙的身手，也不用甫開門便來個照面突擊，弄出人命怎辦？」

跋鋒寒環目四看，除烈瑕外再沒有其他人，悠然笑道：「我哪有閒情試你身手，今天是尋晦氣來的，能否活命，須看你烈瑕是否有那本事。」

宮奇和他的狼盜手下，押著騾車，朝主殿左方的馬道，往今早拜紫亭接見寇仲的西院方向馳去。當時寇仲為自己小命著想，沿途固是用神認路，在西院時更觀察過周圍環境，幾肯定內宮牢應在西院之北，皇宮後苑西北角的位置。因為照道理這類令人不感愉快的地方，不會建於宮殿和宅院之間，只會僻處一隅。現在跟隨宮奇的手下共十二人，若宮奇離開，寇仲在他們猝不及防下發難，肯定可將他們收拾。難就難在行事時不驚動其他人，且要妥善安置十六位無膽無力的平遙商人，直到此刻寇仲仍未有善策。

皇宮內的氣氛與今早有顯著的分別，可能因大批兵員被調往守城戒備，除內外宮門置有重兵，宮內只間中遇上巡邏兵士及在主殿等重地有守衛外，幾乎不見其他禁衛。更可能因保安的理由，宮娥內侍均留在後宮，故雖是夜幕低垂，除主要通道外，皇宮大部分建築物均陷進沒有燈火的黑暗中，予人一種大難臨頭前荒涼沒落的味道，氣氛沉重。

宮奇滿懷心事，在馬上低頭沉思。來到西院外，宮奇勒馬叫停。寇仲環目一掃，四處不見人蹤，西院黑沉沉一片，而西北角處則有黯淡的燈光。「嚓！嚓！」兩名狼盜燃起火熠子，照亮西院緊閉的大門和向左右延展的寬厚高牆。

宮奇下令道：「開門！」兩名狼盜甩蹬下馬，把門推開，騾車駛進院內的花園去。

羅意等人一看這不似牢獄的地方，登時大吃一驚，還以為宮奇等要私下將他們處決，若非有寇仲在，此刻定會紛紛求饒或驚泣。寇仲仍在頭痛，驀地一個更大膽的念頭掠過腦海，不由得暗罵自己愚蠢，放棄更容易的解決辦法不想，偏去絞腦汁思量只有笨蛋才會去做的方法。想到這裏，忙大聲呻吟。羅意等全體提心吊膽的朝他瞧來，心內矛盾，既想寇仲出手，又怕對方人多，更擔心的是縱能逃離深宮禁苑，亦難以離城。

宮奇正翻身下馬，聞呻吟聲不以爲意的道：「給我掌嘴！」

兩名狼盜獰笑一聲，朝停在園中心的騾車走來。寇仲裝作嚇得屁滾尿流的力圖爬起來，又雙腿發軟的一頭栽下騾車，重重掉往草地上，痛得往宮奇的方向翻滾過去。衆狼盜發出一陣哄笑，充滿幸災樂禍的殘忍意味。

宮奇雙目凶光一閃，朝寇仲走來，冷然道：「這傢伙最愛鬧事，給我揪他起來。」

兩名狼盜撲將過來，各抓著寇仲一條胳膀想把他提起讓頭子處置，異變突生。「砰！砰！」寇仲左右開弓，轟得兩名狼盜噴血拋跌，接著刀光一閃，黃芒大盛，井中月閃電般向全無防備的宮奇搠去。此時宮奇始從井中月醒覺這愛鬧事的傢伙竟是寇仲扮的，魂飛魄散下邊退邊掣出馬刀橫架。其他包括騾車御者在內沒有受傷的十名狼盜，人人駭得呆若木雞，一時之間竟來不及反應。

「霍」的一聲，兩刀交擊，只發出一下沉悶的聲音，原來是寇仲使出手法，盡量避免驚動宮內其他人。宮奇給劈得連人帶刀跌退三步，豪氣全失，狼狽至極，不過他亦算了得，在這種情況下仍能力擋寇仲全力一刀。其他狼盜此時如夢初醒，紛紛拔出兵器往寇仲殺將過去，正中寇仲下懷。

火熠掉地熄滅，羅意等在院門外透入的微弱燈火下，只見人影躍動，刀光打閃，哪分得清楚誰勝誰負，只能求老天爺保佑寇仲得勝，其他人不要聞打鬥聲趕來。寇仲向宮奇連劈三刀，一刀比一刀重，一刀比一刀的角度刁鑽，殺得宮奇汗流浹背，全無還擊之力，應刀噴出不多不少三口鮮血，情況慘厲之極。「砰！」一名狼盜應腳拋飛之時，寇仲迴刀割斷另一敵人的咽喉。就算對方非是他深痛惡絕的狼盜，在此情況下也不容他留手。

井中月再次出擊，就趁以左手劈開宮奇馬刀，硬迫開一線空隙的剎那間揮刀劈入，迅疾得連宮奇自己亦看不真切，宮奇慘哼一聲，馬刀墮地，往後拋跌。寇仲往後疾退，硬撞入一名敵人懷內，那人登時骨折聲起。井中月同時開展，敵人紛紛應聲倒跌，沒有一個人能活著再爬起來。「鏘！」井中月回鞘，所有敵人均被解決。

寇仲扯下面具，來到仰躺地上的宮奇前，搖頭嘆道：「要不要我爲你唸一篇貴教超度的經文？」

宮奇已是氣若柔絲，嘴角滲血，身體卻不見任何傷痕，因寇仲故意用上陰勁，以刀氣斷他心脈。宮奇雙目射出仇恨的火燄，喘著氣艱難的道：「大尊定會爲我報仇。」就此氣絕。

寇仲迅快脫下他的軍服頭盔，裝扮成宮奇的外觀，回到騾車處。

驚魂未定的歐良材代眾人道：「我們現在該怎麼辦？」

寇仲從容道：「沒有人曉得你們在這裏，所以直至天明前你們仍是安全的，我要立即去辦一件非常緊急的事，半個時辰內回來設法弄你們出城。」

烈瑕苦笑道：「大哥你要殺要宰，當然由你決定，不過大家總是曾同桌吃泥燒魚碰杯喝酒，依大草原的規矩，怎樣都該給愚蒙一個明白吧！」

「鏘！」跋鋒寒掣出偷天劍，淡然自若的盯著烈瑕，微笑道：「我跋鋒寒要殺一個人，從不須向對方作出任何解釋，爲何你會是例外？」偷天劍一擺，遙指對手，登時生出一股凜冽集中的劍氣，迫湧過去。

烈瑕不敢怠慢，從靴管抽出一把長約尺半閃亮亮微呈彎曲的匕首，橫架胸前，硬擋跋鋒寒的劍氣，沒有絲毫不支之狀。還向立在跋鋒寒身後的徐子陵求救的嚷道：「子陵你怎能見死不救，我從沒做過對不起你們的事情，現在更不想動手。」

徐子陵若無其事的道：「昨晚和你一起來追我的女子是誰？」

烈瑕微微一怔，跋鋒寒冷哼一聲，偷天劍照臉刺去，凌厲無匹中隱含虛靈飄逸的味兒，教人既感難以硬攖，更難以閃躲。雖是簡單俐落的一劍，但其畫過空間的角度弧線，卻有種玄之又玄，巧奪天工渾然而成的感覺。顯示出他「復活」後精進的變化。「噹」的一聲清響，烈瑕的彎匕首生出精微的變化，竟以硬碰的手法擋著跋鋒寒此一劍，接著往後飛退，穿過敞開的大門，溜進小回院主堂內。

兩人早曉得他武功高強，想不到借力逃走的本領如此高明，竟能從跋鋒寒偷天劍下脫身逃走。跋鋒寒如影附形，疾如電閃般追進屋內去。徐子陵怕屋內另有埋伏，緊隨其後，當他穿門而入，跋鋒寒剛追進內堂，偌大的廳堂空空蕩蕩，不見半個人影。

徐子陵心叫不妙，掠往內進，片刻後與還劍鞘內的跋鋒寒會合，後者立在一口水井旁嘆道：「我們是遲來一步，剛才若是破門殺進來，敵人該沒時間溜走。」

徐子陵循他目光往水井望下去，只見下面另有空間，竟是一條不知延伸往何處的地道。

跋鋒寒道：「我敢包保這地道是通往城外去，大明尊教整天在算計別人，當然也怕給人算計，所以設下這形勢危急時逃走的秘道，免致給人一網打盡。」

徐子陵皺眉道：「大明尊教人多勢眾，怎會不濟至給我兩人駭走？」

跋鋒寒道：「首先他們不知我們是否尚有後援，至少見不到寇仲，其次他們早生出放棄拜紫亭和龍泉的心，犯不著冒這個險，這回算他們走運。」接著探手摟著徐子陵肩頭，道：「好兄弟！我憋不住哩！讓我們立即潛入宮城，看情況再決定如何將宋二哥救出來，他是我跋鋒寒最欽佩的人。」

寇仲如脫籠之鳥在後宮飛掠騰移，先後避過三隊巡兵，兩個哨崗，來至西北角的院落處，只見宮牆一角有座方橫達十丈單層石堡形式的建築物，以鐵柵作門，守衛森嚴，只門外便有近十名禁衛。心知找對地方，忙搜尋韓朝安的蹤影。院內只有幾株大樹用以遮蔭，其餘是低矮的花草，一目了然，不由得心中叫苦，這肯定不是宮奇和韓朝安相約的地點。

寇仲四處掃視，心忖由於韓朝安不熟悉後宮的情況，宮奇當不會約他在太難找的地方會合，最有可能是鄰近某處，例如內宮牢的東或南方，想到這裏，忙翻下環繞內宮牢的隔牆，往南潛去，他先揀這地方，因爲只有內宮牢南鄰是沒有建築物的後御園，假山石池、亭橋草樹，環境清幽，最宜掩人耳目。雷雨後的夜空分外澄明清澈，幸好不見月兒，雖是繁星滿天，內宮牢透出的燈火照不到這邊來，幽黑暗濛，大利他心中的妙計。

他學足宮奇的行藏，掠往園心小亭，同時模仿宮奇說話的聲氣語調喚道：「韓兄！」先是全無動靜，接著一道人影從園北一排竹樹後閃出，往他移來。寇仲裝作一無所見，別轉虎軀，背向接近的韓朝安，不讓他看見自己的尊容。

韓朝安踏上小亭的石階，壓低聲音道：「宮將軍果是信人，我韓朝安包保將軍到高麗後，可享盡富貴榮華。」

寇仲心中恍然，宮奇包藏禍心，想借韓朝安之手殺宋師道，自然要找個藉口爲何肯幫韓朝安這個忙。寇仲倏地轉身，右拳迅疾無倫的痛擊敵人。換上宮奇那個手下的軍服，扮作禁衛的韓朝安慘哼一聲，踉蹌後退，他不愧高手，竟能於此情況下仍避開胸口要害，以左肩胛迅移硬捱寇仲全力一拳，不但化去他近半氣勁，且還了一掌，令寇仲無法連環出招，不過已受到重創。

寇仲閃電迫去，韓朝安終於看到他是誰，低喝道：「且慢！」

寇仲五指撐開，單掌瞄著退往丈許外立定的韓朝安，氣勢將他緊鎖籠罩，只要再施一擊，定可取他狗命。不過他卻沒有絲毫歡喜感覺，還暗罵自己窩囊，不能一舉斃敵，令對方仍可發聲示警，破壞他的大計。只好分他心神的嘿嘿笑道：「昨天你暗算我，今天老子暗算你，算是扯平，現在我們可在這種公平情況下來個大戰三百回合。」

韓朝安嘴角滲出鮮血，英俊的臉容因痛楚扭曲得形如厲鬼，慘笑道：「少帥果然著著奇兵，教人不得不服，不過若我大喝一聲，少帥亦不會好過。」

寇仲被他擊中要害，表面當然不肯承認，一邊不住加強氣勢壓力，一邊笑道：「我寇仲以後是風光還是潦倒，恐怕韓兄沒有目睹的機會，對嗎？」

韓朝安急喘兩口氣，道：「那就要看少帥肯否妥協，不瞞少帥，我這回來此打個轉，將會立即撤離龍泉回國。只要少帥肯放過小弟，小弟必有回報。」

寇仲知他所言非虛，伏難陀既死，蓋蘇文和韓朝安再無油水可沾，怎肯爲拜紫亭出生入死，去挑戰大草原稱霸多年的突厥雄師。

寇仲哂道：「你當我是三歲孩兒嗎？放走你後韓兄翹翹尾巴就去通知拜紫亭，我豈非吃不完兜著走。不如博你老哥的死前慘叫只得監牢的人聽到，小弟拚著多殺幾個人，仍有成功機會。」

韓朝安苦笑道：「少帥太低估小弟的死前慘叫，保證可直接傳入拜紫亭耳內。唉！小弟有個兩全其美的方法，少帥可有聽的興趣？」

寇仲拿他沒法，笑道：「小弟在洗耳恭聽。」

韓朝安精神大振，道：「如若小弟依約離開，不驚動宮內任何人，少帥便請宋公子不把我曾暗算他的事洩露出去，否則反之，少帥以爲如何？」

寇仲啞然失笑道：「那你豈非占盡便宜，我不但要放你一條生路，更要央宋二哥爲你保守秘密。」

韓朝安急道：「所以我早先才說另有回報，首先是進入宮牢的秘密口令，那是宮奇告訴我的，會省去少帥很多麻煩。其次是小弟尚有些重要情報，是分別關於五采石和王世充的，對少帥均非常有用。」

寇仲一呆道：「竟有關於王世充的事，你可不要胡謅一個出來騙老子。」

韓朝安嘆道：「在這情況下仍敢騙你的肯定是不知『死』字怎樣寫的大笨蛋，若我有一字虛言，教我韓朝安日後不得好死。」

寇仲點頭道：「說吧！」收起部分罩壓得他動彈不得的眞勁。

韓朝安鬆一口氣，道：「開牢的口令和軍令不同，只有拜紫亭和宮奇兩人曉得，故非常有用。因爲把門者六親不認，只認口令。」

寇仲感到有理，拜紫亭因不信任伏難陀，更怕他殺害宋師道等人，所以憑此口令把內宮牢置於自己的控制下。他又想到拜紫亭屢次不顧一切的對付自己，只是因伏難陀的威脅教他別無他法，因爲他的兒子大祚榮正在伏難陀的夥伴蓋蘇文手上。心中一動道：「先勿把口令說出來，我有一個條件，你接受後我才覺划算，並保證縱使日後有人問起宋二哥你是否眞是那種卑鄙小人，他還會代你否認。」

韓朝安給他嘲諷至哭笑不得的境地，無奈道：「小弟除接受外，尙有別的選擇嗎？」

寇仲哂道：「放心吧！你對我雖不仁，我卻不會不義，絕不會逼人太甚，否則我可聯同古納台兄弟和菩薩去把老蓋重重圍困，直至天明，你說後果如何呢？」

韓朝安立即色變，頹然道：「小弟服啦！少帥請開出你的條件。」

寇仲道：「只是小事一件，你們要把大祚榮交給我。」

韓朝安大感錯愕，顯是想不到他曉得大祚榮在他們手上一事，呆了半晌，點頭道：「這個沒有問題。」

寇仲低笑一聲，欣然道：「交易可以進行啦！」

徐子陵和跋鋒寒憑著過人的靈銳和超凡的身法，趁兩邊望樓的守衛瞧往別處的剎那空隙，翻過後宮的宮牆，悄沒聲息的往西北角內宮監的方向潛去。兩人躍上內宮監東隔牆外一棵大樹，內宮監正門的情況映入眼簾。看著內宮監緊閉的鐵柵大門和門外八名守衛，兩人均眉頭大皺。他們以爲寇仲正通過杜興設法把平遙商弄出龍泉，又怕時間失誤，所以沒去尋他逕自來此。

跋鋒寒道：「組成鐵閘的每枝鐵均粗比兒臂，就算借助工具亦非一時三刻能損毀，門內守衛有足夠時間鳴鐘示警，那時我們不但救人不成，還打草驚蛇。」又道：「你說客素別是否知道開牢口令卻偏不告訴我們，是怕我們立即去救人呢？」他們從客素別處知悉啓牢須有秘密口令，而客素別說過連他都不知道，故有此一疑惑。

徐子陵道：「這個很難說，人總是有私心的，目前唯一辦法，是在這裏為宋二哥等護法，必要時出手。咦！有人來哩！」

身穿將軍服飾，卻戴著醜神醫莫一心面具的寇仲，跨步進入院門，大模大樣的朝內宮牢走去，登時惹起守衛的注意。徐子陵和跋鋒寒瞧得目瞪口呆，懷疑自己不是眼花就是在作夢。由於徐子陵和跋鋒寒毫不掩飾對他的注視，寇仲立生感應，朝他們藏身的牆外大樹瞧去。跋鋒寒知機的將頭探出枝葉外，隔遠和他打招呼。寇仲也糊塗起來，心想世事之離奇莫過於此，兩個小子怎會在這麼適當的時間現身於此。此時無暇多想，其中一名把門的禁衛隊長喝道：「口令！」他要求的只是一般通行的宮內口令。

寇仲慢條斯理的來到隊長和眾衛身前，背後則打出手勢，著兩人把這八名門衛收拾，以帶點龍泉口音的漢語肅容道：「石生五采。」

隊長一呆道：「這位將爺是——」

寇仲湊近他耳邊低聲道：「我是宮奇將軍的人，長年在外，所以面生一點，這回是奉大王之命來問宋師道幾句話。我入去後你最緊要把宮牢重新鎖緊，到我出來才再開閘，這可是宮將軍的命令。」

小隊長懷疑盡去，一來宮奇和他的部隊確長期在外辦事，認不出他手下的樣子是理所當然，其次是對方主動提出入牢後鎖門，將不怕犯人逃跑。遂喝道：「開閘！」門內侍衛接令啓鎖。此閘必須從內開啓，所以即使魯妙子復活親臨，對著這麼一堵閘亦束手無策。鐵柵內移，牢門通行無阻。

在眾衛注視下，寇仲進入牢內，垂手不動，任由衛士把閘上鎖，再把鎖交與門外隊長，才笑道：「宋師道在哪裏？我要和他說幾句心事，大王有令，其他人均不准偷聽。」

隊長忙下令道：「把將爺帶到囚禁犯人的牢房後，所有人退到大門這邊來。」

寇仲心中好笑，旋又大吃一驚，只見入門後左方有個兩丈許見方的石室，貼牆處有一列列的木架，放滿枷鎖鐵鍊一類監獄常見的東西，還有兵器弓矢軍服，但這些均非教他吃驚的東西，頭痛是室內正中處放置的大銅鐘，還有敲鐘的撞鎚，如若敲響，拜紫亭睡熟亦肯定被喚醒。自己剛才還著跋鋒寒和徐子陵出手收拾門外守衛，不讓他們有通風報訊的機會，現在當然是不可行的。人急智生，又退至閘門處，好讓聲音傳往外面，道：「差點忘記大王另一個吩咐，大王指示只要一見疑人，勿只想著動手，首先要敲響牢內的大鐘，明白嗎？」

小隊長只有立正應是，心忖哪用你吩咐。牆外的跋鋒寒和徐子陵收到警告，當然不會輕舉妄動，但仍想破腦袋也不明白爲何寇仲說得出啓牢的口令，據客素別所言只有拜紫亭一個人知道。

跋鋒寒嘆道：「唉！這小子扮哪樣似哪樣，若我是守衛也要給他騙得服服貼貼。」

徐子陵仰望星空，月兒剛升上東方天際，心忖明晚的星空下，眼前壯麗的宮殿樓台，是否會變爲殘礫碎瓦？救出宋師道等人已從不可能變成可能，可是龍泉城軍民的命運卻是無人能作出預測。

寇仲隨一名牢衛往兩邊牢房林立的長廊盡處走去，此時他摸清牢內的情況，閘內有十二名牢卒，只要手腳快點，兼之位置恰當，可在任何人鳴鐘示警前將牢內小卒收拾，外面的當然交由跋鋒寒和徐子陵侍候。想到這裏，心情大佳，差點吹起口哨來。這幾天受的冤屈氣太多，報復起來自是分外痛快。

朮文和他的兄弟共二十五人分散關在左右牢室，全體重枷腳鎖，一臉頹喪失落。到達長廊盡處，右邊的牢房內宋師道除手腳均有枷鎖外，還加上牛筋繩來個五花大綁，顯是怕他內功精純深厚，一般鐵枷困他不住。宋師道臉色比今早見他時好多了，靠牆而坐，閉目不言，神情倨傲不屈。

牢卒把鐵閘門打開，道：「將爺請進，下屬會依規矩把門鎖牢。」

寇仲微笑道：「當然應依規矩做。」

宋師道聞言一震朝他瞧來，認出他的聲音。寇仲背著守衛向他眨眼睛。牢閘在後鎖上，牢卒返回大閘處。

寇仲搶前跪下，邊研究如何為他解除束縛，邊道：「他娘的，拜紫亭竟敢冒犯你，我定要他本利歸還，伏難陀剛給我宰掉，而韓朝安那小子我曾答應不把他的卑鄙行為洩露出去。」

宋師道聽得一塌糊塗，不知其所云，只知回復自由是不爭之實，道：「若給人看到我脫去枷鎖，那牢卒怎肯給你開閘？」

寇仲笑道：「這個沒有問題，我還要二哥幫手，不讓人敲響警鐘。」拔出井中月，先把牛筋挑斷，再取出針灸用的銀針，力貫針尖，只幾下便將手腳鎖頭打開，展示從陳老謀和魯妙子處學得的本領，道：「你坐著不要動，我去喚人開閘。」放聲嚷道：「啓門！」

那牢卒慌忙趕來，寇仲故意擋著他視線，牢卒不疑有他，一心一意把閘門啓鎖拉開。寇仲右手一探，抓著對方胸口，同時送出眞氣，牢卒哼也不哼的昏迷軟倒，給扯進牢內。

寇仲立即為他解袍脫靴，向宋師道道：「快扮成他的樣子，待會兒彎腰跟在我背後，保證不會被發覺。」又大聲道：「大王說對這犯人要客氣點，因為他老爹是中土很有名望的人。」這番話是說給外面的牢卒聽的。

宋師道一邊活血行氣，一邊迅速穿衣，到搖身變為牢卒時，隨寇仲走出牢房，又裝模作樣為牢房上鎖。

寇仲大步朝長廊走去，揚聲道：「大王說若你們能看牢這批犯人，擊退突厥賊後所有人等均晉升一級，賞金五兩。」衆衛信以爲眞，齊聲歡呼。

宋師道跟在他身後。外面的徐子陵和跋鋒寒正全力竊聽牢內的動靜，聞言知是時候，就那麼躍過院牆，大鳥騰空的往門外的衛士撲去。衆衛的注意力全被寇仲的甜蜜謊言吸引，到警覺時，徐子陵和跋鋒寒勁氣壓頂。牢內衆衛自然往閘外瞧去，駭然失色之際，寇仲和宋師道同時發難，將他們逐一點倒。只眨幾下眼的光景，內宮牢所有守衛全被制伏。跋鋒寒從隊長身上取得鎖匙，正要遞給寇仲將閘子打開，驀地蹄聲自遠而近，二十多騎衝進院門來。寇仲等無不色變，牢內仍關著朮文等人，難道這劫獄壯舉，就此功虧一簣？

第二章

兵臨城下

黃易 作品集

第二章　兵臨城下

二十多名粟末戰士旋風般衝進內宮監的院落，領頭的是長腿女將宗湘花，首先與站在門外的跋鋒寒和徐子陵打個照面。宗湘花一聲嬌叱，抽韁勒馬，座下戰馬神駿至極，人立而起，隨來戰士忙煞止馬兒，一時馬嘶連連，只是這吵聲足可驚動宮內其他守衛。若跋鋒寒和徐子陵沒有適才在小回院外與這長腿女將接觸，此刻只有冒險出手一途，希望憑藉迅雷不及掩耳的疾快行動，把對方收拾，然後伺機逃走。當然此乃下下之策，先不說宗湘花的劍術怎都可捱上十招八式，還有她那二十多名親衛可纏上他們一段時間；最糟是替朮文等人解縛需時，能離開時宮內其他戰士早聞得打鬥聲趕至，他們四人或可逃生，朮文等人必無倖免。

「鏗鏗鏘鏘！」粟末戰士紛紛掣出兵器。

「咔嚓！」監牢閘鎖開啓，可是寇仲在徐子陵眼色阻止下，不敢把門拉開。四人隔著鐵柵八目交投，不敢動半個指頭。

宗湘花坐騎前蹄落回地面，兩手張開攔著要出手的手下，目光掃過穴道被制橫七豎八倒在內宮監門外的八名守衛，又掠過隔門呆立的四人，露出一個疲憊的表情，似對眼前情況有不勝負荷的神態，嘆道：「你們在這裏幹甚麼？」

她這麼開腔的一句話，徐子陵立即掌握到她非是專誠趕來阻止他們劫獄的。忙道：「我們只想救回無辜被囚的兄弟，絕無傷人之意。」

寇仲和宋師道感到徐子陵與宗湘花不似純是敵人的關係，知機地沒有插嘴說話，氣氛奇異古怪。宗湘花俏臉忽紅忽白，顯是心內兩個不同的思想正在矛盾鬥爭，委決難下。她的手下均蓄勢待發，只要頭子一聲令下，立即狂攻跋徐兩人。

跋鋒寒淡淡道：「侍衛長此來又是幹甚麼呢？」

宗湘花俏臉泛起一片寒霜，冷然道：「宮奇在哪裏？他不是將平遙商送到宮牢來嗎？」

跋鋒寒和徐子陵爲之愕然，開始有點明白寇仲因何在此刻出現。

寇仲陪笑道：「我見宮將軍長年在外扮狼盜打家劫舍，殺人放火，回宮後又日夜馬不停蹄，沒有時間休息，只好請他在別處小睡片刻，哈——」

宗湘花怒道：「胡說！」

跋鋒寒雙目殺機大盛，顯是心中動氣，不惜動手，沉聲道：「侍衛長該知我們非是含血噴人的無恥之徒，侍衛長請告訴我宮奇是否長年在外？他和他那批親兵是否乃回紇大明尊教的人？他和馬吉的關係是否特別密切？假若答案均非否定，侍衛長該知我們不是無的放矢。龍泉的稅收這麼低，出城入城均不用付稅，貴大王建軍造船的經費從何而來，何況只是應付突厥人的苛索已令你們非常窮困。對平遙商的不幸遭遇，侍衛長總有個耳聞吧？」

宗湘花嬌喘叱道：「不要再說！」所有人的目光均集中到她身上，侍她下決定。

寇仲嘆道：「目前在龍泉城內，只有拜紫亭一個人不相信大勢已去。我也不忍瞞你，韓朝安剛和我達成協議，不但會將大祚榮交給小弟，還會立即與蓋蘇文撤返高麗。侍衛長的敵人是在城外而非這裏，殺掉我們只會令粟末族與突厥人再無轉圜餘地，侍衛長該否爲龍泉的全城百姓著想？」

宗湘花玉容黯淡，她手下亦受到這番說話的影響，不知是否想起家中的父母妻兒，拿兵器的手再非堅定有力，兵鋒下垂。

跋鋒寒道：「侍衛長不是碰巧巡到這裏來吧？」

宗湘花如夢初醒的嬌軀微顫，垂下螓首低聲道：「我答應秀芳大家送宋二公子離開的。」

徐子陵訝道：「宗侍衛長不怕大王責怪？」

宗湘花露出堅決神色，冷冷道：「大王打算怎樣處置我是他的事，我只做自己認爲應該做的事。」接著向手下下令道：「把少帥那兩匹馬帶來。」四名手下猶豫片晌，終於接令去了。

寇仲舒一口氣道：「我們可以出來吧？」

宗湘花嘆道：「大王正巡視城防，我可保證你們安全離開宮城，可是外城那一關你們怎樣過？」甩蹬下馬，其他戰士收起兵器。

跋鋒寒微笑道：「只要能離宮，我們有方法離開。大明尊教的人早從秘道撤走，這樣說侍衛長明白嗎？」

宋師道回頭去釋放朮文等人時，寇仲啓門出牢，與跋鋒寒和徐子陵來到宗湘花前，低聲道：「平遙商十六人正在西苑內等候小弟，我們是否需有一批戰馬軍服，以方便行事。」

宗湘花思索片刻，先召來手下吩咐他們將平遙商帶來，然後斷然道：「大王不在，宮內由我作主，我要送甚麼人出宮誰敢攔阻。唉！」

徐子陵道：「可是這麼一來宗侍衛長等於背叛大王，天威難測——」

宗湘花顯露她驕傲的性格，冷然截斷他道：「這方面不用爲我操心，我既決定這麼做就這麼做。哼！粟末滅族在即，我宗湘花縱使死，也要死得光明正大，不落人話柄。」

寇仲低聲問道：「秀芳大家她——」

宗湘花斷然道：「我勸過她，可是她不肯聽，且堅信你少帥能拯救龍泉。」

寇仲惟有以苦笑回報。拜紫亭失去理智，明天一戰如箭脫弦，神仙難改，現在只剩下大祚榮這個希望。跋鋒寒和徐子陵卻想到客素別，他能在這麼短的時間內說服其他將領來一場兵變嗎？

徐子陵問另一事道：「宗侍衛長今早離開小龍泉時，我的朋友陰顯鶴追在侍衛長馬後，他——」

宗湘花顯是心情極壞，再次不耐煩的打斷他道：「你這朋友的腦袋肯定有問題，當時我恨不得將你們碎屍萬段，他卻追在我身後問我能否記起他是誰？有沒有印象？我叫他滾蛋，他就沒再追來啦！」

三人聽得愕然以對，他們猜的本是陰顯鶴因在龍泉遇上這長腿美女，驚爲天人而暗戀上她，但聽宗湘花如此說，當然是另有內情。

寇仲知道的比跋鋒寒和徐子陵多一點，問道：「侍衛長怎會記不起他呢？你不是曾向秀芳大家提過他的名字嗎？」

宗湘花沒好氣的道：「所以我說他不正常。在年多前連續十多天，每回我早上出宮巡城，他都像幽靈般立在宮門呆盯著我，我派人趕他走兼打他一頓，他卻不還手。前天我又見到他，遂向秀芳大家提起。唉！我不想再說這個人。」

此時宋師道和朮文等從牢內走出來，大家相見，自有一番歡喜，不旋踵羅意和歐良材等平遙商被帶到，均有再世爲人的欣悅。馬兒歡嘶，萬里斑和塔克拉瑪幹見到主人，衝過來和兩人親熱。

跋鋒寒一把摟著馬頸，嘆道：「我的寶貝，若你有甚麼三長兩短，我定會大開殺戒。」別頭看到同是摟著馬兒的徐子陵神色凝重，忍不住問他道：「你的神情爲何如此古怪，現在所有事情大致解決，不值得高興嗎？」

徐子陵壓低聲音，沉聲道：「事情的發展順利得教人意外，我不知如何反生出不祥的預感？乍看一切都像老天爺巧妙的安排，忽然所有事情迎刃而解。但否極會泰來，樂極可生悲，我有點不敢相信我們的幸運。」

跋鋒寒低聲道：「你是否懷疑宗湘花？」

徐子陵搖頭。

跋鋒寒道：「另一可能是韓朝安出賣我們？可是他這麼做對他有害無利，他不致這麼愚蠢吧？」

徐子陵再搖頭，嘆道：「或者是我過分操心。」

此時寇仲的聲音傳過來道：「兄弟們！動身啦！」

因徐子陵的不祥預感，跋鋒寒聯同寇仲說動宗湘花，令她改變主意，讓各人穿起軍服，騎上戰馬，扮作她手下的禁衛，馳出皇宮，到朱雀門在望，以頭盔掩臉的寇仲向徐子陵道：「有否被暗中監視的感覺？」

另一邊的跋鋒寒沒好氣的道：「這是皇城主門重地，皇宮與外城唯一的通路，遍布明崗暗哨，沒有人注意才是怪事。」

寇仲目光落在朱雀大門上左右排列的四座箭樓，又移往守衛森嚴、深長達三丈的城道出口，嘆道：

「我這叫慌不擇言，若有不測，我們四個或可殺出重圍，可是我們的老朋友定是半個不保，馬兒亦會遭殃。想想也教人心驚肉跳，陵少仍有危險的感覺嗎？」

徐子陵尚未來得及答他，一道鼓響，數以千百計的粟末戰士從大門狂擁進來，同時城頭箭樓現出無數箭手，一下子把唯一出路完全堵死。在三人身後的宋師道大喝道：「退！」寇仲回頭一瞥，另一群戰士從後方兩座官署潮水般不斷捲出來，將他們的退路封鎖，人人彎弓搭箭，瞄準他們隨時發射。

宗湘花出奇的冷靜，勒馬嬌叱道：「大家不要動。」眾人別無選擇，只好聽她的吩咐。

平遙商其中兩人呻吟一聲，竟給嚇暈過去，滾跌下馬。剎那間，眾人陷身重圍之內。數以千計的箭簇對準他們，形勢一髮千鈞，隨時出現流血的局面。

大笑聲中，拜紫亭在四、五名將領簇擁下從朱雀門策騎而出，接著收止笑聲，顏容一沉，喝道：「想不到我拜紫亭最信任的女人，竟是第一個背叛我的人！」

包圍他們的戰士達五千之眾，卻沒有人發出半點聲息，只是那種沉默形成的壓力，足可令人心戰膽寒。

宗湘花玉容冷漠，緩緩下馬，先向拜紫亭叩首三拜，接著長身而起，冷然自若道：「宗湘花並非大王最信任的人，你信的是能爲你斂財的馬吉和宮奇，又或以前的伏難陀。大王下令放箭吧！我絕不還手，先一步去和遲一步去只是剎那時光的分別。」

拜紫亭氣得臉色煞白，勃然大怒戟指道：「枉我苦心將你栽培，看你現在變成甚麼樣子，不但敢以下犯上，還偷放我們龍泉的公敵逃走。」

寇仲再忍不住，一把扯掉頭盔，策騎來到宗湘花旁，怒喝道：「拜紫亭你可知自己是這世上最愚蠢的人——」

拜紫亭截斷他的話冷哂道：「究竟誰才是蠢人呢？我早猜到你們只是假裝離城，然後死心不息的回來救人，所以故意撤去守衛，再派人在遠方高處監視，只沒想過她會背叛我。」說到最後，聲色俱厲的指著宗湘花。

宗湘花傲然與他對視，語氣卻平靜不波，道：「誰敢面對金狼軍的千軍萬馬而不懼？誰能不顧生死只因不想禍及無辜的孩童？他們從沒要與我們爲敵，只是想討回失去的東西。大王卻被伏難陀和宮奇蒙蔽，不擇手段的對付他們。粟末的戰士聽著，我們要殉城戰死亦要死得像他們般英雄壯烈。」

不敢動半個指頭的跋鋒寒諸人，舉目掃視圍著他們的敵人，雖仍默不作聲，可是其中部分人的箭鋒再非瞄準他們，而是斜指往地面。事實上形勢仍是危如累卵，只要有一個人失手射出弦上的箭，會惹來不堪設想的後果。

與宗湘花一道的二十多名親兵聽得頭子之言，齊聲喝道：「我們要死得像個英雄好漢！」喝叫聲迴盪於朱雀大門內廣場寬敞的空間，令人熱血沸騰。兩名暈倒的平遙商仍蜷曲地上，沒有人敢去看他們，怕惹起可怕的誤會和後果；只能把他們的馬兒牽著，不讓牠們踐踏暈厥的人。

拜紫亭怒氣更盛，正要不顧一切下令放箭的當兒，徐子陵溫和的聲音響起道：「大王可知韓朝安和蓋蘇文正撤返高麗，大明尊教則從小回院的秘道暗中離城，龍泉立時變成孤城一座。大王有爲無辜的子民著想過嗎？」

寇仲乘機大喝道：「所以我們是你唯一的希望。若你還要動手，我們肯定有很多人不能活下去，但能活下去的，將拚盡最後一滴鮮血，看看能殺死你們多少人！而你的寶貝兒子大祚榮更肯定會被拿來祭旗。我們死了，你就算跪獻五采石或你老哥的頭顱，突利亦將為他的兄弟屠城報復！你說你是否是這世上最愚蠢的人？」

徐子陵不讓拜紫亭有說話的機會，接下去道：「少帥曾答應秀芳大家消弭龍泉這場全城滅族的大禍，不信可請秀芳大家來問個清楚。」

此正是寇仲和徐子陵早年應付揚州其他小流氓的慣用伎倆，一唱一和，一個扮好一個扮醜。逢此力抗不得的當兒，他們施盡蓮花妙舌，希望說動拜紫亭逃過大難。

跋鋒寒淡淡道：「若大王仍不惜一戰，我跋鋒寒發誓不殺光全城所有人，絕不離開。」

廣場寂靜無聲，能聽到的是一片濃重的呼吸。氣氛沉重緊張至極，城頭的火把獵獵作響。拜紫亭緊盯寇仲，嘴角露出一絲不屑的笑意，寇仲等心中叫糟，正要搶先出手，蹄聲驟起，從朱雀門外自遠而近。

戰士讓道，以客素別為首的十多騎衝進來，客素別大嚷道：「突厥狼軍殺來哩！」戰士一陣騷動，雖明知突厥人今晚必至，可是來得如此神不知鬼不覺，自然構成龐大的壓迫力。客素別和十三名同來的將領甩蹬下馬，拜倒拜紫亭龍駕之前。拜紫亭的臉色變得說有多難看就有多難看，忽紅忽白，顯是亂了方寸。客素別接著和眾將站起來，以背朝著寇仲等給困在廣場中間的人馬退過去。

拜紫亭愕然道：「你們幹甚麼？」

客素別邊退邊道：「大王受天竺妖僧騙術所惑，泥足深陷，把我族拖進萬劫不復之地，現在應是夢醒時刻。」

更多人把手上弓箭下垂，但仍有近半數人持弓的手堅定如故。可見拜紫亭在他們心中仍有強大的威信，那不是一朝一夕能改變過來，更不是幾句話能抹去。

拜紫亭劇震道：「反啦！反啦！連你們也在這時刻背叛我？」

客素別等退到寇仲和宗湘花左右，客素別搖頭嘆道：「忠言逆耳，這些話微臣不是今天才說，只是以前說時總換來痛斥。誰是我們粟末人的敵人，誰是我們粟末人的朋友，大王此刻該有深切體會。希望大王平心靜氣想一想，若貪一時之快殺死突利的兄弟，結果會是如何？」

又是一片悠長沉重的沉默，全場數千對目光全集中在拜紫亭臉上，靜待他對寇仲等人和粟末族的存亡下決定。

拜紫亭的臉色暗沉下去，忽然仰天長笑道：「我拜紫亭若會懼怕任何人，怕任何威脅，就不會定明早是立國之期。沒有人能蠱惑我，我拜紫亭亦非受人影響而成為今日的拜紫亭。寇仲！你們中土歷代諸國誰比得秦始皇更強大，可是『楚雖三戶、亡秦必楚』，可惜你們不能活著瞧到我拜紫亭擊退狼軍，否則必會怪自己目光短淺。」

跋鋒寒神情漠然的道：「不殺你拜紫亭，我跋鋒寒誓不為人。」聲音裏透出一往無前的決心和自信。

寇仲、徐子陵、宋師道無不心中暗嘆，曉得在劫難逃，真的應驗徐子陵不祥的預感。

拜紫亭雙目殺機大盛，點頭道：「好！好！就看你有否那本事。」

誰都知拜紫亭勢必下屠殺令。

就在此慘劇瞬將發生之際，一聲「且慢」從寇仲等後方重圍外一座官署屋頂直喝過來，轟懾全場，令全場數千人無不翹首望去。

突厥族與跋鋒寒齊名的同代高手可達志神態悠然的坐在瓦簷邊沿處，雙腳凌空，一對虎目閃閃生輝，吸引所有人的目光，哈哈笑道：「拜紫亭你真有種！我有一個你老哥定肯接受的簡單提議，可一舉解決你的問題。」

寇仲知機代應道：「可兄有甚麼好提議？」

拜紫亭冷哼一聲，道：「除武力外，你能有甚麼提議？」

可達志冷冷道：「當然仍是武力解決一途。大汗有命，只要你能勝過小可手上的狂沙刀，我們立即撤軍，給你一年時間苟延殘喘，就看你是否真的有種？」

拜紫亭龍軀一震，雙目透出淩厲的神色。

可達志續道：「勿要錯失此良機，若非看在少帥一心化解這回屠城之禍，經過我和突利可汗大費唇舌，頡利大汗絕不會答允作如此便宜你的事。如果你落敗戰死，渤海立國當然功虧一簣，那龍泉只要拆掉城牆，我們亦不損龍泉一草一木，如此划算的安排，大王是否接受，一言可決。」

客素別趁機大喝道：「請大王下令先收起弓矢！」

拜紫亭目不轉睛的緊盯可達志，好半晌打出收起弓矢的手勢。對峙雙方均鬆一口氣，箭回鞘，弓下垂。

可達志仰天發出一陣長笑，點頭道：「好！龍王畢竟是龍王，就讓我看看是你的龍劍鋒利，還是我可達志的狂沙刀了得。」往前翻下，凌空連打三個觔斗，足踏實地。包圍在寇仲等人後方的戰士，自動讓開通路。

拜紫亭忽然喝道：「且慢！」寇仲一方均大為懍然，以為他臨時改變主意。

跋鋒寒低聲向身旁的徐子陵和宋師道說：「若他反悔，立即動手！」兩人點頭答應。

可達志卓立不動，手按狂沙刀柄，不可一世的冷笑道：「又有甚麼花樣，最好勿要教我小覷你。」

拜紫亭雙目殺機劇盛，旋又斂去，露出令人複雜難明的神色，似是梟雄末路的傷情，又似不惜一鬥的決斷，轉朝寇仲瞧來，沉聲道：「我先要跟少帥私下說幾句話。」眾人恍然，曉得必是與他兒子大祚榮有關，這等事確不宜在與可達志決戰前公開談判，示人以弱。

寇仲走出己陣，往亦朝左前方空地舉步走的拜紫亭移去，到兩人會合，成為全場目光眾矢之的時，拜紫亭向湊到貼近處的寇仲低聲道：「少帥以為我與可達志此戰有多少成勝算？」

寇仲想不到他會問這樣一個問題，輕嘆道：「大王必敗無疑，可達志的狂沙刀法不但鋒銳難當，其鬥志戰意更是氣勢如虹。而大王則因狼軍壓境，兒子落在別人手上，兼之眾叛親離，方寸已亂，此戰結果如何，大王該是最清楚的人。」

拜紫亭茫然道：「我真的沒有機會嗎？」

寇仲苦笑搖頭，深切感受到這末路梟雄失去他一貫的信心！否則怎會下問他這敵人？

拜紫亭露出一絲苦澀的笑容，雙目回復清澈冷靜，似是下了決定，故靈智再不被陰霾迷霧籠罩，緩緩點頭，道：「我和少帥該是最了解對方的人。」

寇仲只好以苦笑回報，道：「該是這樣吧！大王有甚麼心事，儘管說出來，我定給你辦到。」

拜紫亭的話非是隨口亂說。他是指兩人均有稱霸為王的野心，而面對的主敵均比自己強大，故有同病相憐之感。

拜紫亭壓低聲音道：「我死後，請把我的屍體送往頡利，只要求少帥爲我保存大祚榮這點血脈。」說罷慘然一笑，像忽然蒼老了許多年。

寇仲早猜到他有此決定，而這更是最明智之舉，最英雄的做法，因爲與其被可達志當衆擊敗殺死，不如留下一點予人追想的空間，親手了結自己的性命，以此換得龍泉軍民的平安。

寇仲低聲道：「大王放心去吧！我寇仲必不負大王所託。」言罷往可達志走過去。

拜紫亭再召宗湘花和客素別說話時，他來到可達志前，嘆道：「是否全是胡謅的？」

可達志莞爾道：「除此外你能有更好的主意嗎？且謊言永不會被拆穿，因爲死的肯定不會是我。」接著道：「他是否託你保證大祚榮的安全？希望你沒有應承他，因爲大汗絕不肯放過拜紫亭的兒子，唉！他也不會放過龍泉的軍民，拆掉城牆仍不能改變任何事。」

寇仲斷然道：「我會使他改變主意，你要助我達成心願。」

可達志雙目厲芒大盛，面罩寒霜的道：「我可達志因何要助你冒犯大汗？」

寇仲笑道：「不要裝模作樣啦！別忘記在這裏我們是戰友，而且你該知這是秀芳大家的心願，你若不肯幫忙，我會向秀芳大家告發你。哈哈！」他因受拜紫亭決意自盡影響了心情，笑得乾澀而且勉強。

可達志頹然道：「總說不過你！唉！這似乎與小弟的一貫作風不符。」

拜紫亭的聲音響起道：「粟末族勇敢的戰士聽著，從此刻開始，族內一切事務由客素別右丞相和宗湘花侍衛長全權處理，他們發的命令等於我的命令，違令者斬。」宗湘花悲呼一聲「大王」，淚流滿臉。在場數千戰士呆若木雞，只看宗湘花神情，便曉得即將發生的事。

拜紫亭轉向可達志肅容道：「煩請可將軍告知大汗，拜紫亭認輸啦！」接著仰天哈哈一笑，昂然從容的朝主殿方向獨自舉步走去。

哭喊震天而起。

尙秀芳若有若無的箏音從冷寂的東苑傳出，彷似內心充滿激烈情緒的演奏者，卻能以冷峻和落寞的態度借音樂去演繹人世間的悲歡離合，崛起與沒落。寇仲不曉得是否因這幾天內龍泉發生的盛衰轉折，又或他受尙秀芳悲天憫人情懷所影響，感到自己愈來愈明白尙秀芳箏音的含意。尙秀芳獨自一人坐在空曠的廳堂中心，撫箏彈奏。當他跨步入廳，箏音忽變，似若雜亂無章，又恰如其分的舖陳出兵荒馬亂下人命賤如草芥的悽迷景況！其對時間、節奏和輕重的精確把握，箏音的豐富變化，時如萬馬奔騰、千軍對陣；時如城破人亡，繁華化爲焦土的荒涼情景，都從裊裊箏音中表達出來。她超凡的箏技喚起寇仲腦海裏的視象，戰爭像宿命般緊纏著他。

箏音倏止。寇仲呆立門旁。

尙秀芳神色漠然的朝他瞧來，對他的出現毫不訝異，淡淡道：「少帥這麼夜還不歇息嗎？」

寇仲深吸一口氣，來到她側旁席地坐下，凝望她秀美的絕世容顏，嘆道：「這正是我想問秀芳的一句話，卻讓秀芳先問了。」

尙秀芳目光移往仍撫在箏弦的玉手，平靜的道：「今晚誰能安寢？剛發生的事，湘花已著人通知我，少帥如今有甚麼打算？」

寇仲苦笑道：「可以有甚麼打算？若頡利、突利不接納我的要求，小弟只好死守龍泉直至殉城，否則我將終生抱憾。」

尚秀芳搖頭道：「少帥絕不需殉城的，因爲頡利、突利很難過你這一關，頡利更犯不著爲再無抵抗之力的粟末族冒與少帥硬撼之險，秀芳只是想問你在龍泉事了之後有甚麼打算。」

寇仲暗中喚娘，心內淌血，口齒艱難的反問道：「秀芳又有甚麼打算？」

尚秀芳別過俏臉對他凝視片刻，忽然探出纖長玉手，輕撫他的臉龐微笑道：「秀芳準備在大草原流浪一段日子，感受一下塞外動人的風情。」

寇仲失聲道：「甚麼？」

尚秀芳收回令他意亂情迷，差點溶化的纖手，幽幽道：「有甚麼好大驚小怪的？你既不肯陪人家，難道要人家終日等待少帥去殺人或被殺的消息，活生生的不斷被折磨嗎？」

寇仲一震道：「我——」

尚秀芳探手豎起玉指，按上他的嘴唇，「殊」的一聲，搖首道：「不要說出口不對心的話來騙人，秀芳是你的知己，當然明白你的心事。更不要說甚麼塞外危險不宜旅行的話，秀芳從小就懂得保護自己不受傷害。乖乖的去吧！秀芳想獨自一個人想點事情，少帥不是有很多事要做嗎？」

寇仲縱有千言萬語，卻半個字都說不出口。

寇仲登上南城牆，左右有可達志、徐子陵、宋師道和宗湘花。極目所見，城外鏡泊平原營火處處，布滿地平盡頭，火光燭天，令天上星月黯然失色。

宗湘花指著西面的營地，道：「那是菩薩的回紇軍，兵力在五千人之間，正南是突厥狼軍的營寨，兵力不斷增強。阿保甲的契丹鷊兵在城東紮營，只餘往北到小龍泉和臥龍別院的路線沒有被封鎖截斷。」

可達志道：「這表示我們對少帥的尊重，我們現時抵達的只是先頭部隊，大汗和突利可汗會於天明前駕到。」

朮文一衆兄弟和平遙商由可達志的手下護送往小龍泉，好與古納台兄弟會合和向他們報告最新的發展。另外跋鋒寒親赴菩薩的營地，若韓朝安和蓋蘇文依約將大祚榮移交菩薩，就把他接回來。

寇仲因尚秀芳的事心情鬱結，有點萬念俱灰的頹然道：「我們除等待外，尚有甚麼事可爲？」

可達志道：「喝兩杯水酒如何？」

寇仲皺眉道：「找到美艷嗎？」

徐子陵苦笑道：「我們依韓朝安提供的地點尋去，早人去樓空，只剩下一張她留下的條子，說不會忘記我們的大恩大德云云。」

宋師道一拍寇仲肩頭，道：「還是去休息放鬆一會兒吧！」

龍泉城嚴厲執行宵禁，街上除巡兵外再無閒雜人。徐子陵把千里夢從城外的樹林帶到龍泉城，讓牠與主子寇仲團聚，刻下就像在大草原般任牠們在朱雀大街蹓躂，但牠們亦只在他們落腳說話的酒舖外徘徊。

寇仲當然曉得可達志有話要說，果然兩杯酒下肚後，可達志先瞥一眼在一角打坐療傷的宋師道，壓低聲音苦笑道：「實不相瞞，當日小弟借烈瑕與你們接近，皆因奉有大汗密令，務要保少帥平安回國，原因不用我說出來兩位該曉得所爲何事。」

寇仲與徐子陵愕然對視，半晌皺眉道：「是否因李世民大勝你們和宋金剛的聯軍，故希望我能活著回去助王世充守洛陽？但你爲何肯說出來？」

可達志嘆道：「因爲我最後弄假成眞，把你們視作戰友。坦白說，你們在拜紫亭的事上確幫了我一個大忙，所以無論如何我亦要助你們保存龍泉。」

寇仲道：「這叫陰差陽錯，唉！算啦！以前的事不再計較。你遠比我們清楚頡利的心意，可有甚麼忠告？」

可達志正容道：「忠告只有一個，你盡量對我們大汗表現得友善點，萬事可商量。比起李世民，龍泉只是微不足道的瑣屑事。」

寇仲默然片晌，向徐子陵徵詢意見道：「陵少怎麼看？」

徐子陵聳肩道：「對他友善點並非要你出賣自己，若能使粟末族倖免大禍，當是功德無量。你不是說過政治不講本意，只論後果嗎？」

可達志欣然道：「兩位深明大義，這就好辦。尚有的問題是大祚榮，大汗會依規矩將他扣作人質，你們須有心理準備。」

寇仲一呆道：「這怎麼成？我怎樣向宗湘花等將官交代？」

可達志頭痛道：「照我看在此事上大汗是不肯讓步的。」

寇仲眉頭深鎖道：「我要好好想想。」順道把尚秀芳要周遊域外諸國的意願告訴他。

可達志聽罷色變道：「不是由烈瑕那窩囊廢作伴吧？」

寇仲倒沒想過這問題，道：「不會吧？」

可達志霍地起立，道：「我親自去問她。」說罷匆匆去了。

寇仲頹然爲徐子陵斟酒，道：「你可知王世充是大明尊教出身的，是上一代的原子。」

徐子陵動容道：「你是從何處聽來的？」

寇仲答道：「是韓朝安那小子告訴我的，而他則是從伏難陀處聽來，當時他爲活命，連老爹都可出賣，該不會是胡謅來騙我。且想想又覺似是事實，可風明明是在榮鳳祥指使下來害他，而事後他竟沒向榮鳳祥追究，還似更加合作愉快，由此可知兩人關係曖昧。」頓了頓續道：「韓朝安說王世充乃大明尊教派出混入隋皇朝的奸細，不過後來他的官做大了，更有機會做皇帝，所以再不那麼聽教聽話，這確很像王世充這頭老狐狸的處境。還有一件事就是龜茲美人玲瓏嬌，大有可能她亦是大明尊教的人，被派往中土助王世充一臂之力的。」

馬兒歡嘶。兩人聽聲辨意，曉得是千里夢和萬里斑見到跋鋒寒的塔克拉馬幹，故有此友善反應，大喜迎出門外。宋師道行功正到緊要關頭，仍是閉目冥坐。跋鋒寒摻扶著一個人躍下馬來，兩人定睛一看，赫然是不知所蹤的陰顯鶴，以爲他身受重傷，大吃一驚。

跋鋒寒笑道：「只是喝得爛醉如泥，沒有甚麼事的，哈！他在哪裏找到這麼多酒來喝？眞教人難以費解。」

兩人從跋鋒寒手上接過滿身酒氣的陰顯鶴，大惑不解的扶他進入店內，後者滿臉泥污，衣衫破髒，就像變成另一個人，再非那孤劍獨行冷傲不群的劍客。半閉雙目，不住喘息。他們哪曾想過他會是這樣子的，大感事不尋常。將他安置椅內，陰顯鶴扒在桌上，拍桌道：「酒來！我要酒！」

跋鋒寒攤手道：「我在路上遇到他時，就是這樣子。大祚榮接回來哩！菩薩處理一些事後，會入城來與我們會合，再與你們一道去見頡利和突利。」

寇仲放下對大祚榮一半的心事，心想算是韓朝安識相，沒有在此事上耍花樣。訝道：「你不去嗎？」

跋鋒寒坐下取起酒罈，大喝三口，道：「我不想和突利衝突，還是不去爲妙。」

兩人無話可說，因爲跋鋒寒確有惱怒突利的理由。

陰顯鶴又拍桌要酒。

徐子陵探手搓揉他背心，輸入眞氣，柔聲道：「陰兄究竟有甚麼心事？何不說來聽聽，說不定我們能爲你想到解決的辦法。」

陰顯鶴倏地坐直瘦長的軀體，雙目直勾勾瞧著前方，兩眼空空洞洞的，夢囈般道：「她不是小妹！她不是小妹！」

那邊的宋師道張開眼來，陪他們摸不著頭腦地盯著他。

徐子陵怕他傷神過度，暗捏印訣，湊到他耳旁喚道：「小妹！」

陰顯鶴聞言劇震，醒轉過來，茫茫然掃視坐在前方的寇仲和右側的跋鋒寒，遠處角落尚是首次見面的宋師道，最後發覺徐子陵正在後面按著背心輸氣，一呆道：「怎麼一回事？」

跋鋒寒解釋一遍，又介紹宋師道予他認識，接著問道：「陰兄酒醉時喚著小妹的名字，是否陰兄的親人？」

陰顯鶴露出古怪的神色，嘆氣搖頭，像鬥敗公雞似的頹喪失落的道：「往事不堪提，唉！我要走啦！」掙扎站起來。

徐子陵抓著他雙肩硬把他按回椅內，懇切的道：「陰兄定有一段傷心往事，若當我們是兄弟就說出來，五個人想總好過一個人想。」

寇仲乃玲瓏剔透的人，猜到陰顯鶴非是如他們原先猜估般暗戀宗湘花，只是認錯她是他的小妹子，經宗湘花否認後，受不住沉重的打擊和失去希望的痛苦，借酒來麻醉自己，致有此失常之舉。柔聲道：「陰兄在找尋小妹嗎？你的事就是我們的事，人多好做事，怎都好過你一個人去碰運氣。」

跋鋒寒幫腔道：「少帥在塞外有一定的影響力，做起事來方便點，勝過陰兄一個人去碰運氣。」

徐子陵移到他旁坐下道：「信任我們好嗎？」

陰顯鶴目光移往徐子陵，呆望他半晌，瘦軀一陣抖顫，頹然道：「小妹是我在世上唯一的親人，她——唉！」

徐子陵射出鼓勵的神色，輕輕道：「你怎會和小妹失散？」

陰顯鶴雙目異芒大盛，透出盡傾五湖四海之水難以淡化的仇恨，沉聲道：「是拐子幫硬將她搶去，還把我打得剩下半條人命。」

寇仲忙道：「陰兄當時是甚麼年紀？」

陰顯鶴道：「當時我只有十二歲，小妹七歲，後來聽人說那回拐子共搶走當地十多個不過十二歲的女孩，唉！我不想再說啦！」

跋鋒寒皺眉道：「那就是十多年前的事。」

寇仲和徐子陵均大感頭痛，十多年前一個給喪盡天良人口販子搶去的小女孩，在茫茫人海中如何尋找？宗湘花定是長得有點像陰顯鶴的親妹子，令他誤會，他不斷出現她眼前，是希望勾起她兒時的回憶，認出他是自己親兄長。這確是人間悲劇！難怪陰顯鶴經常落寞寡歡，像給天下所有人遺棄的樣子，因爲目睹親妹給搶去的童年悲慘回憶，使他不能像正常人般生活。

宋師道長身而起道：「幸好陰兄肯把此事說出來，因我對此宗舊事亦有所聞，寒家還曾派人調查呢。」

陰顯鶴劇震一下，雙目射出熾熱的渴望，卻說不出話來，只是大口喘氣。

宋師道移到桌旁坐下，道：「據我們調查所得，此事禍首實爲楊廣那個暴君，執行的是他的走狗巴陵幫。據聞一天楊廣忽然生出主意，想把其中一座行宮的宮女用上未成年的少女，於是左右佞臣遂通知巴陵幫執行。當時巴陵幫的大龍頭陸抗手知此事必犯眾怒，命手下秘密在全國各地搜羅拐擄長得標致精靈的少女，事後放出煙幕，謠傳少女是給賣往塞外。」

陰顯鶴顫聲道：「那批少女被送到哪座行宮去？」

宋師道道：「楊廣轉頭已將此事忘記，接著出征高麗，那批少女仍應在巴陵幫手上。」

寇仲大怒道：「竟又是香家父子幹的好事！他娘的，希望香小子陪頡利一道來，那我們可當面質問他，陰兄放心，此事包在我們身上。只要令妹——噢！不！我們定可爲陰兄找到令妹。」

陰顯鶴低唸道：「巴陵幫！巴陵幫！蕭銑是否巴陵幫的大龍頭？」

徐子陵道：「陰兄勿要輕舉妄動，因爲此事非武力可以解決，必須計劃周詳，更不可打草驚蛇壞了事情。我們有位朋友叫雷九指，他一直在想辦法對付巴陵幫，對香家父子的事非常熟悉，是最理想的好幫手。」

寇仲沉吟道：「我又想起另一件事，照道理趙德言和香玉山是大纜扯不到一起的天南地北兩個人，爲何香玉山忽然會拜趙德言爲師？是否趙德言和香家或巴陵幫一向關係密切，因爲巴陵幫的所作所爲，確似魔門不擇手段令人神共憤的作風。」

徐子陵記起往事道：「你這分析很有道理，還記得香玉山說過他的氣功出岔子，是被陰癸派一位長老所害。只要有一半是實話，他和魔門的關係亦不簡單。」

寇仲雙目殺機大盛，道：「魔門因知犯眾怒，故由明轉暗，表面看來與他們全無關係者，事實上正是他們的人，林士宏如此，輔公祏和錢獨關亦是如此，現在可能再要多出個蕭銑來。陰兄放心，你的敵人就是我寇仲的敵人，他娘的，巴陵幫本就是我們的死敵。」

陰顯鶴雙目射出充滿希望的神色，精神大振。

徐子陵安慰他道：「回中土後，我陪陰兄去找雷九指，令妹的事必可圓滿解決。」

足音響起，可達志與杜興聯袂抵達。

陰顯鶴見到杜興，露出厭惡神色，起身道：「我到外邊走走！」一言不發的跟兩人擦身而過，走到街上回復孤冷的本色。

杜興回頭盯他背影一眼，訝道：「這不是蝶公子嗎？」

可達志不滿道：「他是怎麼一回事，碰口碰面不打個招呼。」

寇仲道：「不要怪他，他就是那樣子的一個人，坐下喝杯酒再說。」同時介紹宋師道予杜興認識，後者曉得他是名震天下「天刀」宋缺的兒子，態度即大是不同。

酒過兩巡，可達志頹然嘆道：「小弟果然所料無誤。」

寇仲色變失聲道：「真是烈瑕那小子？」

徐子陵雖對尙秀芳沒有丁點兒野心，也大感不舒服，緊蹙劍眉道：「烈瑕哪來空閒陪尙秀芳？」

杜興冷哼道：「烈瑕算甚麼東西，讓我們聯手將大明尊教的人殺得半個不剩。」

跋鋒寒淡淡道：「該否由許開山開始，他是否仍在城內？」

杜興微一錯愕，不悅的狠盯跋鋒寒一眼，沉聲道：「我說話一是一、二是二，說過不當許開山是兄弟就不當他是兄弟，還要我說多少遍才足夠。他奶奶的，現在連我都不曉得他在哪裏，有本事你跋鋒寒去揪他出來，看看老子會怎樣對他。」

徐子陵心頭一陣煩厭，起來道：「我出去看看蝶公子。」離座走到街上，清冷無人的朱雀大街左右延伸，馬兒見到徐子陵，興奮的過來與他親熱，孤立門外的陰顯鶴冷冷道：「香家父子究竟是甚麼人？你們和他有何瓜葛？」

徐子陵明白他的心情，總望能知道得愈多愈好。抬頭望往籠罩著這命運難卜的塞外奇城的燦爛星空，嘆道：「我眞有點不知該從何說起，那時我們經歷尙淺，不懂人間險惡，以爲自己把心掏出來待人，別人會作同樣回報，怎知卻全不是如此理所當然的一回事，由那時開始，我們再不輕易信任人。」

陰顯鶴淡淡道：「我從不相信人，你是唯一的例外。」

徐子陵欣然道：「陰兄令小弟受寵若驚。」接著沉吟道：「我有個疑問，陰兄是否在上次來龍泉時，已懷疑宗湘花非是令妹。」

陰顯鶴臉色陰沉，點頭道：「小妹絕不會著人趕我打我。自賊兵作亂，害得我家破人亡，我兩兄妹流浪天涯、相依爲命，只要她眞是小妹，定可把我認出來。我還記得她被人擄走時的眼神，當時我躺在血泊中，我這一生都不會忘記。她小時已很堅強，我知她定會活下來。」

徐子陵很想問他那套打遍東北的劍法是如何學成的，終忍著不問，答他先前的問題道：「香家父子負責巴陵幫妓院和賭場的業務，據傳人口販賣亦由他們主持，長安六福賭館的老闆池生春，極有可能是香貴的長子。唉！」

陰顯鶴一震道：「妓院？」

徐子陵明白他的感受，岔開道：「陰兄的小妹叫甚麼名字？」

陰顯鶴顯是想到妹子大有可能被賣入妓寨，臉色慘白，急促的喘氣道：「我不殺盡巴陵幫的狗賊，誓不爲人。」

徐子陵再找不到安慰他的說話。

陰顯鶴沉聲道：「我想獨自一人到城外走走，明早我會在小龍泉等你們。」說罷舉步往北門方向走去。

看著他孤獨修長的背影，徐子陵暗下決心，定要把巴陵幫這喪盡天良的罪惡集團連根拔起。

陰顯鶴忽然止步，輕輕道：「我的妹子叫陰小紀。」說完大步走了。

徐子陵一呆，唸道：「陰小紀？」

腦海裏浮現長安首席名妓紀倩的玉容，她那對不住變化的靈活眼神，似乎每一刻都湧起新的念頭，新的主意。她更有一雙起舞時非常悅目好看的長腿，想要跟他學賭術背後的原因耐人尋味。差點就要追上陰顯鶴將此事告訴他，又怕只是一場誤會，徒令他多添煩惱。

蹄聲驟起，一騎從南門方向急馳而至。來騎迅速奔至近前，蹄音粉碎小長安龍泉上京近乎膠著的肅靜，徐子陵認得是隨他們齊闖宮禁的宗湘花親隨之一，此時他神色張皇，差點是滾下馬來，嚷道：「不好哩！突厥狼軍開始揮軍進逼。」

徐子陵失聲道：「甚麼？」

那宗湘花的親兵道：「頡利大汗帥軍剛至，圍城的大軍便開始悄無聲息的移動，往我們逼近。」

徐子陵愕然以對。寇仲、杜興、可達志、跋鋒寒、宋師道五人從舖內搶出，聞訊無不色變。頡利竟比突利早一步抵達，若此是突利故意遲到，便是居心叵測，任由頡利放手屠城。又或是頡利趕在突利前頭來攻城，攻城戰一旦開展，雙方互有死傷下，會激化民族間的仇恨，甚至失控難制。大草原各族一向打的是消耗戰，對敗方盡情屠殺搶掠，除非力有不逮，否則總是要令對方陷於滅族的結局。對頡利來說，任何不聽話的民族，都要毫不留情的連根拔掉。

衆人目光集中到可達志身上，後者正代表冷酷無情的突厥戰士，還是他們中年輕一代最出類拔萃的人物之一。若非因他與寇仲和尚秀芳的關係，他會是毫不猶豫贊成屠城的人，此刻卻現出無奈的苦笑，道：「讓我出城去見大汗，了解情況。」

宋師道搖頭道：「可將軍萬勿如此，否則將來後患無窮，你可以回到大汗身旁，但千萬不要爲龍泉說任何好話，只可如實稟告。」寇仲等均點頭同意，如讓頡利發覺可達志是站在他們一方，會被頡利視爲叛徒。

杜興道：「照我看大汗是示威多於實攻，他不會不曉得突利的兄弟正在城內。」

寇仲問那粟末禁衛道：「菩薩的軍隊有甚麼動靜？」

禁衛答道：「菩薩的回紇軍和阿保甲的鞨兵仍是按軍不動，只有突厥狼軍逼近南門。」

徐子陵淡淡道：「可兒請立即歸隊，這裏的事自有我們想辦法應付。記緊宋二哥的話，我們在任何情況下都不會怪責可兒的。」

可達志嘆道：「這是首次有我不願打的仗。不過我仍不信大汗會眞的攻城，他只是要加強與你們談判的籌碼。各位珍重！可達志去了。」言罷招來戰馬，飛登馬背，一聲叱喝，戰馬放開四蹄，迅速去遠。

宋師道向杜興道：「此事杜霸王不宜參與，最好立即領貴幫兄弟從北門離城，以表立場。」

杜興猶豫片晌，「唉」的一聲道：「我杜興交了你們三位朋友，以後大小姐的生意，我定會用眼睛盯緊，不會疏忽，有甚麼事可來向我問責。山海關見！」

到剩下四人和那禁衛後，宋師道道：「可達志對頡利的分析肯定錯不到哪裏去，頡利現時只是擺出攻城的姿態，向我們加重心理上的壓力。大草原的民族最重信諾，既定下日出是最後期限，絕不會在日出前發動攻擊，問題是我們陷於被動，若不能扭轉形勢，我們將處於談判的下風。」

徐子陵點頭道：「他可以粟末族不能交出五采石爲藉口攻城，那突利很難怪他。」

寇仲沉聲道：「我們先到南門瞧清楚情況，再決定該如何行動。」

南門外漫山遍野全是一排一排布置有序的火把光，照得星月黯然失色，夜空火紅。最接近的先鋒隊伍推進至距南門只有半里之遙，頡利的帥旗在里許外一處丘頂上，放眼所見總兵力約在兩萬人間，清一色騎兵，看不到攻城的工具，很有可能收藏在較遠的密林內。稱得上是人強馬壯，士氣如虹。菩薩的回紇兵留在原處不動。客素別、宗湘花等一眾粟末將領集中在南城牆頭，人人臉色凝重。在目前士氣低落的情況下，敵人從四面八方發動猛攻，龍泉能捱半天已相當不錯。

寇仲環視敵勢，忽然露出一絲笑意，道：「頡利是逼我們出城去向他叩頭求饒，好小子！真不愧縱橫大草原的梟雄。」

跋鋒寒指著菩薩右鄰靠北處的點點燈火，皺眉道：「那是何方人馬？」

宗湘花道：「那是與頡利同時抵達的鐵弗由黑水靺鞨戰士，兵力在八千人間。鐵弗由是我靺鞨諸部裏反對我們立國最激烈的部族。」

徐子陵聽得一顆心直沉下去，敵方聯軍的人數在龍泉守軍數倍以上，這一場仗如何打得過。

寇仲回復自信冷靜，道：「客相和宗衛長可否讓我和子陵全權與頡利談判？」

宗湘花和客素別你眼望我眼，因事情關係重大，而寇仲和徐子陵始終是外人，一旦他們答應頡利的條件，他們只有照辦的份兒。

宋師道道：「兩位請和同僚私下商討，有答案再告訴我們。」

徐子陵懇切的道：「諸位請信任我們。」

宗湘花等到一旁商議，寇仲低聲向宋師道、跋鋒寒和徐子陵道：「眼前的情況非常明顯，就是突利把民族的利益置於兄弟之情上，所以我們不能倚賴他，必須自己想辦法，把局面扭轉過來。」

跋鋒寒雖對他用兵如神的本領信心十足，可是見守城的粟末兵人人垂頭喪氣的樣子，苦笑道：「你憑甚麼把局面扭轉？」

寇仲哈哈一笑道：「解鈴還須繫鈴人，我這句話不知是否形容貼切。」

此時客素別回來道：「我們決定由少帥和徐公子作全權代表，只有一個條件，若頡利要求我們將儲君交出，我們寧選殉城死戰。」

寇仲欣然道：「這就成哩！你們愈能擺出不惜殉城死戰的格局，我愈有把握爭取頡利退兵的好條件。」

「蓬！蓬！蓬！」無敵於大草原的突厥狼軍，適於此際擊響戰鼓，一下一下的敲進守城的戰士心坎上。

「噹！噹！噹！噹！」龍泉城分別設於宮內和四道外城門的五座鐘樓同時敲響鐘聲，悠揚的聲韻隱含悲壯荒涼之意，因爲這是哀悼拜紫亭駕崩的喪鐘，至敲畢四十九響始歇止。莊嚴的喪鐘聲中，載著拜紫亭自殺遺骸的靈車，在八匹戰馬拉曳下，前後各有百名禁衛護靈，拖著沉重的步伐，駛出朱雀大門，踏上朱雀大街，朝南門開去。沿途軍民夾道送行，哭喊震天，既爲曾令他們對將來充滿憧憬和希望的領袖的淒慘結局表示哀痛，更爲面臨的滅族大禍悲泣。喪鐘聲雖未能把城外撼天動地而來的戰鼓聲蓋過，但其發人深省與惹人思考死亡本質的清音，跟戰鼓的殺伐聲毫不協調，反將其殺伐的味道大幅削減。

戰鼓聲忽然停止，只餘鐘音繼續飄揚於城裏城外廣闊的夜空上。突厥軍的先鋒部隊陳兵南門外千多步處，列成陣勢，再沒有揮軍進逼。南門敞開，代表龍泉上京榮辱的燈塔火光熊熊，照得城門區明如白晝，可是在鐘音感染下，卻瀰漫著火光輝煌背後沒落荒涼的氣氛。寇仲、徐子陵、跋鋒寒、宋師道和一眾龍泉將領，聚集南門城外，默候靈車的抵達。宗湘花、客素別等沒有人流淚，喪鐘聲將他們的屈辱和悲憤化成力量，無人肯於此時向敵人展露軟弱的一面。這正是寇仲的以心理戰對心理戰，以拜紫亭的奇異喪禮統一龍泉軍民的情緒，把粟末戰士變成一支令敵人不敢輕視的哀兵，向頡利傳出訊息，粟末人可戰至一兵一卒，絕不會投降，假設投降的條件是不可接受的話。

靈車駛過深長的門道，在南門外停下。「噹！噹！噹！」敲過第四十九響喪鐘後，是壓得人心頭有如鉛墜的靜穆。靈車的御者離開座位，改由寇仲和徐子陵兩人坐上去。客素別喝道：「恭送大王！」全體將士立即跪下，熱淚終於忍不住奪眶而出，那是充滿怨憤和屈辱的苦淚。寇仲馬鞭揚起，在空中呼嘯一圈，落回來輕抽馬臀。戰馬長嘶，拖著靈車往敵陣馳去。

寇仲回頭一瞥，心中酸痛，嘆道：「這回我眞的沒有把握，陵少怎麼看？」

敵陣號角聲起，忽然近千騎離陣旋風般朝兩人所駕靈車馳來，直有舖天蓋地，搖山撼嶽的驚人威勢。徐子陵卻像沒有看到似的，苦笑道：「這回頡利是有備而來，故此絕不肯空手回去。談判會非常艱困，而大祚榮更可能是談判的死結。」

馬嘶震天，衝至近前的突厥戰士表演花式般同時勒馬吶喊，戰馬人立而起，像橫掃草原的波浪，然後分左右散開。其騎術之精湛，陣形的完美，教人嘆爲觀止。後方的粟末將士和跋、宋等人，此時退回城內，緊閉城門。蹄聲在靈車左右震天響起，兩支千人隊分從兩側朝靈車衝來，似要把他們連人帶車輾成粉碎，拖車的戰馬因受驚嚇，不住跳蹄，使寇仲控制得非常辛苦。

寇仲狠狠道：「突利這小子太沒義氣，竟在我們最需要他時不出現，他奶奶的熊。」

徐子陵沉聲道：「他自有他的爲難處。大草原部落社會的領袖可不同中土的帝主，必須聽其他酋頭的意見。」

兩支突厥騎隊馳至兩側丈許近處，眼看撞上靈車，驀地各分作兩隊，斜斜在馬車前後竄過，變成流動的大交叉，而靈車正位於交叉的核心處。片刻後，騎兵遠去。

寇仲搖頭苦笑道：「我們再練十世，也練不出如此厲害的騎兵團隊來。雖明知他們在示威，我也給嚇出一身冷汗。」

徐子陵凝望前方，沉聲道：「又來哩！」

漫山遍野的突厥戰騎出現在汗纛旗高豎的山丘上，潮水般往他們席捲過來。令他們想到中土若非有堅固的城池，早給突厥的鐵蹄踏遍每一寸的土地。在兩人頭皮發麻下，前後左右盡是強悍的突厥騎兵，有如洶湧的汪洋，將他們四周的平原淹沒。兩名突厥兵牽著靈車最前兩馬的馬韁，引領靈車前進，敵人士氣如虹，人人精神抖擻，目露凶光的向寇徐兩人注視吶喊。如若對方動粗，兩人武功再高一倍，也必死無疑。

在數以千計的突厥戰士簇擁下，靈車不斷加速，繞過山丘，只見營帳林立間有大片空地，聚集數以千計的戰士，空地較遠一端擺放十多個箭靶，而頡利和趙德言、暾欲谷、康鞘利等一衆突厥將領二十多人，在親兵簇擁下，正在射箭爲樂，卻不見可達志和香小子。兩人一看此等架勢，立知不妙，對方是談笑用兵，穩占上風。他們卻要獻上拜紫亭的遺體求和，高下之別，顯而易見。

「颼！」頡利將大弓拉成滿月，射出勁箭，橫過近五百步的距離，命中箭靶紅心，登時惹起左右過萬戰士興奮的嘶喊喝采，直沖霄漢。火把光照得營地血紅一片，充盈著大戰爆發前暴力和傷亡一觸即發，令人熱血沸騰的氣氛。靈車停下。頡利躊躇志滿的把大弓交給手下，向兩人招手道：「少帥、子陵請過來。」

「颼！颼！颼！」十多支箭分別由諸將射出，無不命中遠方箭靶的紅心，又是另一陣轟天而起的喝采聲。

寇仲和徐子陵跳下馬車，往頡利等人立處走去，前者振起精神，哈哈笑道：「大汗風采依然，可喜可賀。」

頡利先是臉色一沉，接著換過笑臉，大笑道：「托福托福！少帥是否代送五采石來哩！」

連徐子陵亦不明白寇仲為何一開口就是「風采依然」，這句本是讚美的話，用在有奔狼原一役之敗的頡利身上，只變成冷嘲熱諷。如此激怒頡利，對談判有何好處。不過再往深處一想，縱然討好他也不見得有何好處。

寇仲像老朋友般來到禿頭在反映四周火把光的頡利身旁，輕鬆的道：「小弟這回來是交人而非送石，大汗可否將就點兒。」

兩人銳目交擊，互不相讓。趙德言、暾欲谷等二十多名將領酋頭，卻是人人傲然相向，一副穩操勝券的模樣。

頡利唇角飄出一絲逐漸擴展的笑意，哈哈笑道：「千軍易得，一將難求。只要少帥點頭同意，我頡利將全力助你逐鹿中原，你要人有人，要馬有馬。」

此時趙德言彎弓射出一箭，命中遠方的目標，寇仲拍手道：「好箭法，言帥何不來個草原奔馬騎射，好讓我們大開眼界。」

徐子陵開始有點明白寇仲的策略，就是插科打諢，盡量不著邊際的胡扯，以分敵人心神，不讓對方按部就班的進行擬定計劃，是沒有辦法中的辦法。

趙德言城府極深，並不因寇仲暗諷他扮足突厥人動氣，往他瞧來微笑道：「少帥這回到大草原來，若只是要看我在馬背上射箭，必然失望而回。」

寇仲笑道：「我更想看的是賢徒玉山兄的馬上雄姿，是否比得上言帥。我們眞的後知後覺，到今晚才曉得巴陵幫與言帥的關係。」再不理臉色微變的趙德言，轉向頡利道：「大汗肯供人供馬，我寇仲自是求之不得，不過娘曾教過我便宜莫貪，古人又有兔死狗烹的訓言。大汗如何釋我的疑慮？」

徐子陵默立寇仲另一邊，看得怵目驚心，照他猜估，這次金狼軍確是傾力東來，人數比奔狼原之戰多上近倍，總兵力超過五萬人，除威脅龍泉南門的萬人先鋒部隊外，其他人正在營地忙碌不停，砍伐樹木建造攻城的各式工具，向他們顯示攻打龍泉的準備和決心。龍泉兵力在萬五至二萬人間，縱使人人決意死戰，可是有小長安之稱的龍泉城仍遠及不上洛陽、長安的規模，假若趙德言確如傳言所說的是攻城的高手，龍泉肯定撐不上多少天。

頡利欣然道：「少帥是一個很特別的漢人，快人快語、率直坦白，不像其他漢人般口是心非。好！直話直說，我若能助少帥擊垮關中李家，少帥就把幽州讓予我，禮尚往來，大家再沒欠對方分毫，此後要打要和，悉從尊意。」幽州正是高開道的地盤，包括山海關在內，如落入突厥人手上，那突厥人將取得中原東北的重要軍事據點，可逐步擴展蠶食，不用像以前般孤軍深入，搶掠一番後立要退走。

寇仲啞然失笑道：「幽州並非我寇仲的，如何能送禮般送給大汗？」

正與其他突厥大酋留神傾聽的暾欲谷淡淡道：「少帥如能消滅李家，天下將是少帥囊中之物，區區一個幽州，少帥自然可以作主。」

頡利正容道：「自我突厥於貴國西魏時期，大破柔然於懷荒之北，柔然可汗阿那瓌兵敗自盡，我族先祖阿史那土門建立突厥汗國，雄霸草原，幅員比古代的匈奴更遼闊，規模更是空前龐大，可惜其後分裂爲東西兩大汗國。楊堅一統中原，屢次來犯，又使用離間分化之計令我草原各族內戰不休，東西汗國復合遙遙無期，我們不得已下對中土用兵，但我們的國策是先圖統一再論其他，少帥明白我的意思嗎？」

寇仲開始感到頡利能成為突厥的最高領袖，是有他的一套本領，說話有強大的說服力，且能拋開對自己的仇恨，只講長遠的利益。

徐子陵卻另生感觸，思索自己和寇仲的分別，換過與頡利談判的人是他而非寇仲，恐怕早斷然拒絕頡利的提議，但這只會把事情箍爛破壞，後果則是屠城慘劇。政治是不論動機好壞，只論帶來的後果；政治上更沒有永遠的敵人，只有永遠的利益。頡利正是這種人，寇仲則明白遊戲的規則。他徐子陵雖明白，卻不會去做，所以他絕不宜沾碰政治。孫子兵法有云「兵者，詭道也」，換言之，謀略正是一種高明的騙術，在精確掌握客觀情勢，敵我實力和心態後，始「謀定後動」、「能而示之不能」、「近而示之遠」，欺敵騙敵詐敵後克敵。現實的世界冷酷而無情，甚麼大義當前，只是過分強調理想和道德的泥淖，禁不起考驗。就像眼前的突厥大軍，只會從本族的利益作出考慮，順我者生逆我者亡。寇仲必須從利害入手，才能以最少的犧牲，獲致最大的利益。所以徐子陵只有聽的份兒。

寇仲微笑道：「大汗這麼看得起我，我怎能不受寵若驚，此事可容後從長計議，我這回來——」

頡利擺手截斷他道：「少帥若能立即退出我們和粟末族的爭拗，我頡利必有回報。說到底拜紫亭不但與你非親非故，更是卑劣可恥的敵人，少帥怎值得為這不自量力的蠢人出頭？」

趙德言陰惻惻笑道：「這回挑起干戈的是拜紫亭而非我們，就算依中土的江湖規矩，我們勞師遠征，總不能空手而回，兩位以為然否？」

寇仲微笑道：「小弟可否請問諸位一個問題？」

暾欲谷悠然道：「大家是講道理的人，少帥請賜教。」

徐子陵大感頭痛，對方的策略是擺出處處講道理，非是恃強凌弱，將令寇仲更難招架。

寇仲望往星空，好半晌才道：「不知諸位對宋金剛、李世民柏壁一戰有何感想？」

頡利微一錯愕，露出不悅神色，冷哼道：「少帥若只對這方面有興趣，我們還需在這裏浪費寶貴的時間嗎？」

徐子陵亦摸不著頭腦，宋金剛聯同突厥兵攻打太原大敗而回，是頡利入侵中土的嚴重挫折，寇仲硬揭他瘡疤，只會惹來頡利不快，於事何補？

寇仲笑道：「大汗勿要動氣，我們漢人有云『前事不忘，後事之師』，來個戰後檢討，肯定有益無害，可避免將來重蹈覆轍。」

頡利勉強壓下怒火，冷冷的道：「我在聽著。」

寇仲從容道：「宋金剛之所以有柏壁慘敗，非因力不能敵，而是策略錯誤。如若正面交鋒決戰，李世民必敗無疑，可是李世民卻採取『先不爲勝，以待敵之可勝』的高明策略，瞧準宋金剛孤軍深入，故雖兵精將猛，所統率的仍是以臨時搶掠回來的糧草供養的龐大軍隊，不能速戰速決就只有吃不完兜著走的份兒。於是當世第一善守的統帥李世民實行堅壁清野的針對性戰略，再施小隊突擊困擾的游擊戰，待宋金剛計窮糧絕，被迫撤退時啣尾痛擊。大汗明白我的意思嗎？」

頡利、趙德言、暾欲谷、康鞘利一眾人等無不臉泛怒色，雙目殺機大盛。

徐子陵曉得寇仲是行險一博，借柏壁一戰暗喻現在的形勢，爭取談判的本錢。最絕之處是表示看穿聯軍的形勢。頡利的大軍確非區區龍泉軍所能抵擋，但若有寇仲這亦如李世民般精於守城的人領導，頡利想速戰速決恐不易辦到。在這種情況下，突利的支持將成決定性的因素。他肯否攻打由曾與他出生入死的兄弟守衛的城池呢？更大的可能性是袖手旁觀，而突利的態度更會影響菩薩、鐵弗由和阿保甲。頡利在這情況下攻城的風險會大幅增加，一旦僵持不下，金狼軍將變成深入敵境的孤軍，倘陷於進退維谷的境況，則其地位大有可能給突利取而代之，因爲頡利和突利的講和只是利益的結合，雙方間的信任是有條件和限度的。粟末兵以驍勇善戰名著東北，否則亦不用頡利親自揮軍東來，如今更變成哀兵，誰都不敢低估他們的實力。寇仲這一番說話，立即扳回少許上風，又沒有直接令頡利丟面子。

趙德言狡目一轉，故作驚訝的道：「想不到少帥遠在草原，對中土發生的事仍有如目睹，不知少帥是否曉得李神通抵黎陽助李世勣一事？」

寇仲灑然笑道：「好像聽過有他娘的這麼一回事，不過竇建德、王世充依然健在。宇文化及被破，三方間再無緩衝，黎陽變成孤懸關外的唐室重鎮，竇、王兩人均欲得之而甘心，該擔心的應是兩位老李，而非是我寇仲吧？」

趙德言啞然失笑道：「少帥看得通透，正因黎陽孤懸關外，故死守爲下策，李世民挾大破宋金剛的餘威，必須於此時大展拳腳，以保黎陽，三方爭戰，形勢危急。令人奇怪的是少帥似乎仍有用不盡的時間般，置剛成氣候的少帥軍和中原霸業於不顧，盡糾纏於塞外毫不相干的雞毛蒜皮小事情上，實在令人費解。」

這番話命中寇仲的要害，差點啞口無言。

徐子陵終於忍不住，沉聲道：「少帥爲的不是拜紫亭，而是龍泉無辜的平民百姓和秀芳大家，大汗對此話或者聽不入耳，可是拜紫亭已自殺身亡，假設粟末族拆毀城牆，作出合理的賠償，大汗能否開恩，使龍泉不用出現血流成河的場面。大汗的寬大，只會爲大汗贏回更高的聲譽，不損大汗威名分毫。」

頡利一愕道：「秀芳大家？」

至此談判終於進入關鍵性的階段。

寇仲和徐子陵一唱一和，事實上仍是當年在揚州混時的那一套，來完硬的再來軟的，給足對方下台階和挽回面子的機會。假設逼得對方「退此一步，即無死所」，無論你多麼有道理，最後只餘武力解決一途。

此時寇仲又扮回老朋友狀，湊近頡利低聲道：「大汗勿要見怪，聽說是你邀請秀芳大家來龍泉的，現在要使龍泉變成廢墟的又是你。秀芳大家是只愛唱歌彈箏不愛戰爭的人，而我又敬愛秀芳大家。哈！大汗也不希望秀芳大家傷心得要步老拜的後塵吧？」

頡利露出爲之氣結又略帶尷尬的神情，壓低聲音道：「我會親自向她解釋賠罪。」

臨時射靶場所有活動暫時停止，諸將都在留心聆聽兩人的對答。

寇仲道：「最好的賠罪是化干戈爲玉帛，那明早小弟即可乘船回國，看看有甚麼事情可做，例如不讓李小子得逞洛陽諸如此類。大汗總不能派兵去助王世充守洛陽吧？那就交由小弟代勞好啦！」

頡利失笑道：「少帥是個很好的說客，就看在秀芳大家份上，我頡利破例讓步，粟末人除拆毀城牆外，須獻出戰馬五萬匹，牛、羊各十萬頭，黃金二萬兩，最後也是最重要的一個條件，是大祚榮須被扣押作人質，這是我最低的要求，再沒有退讓的可能。」

寇仲和徐子陵聽得面面相覷，粟末人怎肯交出大祚榮，他們也不忍心如此對待一個弱子。

寇仲苦笑道：「大汗令我們好生爲難，拜紫亭死後遺骸不保，要送來給大汗驗屍發落，已令粟末人無比怨憤屈辱，所以希望能保存老拜的骨肉血脈。大祚榮是個不懂事的稚童，大汗將他帶走只有象徵的意義，實質的作用不大。失去大批戰馬牛羊，立把粟末國庫掏空，十年八載休想復元，還不計以後年年進貢，大汗可否給小弟少許面子，放過大祚榮。」

頡利悶哼道：「你們中土有中土的規矩，我們大草原有大草原的規矩。從來只有入鄉隨俗，沒有俗隨客改。不信可去請教你們的兄弟突利，去請教菩薩或古納台兄弟，又或阿保甲、鐵弗由，問他們我頡利只帶走大祚榮一人是過分還是寬容。哼！凡與我作對者，男的一律殺掉，女的作奴隸，這回是例外中的例外，否則我突厥族如何立威大草原。」

趙德言奸笑道：「少帥勿要把假長安當作眞長安，龍泉雖是粟末人的上京，事實上規模連竟陵亦遠有不如，我們更非杜伏威的江淮軍可比，煩惱皆因強出頭，少帥不爲自己著想，也該爲少帥軍或大小姐想想。」

寇仲和徐子陵都聽得心頭火發，頡利固是不肯讓步，趙德言則是推波助瀾，語含威脅，還硬把翟嬌牽涉在內。

寇仲肅容道：「大汗如肯破格允容，我寇仲會非常感激。」

暾欲谷皺眉道：「大汗對少帥早格外寬容，少帥何不回去與粟末人從長計議，天明前給大汗一個回覆。」

寇仲仰天長笑，豪情奮湧的道：「何用待至天明，我現在可立即給大汗一個肯定的答案。」

頡利雙目殺氣大盛，電芒爍爍，點頭道：「好！我頡利洗耳恭聆。」

寇仲踏前三步，雙目掃過擺在空地另一邊的箭靶，從容從外衣內取出刺日弓，運勁張開，弓弦「崩」一聲扯直時，喝道：「箭來！口說無憑，就以此箭決定龍泉城的命運。」

他身後以頡利爲首的一衆突厥將領，排在空地兩旁觀射的數以百計的頡利親兵，遠近備戰的突厥戰士，無不被他出人意表的行爲吸引，猛瞪著他。頡利親手從隨從的箭袋抽出一支箭矢，送到寇仲探後的左手處。寇仲毫不遲疑的取箭上弓，輕輕鬆鬆的把刺日弓拉成滿月。頡利等眼見這曾使無數突厥戰士飲恨的著名摺疊弓，心內都不知是何滋味。全場只徐子陵知道寇仲將以螺旋勁射出此箭，將箭靶炸個粉碎，既是立威，更要表明寧爲玉碎，不作瓦存的決心和立場。

在萬衆期待下，弓弦爆響，弦上勁箭射出，以肉眼難以看得清楚的高速，閃電般橫過五百步的距離，正要命中箭靶紅心的當兒，忽然凝定半空，給一隻寬大厚重，似從虛無和另一世界探出來的手以拇食兩指捏著箭鋒。時間像忽然靜止。「蓬！」勁箭寸寸碎裂。寇仲和徐子陵瞠目以對，突厥戰士則爆出震耳欲聾的喝采。竟是天下三大宗師之一的「武尊」畢玄，不知從何處閃出，於勁箭命中目標前的剎那，以令人難以相信的迅疾和準繩，捏著箭鋒。由於勁箭貫滿螺旋勁，兩勁交擊下，長箭化爲烏有。以寇仲和徐子陵泰山崩於前而色不變的冷靜功夫，亦爲之色變，既驚懍畢玄能驚天地泣鬼神的莫測接箭手法，更想不到畢玄隨軍親臨，難怪突利要故意遲到，亦大增攻打龍泉聯軍的變數。

畢玄顯然沒想到不能盡數化去箭內的眞勁，令長箭不能保存，微怔道：「少帥的內勁又深進一重，可喜可賀。」

寇仲大感不是滋味的將刺日弓收起，施禮道：「不知武尊親臨，請恕無禮之罪。」

「武尊」畢玄仍是那襲樸素的野麻外袍，但自有一股像「天刀」宋缺般不可一世、睥睨天下的氣概，兩手收後，跨步朝寇仲一方龍行虎步的悠然而行，神態閒適自在。冷峻深不可測的眼神，天地間似再無可瞞過他之事物。

寇仲與徐子陵交換個眼色，均大感不妙。據說畢玄近數十年來從不參與突厥族的戰爭，今天他老人家親臨，當然不會是在旁看看那麼簡單，而是針對他們的行動。何況他曾有警告，著他兩人滾回中土，所以肯定來意不善。有畢玄在，形勢登時生出對他們絕對不利的變化，對事情的未來發展，再沒有把握。五百步的距離，畢玄倏忽走過，似緩實快，本身充滿詭異莫名的感覺。遠近所有戰士肅靜恭立，對他們來說，畢玄不但是精神的最高領袖，更是天神般被崇拜的武學巨匠。只有呼嘯的夜風，火把的燃燒聲響點綴這突如其來的肅靜。

畢玄在離寇仲十步許處停下，微笑道：「本人有個兩全其美的提議，可解決大汗和少帥間的爭執。」

寇仲深吸一口氣，壓下心頭波動的情緒，正容道：「武尊請賜示！」

畢玄淡然自若的道：「軍事是政治一種極端的形式，是流血的政治，一旦訴諸武力，最後只能以存亡來解決。國與國間如此，人與人間亦是如此，故強者稱王。拜紫亭和伏難陀這回挑起爭端，欲取我族而代之，若沒有少帥為他們出頭，只有滅族的唯一結局。少帥既不願見這情況出現，何不從大規模的攻防戰，改為兩人間的生死對決，若勝的是少帥一方，我們可破例刪去以大祚榮作人質的條件，少帥意下如何？」

寇仲和徐子陵立即心中喚娘，若畢玄親自出手，他們派哪一個出去都是送死。深悉他武功的跋鋒寒早作出修行一年始再戰畢玄的決定，可知跋鋒寒心知肚明現仍沒法贏得畢玄。畢玄的武功境界，再無任何破綻弱點。

頡利等亦為之愕然，與趙德言、暾欲谷等你眼望我眼。

暾欲谷是畢玄親弟，較頡利更方便說話，乾咳一聲道：「這個與我們和突利可汗的協議恐怕有衝突之處，武尊明察。」

畢玄悠然道：「任何協議均可隨形勢的改變修訂，像突利便沒想過少帥會站在粟末人的一方，還以為揮軍東來，可助少帥出一口惡氣。」接著深不可測閃動著顧盼生威神采的眼神罩定寇仲和徐子陵，微笑道：「長話短說，本人就以十招為限，只要跋鋒寒能過關不死，便如前議。大汗是否別有意見？」

寇仲和徐子陵為之又驚又喜，心內矛盾得要命。頡利卻是眉頭大皺，露出思索神色。四周一片靜默，等待頡利的答覆，他始終是突厥之主，畢玄須得他同意始能代表金狼軍決戰跋鋒寒。

寇仲和徐子陵交換個眼色，均曉得對方又驚又喜的背後原因。喜的是畢玄確提供一個解決談判僵局的辦法。兩人自問任哪一個人下場，肯定可硬捱畢玄十招，最糟的情況只是受點內傷。由此推之，畢玄之所以有把握可在十招內擊斃跋鋒寒，是基於錯誤的估計，以為跋鋒寒仍身負嚴重內傷，想不到世間有「換日大法」的療傷妙術，使跋鋒寒脫胎換骨，不但內傷盡癒，而武功更再上層樓，非是早前差點給畢玄宰掉的跋鋒寒。驚的卻是跋鋒寒的硬朗作風，以兩人對他的熟悉，幾可肯定他會奮不顧身的務要於此十招內昭雪前恥，那和捱過十招的情況是完全兩回事，必須著著均為進手招數，那時誰都不敢肯定生死勝敗是否會決定於十招之內。

頡利顧慮的當然是突利，可推斷他和突利間當有不得傷害寇仲、徐子陵和跋鋒寒的協議，若給畢玄擊殺跋鋒寒，他將難以向突利交代。果然頡利嘆道：「武尊勿要見怪，我仍有為難之處，少帥可有更好的提議？」

寇仲心中大罵頡利狡猾，一句話將責任全推到他身上，如若他答應，事後突利很難怪到頡利頭上。他求助的望向徐子陵。

徐子陵苦笑道：「我們其中之一可否代他應戰？」

畢玄微笑道：「兩位終有一天有此機會，不過卻非這星光燦爛的動人黑夜。」仰首觀天，雙目射出深刻的感情，悠然道：「因爲兩位與本人並沒有殺徒之恨。」

寇仲道：「事關人命，且是我們好友之命，我們可否私下說兩句話？」

頡利點頭答應，寇仲把徐子陵扯到一旁，以內功束聚聲音道：「這事眞頭痛，怎麼辦才好？」

徐子陵頭痛的道：「若我們代老跋拒絕，恐怕他會氣得幹掉我們。」

寇仲斷然道：「我明白哩！老畢既主動挑戰，我們根本沒有選擇，老跋也別無他選。」走回去昂然道：「我們決定接納武尊的恩寵，只有一個附加條件，就是大汗驗明拜紫亭的正身後，我們可把他的遺體運回龍泉安葬。」

頡利爽快的道：「兩位均是我頡利尊敬的人，這點面子我怎樣都要給你們，就這樣決定吧！」

吶喊聲再次轟然響起，傳遍鏡泊平原。

宗湘花花容失色道：「這怎麼行？」

她的反應代表龍泉將領的心聲，因爲「武尊」畢玄乃大草原上無敵的代名詞，既以十招之限，無人敢不相信他有此本事。換言之，大祚榮將難逃被突厥大軍俘走的淒慘命運。寇仲和徐子陵不禁大感頭痛，適才已答應畢玄，且把話說滿，偏沒想過龍泉諸將合乎情理的反應。

客素別搖頭道：「我們情願殉城死戰，四位爲我們盡過的心力，我粟末族永遠不會忘記。唉！頡利是從不肯放過反對他的人，你們的兄弟突利實是與虎謀皮。」

跋鋒寒一對虎目亮起來，卻出奇地沒有說話。長風一陣一陣的拂捲立在牆頭商議的各人，城外則是漫野的敵人和火把，氣氛沉重。

徐子陵心中一動，道：「各位請聽在下一言，只要我的兄弟跋鋒寒肯答允以救回大祚榮作最高目標，這將是最佳解救龍泉城的方法。」

宗湘花愕然道：「可是畢玄曾和跋兄交手，對跋兄的武功路子理該摸通摸透，故有信心在十招之內殺死跋兄，這一仗如何能打。事關重大，四位勿要怪我坦言。」

客素別和十多名將領均點頭同意宗湘花的看法。跋鋒寒嘴角逸出一絲笑意，仍不說話，予人高深莫測的感覺。

寇仲欣然笑道：「此正是最精采之處，只要老跋肯如陵少所言，必可成功過關，將事情解決，留待日後再與畢玄分出生死。因爲跋鋒寒再非當日初戰畢玄的跋鋒寒，他亦將畢玄摸通摸透。哈！你們定要繼續信任我，想想吧！以我寇仲的爲人，是否會推自己的兄弟出城去送死？」

跋鋒寒灑然笑道：「知我者莫若徐子陵寇仲，不過你們有否想到，若我只是抱著捱過十招的心態出戰，可能眞的只是去送死？」

寇仲陪笑道：「當然不是這樣被動，而是該攻時攻，應守時守，憑你老哥的偷天劍，必可給老畢一個驚喜。」

徐子陵見客素別、宗湘花等仍是一臉狐疑之色，誠懇的道：「與其玉石俱焚，何不行險一博？上一回畢玄既殺不死鋒寒兄，這回且有十招之限，怎會例外？」

跋鋒寒哈哈笑道：「無論你們怎樣想，我和畢玄此戰已是箭在弦上，不得不發。」

此正是寇仲和徐子陵最擔心的事，以跋鋒寒的性格，根本不會理十招的限制，所以必須令他以助粟末解困爲最終目標，才肯讓他出戰。

宋師道看穿其中關鍵，向宗湘花等龍泉將領道：「龍泉十多萬人的性命，就在你們手上，我信任少帥和子陵的判斷，你們若和我相反，將錯失關乎貴族日後能捲土重來的天大良機。」

宗湘花移到跋鋒寒身前，探出纖長的玉手，神情嚴肅的道：「跋兄勿要見怪，我想知道跋兄的狀況。」

客素別等均點頭稱善，因爲據傳聞跋鋒寒曾被畢玄重創，若他現在仍內傷未癒，此戰將必敗無疑。

跋鋒寒露出不悅神色，似要拒絕時，徐子陵嘆道：「老哥你可否看在秀芳大家份上，破例一次呢？」

跋鋒寒微一錯愕，看看徐子陵，又瞧瞧寇仲，苦笑道：「你兩個確是逼人太甚，不過我仍是心中歡喜。」說罷探手與宗湘花相握。

宗湘花嬌軀一震道：「這是不可能的，跋兄竟無絲毫內傷之象。」

客素別移過來大訝道：「難道傳言有誤？」

跋鋒寒放開宗湘花的手，嘆道：「既有初一，自有十五。」改握上客素別遞來的手。

客素別立即催發內氣，只覺鋒寒手硬如鐵箍，體內眞氣深廣如汪洋大海，秘不可測，駭然道：「我明白哩！」他明白的非是跋鋒寒決戰畢玄而沒有負傷，而是爲何寇仲和徐子陵均力主跋鋒寒出戰。

跋鋒寒微笑道：「客相的內功想不到如此精純。」

客素別收手退開。

寇仲拍手道：「哈！事情就這麼決定。老跋請記著只是十招，若你繼續打下去，我們會出手破壞你的好事。」

跋鋒寒氣結道：「眞是我的好兄弟。」

第三章

二戰畢玄

黃易 作品集

第三章　二戰畢玄

決戰在南門外進行，畢玄與頡利等一衆突厥領袖移師至離南門千步許處時，南門敞開，跋鋒寒在寇仲、徐子陵、宋師道和宗湘花、客素別等龍泉將領簇擁下，昂然出城應戰。圍城聯軍的另三位領袖回紇的菩薩、黑水靺鞨的鐵弗由、契丹的阿保甲均聞風而來，後兩者應邀加入頡利的觀戰團，只有菩薩爲表示對寇仲三人的兄弟情，與親兵在西面觀戰。

在燈塔火把光的照耀下，決戰的場地明如白晝，清楚分明。可達志出現在頡利後側的位置，卻仍不見突利。城外的聯軍，城牆頭的粟末戰士，決戰場兩方對峙的人馬，均是肅穆無聲，於此曙光將露前的黑夜裏，沉重的氣氛像一條緊繃欲斷的弓弦。

畢玄首先跨步出陣，每個動作都是優雅得完美無瑕，不露絲毫破綻，悠然自若，自有不戰而屈人之兵的大宗師風範，立時惹起視他爲神的突厥戰士轟天震地的吶喊助威，更添其本已逼得人透不過氣來的驚人氣勢。不論敵我雙方，不論希望畢玄十招內得手或失手的人，均大感能目睹這垂名大草原近六十年的第一高手的風采，雖死無憾矣。

跋鋒寒仍是冷靜如恆，嘴角且帶著一絲散發著強大信心和鬥志的笑意，昂然下場，先仰天一陣長笑，顧盼自豪的冷然道：「這是你犯的第二個錯誤，第一個錯誤是施盡全力仍殺我不死，第二個錯誤是今晚低估了我，畢玄啊！你能在大草原稱霸的日子，已是屈指可數。」

粟末一方的戰士，受他不畏權威的豪情壯氣感染，登時爆起漫空采聲。突厥一方卻人人大感意外，想不到跋鋒寒這畢玄手下的敗軍之將，不但毫不怯場，其膽色霸氣直能使他與威懾大草原的畢玄分庭抗禮，至少在氣勢對峙上毫不遜色。

畢玄現出欣賞的神色，微笑下跨前數步，將兩人的距離縮至五丈，悠然道：「敗而不餒，確是難得，少說廢話，讓老夫看你有甚麼長進。」

兩人的對答以突厥話說出，針鋒相對，絲毫不讓，雖未眞正動手，四方觀戰者已大感刺激緊張。

跋鋒寒在畢玄停步的剎那，倏地踏前三步，把兩人的距離縮至四丈，右手按往偷天劍，劍雖仍在鞘內，但人卻變得劍鋒般銳利，湧起一股凌厲的劍氣，朝這同族的武學大宗師激衝過去。他的臉容變得無比冷酷，雙目閃耀著凝然如有實質的強大自信，身體像拔天而起的傲松古柏，使人生出無論遇上任何風暴，他仍將屹立不倒的感覺。後方的寇仲和徐子陵同時放下心來，知道他的自信完全從上一回的慘敗中恢復過來，回復高昂鬥志。

畢玄眼內訝色閃過，全身衣衫先是在劍氣的衝擊下波紋般捲拂飄揚，忽然又變得文風不動，不動聲息輕描淡寫的化解了對手的劍氣，立即引起他那一方戰士的呼叫打氣。

跋鋒寒嘴角逸出一絲充滿奇異魅力的笑容，目注劍柄柔聲道：「此劍再非斬玄，而是偷天。」說罷右肩後擺，左腳出步，然後移左肩，另一腳跨出，到右肩再後移時，「鏘」的一聲清響，右手從鞘內拔出偷天劍，完全沒有停留猶豫的氣貫劍鋒，人劍一體，化作長虹，橫過四丈的遠距離，把複雜的動作串成一個簡單的整體，令人生出玄之又玄的感覺，人劍合一的筆直朝畢玄射去。此劍不但手、眼、步配合得天衣無縫，且令人感到他的劍凝聚全身全靈的力量，意透神聚，除非功力眼力都全面遠勝過他者，否則任誰都不敢硬攖其鋒，只能採退避之法。

畢玄卻是挺立不動，雙目射出深邃無邊、秘不可測的精芒，罩定對手，冷哼一聲，右手負後，另一手撮指成刀，朝前疾劈。看似簡單的一掌，但高手如寇仲之輩，均看出其中實含參透天地造化的玄功，既無跡可尋，更無隙可乘，無論跋鋒寒劍招如何變化，最後只餘硬撼一途。身在局內的跋鋒寒卻有另一番滋味，他一點都感應不到畢玄的炎陽奇功，卻又知他的炎陽大法正全面展開，故能不為他催發的劍氣所影響。上一回畢玄是以變化克制他的變化；這回卻是以不變應付他的多變。只是簡單直接的一記劈掌，偏能籠罩他偷天劍每一個可能的攻擊點，令本有偷天之妙的一劍，立時變得再無出奇之處。劍掌交擊。

在寇仲和徐子陵眼中，事實上跋鋒寒已有長足的長進，因其身法步法的渾然天成，巧妙至令畢玄不敢以變化對變化，改為以靜制動，以拙破巧，迫跋鋒寒硬拚一招，便知畢玄此時對因換日大法而得「重生」的跋鋒寒，再不能看通看透。

「霍」的一聲悶雷般的勁氣甫響，跋鋒寒應掌觸電般後撤，偷天劍邊退邊生出精微的變化，布下一道又一道的劍氣，使凝立的畢玄終因劍氣的阻礙，沒法乘勢追擊。沒有任何喝采聲，但雙方戰士的呼吸均變得沉重急促，沒有人想過跋鋒寒竟能與畢玄硬拚一招不現絲毫敗象。跋鋒寒感到所處空間變得灼熱沸騰，對方的炎陽眞氣將他鎖緊罩死，幸好他每送出一道劍氣，均令對方可怕的眞氣熱度下降少許，否則若讓炎陽眞氣積蓄至巔峰，那時大羅金仙亦不能令他在畢玄手下逃生。他直退至四丈外的原處，始停下來，偷天劍遙指對手，雙方回復先前隔遠對峙的局面。

畢玄保持右手負後，左掌劈前的姿勢，欣然笑道：「痛快痛快！跋鋒寒你不但內傷盡癒，且功力尤有精進，令人感到後生可畏，如你不急於求勝，我的確沒法在十招內致你於死。」

粟末一方的人先是一呆，接著爆起震耳欲聾的歡呼。畢玄無論眼力氣度，均令人心折，只一招就看出難以在十招內取跋鋒寒之命，又肯大方承認自己原先估計有誤，正代表他之所以能攀上武道大宗師位置的廣闊襟胸氣度。當連頡利一方也以爲畢玄會就此罷手收兵，畢玄卻從容笑道：「尚有九招，跋鋒寒你最好小心點，免招永不能痊癒的傷勢。」震耳的喝采聲竟不能掩蓋他柔和的聲音，人人聽得一清二楚，決戰場倏又肅靜下來。

跋鋒寒正催發劍氣，抵禦他的炎陽眞氣，力壓那股不斷上攀的熱度，更曉得畢玄的氣機把他緊鎖，令他陷於絕對的被動，只能覷機反擊，仍是絲毫無懼，微笑道：「偷天始能換日，我跋鋒寒正全力以待。」說罷偷天劍稍往左移，再沉肘拉後。觀戰者全生出奇異之極的感覺，這連串的微細動作，本應怎麼都威脅不到遠在四丈之外的畢玄，但偏是無人不感到兩個高手之間似有著無形的連繫，連動個指頭也會影響到戰事的發展。

寇仲、徐子陵、宋師道、頡利等人，此際始眞正明白跋鋒寒的高明處，因爲若他任由自己處於被動的形勢下，由於功力修養仍與畢玄有一段距離，如此眞氣相持下，情況只會愈趨惡劣。他的動作正代表他的反擊，牽引和宣洩炎陽大法氣場的變化，迫畢玄主動出手，雖是風險極大，卻是唯一解救當前困境的妙法。

果然在氣機牽引下，畢玄冷哼一聲，大步跨前，左手下垂，收在背後的手一拳擊出，雙腳彈離地面寸許，頓似離地飄行，姿態優美至無懈可擊的地步。跋鋒寒忽覺虎軀一輕，壓體勁氣消失得一滴不剩，全身虛虛蕩蕩，沒有著落得使他差點要噴血。隨著對方出拳，一股鐵柱般的熱勁奔襲而至，若讓其及體，等於給結結實實重重一擊，任何護體眞氣亦救不回他的小命。跋鋒寒一聲長嘯，偷天劍發出嗡嗡異鳴，斜刺而出，同時往左移開。勁氣爆破，發出悶雷般的巨響。

跋鋒寒微一踉蹌時，畢玄以鬼神莫測的高速越過三丈多的距離，掠往跋鋒寒右側，舉肘劈掌，橫斬跋鋒寒右頸側，動作行雲流水，有若天成。兩人終於短兵相接。跋鋒寒猛扭雄軀，偷天劍在懷內爆起一團因反映燈塔火光而爍動流轉的劍芒，似幻實眞的迎上畢玄的劈掌。畢玄哈哈一笑，掌化爲指，變化出玄奧無倫的招數，竟穿破該是沒有空隙的劍芒網，以神乎其技的手法，點往跋鋒寒眉心處，就像跋鋒寒的斬天劍只中看不中用，全無防守能力的虛晃子。跋鋒寒卻是臨危不亂，就在寇仲方面人人不願目睹結果的剎那，偷天劍芒撤去，劍把回撞，在最後關頭硬封畢玄能奪天地造化的一指。

「轟！」劍芒再盛，化作漫天虛虛實實的幻影，似水銀瀉地，無孔不入的往快速收指的畢玄攻去。表面上似是跋鋒寒重占上風，事實上卻是跋鋒寒應指硬被震退數步，劍芒只是被動的防守而非主動的進擊。但因兩人動作太快，眼力低者自生錯覺。

畢玄冷喝道：「第四招！」雙手盤抱，一股勁氣旋捲衝出，照頭照臉的往跋鋒寒湧去，視他的偷天劍似若無物。跋鋒寒有如置身火海熱浪中，心知肚明面對的是畢玄一生功力所聚，若再正面硬撼交鋒會是不死即傷之局，問題是倘繼續退避，將再難爭取主動，那時能否捱過餘下的六招，恐怕包括他自己在內誰都沒有答案。跋鋒寒雙目精芒大盛，往橫疾閃，漫天鑽動如火蛇狂舞的劍芒還原爲偷天劍，老老實實的一劍橫掃，本是平凡不過甚至有些笨拙味道的一劍，卻令所有觀戰者生出千軍萬馬廝殺得血流成河、屍橫片野、日月無光那種慘烈的感覺。寇仲和徐子陵忍不住齊聲叫好，這才是跋鋒寒的眞功夫。

「砰！」劍鋒掃中畢玄盤抱氣勁的鋒端，眞氣激濺，跋鋒寒猛地噴出一口鮮血，竟不退反進，「唰！唰！唰！」連攻三劍。畢玄隨手掃拂，瞧似漫不經意，卻著著封死偷天劍的攻勢，最後更硬把跋鋒寒震退三步。

畢玄沒有乘勢追擊，兩手攤開，淡淡笑道：「這幾劍非常不錯，足令你憑之縱橫草原，還有兩招。」

跋鋒寒橫劍而立，一點不似曾噴血負傷的人，顏容平靜無波，雙目神光湛然，凝視畢玄，沉聲道：「這是武尊唯一殺我的機會。」

畢玄仰天長笑，點頭道：「好！新長的草茁壯嫩綠，若我餘下兩招不能取爾之命，下一次就由你揀日子時間吧。」

眾人差點連呼吸都忘掉，既佩服跋鋒寒視死如歸的膽色勇氣，又敬仰畢玄的襟胸氣度。更是誰都曉得即將看到畢玄的壓箱底眞功夫。寇仲和徐子陵至少放下一半心事，因爲跋鋒寒的說話顯示他決定將全力保命，不讓「武尊」在餘下兩招得逞，故有這兩招是唯一殺他機會之語，之後他會全力準備下一場與畢玄的決戰，並有信心可雪前兩戰之恥。畢玄瞧透他這年輕敵手的心態，故有此豪情壯語，事實上亦是逼自己將不可能的事變成可能。宗湘花一方人人色變，跋鋒寒先前噴血受傷，乃鐵錚錚的事實，受創的跋鋒寒，是否能安然捱過餘下兩招，頓成疑問。大部分人則大惑不解，決戰之初時，畢玄曾下判語，表示因跋鋒寒不但舊傷盡癒，且功力大有精進，故無法於短短十招內殺死他。現在似乎又務要辦到，教人摸不著頭腦。

兩人正面對峙，相隔不過十步，兩對目光像閃電般交擊，不論氣勢精神，均是毫不相讓。畢玄再露出一絲淡淡的笑意，攤開的兩手顫震起來。跋鋒寒立即感到四周的空氣灼熱起來，知畢玄正提聚炎陽眞氣，若給他積至頂峰全力出手，必成無可抗禦之勢，心中冷笑，暗忖自己怎容他在這情況下攻擊，接著又靈光一閃，以對方的武學修爲和智慧，怎會讓他有這搶先出劍的縫隙，顯然是誘他出手之計。想到這裏，暴喝一聲，偷天劍緩緩探直，再高舉過頭，另一手亦握上劍把，變成雙手持劍之勢。不過三十斤的寶劍，他卻似舉輕若重，凝盡全身氣力，帶起一股強勁凌厲，聚而不散的劍氣。熱浪潮水般在他兩旁翻滾不休。

跋鋒寒又再大喝一聲，功力較低的觀戰者給他喝得心寒膽戰。當偷天劍似欲照頭往畢玄疾劈時，炎陽眞氣忽然消失得無影無蹤。跋鋒寒立即生出要往前仆跌，無處著力的難受感覺。如非他早有預感，看破畢玄誘敵的手段，此刻唯一的選擇將是捨命進攻，掉進畢玄精心布下的陷阱去。此際卻是不驚反喜，偷天劍稍往前劈，即改變方向，逆轉劍勢的在頭頂畫出一個完美無瑕的正圓形，動作似緩似快，心意清楚分明，但玄妙處卻令旁觀者均不明所以。宋師道、寇仲和徐子陵則同聲喝采。

畢玄雙目閃過訝色，發覺對方把催逼過來的劍氣一下子全收在頭頂劍圈間的窄小範圍內，斂而不散，聚而不逸。要知高手相爭，全賴氣機感應，跋鋒寒此刻束收勁氣的手法，與畢玄撤消炎陽氣場有異曲同工之妙，就是不讓對方從氣勢的分布強弱變化釐定進攻退守的策略行動。若沒有兩招餘額之限，畢玄大可用種種手法迫使跋鋒寒暴露破綻狀況，但在僅餘兩招下，畢玄再難好整以暇，不得不全力出手。由此可見跋鋒寒再非初戰畢玄時的吳下阿蒙，打開始就有力難施，著著錯失，而是有辦法及能力和畢玄分庭抗禮，至少尙有反擊之力，不是像扯線傀儡般任畢玄要他往東就往東，往西便不能移南或避北的窩囊，致棋差一著，縛手縛腳。畢玄冷哼一聲，沖天而起。跋鋒寒全身眞氣全束聚在頭頂劍圈內，畢玄掠往他身子上方，他只要因勢乘便，發出把劍氣積聚至頂峰的一擊，等於畢玄自動獻身送上門來受劍。

不過世上當然沒有這麼便宜的事，尤其對方是一代宗師。且他自知和畢玄仍有一段距離，故一心保命過關的跋鋒寒長笑道：「日子時間任我挑，對嗎？」長劍閃電劈下，到胸腹前方的位置驀然凝止，斜指畢玄，使人摸不清他是攻還是守，但均感到此招攻守兼備，神妙不可揣測。畢玄一聲長嘯，竟從半空急墮，到離地寸許的剎那，一拳轟出。跋鋒寒劍鋒發出「嘶嘶」尖銳急驟的劍氣破風聲，積蓄已久的劍氣似怒潮破堤而又高度集中的迎上畢玄這驚天動地的凌厲拳勁。

「轟！」跋鋒寒斷線風箏的被畢玄炎陽拳勁硬撞得往後倒飛，滾倒地上，連續翻滾直抵近三丈外，始彈起來橫劍而立，哈哈笑道：「還有一招。」畢玄釘子般落到地上，不晃半下，目光緊罩這能抵擋他畢生功力所聚的一拳的對手。全場寂然無聲。跋鋒寒「嘩」的再噴出一口鮮血，雙目神光大盛，竟出乎所有人意料之外的改守爲攻，往前跨步，持劍往畢玄逼去。

第一線曙光，出現在地平遠處。

畢玄忽然往左右迅速晃動，幻化出幾個虛實難辨的身影，就如化身千萬，即使石之軒的幻魔身法，亦不外如此。跋鋒寒立即止步，偷天劍凝定平伸，劍鋒遙指兩丈外的畢玄。寇仲和徐子陵同時叫糟，知跋鋒寒看不破對方的虛實。畢玄哈哈一笑，雙手合攏成拳，往身前空處猛轟一記，發出「蓬」的一聲悶響。兩丈外的跋鋒寒卻如受雷擊，劇震一下，後退半步，偷天劍發出「鏘」的一聲。

畢玄灑然笑道：「最後一招就這麼了結吧！你回去好好練劍，下一回勿要讓我把你宰掉。」

兩方戰士同時聲嘶力竭的高聲喝采叫好，粟末方面的將士當然是因跋鋒寒成功過關，保著他們的少主大祚榮；另一方面則因畢玄在占盡上風之際放過跋鋒寒，且誰都知如再放手相搏，跋鋒寒最後必敗無疑，故畢玄沒用盡第十招，不但無損其威名，且表現出其有容乃大的宗師胸懷。呼喊聲響徹龍泉城內外漸漸轉白的天空，悠長凶險的一夜終於過去。

寇仲在宗湘花陪同下，神情木然的策著千里夢馳出朱雀宮門，往東門並騎而去。尙秀芳婉拒他一起乘船返回中土的好意，堅持要在塞外過一段流浪的日子，更不把他對大明尊教的指責放在芳心上，顯示她對烈瑕這文武全材的邪男有一定的崇拜和好感。想到知己難求，烈瑕精通音律，又曾對塞外各民族的音樂下過工夫，對她自有極大的吸引力。

宗湘花低聲道：「少帥對粟末族人的恩德，我們永遠不會忘記。」

頡利的大軍依約立即退走，由雙方均信任的菩薩負責監察粟末人拆毀城牆，交出賠償，並由菩薩送往突厥。龍泉正舉城哀悼逝去的拜紫亭和伏難陀，城民遵命盡量留在屋內，故街上行人稀疏，清冷寥落。

寇仲朝宗湘花瞧去，道：「宗侍衛長可知陰顯鶴是把你錯認作失散多年的小妹子。」

宗湘花爲之愕然。

寇仲解釋一遍，見她心不在焉的聽著，知她心情惡劣，安慰她道：「大王最後能作最聰明抉擇，犧牲自己保全族人，贏得所有人的尊敬。所以只要你們好好扶持大祚榮，必有東山再起之日，宗侍衛長不須將一時得失放在心上。」

宗湘花嘆道：「這回我們損失慘重，以後還要應付突厥人的苛索。頡利只因你們和突利、菩薩和古納台兄弟的關係暫時放過我們，但他仍可暗中支持其他人壓迫我們，令我們難在東北容身。」

寇仲正容道：「這正是我說你們可東山再起的原因之一，你們爲生存，必須自強不息。以前大王的路子確走對，只是手段不正確，兼誤信妖人。你們所占位置在大草原上是得天獨厚，渤海灣有那麼多海港碼頭，使你們掌握海運的命脈，只要肯大做海運生意，必能繼續振興。我回去後會把情況告訴大小姐，她可在互惠互利下爲你們帶來大量的利潤，有財就有勢，怕他甚麼阿保甲、鐵弗由。至於突厥人，他們眼前的主要目標是聯結大草原各族，然後大舉入侵中土，你們如能充分利用這天賜良機，必可有一番作爲。」

東門在望，徐子陵、跋鋒寒和宋師道牽著馬兒在等他。

宗湘花聽得精神一振，秀眸生輝，點頭道：「多謝少帥指點，我們定不負少帥所望。」

寇仲拍馬加速，大笑道：「宗侍衛長不用送哩！若我沒有戰死洛陽，宗侍衛長到中原來遊山玩水時，定要來探望我。」

宗湘花勒馬抱拳送別，瞧著徐子陵三人翻上馬背，與寇仲旋風般馳出東門，消沒在午後陽光燦爛的大草原上。

（筆者按：粟末人爲滿族女真人的先祖，大祚榮後來果如寇仲所料建立震國。玄宗時受唐玄宗冊封爲忽汗州都督、左驍衛大將軍、渤海郡王，遂改國號爲「渤海」，完成拜紫亭的宏願。）

四人全速策馬，往小龍泉馳去。草原在馬蹄起落下迅速飛退，四人均感神舒意暢，有不虛此行的痛快感覺。

宋師道高呼道：「你們眞的立即便走，不和突利打個招呼嗎？」

寇仲狠狠道：「相見不如不見，我怕自己忍不住要和他大吵一場。」

跋鋒寒哂道：「有甚麼好吵的？吵一場可改變些甚麼？」

徐子陵首先馳上一座小山丘，勒馬停下，遙望小龍泉的方向，昨天早上他們就是在這樹林邊沿的高處研究進攻小龍泉的大計。

三人紛紛收韁，來到徐子陵左右，後者嘆道：「除非我們改從陸路回山海關，否則非見突利不可。」

三人定睛一看，只有同意的份兒。原來小龍泉石堡四周漫野豎起新的營帳，在夕陽斜照下，黑狼軍高豎的大纛正隨海灣吹來的長風「霍霍」拂揚。突利竟在此恭候他們的大駕。

跋鋒寒嘆道：「想和你們多聚一會兒都不行，請代我向大小姐問好，洛陽再見！」

寇仲一震道：「這麼說走就走，哈！他奶奶的熊，這回大草原之行確是痛快至極，照我看畢玄沒用盡第十招，只是想遮醜。」

跋鋒寒冷哼道：「希望守洛陽之戰不會令我失望，只要再有一年的修行時間，我將會令畢玄後悔他的豪氣。」

宋師道欣然道：「視武道爲修行，確是精采。這回你們大草原的修行，將奠定你們在塞內塞外的崇高地位，但最使人震撼的仍是鋒寒與畢玄限十招的生死決戰。」

跋鋒寒微笑道：「不過最快樂的人卻不是我或寇仲，而是陵少，既曾與師仙子共墜愛河，現在又萬水千山的送玉簫予另一位石仙子，踏上另一段快樂的旅程。」

徐子陵失聲道：「我最快樂？」

宋師道有感而發道：「隨遇而安，不將得失放在心上，不把自己與別人比較的人，時間總會容易過一點。」

寇仲動容道：「二哥這話內中深含哲理，發人深省。不知此間事了後，二哥是否會回嶺南打個轉？」

宋師道搖頭道：「若我回家，恐怕永遠不能再踏出家門。」

寇仲向徐子陵打個眼色，著他想辦法，徐子陵心中一動，道：「二哥能否先助我去對付人肉販子，再回去小谷陪娘呢？」

宋師道嘆一口氣，淡淡道：「我明白你們的用意，唉！讓我想想吧！你們眞了解我。」

跋鋒寒笑道：「兄弟們！我走哩！」勒轉馬頭，一聲呼嘯，催騎而去。

寇仲看著他沒入林內的背影，問徐子陵道：「老跋傷得重嗎？」

徐子陵道：「有換日大法在身的人，只要死不去，甚麼傷勢都難不倒他。在你入宮見尚秀芳時，我曾助他療傷，已好得差不多了，不用擔心。」

寇仲欣然道：「既是如此，我們走吧！」

三人穿營過帳，見到他們的突利親兵無不吶喊施禮，態度尊敬親切。他們直抵主帳前空地，突利正和古納台兄弟和越克蓬、客專等人說話，見三人來到，立時雙目放光，大笑道：「我的好兄弟來啦！」

宋師道與他在洛陽曾碰過頭，已是舊識。三人甩蹬下馬，寇仲和徐子陵均發覺自己臉上的肌肉忽然變得僵硬，擠不出半絲回應的笑容。

突利排衆迎來，看他姿態本要和兩人擁抱，可是見他們木無表情的樣子，忙止步改口道：「鋒寒呢？」

寇仲冷冷道：「他走啦！」

古納台兄弟和越克蓬等感覺到雙方間異樣的氣氛，知機的留在遠處，讓他們說話。

突利嘆道：「你們在怪我？」

宋師道和他打過招呼後，逕自往古納台兄弟等人處走去自我介紹，剩下三人你眼望我眼，氣氛沉重尷尬，均有不知說甚麼好的難受感覺。

寇仲攤手道：「你想我們該怎樣對你？辛辛苦苦和你打敗頡利，你卻擺擺尾的便去和頡利修好講和，昨晚我們想倚仗你去和頡利談條件，你卻躲到小龍泉來休息，任我們自生自滅，還開口兄弟閉口兄弟，這樣算他奶奶的甚麼兄弟？」

突利苦笑道：「天下間恐怕只有你寇少帥這樣痛罵我而我突利不生反感。唉！他娘的，你可知我受的壓力。畢玄親自來找我，要我在和戰之間作出選擇，表明如我不肯講和修好，頡利將全力支持拜紫亭這蠢貨。我有能力打一場兩條戰線的全面戰爭嗎？一個不好！給拜紫亭統一靺鞨諸部，那時我應顧哪一邊才好？若與拜紫亭鬥個兩敗俱傷，占便宜的肯定是頡利。」

徐子陵不想寇仲和他鬧得那麼僵，且在突利來說已非常容讓，甚至低聲下氣作解釋，點頭道：「我們倒沒想得這麼周詳。」

突利嘆道：「假設呼倫貝爾之戰勝的是跋鋒寒而非畢玄，我定會設法說服族人與頡利作戰到底。可是事實剛好相反。我與頡利的議和條件，首先是他不得再對付你們，就算你不當我是兄弟，但在我突利而言，你們永遠是我的好兄弟。」

寇仲臉容稍鬆，只有少許氣憤難平的道：「那因何明知我們在龍泉，仍與頡利揮軍來攻，差點累死我們？」

突利哭笑不得的道：「請恕我無知，你奶奶的，我怎曉得你們想保存龍泉百姓，還以爲你們要和拜紫亭鬥個你死我活，來圍城是幫你們。」

寇仲嘆道：「好！這一筆算你過關，但昨晚你老哥故意不現身又怎麼說？」

突利苦著臉道：「你可知我和頡利講和的其中另一個條件，就是必須把龍泉夷爲平地，將拜紫亭和伏難陀五馬分屍，這是當著突厥所有大酋說的。我突利說過的話不能沒有信用，你若站在我的立場，會怎樣辦？只好接受畢玄的提議，讓頡利親自去料理此事，倘他攪得不好，再由我來和你們計議。坦白說，我正爲要暫作置身事外，內心不知多麼矛盾和痛苦呢。」

寇仲默然片晌，張開手道：「好！大家仍是兄弟，我接受你的爲難處。」

突利一把和他擁個結實，四周靜觀事態發展的黑狼戰士和古納台兄弟等人立即爆起震動整個海岸區的采聲。

突利再與徐子陵擁抱，然後欣然道：「少帥請看兄弟爲你帶來的禮物。」大力拍一記手掌。

一位雄赳赳的突厥大將從主帳滿臉笑容的走出來，兩人認得是突利手下第一先鋒將里名射，只見他橫伸的手上立著一隻未成年的獵鷹，蒙上皮製頭盔，腳有栓鍊，將牠縛在皮腕套處。由於頭被蒙著，只能左偏頭右偏頭的專意聽察環境的變化，模樣怪可憐的。

寇仲見狀大喜道：「送給我的嗎？」

別勒古納台等人攏聚過來，一起觀賞幼鷹。

突利摟緊寇仲肩頭道：「這是千挑萬揀的一頭優質獵鷹，只有八個月大，你若能依足我們的方法去訓練，牠將終生不渝的助少帥去打天下，一統中原。」

里名射手指著頭盔道：「不要小看這頂皮盔，不但軟硬合度，還要在裏面留下空隙，不壓著牠的眼臉，尺寸差少許都不成。」接著掀起頭盔。眾人無不發出讚嘆之聲。

不古納台喝采道：「一看便知是隻通靈的優質獵鷹，看牠的眼吧！多麼銳利精悍。」

獵鷹振翅拍翼，昂頭毫無懼意的掃視眾人，有雄視大地的英姿。

突利欣然道：「練鷹絕非易事，首先要讓牠明白甚麼是爲牠好，甚麼是對牠有害。看牠腳套的繫鍊，要令牠不去啄，已不知下過多少教導的工夫。我們的秘訣是耐性和愛心，只有讓牠感到你對牠的疼愛，牠才會忠心對你。」

寇仲癢癢道：「牠肯服從我嗎？」

里名射笑道：「我會首先傳少帥鷹言的秘法，再把練鷹的方法告訴少帥，有一晚的工夫該足夠。」

突利忽然摟著寇仲走到一邊，低聲道：「大家兄弟直話直說，這回送鷹之舉，於我族來說是非常破例的事，一般飼養的方法，告知其他人無礙，但涉及鷹言和訓練的手法，少帥可否答應我不告訴任何人，子陵當然不在此限。」

寇仲早滿心歡喜，大力一拍突利肩頭，道：「我答應你！」

四周忽然響起歡呼喝采，原來里名射解開腳鍊，任鷹兒沖飛而起。獵鷹在六十丈的高空上盤旋。寇仲仰首觀看，愈看愈愛，想到將來牠將在洛陽城上的空際作同樣盤旋，向自己報告李閥大軍的形勢，心中湧起一番難言的滋味。

老天又下著毛毛細雨，使得石堡、營地、碼頭、船廠和泊岸大船的燈火朦朧黯淡，有種離愁別緒的淒冷感覺。離天明尚有個把時辰，天明後寇仲等將乘船返回中土，羊皮貨給儲在三艘大船的船艙內。馬吉那三箱珍寶由古納台兄弟、越克蓬和寇仲三方人馬瓜分，當是戰利品。徐子陵和突利在最遠的一座碼頭離群說私話，談的是芭黛兒和跋鋒寒的事。

突利道：「子陵放心！沒有人比芭黛兒更明白跋鋒寒，她只是不甘心這麼多年跋鋒寒不肯去找她見個面，這麼多年啦！甚麼事都該淡忘。」

此時寇仲架著寶貝獵鷹兒來尋他們，一臉興奮的嚷道：「原來養鷹是這麼深奧困難的一門學問，而雌鷹又比雄鷹強壯剛猛，這頭正是雌鷹，遲些我可否帶牠回來配種，生牠娘的一群小鷹兒。看牠的毛色多麼光亮潤澤，趾爪硬得跟鐵一樣。哈！」邊說邊在突利另一邊坐下，漫不經心的道：「你們在談甚麼？」自見尚秀芳無功而回後，他還是首次回復豪邁不羈的本色。

突利道：「我們談及很多問題，頡利那方會由我瞧著，保證龍泉城的安全，你們走後，我會把小龍泉移交粟末人，安心回中原去吧！」又道：「若守不住洛陽，千萬不要陪王世充殉城，你有宋缺支持，在南方仍大有可爲，守穩陣腳後再圖北上，是最明智之舉。」

寇仲嘆道：「不，我定要死守洛陽，否則一旦再失去巴蜀，大羅金仙亦難阻李世民大軍南下。」又心中一動道：「爲何不見陰顯鶴那小子？不是又喝個爛醉如泥，不省人事吧！」

徐子陵苦笑以對。

突利愕然道：「誰是陰顯鶴？」

蹄聲驟然響起，自遠傳來。三人用神望去，竟是與跋鋒寒齊名的另一突厥年輕高手可達志。

可達志和寇仲來到海灣另一端，小龍泉的燈火像是一團團朦朧的光影，充盈水分的感覺，海岸區被細雨苦纏不休。兩人在一堆亂石坐下，面對大海。

可達志輕輕道：「又是另一個黎明前的一刻，時間就是這麼不理一切的無情推移飛逝，秀芳大家明早在拜紫亭的喪禮上奏畢悼曲，會立即啓程離開龍泉，第一站是高麗，傅采林會親自接待她，聽說蓋蘇文亦請她作客，烈瑕已為她安排北上的海船。」

寇仲一震道：「這麼說，烈瑕該仍在附近。」

可達志嘆道：「在附近又如何？難道我可當著秀芳大家宰掉他嗎？你託我查探許開山的事已有眉目，他和手下於你殺伏難陀的前一夜匆匆離開，照方向該不是回山海關，不過以他的狡猾，可能是故布疑陣。」

寇仲道：「你的杜大哥呢？」

可達志道：「他和呼延金一起去見大汗，解釋最近發生的事，大汗表面上對他們很客氣，可是心裏怎麼想，只有大汗自己曉得。眞奇怪，大汗在人前人後均表示對你非常欣賞，還說定要助你打敗李世民。」

寇仲皺眉道：「那對中土來說，絕非好事。顯示他將來會借助我為名，聯結草原各部大舉進侵中原。唉！我不該和你談這方面的事，對嗎？」

可達志苦笑點頭，道：「確不該說。在國與國的仇恨裏，個人交情並沒有容身之地。至於馬吉，還未有任何消息。」

寇仲沉吟片晌，低聲道：「我有個很唐突的問題，尚秀芳在可兄心中，究竟占上怎樣一個席位？」

可達志搖頭道：「我不知該如何答你？在遇上秀芳大家前，女人只是我生命中的點綴品，令生命更有姿采。但我從不相信永生不渝的愛情，這是從體驗得到的結論。無論開始時你對她如何迷戀，甚至難以自拔，但熱情終有一天會淡去和消失，你甚至不想再對著她，她亦再不能爲你帶來刺激興奮的感受。對男兒來說，眞正永恆的事是建立功業，堅持達到某一遠大的理想和目標，不把生死放在眼內。」

寇仲頹然道：「那就當我沒問過你這問題好啦！」

可達志訝道：「你心裏想甚麼呢？秀芳大家在你心中的分量又是如何？嚴格來說：我們不單是注定的死敵，同時亦是情敵。但是我對你卻沒有絲毫敵人的感覺，至少現在如此。」

寇仲搖搖晃晃的艱難地站起來，顯示沉重的心情，嘆道：「一心建功立業的所謂男兒漢，是否會錯失生命裏最美好的事物？快天亮啦！我要上船回去，希望再見面時，大家仍有喝酒聊天的興致吧！」

三艘吃水極深的巨舶，載著羊皮、寶箱和兵器弓矢，在波平浪靜的大海並排而進。十多天的旅程中，寇仲和徐子陵的時間就在馴鷹和談笑中飛快溜走。大海動人的自然美景，沿岸的迷人山水深深吸引著他們，操舟的重任由突利派出熟悉風浪的戰士負責。不知是否大草原之旅經歷太多流血，兩人絕口不談武事，不過當山海關在望之際，他們像逐漸從一個美夢醒過來般須面對即將降臨的現實。

寇仲架著小獵鷹，一邊餵牠吃肉，來到正在船頭閒聊的宋師道、徐子陵和歐良材旁，略一振腕，小獵鷹沖天而上，朝海平遠處飛去。

歐良材嘆爲觀止道：「我們在平遙見過靠鷂鷹打獵的獵人，但與此鷹的善解人意差得遠哩！看！牠的毛色灰黑中隱泛金黃，在陽光照射下閃閃生輝，多麼威武！」

宋師道點頭同意，道：「嶺南的獵人也有養鷹，質素和此鷹則相差甚遠，想好爲牠改的名字嗎？」

寇仲抓頭道：「改甚麼名字好呢？」

徐子陵盯著變成遠方一個黑點的獵鷹，隨口道：「你不是有召喚牠的呼叫嗎？哪還需要名字，索性不用改名。」

寇仲哈哈笑道：「那就喚牠作無名吧！這只是對我們的方便，總不能那頭獵鷹這頭獵鷹的對牠毫不尊重。唉！陰顯鶴那小子滾到甚麼地方去？希望他不要出事就好哩！」

宋師道冷靜分析道：「像他那麼性情孤僻的劍手，比一般人會更講信用，除非不答應，答應後定會守諾。所以該是發生了一些事情，令他不能於天明前抵達小龍泉。」

徐子陵靈光乍閃，點頭道：「宋二哥的話言之成理，且該是與許開山有關，陰顯鶴這回來龍泉，目的是要刺殺許開山。」

寇仲擔心道：「那就非常危險，許開山既曉得身分被揭破，更與杜興鬧翻，再無任何顧忌，會掉轉頭來反噬任何威脅他的人，就像被趕入窮巷裏的惡狗。」

宋師道搖頭道：「你有些兒言過其實，事實上他的身分並沒有被揭破，仍可推得一乾二淨。許開山處心積慮在東北建立北馬幫，絕不肯輕言放棄，只會暫時避避風頭火勢，我們總不能因他待在山海關，所以他大有機會重振旗鼓。在這種形勢下，他該不會出手對付陰顯鶴，免暴露眞面目，且與我們結下解不開的仇恨。」

徐子陵道：「少帥虛心點受教吧！宋二哥可比我們更通達人情世故。」

寇仲老臉一紅道：「我只是見陰小子不能及時上船，所以作出這樣的猜測。唉！若非給許開山幹掉，這小子究竟因甚麼事爽約。陵少不是約好他去尋小妹嗎？有甚麼能比此事對他更重要？」

宋師道道：「陰顯鶴是那種不願受人恩惠的人。雖然肯與你們交朋友，仍不想麻煩你們，又或認爲與你們的緣分至此已足夠，所以故意爽約。」

寇仲點頭道：「聽宋二哥的話，確令人矛塞頓開。陰小子總不能永遠站在船上一角不理睬其他人，因而選擇獨自上路。哎喲！這回糟糕透頂，他肯定會獨自去尋香家父子晦氣，小陵你透露過甚麼消息予他？」說時向徐子陵打個眼色。

徐子陵會意，道：「我曾向他說過長安六福賭館的池生春可能是香貴長子，這可是偵查香家的唯一線索。」

宋師道皺眉道：「長安李家對我們並不友善，我們能否進城是個問題，就算抓得池生春，恐怕他死也不肯吐露家族的秘密。」

寇仲立即打蛇隨棍上，舊事重提的道：「所以才要請宋二哥幫忙，你的人生經歷比我們豐富，嘿——」他顯是無以爲繼，說不下去。

宋師道苦笑道：「我能幫上甚麼忙？」

寇仲忙道：「宋二哥可以幫很多的忙，唉！我又無法分身，只小陵一個人去對付池生春，眞令人擔心。」接著拍腿道：「有哩！」

徐子陵、宋師道、歐良材三人均呆瞧著他，不明白他能想到甚麼妙計。

寇仲煞有介事的道：「賭場最尊敬的，就是有家世的富商鉅賈，所以只要由宋二哥扮成這種人，小陵則扮作隨從，可混入長安城去接近池生春，再隨機應變看怎樣套他的秘密。小陵一向窮困淡泊，教他扮有錢人必破綻百出，故非宋二哥不行。」

徐子陵這才知他是隨口胡謅，目的是阻延宋師道回小谷伴墓終老。不過他此計確和雷九指原先的想法異曲同工，甚或比之更完美可行。

宋師道啞然失笑，道：「若眞是有家底有名望的人，給人看一眼便瞧穿身分，還如何能去假扮，只有暴發戶才沒有人認識，那就非是沒有我不行，對嗎？」

寇仲自己也忍不住笑道：「小陵扮暴發戶，唉！我的娘！」

歐良材道：「若扮暴發戶，在下倒有一個適當的人選可供參酌。」

宋師道微笑道：「是否以典當起家，富甲平遙的司徒福榮？」

歐良材欣然點首道：「正是此人。」

寇仲和徐子陵爲之目瞪口呆，想不到宋師道憑甚麼能一語中的，從數以千百計的暴發戶中猜中是此君。

宋師道解釋道：「一來是因歐公子爲平遙人，所以很容易想起他這個同鄉；更主要是司徒福榮貪生怕死，罕與人打交道，唯一的嗜好卻是賭博，不過只限於與信任的人聚賭。但要扮他這暴發戶並不容易，凡開賭場者均與當舖關係密切，熟悉典當的制度和運作，幾句話可知你是否內行。還有個問題是司徒福榮的當舖遍天下，如在長安也開有當舖，我們必會露出馬腳，那時就要吃不完兜著走。」

歐良材道：「司徒福榮的當舖分別以福和榮兩字作舖名，例如平遙的總店叫福榮，其他是福生、福永、榮滿、榮德諸如此類。在長安北苑的榮達大押正是他在長安的分店，也是長安最有規模的押店，主持人陳甫，正是我的親舅，可為諸位掩飾身分。」

徐子陵搖頭道：「這怎麼行，池生春背後有李元吉撐腰，一個不好，禍延貴戚，我們於心何安。」

歐良材正容道：「人肉販子，人人得而誅之，何況諸位於我蔚盛長有大恩，更且我相信諸位必有瞞天過海之法，不會把敝舅牽累。」

三人無不動容，想不到歐良材既有義氣更有正義感。

宋師道皺眉道：「不知貴舅陳先生會怎樣想？」

歐良材微笑道：「我清楚二舅的為人，這方面該沒有問題。」接著壓低聲音道：「我們是支持秦王一系的人，如能借此事打擊太子黨，我們只會感激，一間押店算甚麼一回事？最怕是香家全力支持太子黨攬風攬雨，那才真的糟糕。」

三人恍然而悟，因為如讓李建成登上皇座，所有曾支持李世民的人將會遭受排斥，所以歐良材亦是為自己家族著想。政治確是非常複雜的遊戲。

宋師道無奈地嘆一口氣。寇仲和徐子陵不解地瞧著他，歐良材卻續道：「司徒福榮有位得力的助手，經常追隨左右，為他鑑定典押的珍玩財貨，名字叫申文江，是沒落的世家子弟，喬扮他或司徒福榮的人選都非宋二哥莫屬。」

寇徐明白過來，前者喃喃道：「此事愈來愈有趣，唉！可惜我卻無法分身參與。我是否有福不享自尋煩惱呢?」

無名在遠方一個盤旋，朝他們疾飛回來。山海關東的碼頭出現前方，終於抵達目的地。

只見碼頭處泊著一艘大海船，正要揚帆出海，寇仲定神一看，嚷道：「這不是大小姐的船嗎?看到嗎?旗幟上有義勝隆三個大字，正是大小姐的字號。」

徐子陵點頭道：「是大小姐親自來了!」以翟嬌的性格，只要走得動，定會第一時間到龍泉與他們會合。

勁風壓頂，無名落到寇仲寬肩處，緩緩收翼。

「砰!」翟嬌一掌拍在桌上，不理剛認識的宋師道就在船艙內，破口道：「你兩個是怎麼搞的?我著你們去殺韓朝安、杜興和呼延金，卻半個都殺不成，還自誇甚麼天下無敵，照我看給我做打掃小廝都不配。哼!」

站在她身後的任俊忍不住低聲道：「寇爺和徐爺沒有說過自己是天下無敵，而且八萬張羊皮──」

翟嬌怒道：「閉嘴!這事哪輪得到你來插嘴。我不是罵他們，而是為他們好，不想他們沒有長進。」

寇仲卑躬屈膝的點頭道：「大小姐罵得好，我們確是辦事不力。」

徐子陵深明翟嬌的性格，乖乖的垂首受教，不敢辯駁半句。

翟嬌氣呼呼的道：「當然是罵得有道理，你這兩個沒用的小子告訴我，現在該怎麼辦?把持山海關的人仍是杜興，教我怎樣向荊當家交代?還有那個甚麼北馬幫的許開山，只會壞我義勝隆的事。我以後還用做這條線的生意嗎？」

宋師道開腔解圍道：「大小姐能否聽在下一點愚見。」

翟嬌倒不敢發他脾氣，欣然道：「宋公子請指點，我翟嬌是明白事理的人嘛！」

宋師道道：「山海關的形勢異常微妙，在各方勢力的相互爭持下反能達至平衡，愚見以爲此刻不宜輕舉妄動，否則將出現難測的變數。若高開道與突厥或契丹人正面衝突，更會出現最壞的情況。現在狼盜之禍已解，許開山和杜興鬧翻，兼且誰都曉得大小姐和小仲、小陵的關係——」

翟嬌不屑的道：「我要靠這兩個沒用的小子嗎？」

宋師道忍笑道：「他兩個雖沒有用，但卻是突利的兄弟，不給他們面子亦要給突利面子。所以大小姐請放心，這條線的生意只會愈做愈大。」

翟嬌臉容稍霽，道：「只有這樣向好的一面想吧！我現在要立即趕回樂壽把這批羊皮發送各地，你兩個小子是否隨我回去看小陵仲。」

寇仲嘆道：「我們也想得要命，只是——」

翟嬌再拍枱道：「不去就不去，誰稀罕你們。」接著自己也忍不住笑出來，然後和顏悅色道：「不知爲何見到你兩個小子便忍不住要罵人。算了吧！辦完要緊的事立即滾來見我，記著不要整天只顧著出生入死，留住小命才有機會享福。那些兵器弓矢我會使人給你送往彭梁去，放心好哩！」又道：「你們把小俊帶在身邊吧！再給我操練他幾個月，以後有起事來不用求你們。」

任俊大喜過望。寇仲和徐子陵豈敢說不，只有點頭同意的份兒。

翟嬌吩咐任俊道：「把那些平遙商喚進來，看看有沒有現成的生意可談的。」

任俊應命去了。寇仲、徐子陵和宋師道乘機溜到甲板透氣說話，無名仍在碼頭上空自由寫意的盤旋。

寇仲道：「和大小姐分手後，我們是否先到漁陽把飛雲弓送交箭大師呢？」

徐子陵道：「這個當然，之後你會直奔洛陽，對嗎？」

寇仲道：「我還要想想，小俊交由你們帶他去磨練，我不想他陪我到洛陽去送死。」

宋師道不悅道：「怎能如此悲觀？洛陽是比長安更堅固的軍事重鎮，即使沒有你寇仲主持，仍不易被李世民攻陷。」

寇仲嘆道：「問題在於王世充不肯讓我指揮守城，我只是做一天和尚撞一日鐘，看看能撞鐘撞至何時吧！」

宋師道沉吟道：「我有個提議，到洛陽前如你能先和竇建德打個招呼，說不定可把整個形勢扭轉過來，王世充亦會對你客氣點。」

寇仲一對虎目立時亮起來。

寇仲、徐子陵、宋師道和任俊策馬轉入官道，朝漁陽的方向馳去，無名在天上盤旋追隨。

寇仲笑道：「看小俊整個人顯得神氣十足，顯是刀法大有進步，不像我和小陵般只是兩個沒用的小子。」

任俊臉皮的厚度卻沒有絲毫改進，立即紅起來囁嚅道：「寇爺勿要笑我，你們曾吩咐我好好練習，小子怎敢荒怠？」

徐子陵問任俊道：「你肯定陰顯鶴沒有回山海關。」

任俊斷然道：「由於我們期待兩位爺兒隨時回來，所以日夜派人瞧著關口，誰入關都瞞不過我們，許開山比你們早一天回來，杜興則未見蹤影。」

宋師道道：「若我們在山海關多待兩天，說不定可與陰顯鶴碰頭。」

寇仲嘆道：「我們哪有時間？咦！那不是老朋友張金樹和丘南山嗎？」

四人勒馬收韁。

夕陽斜照下，前方塵頭大起，張金樹和丘南山在十多騎簇擁下，朝他們奔來。前者和他們曾有一面之緣，是高開道手下大將，被派往偵察群雄形勢；後者爲高開道的總巡捕，與他們在飲馬驛相識，共抗狼盜，勉強算是共過患難的戰友。

徐子陵欣然道：「竟是那位愛狗兒的朋友。」

對方騎速減緩，張金樹大笑道：「少帥、徐兄風采依然，可喜可賀，這回兩位在塞外揚我漢族威名，早轟傳江湖，哈！」

丘南山收韁止馬，向宋師道施禮打招呼道：「這位兄台氣宇不凡，定是宋家二公子，我等東北野夫聞名久矣。」只聽這句話，便知彼此不是湊巧碰上，而是對方特意來迎。

一番客氣寒暄後，張金樹道：「我們到一旁說話。」

寇仲等心中大訝，曉得對方非是來接他們入城，而是另有話要說。張金樹催騎進入路旁疏林，眾人連忙跟隨。

無名從天上俯衝而下，落在寇仲肩頭，又惹來一番驚嘆詢問。眾人在山丘頂處，下馬遙觀最後一道陽光消沒在地平線下，天地立轉昏黑，星光漸現，清涼的晚風徐徐吹至，代替日間的炎熱。寇仲把狼盜的事解釋一遍後，已是滿天星斗，夜空燦爛。

丘南山冷哼道：「許開山既失去杜興的支持，我們再不用對他客氣。」

張金樹搖頭道：「事情並不容易解決，許開山大可投靠幽州的羅藝，羅藝表面上雖臣服高爺，事實上則據幽州以稱霸，我們暫時仍奈何他不得。」

寇仲皺眉道：「羅藝是甚麼傢伙？」

宋師道道：「羅藝是幽州最有實力的土豪和黑道霸主，聽說一向與李家暗通消息，只要李世民成功攻陷洛陽，他大概會是第一個歸降李家的人。」

寇仲給勾起心事，苦笑道：「唉！又是洛陽。」

張金樹問道：「諸位是否準備入城見箭大師？」

徐子陵訝道：「張兄竟曉得此事？」

丘南山笑道：「張兄是箭大師的唯一好友，當然曉得少帥對箭大師的承諾，所以我們聞得諸位從山海關大駕光臨，立即來迎。」

張金樹語氣平靜的道：「少帥這回來是否有飛雲弓相隨？」

寇仲欣然道：「沒有飛雲弓，怎敢來見箭大師？」

張金樹一震道：「天！果然給你們辦到哩！」

由於他們斬殺深末桓只是離開龍泉前數天的事，消息尚未傳至中原。寇仲索性取出飛雲弓，遞予兩人過目，笑道：「原來你們是爲此而來，我還以爲張兄不想我們進城。」

張金樹摩挲手上刻有飛雲兩字的摺疊神弓，神情激動的道：「少帥沒有猜錯，你們確不宜進城。」

宋師道訝道：「爲甚麼？」

張金樹把飛雲弓轉遞丘南山，嘆道：「因爲高爺準備歸附唐室，少帥這麼進城，會令我們感到爲難。」

寇仲心中一震，立即明白過來。那次遇上張金樹，他已猜到此一可能性。高開道派張金樹去偵察李世民與宋金剛的決戰，正是要決定應否及早歸順李閥。現在李世民既大破宋金剛和突厥聯軍，高開道有此反應乃順理成章的事。

宋師道問道：「目前情況如何？」

張金樹顯然當他們是朋友而非敵人，毫不猶豫道：「秦王現已回到關中，全力備戰以攻洛陽。唐帝李淵則派李神通另率大軍一萬，到黎陽與李世勣會合，增強黎陽兵力，對抗夏王竇建德和鄭王王世充。」

寇仲皺眉道：「李世勣和李神通憑甚麼應付兩路大軍？」

張金樹沉聲道：「黎陽的唐軍確是實力不足，不過李世勣乃精通軍事兵法的人，看通夏軍與鄭軍互相猜疑，棄王世充不顧，採北攻西防的策略，既在戰略上採取主動，又不致使黎陽空虛。」

黎陽位於洛陽東北，許城西南，故西防是指應付王世充，北攻則針對竇建德。

丘南山接口道：「李神通首先率軍攻占黎陽以北竇建德的趙州，竇建德大怒親率五萬精兵南下，收復趙州，李神通損失慘重，倉皇退返黎陽，令李世勣北攻西防的策略頓成泡影。現在竇建德正緊鑼密鼓強攻黎陽，一旦黎陽被陷，唐軍占領的其他城池如衛輝等便再不能守，竇建德可望於短時間內廓清入關之路，形勢異常危急。」

寇仲嘆道：「那等於逼李世民提早出關。」

張金樹道：「李世勣並不是那麼易吃，且黎陽城防堅固，竇建德要攻陷它絕非易事。」

徐子陵道：「你們是否正採觀望的態度？」

張金樹微笑道：「徐兄猜個正著，暫時不要說這些煩擾人的事，不如我們找個地方喝酒聊天，再找人把箭大師請出城來，讓他親耳聽少帥斬殺深末桓的精采經過。」

話說當時天下大勢，自「知世郎」王薄在長白山揭竿聚衆起義後，群雄逐鹿，各競智勇，到宇文化及於江都發動兵變，弑殺煬帝，中土遂成無主之地，各地強梁軍閥，紛紛借起義爲名，割地稱霸，規模大小不一，但大多爲見風轉舵之輩，依強者而附之，希望所投明主他日能一統天下，可封侯晉爵，有享不盡的富貴榮華。故分分合合，形勢變化劇烈。本來勢力最大者首推李密，破宇文化及更使他攀上霸業的巔峰，可惜亦種下禍根，招致偃師慘敗，被迫降唐更是身敗名裂，再無可爲。四大門閥無論在隋末的政治和武林中，均爲中流砥柱，是舊隋勢力裏最有機會取隋廷代之的有實力軍閥。宇文化及被殲，獨孤閥在與王世充鬥爭中落敗逃往關中依附李家，形勢漸轉爲清晰分明，成爲以關中爲本和嶺南爲據的李閥與宋閥北南對峙之局。

此時北方諸雄中，劉武周和薛舉被李世民破於柏舉和淺水原，雄霸江淮的杜伏威則不戰而降，在中原能與李閥抗衡者僅餘竇建德和王世充兩大勢力。南方諸雄，李子通、沈法興因長年交戰，自顧不暇，只有等待被殲滅的份兒，再無北上爭霸之力。僅餘有實力之輩惟只巴陵的蕭銑和豫章的林士宏，亦因互相牽制，無力參與以黃河爲中心最關鍵性的決戰場。

在逐漸明朗的形勢下，寇仲變成宋閥從南方遠處探伸往黃河這決戰場的利刃。少帥軍雖是羽翼剛成，勉強守穩彭梁的根據地，卻是不可小覷。首先少帥軍擁有彭梁北面的海港，能大做海上貿易，又得到宋閥源源不絕的支持，更重要的是「少帥」寇仲不但是名震天下後起一輩最出類拔萃的高手之一，更是戰績彪炳，擅長以弱勝強，以少勝衆，沒有人敢懷疑他的軍事才能，比之軍功蓋世的李世民不遑多讓，成爲李世民最顧忌的勁敵。且李閥亦非沒有內憂，李世民與太子和妃嬪黨之爭，加上在北疆虎視眈眈隨時南下的突厥人的介入，大增難以預知的變數。

就是在這種種情況下，寇仲與徐子陵分手，帶著小獵鷹無名，獨赴趙州往見竇建德。只要能使竇建德與他看不起的王世充結成聯盟，將有機會使戰無不勝的李世民首次大吃敗仗，保住洛陽，令少帥軍爭取得喘一口氣的空間與時間，由羽翼剛長的小鷹變成一頭縱橫長空的威猛獵鷹。經過三天日夜兼程趕路，寇仲於黃昏時分抵達趙城，守門將領立即飛報竇建德，劉黑闥親自出迎，兩人相見，自是非常歡喜。

劉黑闥早聽到他揚威塞外的消息，見他肩立獵鷹，讚嘆道：「塞外草原民族一向看不起我們，楊廣那昏君征高麗屢戰屢敗，更成外族笑柄。少帥這回可使他們觀感大改，再不敢說我們中原無人。」

寇仲道：「李世民柏舉一戰亦轟動大草原，誰敢說我們中原無人。」

劉黑闥愕然道：「少帥胸懷果然異於常人，對敵人亦這般推崇備致。」

寇仲與他並騎馳往位於城中心被竇建德徵作指揮總部的都督府，只見街上情況如常，店舖依然開門營業，民生沒受絲毫影響，心中暗讚，笑道：「低估敵人是兵法大忌，嘿！不要少帥前少帥後好嗎？我仍是那個小仲。」

不知是否勾起劉黑闥對素素的傷心事，這鐵漢低嘆一聲，沒有答話。寇仲為分他心神，問道：「黎陽近來情況如何？」

劉黑闥精神一振，道：「李神通兵敗退返黎陽，與李世勣閉門堅守，我們攻又不是不攻更不是，夏王正為此頭痛。」

寇仲道：「王世充那邊有甚麼動靜？你們不是與他結成聯盟嗎？若他肯派兵北上拖一把李世勣的後腿，即使他如李世民般善於守城，恐亦回天乏術。」

劉黑闥冷哼道：「提起這人我們便心中有氣，據探子回報，王世充把楊侗囚在含涼殿，逼他禪讓以便他名正言順的稱帝。你說這樣不懂形勢的人我們如何與他合作？」

寇仲訝道：「我還以為他早幹掉楊侗登上帝座，原來他仍只是鄭王。」

劉黑闥道：「這是夏王與他的協議，就是保楊侗緩稱帝，待擊垮李閥大軍，我們再看如何瓜分戰果。豈知王世充這麼不識相，如若他眞的稱帝，擺明要我們臣服於他，所謂的盟約頓成空口白話。」頓一頓又道：「見到夏王再說吧！他非常高興你肯來找他呢。」

兩人馳進都督府去。

當寇仲進入趙城城門，徐子陵、宋師道和任俊亦於洛陽西南一座小鎮找到正在休養的雷九指。雷九指精神盡復，只是有時會感到疲倦，可見七針制神的狠毒和遺害之深。徐子陵以長生眞氣為他舒筋活絡後。徐子陵、宋師道和雷九指三人在小廳坐下商議，任俊則負責生火造飯。

雷九指伸展四肢，訝道：「不見只兩、三個月，但子陵的內功卻有長足的進步，神速至教人難以相信，現在我體內似是遺禍盡去，我本以為自己永不能痊癒過來的。」

兩人都聽得非常歡喜。

宋師道道：「這個懂得七針制神的人既站在趙德言一方，該是魔門中人，如有機會，我們定要為世除害。」

徐子陵不禁肅然起敬道：「若我能再聽到他說話，定可把他辨認出來。」

雷九指道：「若眞能假扮司徒福榮，會比我原先的構想更是完美，因為典當的生意並不易為，商譽尤為重要，若香家能在賭桌上將司徒福榮遍布天下的當舖贏回來，會是如虎添翼。」頓了頓續道：「不過我們會露出馬腳的機會也很大，因為香貴等閒不會親自出馬，若逼得他出馬與我們決勝賭桌上，依他們一向的作風，必會先作查證，對他們來說這只是舉手之勞，因為香家眼線遍布天下，只要曉得司徒福榮仍在平遙，我們的騙局會立即被揭穿，那時我們能否逃生亦是問題。」

宋師道微笑道：「聽說他是個貪生怕死的人，我們或可利用此點，逼他離開平遙避禍。在這樣的情況下，他當然會隱蔽行藏，而我們則於此時現身長安，那便天衣無縫。」

雷九指像首次認識宋師道般，呆瞪他半晌拍案道：「二公子不但思考敏捷，更是大膽老到，有甚麼方法可逼他離開平遙？」

宋師道悠然道：「此事可交由我辦，近年來司徒福榮的典當業務開始擴展至南方，由於兼營息口極重的借貸，累得很多人傾家蕩產，我可借此為名，修書一封給司徒福榮，明言會到平遙找他算賬，在求援無門下，他只有一個選擇，就是我們要他揀的選擇。」

捧餚菜上桌的任俊興奮的道：「宋二爺眞厲害。」說罷掉頭入去。

雷九指欣然道：「不要說是司徒福榮，任何人曉得嶺南宋家要來尋他晦氣，亦只有找個愈深愈好的洞躲起來。這問題解決啦！餘下的問題是司徒福榮長相如何？有甚麼特別的喜好和習慣，愛作怎樣的打扮，他的得力夥計申文江是怎樣的一個人？我們知道得愈詳細愈好，愈能避免給揭破。」

徐子陵道：「這方面全無問題，我們可從歐良材口中得悉所有必須知曉的資料，最妙的是司徒福榮從不接見陌生人，更從未到過長安，這對我們非常有利。」

雷九指道：「我不是潑你冷水，要知百密也會有一疏，如此難得機會，我們是許勝不許敗。平遙不但是李閥在太原最富庶的大城，更與長安有非常密切的貿易來往，只要有一個到長安辦事的平遙商認識司徒福榮，我們便有露出馬腳的可能。」

宋師道沉吟道：「此事確非我們所能控制，能將這誤事的可能性減到最低的方法，就是請歐良材找個久在平遙混日子且熟悉往長安做生意的平遙商人，替我們先一步查清楚在長安的平遙商，我們遂能先發制人，用種種可行的手段阻止這樣的人與我們碰頭。」

徐子陵心中一動道：「大道社會是個理想的選擇，他們專門負責平遙商的押運工作，理該清楚誰到了長安，不過要他們合作並不容易，這種事是逼不來的。」

雷九指默然片晌，沉聲道：「可否找李靖想辦法，平遙商大多支持李世民，大道社的丘其朋亦不得不看在李世民份上，給李靖點面子。」

徐子陵望往屋樑，嘆道：「我不想把李靖捲入此事內，唉！」

宋師道道：「你不若直接見李世民，那事情會簡單點，若除去香家，對李世民有百利而無一害。李世民還可替我們掩飾，唯一的壞處是會把事情鬧大。」

雷九指笑道：「鬧得愈大池生春愈不會懷疑，那才精采。」

徐子陵頹然道：「好吧！看來沒有別的選擇，對嗎？」

竇建德立在大堂，沒有侍從陪伴，獨自一人凝視擺放在廳心圓桌上一個以陶土製成的模型。聽得兩人足音，這位屢戰屢勝的霸主露出一絲笑容，雙眉一軒，平靜的道：「小仲你過來看看，爲我想想如何攻破黎陽，斷去李淵探出關外的一條臂膀。」

寇仲心中暗嘆，知他對要自己歸順並未心死，急步趨前，定神一看，原來桌上放的是黎陽城的模型，附近山川形勢、道路城鎮羅列分明，絕非一般軍事地圖可比，玲瓏浮凸，使人一目了然，省去不少解說的工夫。讚嘆道：「這立體的地形圖非常精緻。」

站在另一邊的劉黑闥笑道：「這模型是竇爺親手造的。」

寇仲爲之愕然，心想不經一事，不長一智，要親手製成這樣的模型，首先得下過一番實地觀測的工夫，當用雙手捏製，更須一番思考和感情的投入，達到兵法上知敵的最高要求，由此亦可見竇建德對黎陽的重視。

竇建德徐徐道：「黎陽南連江淮，西連襄洛，北通幽燕，無論我要進軍關中，又或用兵洛陽，此爲必爭的戰略要衝。」

寇仲細察模型裏黎陽城的布置，牆垣寬厚，城周挖有深溝，引入永濟渠水，可謂固若金湯，易守難攻。指著黎陽西南另一座城池道：「這座是甚麼城？」

竇建德哈哈笑道：「小仲果是不凡，看出攻打黎陽的關鍵所在。此城名衛輝，與黎陽成犄角之勢。昔日宇文化及率十萬舊隋精兵北上，李世勣棄黎陽而守黎陽倉，李密則率軍駐於清淇，每天與李世勣以烽火聯絡，每當宇文化及攻擊黎陽，李密就派兵襲他背後，使宇文化及前後受敵。今天黎陽倉已給我破毀變成廢墟，李世勣再難施退守黎陽倉之計，不過若與衛輝唐軍呼應，對我強攻黎陽仍是大大不利，小仲可有破敵妙計？」

寇仲隨口應道：「既有此慮，何不先攻取防守能力比黎陽差得遠的衛輝，然後截斷黎陽所有海陸交通，使黎陽眞的變作一座孤城，那時要殺要宰，竇爺可隨心所願。」

劉黑闥嘆道：「我們不是沒想過此策，怕的是當我們繞道黎陽直取衛輝之際，李世勣率兵拊身後突擊。李世勣實爲李世民手下最出色的大將，絕不能把他低估。」

寇仲沉吟片晌，笑道：「既然如此，我們何不將計就計，詐作用兵衛輝，引李世勣來襲，我們則掉頭反噬他一口。」

竇建德皺眉道：「我們亦曾想及此策，卻有兩道難關，首先是李世勣精通兵法，不會輕易中計。其次是就算李世勣肯出兵襲擊，可是從黎陽到衛輝，雖只百多里之遙，但山川形勢複雜，我們行軍分散，熟悉當地形勢的李世勣則可集中兵力，組成奇兵借夜色掩護，突襲我軍任何一點，那時我們只有挨揍的份兒。」

寇仲胸有成竹的微笑道：「我倒不擔心黎陽不出兵，若黎陽主事的人只有一個李世勣，此計是否可行尚屬難料，幸好尚有李神通，他被李淵委以重任，卻在趙城吃大敗仗，正感面目無光，在求勝心切下，必不肯錯失這良機，放心吧！我包保黎陽會出兵來襲。」接著悠然道：「我這回到塞外去，眞的大開眼界。突厥人清一色是騎兵，來去如風，從不怕突擊偷襲，我們雖不能學足他們行軍的方式，卻可變通運用。」

竇建德和劉黑闥均大感興趣，連忙問計。

寇仲道：「所謂兵不厭詐，我們不但要引他們來襲，還要不怕被襲，更要反其襲而重創之，立下馬之威，奪其志氣。不知敵我兩方實力如何？」

竇建德毫不猶豫的答道：「這回隨我來的是我最精銳的部隊，不計工事兵的話共有五軍，每軍萬人。黎陽城軍民總數在六至七萬間，但眞正受過嚴格訓練和有作戰經驗的兵士不過三萬人。」

寇仲哈哈笑道：「我一向慣於以弱勝強，若這回以強對弱也不成功，應該乖乖捲舖蓋回家。但尚有一事向竇爺直言，我想知道竇爺攻陷城池後一貫的作風是怎樣的？」

竇建德露出讚賞的神色，因寇仲此問是絕對內行的話，要知攻城者的聲譽，對被攻者會有決定性的影響。例如突厥人慣於屠城，那麼城內軍民既知橫又是死，豎又是死，寧願拚盡最後一滴血，對抗到底。

劉黑闥代答道：「竇爺對待敵人的態度好得沒話說。就以擊破宇文化及爲例，所得皇宮美女數以千計，竇爺立刻遣散，敵將願留下來的，均加重用。所以舊隋文臣武將，無不樂爲竇爺所用，如任原隋兵部侍郎的崔君肅爲侍中、少府令何稠爲工部尚書、虞世南爲黃門侍郎、歐陽洵爲太常卿；至於不願降我者，我們尊重其意願，禮送離境。」

寇仲動容道：「那就成哩！黎陽將是竇爺囊中之物。」

竇建德深深凝望著他，肅容道：「假若小仲肯與黑闥共事，區區一座黎陽城固不在話下，連天下亦是我竇建德囊中之物。」

寇仲苦笑道：「此事可否遲些再談，眼前當務之急，是先奪黎陽，再挫李世民出關東來的大唐軍。」

竇建德欣然道：「小仲可知我竇建德爲何特別看得起你，不但因你智勇兼備，更重要的原因是大家同是賤民出身，我的環境雖比你好一點，但少時家裏很窮，所以最看不過那些腐敗的官吏和自以爲高高在上的世家門閥。只有我們這些來自民間的人，才能明白民間疾苦。縱觀歷史，誰的武功霸業比得上始皇嬴政，可是大秦二世即亡，正是不恤民情之害。反而漢高祖劉邦流氓出身，卻成就漢家帝業，其後文景之治，光武中興，更是我中土全盛之期，曠古絕今。故此有志之士，都不願讓李淵之輩得逞。所謂合則力強，分則力弱，小仲要從大處著想。」

寇仲點頭道：「竇爺這番話直說進我心底去，故合作方面絕無問題，我雖有統一天下的意向，卻無做皇帝的野心，只希望有能者居之，讓天下百姓有安樂的日子過。」

竇建德大喜道：「這就成哩！小仲請說出如何師突厥人以敗黎陽兵的妙計。」

寇仲深吸一口氣，待思路回復清晰，正容道：「突厥人之所以被譽爲隱身奇兵，在大草原上神出鬼沒，皆因能把騎兵的機動性發揮得淋漓盡致，貴精不貴多。我們當然不能一下子變得像突厥狼軍般厲害，卻可從五萬軍中精選二、三千騎射高明之士，詐作爲開路的先鋒部隊，只要能避開敵人探子耳目，這支騎軍便可像突厥狼軍般化作神出鬼沒並能隱身的奇兵。」

竇建德和劉黑闥聽得聚精會神，不住點頭。

寇仲眉飛色舞，聲音透出強大的自信，續道：「然後我們兵分五路，一軍保護輜重和工事兵居中央。其他四軍前後左右遙護，與中軍保持三里的距離，清晨出發，以日行四十里計，傍晚可於過黎陽三十里許處紮營休息，敵人該會趁晚上來襲，燒我糧草輜重，我們可依計迎頭痛擊，殺他娘的一個落花流水。」

竇建德皺眉道：「若我是李世勣，如施突襲，用的必也是行動迅快的騎兵，借夜色地形的掩護，可從任何一個方向攻來，教我們防不勝防，大有可能眞的吃虧。」

寇仲哈哈笑道：「這正是最精采之處。」長身而起，移至向花園的一邊窗戶，噘唇尖哨，在上空盤旋的小獵鷹無名，聞主人召喚，俯衝而入，落在寇仲架起的手腕處，他功力深厚，不用腕套，亦不虞會給獵鷹鐵爪所傷。寇仲一個大轉身，欣然笑道：「有我這頭小寶貝在高空幫眼，敵人在無所遁形下將被我們來一個殺一個，來一對殺一雙，竇爺還有甚麼疑慮。」

竇建德雙目亮起來，縱聲大笑道：「這叫天助我也，否則小仲你怎能來得如此合時。三天後的早上我們揮軍衛輝，來個引蛇出洞，黎陽既陷，李淵除派李世民出關東來，別無其他選擇。」

經三天全速快馬趕路，徐子陵、宋師道、雷九指和任俊四人抵達潼關西黃河南岸的桃林，依約入住迎賓客棧，歐良材早在恭候他們。這所客棧不是隨便挑的，老闆鄭佳和是翟讓舊部。翟嬌這些年來做塞內外生意賺大錢，遂以錢財支持舊部屬改行做生意，過些安定的生活。鄭佳和安排他們入住客棧後座，樓下是大廳，樓上客房，寧靜偏隱。

眾人圍桌坐下，鄭佳和湊到徐子陵耳旁低聲道：「徐爺要的箱子大小姐已遣人送來，放在下面的酒窖內，封箱的漆印完好，沒被拆開過。」

這箱金銀財寶是小龍泉之戰搶得回來的戰利品，其中小半箱黃金贈予歐良材等平遙商，當作他們被劫貨物的足額賠償，餘下的財寶仍夠他們去和池生春賭身家。徐子陵道謝後，鄭佳和知機告退。

歐良材欣然道：「我首先代表家父和平遙商館向各位致以最深切的感激，若非你們見義勇為，財物的損失固是慘重，我們更可能性命不保。家父在知道你們要去對付人人深惡痛絕的巴陵幫，且此事又對秦王有利，決定全力支持各位。我二舅那邊絕無問題，家父已遣人進關通知二舅。」

宋師道道：「我們有個更周詳的計劃。」遂把用計將司徒福榮「嚇」離平遙的事說出來。

歐良材喜道：「這方面我們可以配合，當司徒福榮離平遙時，我們會從平遙附近開出一艘船，駛入黃河，諸位可於此處登船往關中，那時即使眞有人查根究柢，亦會以爲確是司徒福榮躲往關中去。我們更會放出消息，說司徒福榮因開罪宋家，只有逃往宋家勢力難及的關中避禍。平遙官府內我們也有自己人，保證入關的文書一應俱備，沒有人會懷疑你們的身分。」

雷九指問道：「司徒福榮身材樣貌如何？」

歐良材笑道：「我起始爲何想到司徒福榮，正因他身材高大，滿臉鬚髯，徐爺扮他只要不是遇上相熟的人，定可魚目混珠。我回平遙後請人畫下兩幅畫像，分別是司徒福榮和他的副手申文江，待會兒給各位過目。」

雷九指豎起拇指讚道：「歐公子思慮縝密，省去我們很多工夫。不過仍有三個問題須解決，首先是氣氛的營造。」

任俊聽得興致盎然，問道：「何謂氣氛營造？」

雷九指得意洋洋的道：「若論騙術，不是我誇口，江湖上能比我高明的沒有多少個。最高明的騙術，是要被騙者自投羅網，心甘情願上釣。假若我們就那麼到六福賭館找池生春，他怎樣都會有點防備之心。只有令他自己來找我們，誤信自己操控主動，我們方可把他玩弄於股掌之上。」

宋師道微笑道：「雷大哥請不吝指點。」

雷九指哈哈笑道：「這其實是水到渠成之事，香家正全力擴展青樓賭館業，如能鯨吞司徒福榮的典當業務，勢力將以倍數增加。若此猜想正確，我們可在平遙放出消息，指司徒福榮因典當業開罪你宋二公子沒有人敢招惹的老爹『天刀』宋缺，致對典當業意興闌珊，有金盤洗手之意。在這種情況下，池生春既從平遙眼線得知司徒福榮到長安避難，又曉得他想放棄典當業，定會千方百計來找我們，我們當可見機行事。」眾人無不嘆服。

雷九指已從七針制神完全回復過來，神氣的道：「第二個問題是我們必須學習平遙的口音語調，否則只要一開口，會立即被拆穿身分。」

歐良材欣然道：「這個包在我身上，第三個是甚麼問題？」

雷九指在眾人注視下，從容道：「第三個是隨從的問題，必須由道地的平遙人喬扮，人數不需太多，但小婢僕從怎樣也要七、八個。我可辦作管家，小俊是保鏢護院。這批人必須絕對忠心，歐公子能否辦到？」

歐良材道：「這事我要回去和家父商量，應該沒有問題。」

宋師道道：「歐公子請告訴令尊，我們會先去和秦王打個招呼，待他點頭才進行這有一定風險的計劃。」

歐良材大喜道：「那就完全沒有問題，我們行起事來或找人幫忙，亦方便容易多了。」

雷九指向徐子陵道：「子陵何時入關見秦王？我要爲你弄一套入城的戶籍文件才成。」

徐子陵暗嘆一口氣，自己的兄弟與李世民鬥生鬥死，他卻要去求李世民合作，這算甚麼娘的一回事？答道：「就明天吧！」

離黎明尚有個許時辰的黑暗裏，趙城西門大開，蹄聲轟鳴下，三千精騎旋風般馳出，沒入城外的疏林區去。無名在暗無星月的黑漆夜空暢飛盤旋，若非眼力銳利如寇仲，休想看到變成百多丈高空一個小點的無名。騎隊停在林木深處，劉黑闥和寇仲躍上樹梢，觀看無名傳遞到地面的訊息。

劉黑闥嘆道：「終於明白突厥人爲何能稱雄塞外，只是這利用獵鷹的探敵秘技，等於在天上憑空多出一對眼睛，既不怕偷襲遇伏，更可掌握敵人形勢。」

寇仲道：「不過鷹目在攻城戰中作用不大，所以突厥人雖能橫掃大草原，對我中土仍只能進行急攻速退的掠奪戰。不過形勢正逐漸改變，不但因他們有劉武周、梁師道等走狗奴才的依附，更因趙德言是攻城的專家，令突厥人逐漸掌握攻城的戰術。」

劉黑闥冷哼道：「一天不除趙德言，始終會成我中土心腹之患。」

寇仲點頭道：「這正是小陵拋開一切對付香家的主要原因，香家眼線遍天下，香玉山那賤種又狡猾多智，配合趙德言的攻城術和突厥狼軍的悍勇，遲早會成中原大禍，所以我們須先發制人，將香家連根拔掉，然後就輪到蕭銑有難。」

劉黑闥皺眉道：「突利是否會看在與你的兄弟情份上，不和頡利聯手入侵？」

寇仲搖頭嘆道：「我不知道，眞的不知道。突利還可推作是助我對付李世民，照塞外的形勢發展，其他的民族只有聽頡利說話的份兒。塞外聯軍何時來犯，只是一個時間的問題。」

劉黑闥笑道：「明天的事明天再算吧！現在該怎麼走？」

寇仲凝視無名在高空飛行的路線和姿態，道：「突厥人稱這爲鷹舞，可指示敵人探子的所在，大軍是停是行和移動的路線。照現在鷹兒的姿態，牠仍未發現敵人的蹤影。不過這並不可靠，因爲牠仍非常稚嫩，大有出錯的機會。」

劉黑闥色變道：「牠會出錯，那豈非很易誤事？」

寇仲啞然失笑道：「這只是一個可能性吧！小弟還從老跋處學曉地聽之術，數十里內大批騎兵的活動，保證我不會聽漏耳。來吧！依照原定路線便成。」

兩人跨登馬背，領著騎兵穿林越野的去了。

第四章

重返長安

黃易作品集

第四章　重返長安

由於天下分裂，征戰連年，各地霸王軍閥，均有一套對付敵人偵察滲透的方法。既不能不讓促進貿易的商旅通行，又不能任由不良分子湧進來，如何取得平衡，代表著政策制度的成功。由於地理形勢的優越，關中的唐室在控制人流上有最出色的表現。自入主長安後，唐室李家增強關防，於入關要塞的潼關和黃河水路布重兵、置官署，屬民出入不但需戶籍文件，還要有各地督府發放的往來批文。外地欲往關中做生意，又或遷徙的移民難民，更須得官署批核安置，對人口的徙移有嚴格的限制和規定。

徐子陵攜著雷九指憑他的妙手偽造的批文，戴上從楊公寶庫得來本供楊素逃命時使用的面具，乘客船安然過關。再經過三天日夜趕路，終抵達長安城。愛馬萬里斑則留在桃林，由任俊等照拂。舊地重遊，自有一番感慨。尤其是剛從塞外的小長安回來，面對中土的眞長安，想起伊人已遠，能不黯然神傷！入城後，直赴侯希白的多情窩，據雷九指所言，侯希白探望他後，告訴他會回長安趁石之軒不在之際找楊虛彥的晦氣，看看楊虛彥從半截不死印法練出甚麼奇功來。即使侯希白不在，他亦可借此多情窩作落腳之用。

他駕輕就熟的從後院踰牆入屋，只聽侯希白的歌聲傳來唱道：「穆穆清風至，吹我羅衣裙；羅衣何飄飄，輕裾隨風還。」

徐子陵哈哈笑道：「誰能比侯希白更多情？」

侯希白疾掠而出，拉著他雙手大喜道：「子陵大駕忽臨，眞教小弟喜出望外。這幾天在長安到處都聽得人談論你們和跋鋒寒在塞外八面威風的事蹟，令我後悔沒有依附驥尾，白白錯過使人神往的塞外風情。少帥呢？」

徐子陵道：「進去坐下再說吧！」

入廳坐好，徐子陵把塞外的經歷概略地述說一遍，又解釋這回來長安的目的，接著問道：「你不是告訴雷大哥到這裏來是要和楊虛彥分個勝負嗎？我看你卻是在唱歌作畫，非常寫意。」

侯希白苦笑道：「我只是苦中作樂，我與你們合作對付楊虛彥，石師肯定視我爲叛徒。剛才你更告知我祝玉妍已死，石師成功吸取聖舍利邪氣致魔功大成。看來小弟已是時日無多，不好好多畫兩張美人畫流傳後世，更待何時。小弟現在成爲繼莫神醫後最受長安權貴歡迎的人物，昨天李淵親自見我，禮聘小弟爲他繪一幅宮廷百美圖，我看在畫卷完成前，連石師亦不敢輕易動我，楊虛彥更不用說。」

徐子陵訝道：「李淵爲何如此糊塗，明知楊虛彥乃楊勇之後，仍肯善待楊虛彥？」

侯希白道：「子陵有所不知。李淵是最念舊情的人，他以前與楊勇交情甚篤，怎捨得殺他僅餘的一點血肉，兼之楊虛彥立誓與石之軒割斷關係，騙得李淵加封他爲隋國公。唉！我和他雖難免一戰，但目前各有顧忌，只好暫時來個河水不犯井水。」

徐子陵道：「我想見秦王。」

侯希白道：「這個我可作安排，且要立即進行，因爲現時黎陽被竇建德重重圍困，日夜攻打，李家正結集大軍，準備出關往援。」

徐子陵皺眉道：「黎陽有李世勣和李神通固守，該沒這麼容易被攻陷吧？」

侯希白道：「理該如此，但事實卻剛好相反，黎陽那邊形勢危急。據我聽回來是李世勣和李神通誤中竇建德誘敵之計，在竇建德率軍繞道進軍鄰城衛輝之際，李神通率軍偷襲，豈知慘中伏兵受襲，被竇建德殺得李神通只能帶著十餘親衛逃脫。竇建德挾餘威回師猛攻黎陽，告急的文書正像雪片般飛回來。」又壓低聲音道：「據說仲少加入竇建德的陣營，此事令長安朝野震動，小弟則與有榮焉。你們在赫連堡、奔狼原、花林和龍泉四場戰役大顯神威的事，街頭巷尾也在議論不休，李世民這次有對手哩！」

徐子陵搖頭道：「寇仲絕不會歸順竇建德，應是誤會。」頓了頓續道：「有一件事尚要你幫忙，希白兄可否設法查探，是否有個東北人叫陰顯鶴的劍手來了長安？」

侯希白問清楚陰顯鶴的年紀、特徵、外貌，拍胸道：「要查一個人在我確是易如反掌，可包在我身上，長安很多人都要賣面子給我侯希白。子陵在這裏好好休息，書齋內由易經至春宮圖無不齊備，子陵不愁寂寞。」

徐子陵給他說得啼笑皆非，搖頭道：「我還要去找紀倩，她或有可能是陰顯鶴失散多年的親妹子。」

侯希白一呆道：「竟有此事，你以甚麼身分去見她，此姝立場曖昧，與太子黨更關係密切，一個不好，恐怕你會給她揭破身分，惹出禍來。」

徐子陵微笑道：「我有分寸的！不知可達志是否會來呢？」

侯希白道：「這個我不大清楚，我在長安的保身之道是只談風月不論政事，子陵還是見過秦王再想其他事穩妥點。」

徐子陵接受了侯希白的勸告。侯希白去後，就在椅子盤膝打坐，以舒連日趕路的勞累。剎那間進入天人交感的境界，體內眞氣渾渾融融，說不盡的受用舒暢。不知過了多少時候，倏地心兆一動，醒轉過來，腦際出乎天然的浮現一位絕世美女的鮮明形象。他肯定自己不是被任何聲音又或氣流的改變驚醒，而是出自一種超乎感官之上，幽玄微妙難言的感應。且並非首次發生，以前亦有類似的感應，卻沒有一次比這次更清晰分明。來者鬼魅般從後進飄進廳子來。

徐子陵暗嘆一口氣，曉得避無可避，甫抵長安即給揭破行藏，輕輕道：「婠婠駕光臨，不知因何事找希白兄？」

婠婠甜美的聲音驚喜的道：「竟是子陵你啊！眞教人大出意外，你還是第一回這麼親熱的喚人家作婠婠哩！」

徐子陵微一錯愕，婠婠在他對面椅子坐下。時光在不知不覺中消逝，他在午後時分入城，此時卻日落西山，廳內一片昏沉，他坐息逾兩個時辰，精神盡復。兩人四目交投，雙方心中都不知是何滋味。雖仍是白衣赤足，但徐子陵清楚感到她的氣質與前迥然有異，可是到底有甚麼地方不同，他卻不能具體說出來。只是感到她比以往的她更深邃難測，難以掌握捉摸。心中一動道：「恭喜你天魔功終於大成哩！」

婠婠秀眸一閃一閃興致盎然的打量著他，語調則像一向的冷漠平靜般道：「人家奉師尊之命，留在長安潛修大法，當然有些許成績。子陵你呢！你不是也大有長進嗎？不用回頭看已知是人家嘛。」無論她用甚麼語氣聲調說話，總有種直鑽入人心窩兒的感覺，具有很大的誘惑力。

徐子陵沉聲道：「令師在與石之軒的決戰中，因施展玉石俱焚而雲散煙消，我是親眼目睹的。」

婠婠出奇地沒有任何表情變化，淡淡道：「石之軒有否陪她老人家一道上路？」

徐子陵搖頭道：「他受傷遠遁，令師功虧一簣。」他心存厚道，絕口不提祝玉妍因要他和師妃暄陪葬，被他及時發覺，在急於拯救師妃暄下令石之軒有一線脫身之機，否則歷史說不定要改寫。

婠婠目不轉睛的凝望著他，忽然輕嘆一口氣，語調冰冷平靜得令人心悸，道：「他是否盡得舍利內的聖氣？」

徐子陵點頭道：「怕是如此吧！」事實上舍利內大部分異氣，已給他和寇仲早一步分享，當然不會向婠婠透露秘密。

婠婠再嘆一口氣，秀眸射出使人複雜難明的情緒，柔聲道：「天下從此多事哩！」接著又道：「子陵可肯與我合作對付石之軒？」

徐子陵再暗嘆一口氣，以前的所謂與她的「合作」，沒有一次不是在無計可施被威脅的情況下發生的。自竟陵之戰，飛馬牧場兩大元老高手慘死在婠婠手上，他們之間結下解不開的深仇，發展到眼前此刻，連他亦弄不清楚和婠婠是甚麼關係。他理該與婠婠來個你死我活的決鬥，可是面對宛如聖潔天仙般的婠婠，他總生不出殺機。苦笑道：「我們間還有合作的可能性嗎？不要威脅我，我隨時可離開長安。」

婠婠嬌笑道：「人家何時想過要威脅你？不過你若不肯幫助婠兒，婠兒只好乖乖的下嫁石之軒，看他能否領導聖門在這場爭天下的鬥爭中成為大贏家。人家可不是逼你嘛，而是別無選擇。還有你那擅長奏簫的紅顏知己說不定會成爲犧牲品，因爲她是碧秀心遺留下來的禍根，只有親自殺死她，石之軒才能贏得聖門各派系對他的尊敬。」

徐子陵給命中要害，嘆道：「還說不是威脅？」

想想也教人心寒，趁著天下大亂，魔門各派暗中不斷在各方面擴展勢力，林士宏、錢獨關、輔公祏等割據成大小軍閥，王世充則與魔門關係密切，趙德言乃頡利心腹謀臣，其他辟塵、安隆則控制著經濟命脈，若這些人全臣服於石之軒的控制下，其力量之大，爲禍之烈，恐怕沒有人能預估。迫在眉睫之前的問題，是可輕易發覺並破壞他們針對香家的行動。婠婠既知他來長安，不論他扮成甚麼樣子，均可一眼將他看破。

婠婠「噗哧」一笑，白他一眼道：「人家是那麼可怕嗎？以前很多對不起你徐公子的事，只因師命難違。現在人家可以當家作主，當然是另一番可令徐公子滿意的新人事新作風。我不會逼你去作任何不願意的事，只希望你能和婠婠攜手殺死石之軒，爲世除害，這不是你們這些以替天行道爲己任的俠義之士義無反顧的事嗎？」

徐子陵苦笑道：「我沒有資格作俠義之士，只是見一步行一步的混日子。對付石之軒一事可否容後再說，他還需一段時間療傷，我們尚有時間。」

婠婠搖頭道：「子陵豈是如此短視的人，若待他重出江湖，一切都遲哩！」

徐子陵皺眉道：「若他留在塞外，你怎樣找得到他呢？」

婠婠道：「何需去找他，我會有方法把他引出來。」又甜甜一笑道：「子陵是否肯合作哩！不如人家嫁給你好嗎？我會做你最聽話最乖的好妻子。」

徐子陵大吃一驚，狼狽道：「婠大姐勿要說笑。」

婠婠幽怨的瞥他一眼，道：「不說便不說。但你可有興趣聽人家的計劃，好讓你可保著幽林小谷那位美人兒。」

徐子陵無奈道：「我在聽著。」

婠婠淡然自若道：「根據聖門先祖遺訓，魔門兩派六道約每二十年須舉行一次聚會，推舉領袖，上一回聚會在二十年前舉行，祝師被推爲聖門之首。可惜因天下紛亂，祝師雖成聖門的尊首，卻是有名無實。現在統一之機已現，慈航靜齋通過李家占盡上風，兩派六道此時再不團結，待李家一統天下，將重陷淪亡之險。在這種形勢下，聖門諸派的『二十年聚會』有再次舉行的必要。祝師已去，婠婠是現時唯一有資格的召集人，石之軒必來出席，我們便有機會殺死他，破他的不死印法。」

徐子陵皺眉道：「你可知我對破他的不死印法，沒有絲毫的信心把握。」

婠婠柔聲道：「假設我們能把斷作兩截的不死印卷合起來，說不定可找到破不死印的方法。」

徐子陵開始有點明白婠婠因何來找侯希白，搖頭道：「師小姐曾看過不死印卷，仍沒有破解之法。」

婠婠美眸亮起來，閃動智慧的采芒，動人得教人心顫，也令人心碎！如此天生麗質的美人兒，卻是陰癸派新一代青出於藍的領導人，能在這年紀練成天魔大法，肯定在魔門亦是前無古人，而她更是魔門唯一深悉他們長生氣的人，這使她的天魔功更有鬼神莫測之機。

只聽她檀口微張輕輕道：「又是師妃暄，奴家和她怎同哩，她懂的是玄門正宗，石之軒得玄門與聖門大成的不死印法，任她如何聰明智慧，頂多明白其中部分。但若奴家和子陵合起來參詳，將是另外一回事。」

徐子陵道：「就算侯公子沒有問題，可是楊虛彥是石之軒的繼承人，絕不會蠢得要對付石之軒，那等於他和自己過不去。」

事實上楊虛彥那半截不死印卷早給侯希白偷到手上，記熟後毀去，不過他認爲暫時仍不該讓婠婠曉得，因爲天知道如給婠婠知悉不死印法的秘密，會帶來甚麼後果。

婠婠甜笑道：「借不來可以搶，更可把人順手殺掉，在這方面，徐子陵、侯公子和人家的願望該並無差異，對嗎？」

徐子陵拖延時間道：「這要和希白兄好好商量才成。」

婠婠媚態橫生的嬌笑道：「人家又沒有逼你立即答應，我們的二十年聚會就挑在三個月後的中秋之夜在成都舉行，徐公子意下如何？」

徐子陵不悅道：「爲何千不揀萬不揀，偏要揀成都？」

婠婠漫不經意，道：「方便嘛！徐公子既可趁機探望石美人，又叫『置諸死地而後生』，讓石之軒有乘機下毒手的機會。那徐公子當不會詐作應承人家，暗下卻決定爽約。唉！人家也是逼不得已，所以不得不對你用上點心計，該可原諒吧！」

徐子陵沒好氣的道：「你何時才能改變害人的習性。」

婠婠再露幽怨神色，半真半假的嘆道：「我真的再不會害你，子陵相信也好不相信也好，你會在長安逗留多少天？」

徐子陵很想問她蕭銑是否魔門中人，但怕打草驚蛇，只好忍著不問，道：「你只要找到侯希白，就可找到我。」

婠婠忽然神色一動，道：「有人來哩！明天見。」飄身離椅，赤足輕觸地面，穿窗幽靈般沒在外邊，剩下徐子陵獨自站在已是漆黑一片的廳堂內。

徐子陵和婠婠是同一時間感到有人從後院入屋，只從這點看，婠婠的靈銳絕不在他之下。

李世民的聲音在徐子陵後方響起，沉聲道：「我正想找你們。」

徐子陵心中一動，曉得有些令李世民亦要失去方寸的事發生了。究竟是甚麼嚴重的事呢？

李世民在他對面坐下，代替了婠婠，臉色陰黯，劍眉緊促，肅容道：「黎陽將在數天內陷落，王世充則兵抵慈澗，使我們動彈不得，欲援無從，子陵可知黎陽城內尚有何人？」

徐子陵愕然朝他瞧去。

「上兵伐謀，其次伐交，其次伐兵，其下攻城。」舉凡在戰略上有重要意義的城市，均是城厚牆高，溝河護城，易守難攻，能以少勝多，故以孫子的用兵如神，仍以攻城爲不得已的下下之策。常把這幾句軍事名言掛在口邊的寇仲，對此更有全面深刻的體會。竟陵一戰，他是守城者；今戰黎陽，則成爲攻方。若有選擇，他會勸竇建德只圍不攻，但問題是李世勣準備充足，城內儲糧足可捱上一年半載，其次是如敵人援軍來救，裏外夾擊下，他們將從主動淪爲被動。經研究商討後，他們決定採取四面包圍，日夜不停輪番猛攻的戰略，以瓦解敵人的鬥志體力。黎陽城外誘敵突襲之戰，他們殲滅敵軍達萬人之衆，大幅削弱守城正規軍的實力，剩下之數不過二萬人，要穩守如此規模的城池，黎陽必須全軍出動。換句話說，竇軍可以休息，唐軍則沒有這福氣運道，可見城外一戰的關鍵性。

竇建德這回攻打黎陽是志在必得，援軍不住從壽春和許城開來，到此刻總兵力超過十五萬人，不停地加重對黎陽守軍的壓力。一切輜重供應更是準備充足，因爲要攻破敵方的深溝高壘，只憑步騎兵和一般刀劍弓矢是絕對沒有可能。所以必須在攻城器械、物資和組織方面準備妥當，尤其輪番夜以繼日的猛攻，各方面的要求更是嚴苛。首先是建造可移動的望台「巢車」和「樓車」，俾能在高處窺望城內的情況，或發箭助攻。瞭敵後必須攻敵，攻城戰的第一步是「越壕」，只有成功越過黎陽城的護城河，攻城的器械和敢死隊始有機會接近城牆，展開攻城戰。竇建德和劉黑闥均是攻城的老手，戰事開始立即截斷護城河的水源，採取「塞其水源，淺其閘口」之法，待其水淺後，再囊土運石，以裝滿土石的車子直接推入壕中，讓這些俗稱的蝦蟆車強把深壕填平。「塡壕」後是「接城」戰，「木驢」在這種情況下是必備之物。木驢爲四輪大車，頂部是尖斜形像屋脊似的巨木，不怕弓矢，亦不懼石擊，且蒙著藥製牛皮，不容易燃燒，其下可隱藏近百戰士，掩護攻城具有奇效。接近城牆，就是各式攻城工具派上用場的時刻，飛樓、撞車、登城車、釣堞車、火車、高樓、雲梯和衝擊城門的巨型檑木，都以雷霆萬鈞之勢，攀城、撞牆、擊門，務要登上城頭，並在城上站穩陣腳，再逐步擴大突破口，消耗敵人的意志和防禦力。

寇仲和劉黑闥並騎在前線指揮這場慘烈的攻城戰，竇建德則留在離城較遠臨時搭起的指揮台上，以火把、號角、戰鼓指揮全局的進攻退守。這回和竟陵之戰不同處，是當年杜伏威採取「開其一角」的策略，留下生路讓城內軍民逃走。這回竇建德則是重重圍困，務要殲滅城內所有將士，令李世勣和李神通不能逃往衛輝，重整軍容。不過無論竇軍準備如何充足，資源總是有限，所以竇建德把攻城的主力集中攻打東門，對其他三門的進攻規模則小得多，作用只在牽制敵人，防止敵人突圍逃走。在城內城外的火把光照耀下，承受了幾天幾夜從沒間斷狂攻的黎陽守軍，已是疲態畢露。

寇仲曾三度親自攻上城牆，斬敵過百之眾，最後仍給李神通、徐世勣和敵方一眾高手拚死逼回城外。剛才他回營休息兩個時辰，此時精神體力盡復，又再披甲上馬，等待城破的一刻。他高踞千里夢馬背上，無名傲立左肩頭，虎目閃閃生輝，心神卻平靜如井中水月，掃視敵我雙方你死我活的慘烈攻防戰。「轟！轟！轟！」檑木撞車一下接一下的衝擊城門，似在代表黎陽軍的力量正一分一分的被削減，攻城者亦爲此每一分的削弱敵人付出沉重的代價。城外被敵人箭火燒著的木驢、樓車，部分已成灰燼，一些仍在熊熊燃燒，送出團團濃煙，遮天蔽空。城內亦多處地方冒起火頭，煙屑橫空，都是拜投石機發放的火球彈所賜，務使城內軍民疲於奔命。箭矢和投石似飛蝗般於城內城外彼此交投，不住添加爲這無情戰爭犧牲的亡魂，仁慈和憐憫在這裏根本沒有容身之所。

寇仲愈來愈感到戰爭像在下棋，而亦必須以這種冷酷的心情，才能以只求成果的心情，指揮己方人馬的進退。攻城的竇軍就像大批不理自己生死的螞蟻，攀梯登牆的朝牆頭的敵人攻去，守城者則憑高牆拚死抵擋敵人，將企圖攀城的敵人消滅在垛口或城牆下。近身的肉搏，顯示攻防戰進入高潮尾聲。這是今夜由竇軍發動第三波的攻勢，上兩次竇軍給守城唐軍拋撒的石灰、糠秕、滾油、石塊粉碎了破城的願望，這次顯是資源補給不繼，防守力大不如前，再無法和無暇先一步阻止檑木車直接衝擊東城門。每回攻城前，竇建德均向李世勣、李神通招降，均被堅決拒絕。

劉黑闥搖頭嘆道：「李世勣輸啦！」

寇仲仰首往李世勣帥旗豎立處瞧去，果然不再見到李世勣和李神通的身形，點頭同意道：「小心他們趁城破時突圍逃走。」

劉黑闥回首一瞥在身後嚴陣以待的一千精騎，冷笑道：「豈有這般容易。」接著發出命令，餘下的百多輛梯車、撞車，兩隊手持巨盾弓箭位於騎兵隊兩旁，人數各達五千的步兵師，在戰鼓聲中往東門方向推進。「轟隆！」堅固的東城門終不堪衝擊，頹然往門道內傾倒，揚起滿門塵屑木碎。攻城一方士氣大振，喊喝震天而起，把廝殺聲和兵器交擊的聲音完全掩蓋。

劉黑闥色變喝道：「退後！」

號角聲起，負責撞門的檑木車隊倉皇後撤，卻遲了一步。只有寇仲明白劉黑闥色變的原因，是爲錯估破門的時間而致失誤，不用說是敵人暗中移開堵塞以增強城門抗力的沙石鐵車，使城門被輕易撞破。要知如按原定計劃，城門破毀的一刻，檑木車必須立即退走，工事兵則負責清理門道內的障礙物，再讓步兵殺進城內，最後才是劉黑闥和他的騎兵隊長驅直入的衝擊戰，但此刻事實與預估出現不符，使竇軍一方雖是占盡優勢，但一時間仍要進退失據。果然城內鑼響，大隊敵騎從城道蜂擁而出，見人就殺，分成數股往四面八方突圍，負責撞門清陣的工事兵哭喊震天的四散逃命，更添敵騎逃生的機會，東門外的戰場亂成一片，敵我難分。

劉黑闥當機立斷，狂喝道：「弟兄們！衝啊！」與寇仲衝前，不理狂擁出城的敵人，集中兵力，一千騎兵蹄音轟鳴，直往敞破的東門殺奔而去。

寇仲發出尖嘯，命令寶貝無名飛上天空，展開人馬如一之術，策騎愛駒千里夢，超前疾闖。後方的竇建德連忙調軍圍截，阻止敵人突圍逃遁。兩側步兵在另兩名將領指揮下，像兩股怒潮般往東門壓去，戰況激烈。寇仲一馬當先，井中月左砍右劈，螺旋勁發，擋格者無不連人帶兵器給他砍得拋飛墮跌，勇不可當。在劉黑闥和精銳戰士的配合下，硬把衝出門道的敵人逼回城內去。也不知殺了多少人，忽然壓力大減，原來成功穿過門道，進入城內。只見城內哭喊震天，在火頭四起，濃煙火屑蔽空燭天，一片血紅有如修羅地獄的黎陽城內，軍民與老弱婦孺四散奔逃，一片末日的慘厲氣氛，令人慘不忍睹。

城頭城內，展開更激烈的近身肉搏戰。寇仲和劉黑闥的騎兵雄師，踏著黎陽城的東門大街，寸步不讓的向護城敵人衝擊深進，後面的竇軍步兵潮水般湧進來，敵人大勢已去。殘酷的巷戰全面開展，寬厚的城牆完全失去防禦保護的作用。忽然一股近三百人的唐軍迎頭殺至，領軍者正是李淵之弟，在李閥中武功數一數二的李神通。

寇仲哈哈笑道：「爲何不見世勣兄？他不是嚇得躲起來吧？」千里夢載著他往前疾衝，井中月閃電劈出。

李神通雙目血紅，手中長劍朝前疾挑，大喝道：「我就算死，亦要你寇仲陪我一起上路。」

「噹！」刀劍交擊，兩人同時劇震。眨眼間雙方人馬交鋒纏戰，李神通的手下被寇仲一方像潮水般吞噬，再不成隊形。李神通自知必死，展開劍法，神勇難當，剎那間在馬上向寇仲攻出十多劍，劍劍均是同歸於盡的招數，以寇仲之能，亦擋得頗爲吃力。雖在千軍萬馬的廝殺中，寇仲的心神仍靜如井中月，心知肚明李神通在這幾天的守城激戰中損耗甚鉅，是強弩之末。忽然李神通身後親兵人仰馬翻，劉黑闥出現於李神通背後，長刀挾著勁厲嘯聲往他背項掃去，若李神通中刀，肯定身首異處。寇仲健腕一翻，加重勁道，震得李神通長劍盪開，無法回劍後擋，李神通也是了得，忙往馬頸旁伏下去，堪堪避過劉黑闥必殺的一刀。劉黑闥冷喝一聲，大刀倒轉以刀背在馬頭狠敲一記，戰馬悶聲不哼的四蹄軟跪失控，住地側傾頹跌，使得李神通和馬一同滾往地上。就在他失去平衡墮地前的剎那，寇仲俯身探離馬背，井中月閃電挑出，正中他脅下要穴。

李神通應刀觸電般劇震，寇仲順手拿著他背心甲冑，從地上提起來，在馬背上坐直虎軀大喝道：「李神通遭我活捉生擒，投降者生，反抗者死。」喝聲把所有喊殺聲硬壓下去，傳遍城東區整個戰場。

劉黑闥來到寇仲旁，助威喝道：「放下兵器投降者不死。」

兵器交擊聲逐漸減少，城內唐軍見主帥遭擒，鬥志全消，紛紛棄械投降。竇軍不斷狂湧入城，把黎陽城置於控制下。寇仲放下滿臉無奈屈辱、穴道受制的李神通，交由竇兵綑縛拘禁，心中豈無感慨，想他李神通往昔如何八面威風，今天卻成階下之囚。

在劉黑闥的指示下，入城的將領分率戰士深進城內，招降城內其他守軍。寇仲和劉黑闥在一批戰士簇擁下，並騎緩馳於東門大街，往黎陽城核心的都督府推進，一隊一隊的騎兵步卒，從他們兩旁走過，爲他們探路開道。

劉黑闥興奮的道：「這回能攻陷黎陽，全賴小仲巧施妙計，殲滅敵人主力，狠挫敵方士氣。下一個我們最希望攻陷的不是洛陽而是李家的要塞潼關，它不但是出入關中平原的通道，長安東面的屏障，更控制著黃河的風陵渡，攻下潼關，李閥能逞威的日子將屈指可數，看李淵能威風至何時？」

寇仲嘆道：「劉大哥不覺得我們今仗勝得很慘嗎？」

劉黑闥愕然道：「小仲爲何要往這方面想，自古以來，攻城戰傷亡難免，黎陽乃李閥關外最重要的戰略據點。黎陽既下，衛輝難保。李閥現在唯一選擇，就只是攻打洛陽，我們則是進可攻，退可守。」

寇仲正要答話，一隊人馬馳至，領隊的小將報告道：「敵人殘餘退守督府，決意頑抗。」

劉黑闥大怒道：「不知好歹的傢伙，給我把都督府重重包圍，看他們能守到何時？」

小將又道：「據抓來的降兵道，李淵的幼女秀寧公主應在都督府內。」

寇仲失聲道：「甚麼？」

徐子陵爲之色變，不由得想起沈落雁，她是否陪李世勣同守黎陽，若她殉城戰死，寇仲豈非多少要負點責任，自己該如何面對這個殘酷的現實？一直以來，由寇仲一心爭霸天下開始，兜兜轉轉的，就像一個只存在幻想中夢境似的事情，與眞實的世界遙相遠隔。不過聽著李世民的話，忽然這兩個世界竟融合爲一，變成活生生的在眼前發生，再非遙遠的夢。寇仲的爭霸之路，使他與本是朋友、兄弟至乎愛慕的人都變成戰場上的死敵，只能以一方的滅亡來解決。

李世民嘆道：「秀寧公主在竇建德圍城前兩天抵達黎陽，駙馬則因事沒有隨行，唉！」對李秀寧關愛之情，溢於言表。

徐子陵沉聲問道：「世民兄有甚麼打算？」

李世民雙目閃過濃烈的殺機，道：「援救黎陽已因王世充惡意的動員而不可行，我只好拋開一切，全力進攻洛陽，終有一天我會和你的好兄弟在戰場上交鋒決勝，那是我李世民最不願見的事，但捨此再無別的選擇。」

徐子陵從他語調中，感覺到李世民只把寇仲視爲能匹配他的對手，其他如竇建德、王世充之輩，仍未被他放在眼內。暗嘆一聲，道：「如若寇仲曉得秀寧公主在黎陽城內，他必盡力保護，不讓任何人傷害她。」

李世民苦笑道：「我絕對相信寇仲會這樣做，可是戰火無情，誰都不能預估發生甚麼事。子陵來得正巧，遲一天將碰不上我。」

徐子陵心中一顫，曉得他明天將率領大軍出關，開赴洛陽，這將是中土爭霸戰最關鍵性的大戰役，影響深遠。

李世民正容道：「無論我與寇仲日後發生甚麼事，我仍是那麼尊重子陵，子陵有甚麼事儘管吩咐，只要我李世民力所能及，必爲子陵辦妥。」

徐子陵感到心亂如麻，比起在黎陽可能發生的慘劇，其他事忽然變得微不足道，但又隱覺事實非是如此，可見自己對寇仲的關切。因爲若李秀寧間接因寇仲而發生不幸，鑄成恨事，對寇仲的打擊會是極殘酷劇烈。以他的性格，大有可能走上自毀之路。勉強把各種情緒壓下，道出來意。

李世民思索片刻，點頭道：「子陵對香家的懷疑，我大有同感，只是不知池生春會是香貴的長子。此事非同小可，若齊王明知池生春的眞正身分仍然包庇他，有可能他並不如表面的情況般那麼全力支持太子，而是另有打算。」

徐子陵道：「魔門的影響力，要比我們原先猜想的遠爲龐大，楊虛彥是石之軒的繼承人，又在令尊旁布下董淑妮這厲害的棋子，石之軒則是魔門數百年來才智魔功最傑出的人物，世民兄不可不防。」

李世民露出無奈的表情，滿肚苦水的道：「楊虛彥這步棋害得最慘的人正是小弟，先是千方百計令父皇對董淑妮生出興趣，然後慫恿父皇著我去向王世充提親，令兩位夫人以爲迎董淑妮回來與她們爭寵是我的鬼主意，現在父皇身邊全是爲太子說話的人。你也親眼看到，太子在楊文幹事件裏犯下大錯，最後不過是痛責幾句了事。父皇仍聽任唆使不派我而遣齊王赴援太原，我怎能不心淡。若非師小姐對我期望殷切，說不定我會拋棄一切，與子陵傲嘯山林過些寫意日子了事。」

徐子陵心中矛盾得要命，不知該如何勸他，若勸他振作，豈非鼓勵他去對付自己的兄弟寇仲，只好改變話題道：「世民兄可有想過若攻下洛陽，長安城內會有更多難測的變數。」

李世民雙目電芒一閃，深深凝視他片刻，道：「這正是我遲遲不能發軍東征洛陽的背後原因，如非黎陽陷落在即，明天休想能起行。一個時辰前我才在父皇手上接過帥璽兵符，子陵明白嗎？」

徐子陵道：「是否有人怕世民兄攻陷洛陽後，會在關外自立爲帝，另起爐灶？」

李世民訝道：「子陵看得很透徹，這確是父皇和太子最擔心的事。」

徐子陵回敬他銳利的目光，語調卻是漫不經意的，問道：「秦王會這樣做嗎？」

李世民啞然失笑道：「想得要命，但卻知自己絕不會這樣做。我還是破題兒首次向任何人透露內心的感受，因爲我眞的完全信任你徐子陵，亦信任寇仲。因爲你們從未向我李世民說過半句謊言，答應過的事更沒有不作數的，若你們是忠心於我的追隨者，有如此表現是半點不稀奇，因爲大家利益與共。但你兩人從不需倚賴我李世民，你們的聲名是憑自己親手爭取來的。」

徐子陵湧起發自心底的感動，這正是李世民的成功處和魅力所在，襟胸氣魄均非常人能及。

李世民苦笑道：「秀寧的事我不敢去想，只能委於天意。我接到侯希白帶來的口訊，立即拋開一切來會子陵。我明天離開後，李靖會予你一切支持，給我把香家在長安潛隱的勢力連根拔掉，我會很感激子陵。」說罷長身而起，就那麼走了。

黎陽城落入竇建德的手上，戰敗的唐兵投降者達八千人，只餘李秀寧和她的千餘親衛死守位於城心的督都府。李世勣成功突圍逃走，能隨他離開的親衛不過百人，敗得悽慘。是役竇建德方面亦損失慘重，傷亡戰士達三萬之衆，對他的實力有一定的影響。

寇仲和劉黑闥抵都督府正門外，兩人對望一眼，前者露出苦澀的表情，劉黑闥拍拍他肩頭低聲道：「趁竇爺仍未入城，趕快把事情解決，我支持你任何決定。」

寇仲感激地點頭，躍下千里夢，朝都督府正門走去，環繞著都督府的牆頭立即現出密密麻麻的箭手，以他爲瞄準的目標。寇仲解下井中月，抛給後方馬上的劉黑闥，這行動純是一種姿態，以他的武功，有武器和沒有武器分別不大。他再踏前兩步，高舉雙手道：「秀寧公主，寇仲求見。」他含勁吐音，聲音直傳進圍牆的府堂內去。

唐兵知他該無惡意，但曉得他武功蓋世，不敢稍有鬆懈。這八百親兵是李世民親自從本系子弟兵中爲李秀寧挑選的，忠心和武功兩方面都沒有問題，隨時可爲她獻上性命。

李秀寧平靜的聲音傳出來道：「寇仲你走吧！只要你不參與進攻我們，秀寧心中感激。」

寇仲早猜到她有此反應，回話道：「那公主下令把我射殺吧！我怎樣也要和公主面對面說幾句話。」言罷大步朝正門舉步。

這正是寇仲聰明處，令守衛督府的死士在沒有李秀寧的命令下，不敢向他放箭。在兩方戰士衆目投注下，寇仲直抵督府門前，還拿起門環，輕叩一記。「篤！」

「咿唉！」大門往內拉開少許，一名年輕將領低聲向寇仲道：「少帥請進來！」語氣出奇地敬重客氣。

寇仲閃入門內，只見守兵處處，人人一面堅決赴死的神態，氣氛沉滯凝重。他拍拍那將領肩頭，淡然自若道：「放心吧！公主定可安返關中。」

那將領輕輕道：「末將李來復，追隨秦王時曾在洛陽見過少帥，後來又在飛馬牧場再遇少帥。公主在大堂內，請隨末將來。」

寇仲心道原來如此，他肯自作主張給自己開門，顯是多少曉得自己和李秀寧的關係，知道他現在是李秀寧唯一的生機。唉！老天眞愛作弄人，第一次與唐軍交鋒，竟碰上初戀情人李秀寧。追上他低聲問道：「柴將軍在嗎？」

李來復搖頭道：「駙馬爺沒有隨行，剛才我們曾嘗試突圍，卻不成功，只好退守這裏。」

「駙馬爺」三字像根利針般刺進寇仲心臟，其他的話再聽不清楚。一身軍服，英氣凜然的李秀寧安坐對著廳門的太師椅上，左右後方是十多名一看便知是高手的親隨。

李秀寧怒道：「來復！你竟敢自作主張，是否要我把你先斬首哩！」

李來復跪倒地上，語氣平靜的道：「末將願接受任何處置。」

寇仲怕他拔劍自盡，忙按著他肩頭，道：「是我不好！」

李秀寧目光落到他臉上，與他灼熱的目光一觸，立即別頭望往窗外的花園，低聲道：「你們出去。」

四周的親衛爲之愕然，其中一人駭然道：「公主！他——」

李秀寧淡淡道：「我要你們立即退下，這是命令。」

寇仲攤手道：「我若要傷害公主，只要一句話就成，何需如此欺欺騙騙的下作。」

親衛們無奈下只好退往後進。

李秀寧道：「你也走！」

寇仲一呆，指著自己鼻子疑惑的道：「我也要走？」

李秀寧嬌嗔道：「不是說你，而是來復。」

李來復如獲皇恩大赦，爬起來垂頭退往大門外。

李秀寧嘆道：「唉！寇仲，你來幹甚麼呢？從你拒絕王兄那天開始，該想到有今天一日，問題是你殺我還是我殺你呢？」

寇仲湧起無法抑制的愛憐，朝她走去，在她椅旁單膝跪地，細審她清減憔悴但清麗如昔的秀美玉容，沉聲道：「公主請當機立斷，讓我立即護送你和手下親隨從西門離開，只要抵達衛輝，可返回關中。」

李秀寧美眸射出複雜深刻的神色，迎上他的目光，道：「你們準備怎樣處置黎陽城的無辜的平民？」

寇仲拍胸保證道：「竇建德一向不是好殺的人，這方面聲譽良好，必會善待城民。」

李秀寧垂首輕輕道：「李將軍和王叔是否死了？」

寇仲坦然道：「李世勣成功突圍逃去，至於你王叔，唉！他給──他給小弟生擒了！」

李秀寧先露出喜色，旋又黯然，低聲道：「寇仲你還是殺死秀寧吧！」

寇仲當然明白佳人心意，同時大感為難，因為李神通已給送往城外讓竇建德過目，要竇建德把這麼有價值的戰利品交出來，自己也說不過去。換過他是竇建德，肯定不會交人。事實上這樣放走李秀寧，他和劉黑闥均要面對莫測的後果。苦嘆一口氣道：「秀寧可否給小弟少許時間，讓我去把令王叔要回來。」

李秀寧嬌軀劇顫，脫口道：「寇仲啊！」

寇仲挺立而起，忽然間充滿信心，不要說只是去求竇建德釋放李神通，就算是面對千軍萬馬，他亦毫不猶豫為李秀寧拋頭顱灑熱血。

李秀寧一對美眸淚花亂轉的瞧著他，仰著能令寇仲肝腸寸斷的玉容，悲切的道：「這是何苦來哉呢？」

寇仲抓頭道：「怕只有老天爺才曉得吧！」忍不住探手輕輕拍打她臉龐兩下，觸手欲酥，心中一陣酸楚，欲語無言。這是他自認識李秀寧以來，最親密和有情的接觸。轉身便去。

李秀寧的聲音像風般從後吹來道：「你看過人家寫給你那封信嗎？」

寇仲像被制著穴道般停定，尷尬而滿口苦澀滋味的頹然道：「我不敢拆開來看，只是以防水油布包好隨身收藏，希望沒有浸壞吧！」

李秀寧的情淚終忍不住奪眶而出，揮手道：「珍重！」

李世民離開後，負責爲兩人穿針引線的「多情公子」侯希白匆匆回來，問道：「與秦王談得投契嗎？」

徐子陵點頭道：「他答應全力支持我。」

侯希白在他身旁坐下，細察他的容色訝道：「但爲何你的臉色這麼難看的，似是心事重重？」

徐子陵不想他因李秀寧的事擔心，道：「沒甚麼，只是想到將來若秦王與寇仲對陣沙場，我——唉！沈落雁是否在長安？」

侯希白笑道：「哈！你說那風流的美人兒，她不但在長安，還單獨和我喝過一次酒。」接著壓低聲音道：「李家對她夫君李世勣還不太信任，怕他眷念與李密舊主之情，所以不許沈美人隨她夫婿出征。」

徐子陵皺眉道：「風流？」

侯希白忙解釋道：「子陵不要誤會，我多情公子雖多情，卻絕不沾惹人家的嬌妻，風流只是指她動人的風韻和灑逸的氣度，令她成為女性中的極品，一個別具獨特風格的美人。大家都是老朋友，不怕讓你知道，近年來我對美女的態度有很大的轉變。」

徐子陵奇道：「你竟對漂亮的女性不感興趣？」

侯希白搖手道：「當然不是這樣，只是不像以前總要一親芳澤；而是只重觀賞，只有這樣才可保留男女間最動人的神秘感覺。」接著取出美人摺扇，「霍」的一聲在手上張開，灑脫自然的搖頭晃腦吟哦道：「投懷送抱雖是動人，怎及得上欲拒還迎，欲拒還迎又比不上可望而不可得，得不到和沒有結果的愛戀是最動人的。」

徐子陵不由得給勾起對師妃暄的思念，深深感到侯希白的話並非全無道理。

侯希白大發議論道：「這是我從與各種不同類型的女子身上體會回來的至理，當你變成她的男人後，她會態度大改，例如變得千依百順，又或斤斤計較。亦因此失去未得到她前相處時彼此有如高手過招你來我往的樂趣；更失去對方是不可冒瀆侵犯的神秘感覺。哈！你像是沒有聽下去的興趣？」

徐子陵苦笑道：「希白兄的話有很高的趣味性，只是我的心情有問題而已！」

侯希白毫不介懷的改轉話題道：「我使人為你查聽陰顯鶴的蹤影，明天可給你一個確切的答案。今晚我們不如到上林苑探望紀倩，印證她是否陰顯鶴的妹子，順道為徐公子你洗塵。」

徐子陵嚇個一跳，皺眉道：「我以甚麼身分去見她？」

侯希白微笑道：「就用你莫為的身分樣貌吧！你們起出楊公寶藏之後的幾天長安出現前所未有的混亂，秦王巧妙地『安排』你離開，所以你的身分並未被揭破，只是現在你回來了！」

徐子陵沒好氣道：「這怎麼行？莫爲曾與可達志在宮廷的年夜宴比武，萬衆矚目，接著忽然失蹤，誰都猜得到莫爲若非寇仲就是我徐子陵。」

侯希白聳肩道：「知道又如何？惹莫爲等於惹秦王，現時形勢微妙，秦王剛擊退劉武周和突厥的聯軍，明天則出師洛陽。包括李淵在內，一時誰敢招惹他？故最聰明的人都會詐作不知你莫爲是誰。李建成有楊文幹造反事件，李元吉則遭兵敗之辱，兩人同病相憐只好暫時偃旗息鼓，不敢惹事生非。」

徐子陵仍是搖頭，道：「扮莫爲仍是很不妥當，最怕是打草驚蛇，讓池生春警覺，我們將會徒勞無功。」

侯希白不解道：「以我們的實力，又有秦王府的人作後盾，何不索性設伏把他生擒，嚴刑逼供，好好侍候招呼，哪怕池生春不說眞話。」

徐子陵道：「雷大哥對香家行事的方式認識最深，據他說香家有套聯絡的方法，就像一個環扣一個環，我們若將其中任何一個環脫下來，連貫的鏈子就會斷掉，這正是他們針對家族內有成員被人逼供而設計的。所以非到無計可施，不宜用這笨方法。」忽又探手懷內，把既是弓辰春又是莫爲的面具戴上。

侯希白訝道：「你不是說不想扮莫爲嗎？」

徐子陵微笑道：「我想到一個兩全其美的辦法，雷大哥是否留下些易容的剩餘物資。」

侯希白醒悟過來，拍腿道：「妙！那就可使紀倩曉得你是誰，其他人不在意下則沒法認出你來，請稍等片刻。」

侯希白回來時，拿著一副鬍髯，爲他黏上笑道：「這是我自家的珍藏，保證沒有人能看破。」

徐子陵淡淡道：「你可知婠美人剛才來找你談心。」

侯希白失聲道：「婠婠？」

徐子陵把與婠婠會面的經過說出，道：「我有個問題問你，如果希白兄不方便說，我不會怪你。」

侯希白奇道：「甚麼事要事先聲明這般嚴重？」

徐子陵道：「蕭銑是否是魔門的人？」

侯希白搖頭道：「我眞的不曉得，爲何有此猜疑？」

徐子陵道：「由於香玉山與趙德言的關係。你是魔門出身的人，該比我清楚魔門的事。」

侯希白思索片晌，肅容道：「你的猜疑不無道理，我們收徒比一般幫派嚴謹千百倍，甚至會不惜盡殺其親人斷其六親，小弟可能正是這樣一個受害者。不過蕭銑乃梁朝遺冑，本身該非魔門中人，香貴則很難說，否則香玉山不會忽然變成趙德言的徒弟，可是香貴兒子成群，該不是魔門直屬的人。」又道：「若香家是魔門中人，或其中某左道的旁支，最有可能是滅情道，因爲此派專攻陰陽採補媚惑女性之道。只要我們細查池生春的生活方式，或可尋出蛛絲馬跡。」

徐子陵精神一振道：「希白兄的提議非常管用。」起立道：「我想到六福兜個轉，看看是否會湊巧碰上紀倩，那比到青樓找她妥當點，你亦不會被我牽連。」由於心神恍惚，他竟弄錯紀倩要拜之爲賭林師傅的是「雍秦」而非「弓辰春」。

寇仲走出都督府，剛入城的竇建德正和劉黑闥在馬上說話，只好硬著頭皮朝他們舉步。心忖若老竇堅持不肯放人，自己該怎麼辦？竇劉兩人見他現身，停止交談，目光落在他臉上。包圍都督府的竇軍達上萬之衆，卻是人人屏息靜氣，嚴陣以待，像一根繃緊的弓弦。城內各處火勢已被撲滅，只餘水氣輕煙裊裊上升，提醒人們適才攻城曾發生的激烈戰鬥。

寇仲走到竇建德馬前，振起精神，道：「竇爺可否容我說句話？」

竇建德哈哈笑道：「當然可以！」甩蹬下馬，劉黑闥和左右知機的往四外移開，好讓兩人密談。

寇仲移到竇逢德身旁，苦笑道：「我有一個不情之請，萬望竇爺答應。」

竇建德微笑道：「想不到小仲是這般風流多情的人，聽黑闥說李秀寧是你的初戀情人，教人意想不到。」

寇仲嘆道：「甚麼初戀情人？只是一廂情願的單戀相思病，為此我可對李家任何人狠下心腸，她卻是唯一例外。」

竇建德從容道：「我們是自家人，有甚麼不可以開誠布公地說的？這回能攻陷黎陽，小仲功勞居首，是否想我把李秀寧、李神通等通通放掉？」

寇仲愕然道：「沒有問題嗎？」

竇建德探手摟著寇仲肩頭，朝大街往東門一方走去，他看著手下紛紛讓路，啞然失笑道：「我竇建德出身於山東武城農村，隨清河高士達在高雞泊起義，承高爺看得起我，交由我指揮義軍，以七千裝備不齊的義軍，擊敗隋將郭絢的過萬精兵，確立我竇建德之威名。後來高爺為隋朝名將楊義臣所殺，我只得百餘人倉皇逃走，此後辛苦經營，到今天不但降服徐圓朗、滅宇文化及，更攻陷黎陽，憑的是甚麼？就是『仁義』兩個字。對隋朝降將，願留下來的都推心重用，不願留下的任他自由來去。每次攻城掠地所得都均分給手下將士，自己則清茶淡飯，與士卒同生死共甘苦。攻陷黎陽前我還向你說善待降人，難道現在立即反口，人無信不立，何況是少帥的心願。」接著轉頭向手下喝道：「把李神通帶來，要客客氣氣。」手下領命去了。寇仲心中湧起感激。比起王世充，竇建德眞是個人才。

竇建德立定，放開搭在寇仲肩頭的手，雙目閃閃生威，沉聲道：「這回我們傷亡雖重，該仍有力西攻虎牢，讓王世充大吃一驚，小仲可肯助我？」

寇仲才是眞正的大吃一驚，失聲道：「甚麼？此事萬萬不可，虎牢乃洛陽東重鎭，王世充必救之地。若我們不能在數天內攻陷虎牢，將被虎牢守軍和王世充的援軍前後夾擊。這些還不是問題，最大的問題是李世民會趁虛而入，一旦重奪黎陽，我們將後無退路，竇爺請三思。」

竇建德哈哈笑道：「只要你肯助我，我們可以雷霆萬鈞之勢，突襲虎牢，如不成功，可在王軍抵達前退回黎陽；如若成功，王世充在李閥大軍威脅下，只有向我稱臣一途。」

寇仲首次發覺竇建德的弱點，就是因從未遇過像李世民那種勁敵，近來又連戰皆捷，致生出驕縱的心態。嘆道：「要攻陷虎牢，必須先取它附近三城的管州、汴州和滎陽，如此繁複的軍事行動，不可能在王世充大軍來到之前辦到，只會是徒勞無功。」當年與李密之戰，令他對洛陽四周形勢瞭如指掌，故能提出有力的事實，勸竇建德打消攻打虎牢之意。

竇建德沉吟不語。

寇仲鼓其如簧之舌續道：「李世勣成功逃往衛輝，雖暫時無力反攻，但必虎視眈眈，伺機而動。竇爺這回攻城工具損折過半，不可能在短期內對虎牢進行黎陽式的攻擊。眼前當務之急是鞏固戰果，集結軍力，那時進可攻退可守，悉隨竇爺意旨。」

竇建德終被說服，點頭道：「你的話不無道理。」

寇仲正容道：「我還有一個提議，只怕竇爺聽不入耳。」

竇建德目光閃閃對他打量，搖頭道：「只要是你寇仲說的，誰敢輕忽視之？」

寇仲嘆道：「因爲我知道竇爺鄙視王世充的爲人，不過在現今的形勢下，最上之策莫如與王世充聯手，擊退李世民的大軍，竇爺可乘勢奪取唐軍在關外所有城池，然後向王世充開刀，那時天下將是竇爺囊中之物。」

竇建德沉聲道：「我不喜歡王世充，他何嘗看得起我？這些舊隋的皇親貴冑，與我們從農村起家的義軍一向話不投機，很難衷誠合作。」

寇仲壓低聲音道：「這正是問題所在，若王世充感到必敗無勝，你道他會向李家臣服還是向竇爺你投降？」

竇建德動容道：「這確是個問題。」

寇仲道：「所以竇爺應該修書一封，讓我親自送往王世充，安他的心，使他感到有把握對抗李閥東來的大軍，竇爺才能爭取寶貴的時間，從容布置，先來個隔山觀虎鬥，再坐收漁人之利。」

竇建德終於意動，哈哈笑道：「我是給勝利蒙蔽心智，幸好得你提醒，便如你所言！」

徐子陵在六福賭館的平民化主大廳湊熱鬧般小賭兩手後，頗爲猶豫自己應否設法到較高級的賭廳去尋紀倩。以往入賭場總有雷九指打點一切，此人像魯妙子般博學多才，興趣廣泛，事事均有研究，又熟悉賭場門道規矩。現在他孤身一人，且不可惹人注目，盤算得失下，決定到此爲止，離開擠得水洩不通的賭館。剛回到街上，見對面明堂窩有個女子背影，婀娜多姿的沒進大堂內，身形似是紀倩，心中湧起熟悉喜悅的感覺，遂以平常步伐橫過車馬道，進入明堂窩。外堂人多熱鬧的情景一點不遜於六福賭館，疑是紀倩的女子卻不知去向。徐子陵心中叫苦，遇上在六福賭館同樣的難題，是否應換一個銅牌好進入貴賓廳去，還是在大門外等待，若作後一個選擇，將不知待至何時。

正猶豫間，一群人進入賭廳，徐子陵退往一旁瞧去，七、八名一看便知是高手、好手的大漢，眾星拱月般簇擁著一個華服中年大漢，趾高氣揚的跨步入廳。此人中等身材，神態從容的手提煙管，由隨從殷勤侍候，他則輕鬆的邊行邊吞雲吐霧，神態優閒，極有氣派。不過他的容色有點酒色過度的蒼白，乍看模樣沒有任何特殊之處，倘去掉華服和從人，混進賭廳內任何一堆賭徒中，保證不引人注目。但徐子陵眼力高明，觀其神察其態，敢肯定此人非是一般等閒之輩，可以「深不可測」四字來形容。

長安城乃關中平原文化薈萃之地，一向臥虎藏龍，見到這樣一個人並不出奇，徐子陵心中有事，無暇理會，正要先到兌換房換一批籌碼，探聽領取貴賓章的手續，驀地一個聲音傳來道：「今天是甚麼好日子，兩所賭場都是人山人海？」徐子陵心中劇震，認出這聲音正是上回在長安城外，躲在暗處聽到那對雷九指施展七針制神者的聲音。他迅速轉頭，及時捕捉到正是那華服中年漢在對左右說話，外堂雖是喧鬧震天，卻沒有一個字能漏過他的靈耳。那人確是高手，徐子陵這麼轉頭望他，立生感應，灼灼的目光往徐子陵射來。徐子陵心叫糟糕，幸好人急智生，目光不停留的掠過那華服中年漢，還舉手裝作與另一邊的人打招呼，然後大步在華服漢身前橫過，裝作找到熟人往另一邊走去。

一名賭場主管級的人物迎往華服漢，與徐子陵擦身而過，向華服漢施禮道：「尹國公大駕光臨，是我們明堂窩的榮耀，大仙在天皇廳，請讓小人引路。」

徐子陵此時擠進人堆去，心中翻起滔天巨浪。他已知此人是誰，正是李淵愛妃尹德妃之父尹祖文，此人在長安恃勢橫行，他曾聽過尹祖文曾唆使人打斷秦王李世民天策府首席謀臣杜如晦一個指頭，後又誣告是杜如晦先動手，令李淵怒責李世民，怪他縱容手下凌辱他愛妃的家人，因而與李世民更為疏遠。他當時聽過便算，沒作深思，現在當然曉得事情大不簡單。至少肯定除楊虛彥外，魔門的勢力已深進李閥的皇室內，後果難測。

他又從人堆穿出，心想找紀倩並不急在一時，不如先去與李靖碰個頭，告知他尹祖文的秘密。忙朝大門走去，尚未跨過門檻，香風撲臉而來，徐子陵一眼瞧去，心知要糟，卻是避無可避，只好垂頭急步，希望對方一時疏忽下沒注意自己，又或因假鬚髯遮掩而看不破他是「弓辰春」。來者正是胡小仙。兩人錯身而過時，徐子陵衣袖一緊，給她扯個結實。接著耳邊響起她銀鈴般的聲音道：「為何要扮神扮鬼，識相的馬上隨我來。」

徐子陵終於後悔沒接受侯希白的提議，即使是到上林苑喝悶酒，總勝過被胡小仙揭破「身分」。

在大仙堂沒有其他人打擾的幽靜貴賓休息室裏，胡小仙與徐子陵在桌子對坐，前者「噗哧」嬌笑，美目透出勝利的神色，神態優閒的道：「你究竟是徐子陵還是寇仲？」

徐子陵暗裏大吃一驚，旋又回復鎮定，因猜出對方並非真的要拆穿他的身分，只是作為試探的性質，皺眉道：「你愛認為我是誰便是誰吧！」

胡小仙搖頭笑道：「還要在本姑娘面前裝蒜，你可以騙過別人，卻休想騙我。無論你扮弓辰春又或雍秦，我承認你確扮得維肖維妙，活像不同的兩個人，可是賭錢的風格和方式卻把你出賣，令我曉得你不但是雍秦，更是弓辰春，又是那在朝廷上大顯威風的甚麼叫莫為的傢伙，既然三者都是你，那亦是三個人都不是你。快快招認，你究竟是徐子陵還是寇仲？回長安幹啥？不怕給人圍捕活捉嗎？」

徐子陵心中叫苦，甫抵長安，先後給婠婠和胡小仙拆穿身分，以後怎麼混下去？嘆道：「胡小姐是否有點託大？若我是徐子陵或寇仲，爲隱瞞身分，只好硬著心腸把你滅口，胡小姐不害怕嗎？」

胡小仙花枝亂顫的嬌笑，搖頭道：「不怕！眞的不怕！因爲徐子陵和寇仲從來不是心狠手辣的人，乖乖識相點吧！閣下是哪一位？」

徐子陵頽然道：「我是徐子陵，小姐滿意嗎？幸好我來此只是打個轉，待會兒離城算了。」

胡小仙嬌嗔道：「奴家那麼可怕嗎？要走該待明早城門開才走！哼！一派胡言亂語，當人家是第一天在江湖混。快給我脫掉面具，聽說徐子陵長得儒雅風流，是有名的俊俏郎君。」

徐子陵給她弄得啼笑皆非，幸好感到她沒有敵意，把心一橫，低頭扯下面具，露出眞面目，微笑道：「小姐的評語用在侯希白身上是無比恰當，我徐子陵則名不副實，只是粗人一個。」

胡小仙凝望他的美目明亮起來，像聽不到他的話似的喜孜孜道：「徐子陵啊！做小仙的情郎好嗎？幾天也好！」

徐子陵爲之瞠目結舌，這麼言詞大膽作風放浪的美人，連紀倩亦有所不及。苦笑道：「胡小姐不要說笑哩！」

胡小仙抿嘴嬌笑，神情得意，白他一眼道：「我想你仗義幫人家一個忙，奴家正苦惱得緊呢！」

徐子陵感到事情大有轉機，哪敢開罪她，順著她語氣道：「小姐有甚麼煩惱？」

胡小仙露出愁容，輕嘆道：「正是因找不到如意郎君，誰家姑娘不爲此煩惱？嘻！奴家是說笑，我眞正的煩惱是有人自認爲是我的如意郎君，而我則見到他就心中厭惡，你可爲我想辦法解決嗎？」

徐子陵大訝道：「誰敢逼胡小姐做不情願的事？」

胡小仙像個小女孩般豎起手指，逐個指頭的數道：「首先是那個自以爲賭術比我更好，最有資格作我爹快婿的混蛋；第二個是齊王李元吉，提親的人便是他；第三個人最可惡，我還以爲他對我們胡家特別照顧，誰知竟是適得其反，而除此之外，還有第四個是我老爹，唉！他卻是迫於無奈，誰叫他看中長安這個地盤，夢想他日李家得天下，他可以大力發展賭業。你給我說吧！我現在的情況是否四面楚歌，身不由己。」

徐子陵心中一動道：「那第三個逼小姐的人是否尹德妃之父尹祖文？」

胡小仙愕然道：「你怎能一猜即中？」

徐子陵明白過來，逼胡小仙下嫁者正是他這回到長安來要對付的池生春，此更是香家擴展賭業的一著奇兵。要知香家惡名遠播，爲白道武林不容，如若李唐一統天下，必會對香家的生意展開掃蕩，但若香家能通過婚姻合併大仙胡佛的賭業，可借屍還魂似的名正言順於此情況下大展拳腳，以另一種形式名義繼續香家的事業。如此看來，尹祖文與香家應是暗中勾結，支持明堂窩是另有居心。

徐子陵道：「我可以怎樣助你？」

胡小仙喜道：「早知你是個見義勇爲的俠士嘛！幫人家還不簡單，只要你將六福賭館贏過來便成。」

徐子陵失聲道：「甚麼？那怎麼可能？」

胡小仙嘟扁嘴兒哂道：「有甚麼是不可能的。池生春犯了開賭場業的一個大忌，就是本身嗜賭，常忍不住親自下場，賭得又大又狠，只不過因沒有人賭得過他，故至今尚未出事。你徐大俠既精賭術，又不怕他使卑鄙手段，這回他是遇上剋星哩！」

徐子陵皺眉道：「你爹究竟是否已答應李元吉的提親？」

胡小仙俏皮的道：「奴家反對嘛！爹當然要拖延時間，花點唇舌來說服我。唉！可惜時間無多，齊王下個月擺壽宴時，爹怎樣都要給齊王一個答覆，你若不救人家，小仙只好自盡。」

徐子陵大感頭痛，若他不是對池生春有更大的圖謀，幫胡小仙一個忙絕不成問題，現在卻是節外生枝，又很難向胡小仙解釋清楚。只好道：「胡小姐信任我嗎？」

胡小仙媚態畢露的瞟他一眼，嗲聲道：「你若是弓辰春，人家頂多信你一半，但你是徐子陵徐大俠嘛！小仙當然信你。而且你若肯讓小仙今晚陪你討好你，人家會對你更死心塌地。徐子陵啊！小仙仰慕你嘛！」

徐子陵嫩臉一紅，尷尬道：「請小姐勿要拿這類事開玩笑。你先告知我和池生春目前是怎樣的關係？例如你故意對他不瞅不睬，又或虛與委蛇？」

胡小仙果然給他引往另一個話題，嫣然一笑柔聲道：「我在迷惑他。」

徐子陵失聲道：「甚麼？」

胡小仙花枝亂顫的笑道：「有甚麼好大驚小怪的？我是大仙門這一代的繼承人，精於騙術，哪有這麼容易給他池生春瞧破人家眞正的心意。最妙是天無絕人之路，碰上你這冤家，人家今後全聽你的話，好嗎？」

徐子陵心神進入井中月的境界，微笑道：「若你眞肯全聽我的話，我可立誓助你擺脫池生春的魔掌，但不是用你的計，而是我的計。」

胡小仙大喜道：「是甚麼計？快說出來聽聽看。」

徐子陵啞然失笑道：「胡小姐似忘記是誰聽誰的話？」

胡小仙「噗哧」媚笑道：「人家不知你對條件這般執著認眞，呀！不問就不問。那麼第一著棋子應如何下？」

徐子陵淡淡道：「首先是你要保密，無論任何情況下均不可以洩漏我和你的關係予第三者知道，否則胡小姐只好委身下嫁池生春。」

胡小仙微笑道：「收到徐大俠警告啦！放心吧！我比你更著緊。」

徐子陵發覺自己開始有些兒喜歡她，喜歡她的善解人意，機伶聰巧。

徐子陵若無其事的道：「我要你去迷惑一個不解風情的男人，至於此人是誰，遲些會教你曉得。」

胡小仙裝出楚楚可憐的動人神態，盡顯大仙門的媚功妙法，嗔道：「奴家是否很蠢呢？眞的想不到你這計劃與小仙的終身大事有何關係？」

徐子陵聳肩灑然道：「當然大有關係，因爲他將是繼池生春後，另一個向你的大仙老爹提親的人。」

胡小仙動容道：「我眞的開始愛慕你哩。」

徐子陵雙目射出銳利的神色，從容道：「剛才你的仰慕全是弄虛作假，對嗎？」

胡小仙幽幽一嘆道：「徐子陵可知我大仙門的第一戒條是戒動情，情緒會把理智蒙蔽，謂之『烏雲蓋日』，賭術實在是一種高明的騙術，尤其心理戰術最爲重要，只要能令對方的靈智被蒙蔽，可百發百中。不論表面如何堅強的男人，總有可乘之隙，例如因過度自信，以爲天下的女子都要爲他傾情，被他吸引，我可以利用他這弱點使他吃大虧。」

徐子陵皺眉道：「你的甚麼全聽我的話，最好不是假的。否則我不但不會助你，更將把你視作敵人。」

胡小仙橫他嬌媚的一眼，嗲聲道：「騙甚麼人都不敢騙你哩！人家向你施展媚術，有假的成分，亦有眞的成分，很想逢場作戲的和你纏綿一段日子，哪知你鐵石心腸，不被勾引。人家有甚麼不好？」

徐子陵啼笑皆非的道：「現在我們是在進行一個大騙局，目標是整座六福賭館，若你想成功，只有四個字，就是『衷誠合作』，全聽我的指揮調度，否則一切拉倒。」

胡小仙凝望他半晌，肅容道：「你既不是對我有興趣，這樣做對你有甚麼好處？」

徐子陵淡淡道：「胡小姐太不明白我徐子陵的爲人。」

胡小仙輕搖螓首，輕輕道：「不！這或者是女人的直覺，自從九江首次相遇，我一直感到你是那種極重情義的好人，現在更覺得可以毫無保留的信任你。但亦有些擔心，怕你低估池生春的狡猾。」

徐子陵見她兜兜轉轉，最後仍是旁敲側擊自己的計劃，啞然失笑道：「我給你三天的時間想清楚，三天後再來找你。」說罷長身而起。

胡小仙焦急的站起來嬌嗔道：「人家還未把事情弄清楚，能有甚麼可想的？」

徐子陵豎起一隻手指，向她遙點兩下，微笑道：「胡小姐似乎又忘記誰該聽誰的話哩！」

胡小仙頹然坐下，手肘斜枕桌子托著香腮，秀眉緊蹙的幽幽道：「好吧！人家會乖乖的聽話，但至少你該說出如何聯絡你的辦法嘛！」

徐子陵道：「是我聯絡你，而不是你聯絡我。」

胡小仙嫣然笑道：「好吧！徐大俠還有甚麼吩咐？」

寇仲牽馬呆立路上，目送李秀寧、李神通等遠去的騎影，百感交集。無名從星空俯衝而下，落在他肩頭，寇仲探手輕輕爲牠梳理羽毛，嘆一口氣，踏蹬上馬，朝洛陽的方向緩緩而行。他和李秀寧的事將來如何了局，此刻的他不敢去想，不願去想。臨別時李秀寧的眼神，可以把他的靈魂勾出來，使他肝腸寸斷。他已選取一條與她對立的道路，他們的分歧會愈來愈大，洛陽之戰，更是與她最敬愛的兄長李世民公然對抗。罷了！寇仲一聲叱喝，催馬加速，迅速消沒於無盡的深夜裏。

徐子陵離開明堂窩，踏足街頭，深吸一口氣，將胡小仙誘人的倩影，可把任何男人迷得暈頭轉向不辨東西的一顰一笑，驅出思域之外。胡小仙就像婠婠般，能將自己的美麗利用至盡，教人不易抵擋。

此時他變回長滿鬍鬚的弓辰春，沿街漫步，經過仍在營業的榮達大押時，不由得多看兩眼，差點想進去找歐良材的親舅陳甫。迅又壓下這股衝動，心忖待與李靖聯絡上後去找他比較穩妥。只有當陳甫清楚他有李世民在背後大力支持，對方始會全無顧忌的與他合作。在經歷過這麼多事後，他再不易輕信任何人。順步來到永安渠旁，這道接通城外北方渭河的大渠，在沿岸稀疏的點點燈火下，滔滔往南流去，燦爛的星空下，碼頭區舟船幢幢，兩岸街道行人疏落，不由得想起與沈落雁泛舟渠上的動人情景，又想起黎陽的情況，心中暗嘆。

倏地一艘小舟在上游駛來，徐子陵不經意的瞥上一眼，登時頭皮發麻，更心湧殺機，又知絕不能動手，首先是敗多勝少，且會暴露身分。操舟者把小艇往他立處靠過來，柔聲道：「這麼巧！子陵請上艇說話如何？」竟是連魔門第一高手「陰后」祝玉妍也要在他手底喪命的蓋世魔君「邪王」石之軒。自己所有僞裝，全給他一眼看穿看破，該怎麼辦才好呢？此刻走又不是，不走更不是，進退失據之餘，只好把心一橫，躍往艇尾面對他坐下。

石之軒臉色如常，絲毫沒有受傷之象，神色雍容自若，眼中射出慈和神色，凝望著他微笑道：「事實上我們並不是湊巧碰上，自你離開希白的居所，我一直躡在你身後，眞想不到子陵會到賭場去，是否受雷九指的影響？」

徐子陵遍體生寒，不但因對石之軒的跟蹤沒有絲毫感應，更因他弄不清楚分不開眼前這石之軒究竟是談笑殺人的邪魔，還是那個對碧秀心之死歉疚終生的多情種子。他徐子陵的靈覺就像給人廢去武功。這是最可怕的魔功，石之軒終於魔功大成，天下恐難有制得住他的人，連三大宗師也不行。因爲石之軒完全屬於他們那一級數，足可與任何一人分庭抗禮，甚且有過之而無不及。

迎上他深邃莫測的眼睛，徐子陵淡淡道：「前輩是否剛抵長安，立心去找希白兄算賬，現在則改爲殺我？」

石之軒啞然失笑，神態瀟灑好看，搖頭道：「人道虎毒不食兒，希白等於我半個兒子，他有時頑皮點，始終是情有可原，因爲錯在我不能常在他身旁指點。不過這亦是我訓練繼承人的方法，不但予他人身的自由，更希望他有獨立的思想，不會變成我石之軒另一個版本，在這方面他的表現異常出色。」

徐子陵心中喚娘，石之軒不但氣質有變化，手段也有變化，其辭鋒的銳利，比得上他的不死印法。

徐子陵苦笑道：「我情願前輩像以前般坦白，因爲我弄不清楚你是眞心讚賞希白兄，還是說反話？」

石之軒兩槳交叉打出，划進永安渠反映兩岸燈光的水裏，光影破碎下，小舟從岸旁滑出，順流而去。凝望徐子陵好半晌後，微笑道：「過去的十五年就像一個悠長的噩夢，現在我終於成功醒轉過來。」接著目光投往渠水去，神色益轉柔和，旋露出痛苦的神色，頹然道：「我是自食其果！哪有人這麼蠢竟會去害死自己最深愛的情人！這十五年就是我這蠢才應償還的代價。」

徐子陵愕然瞧著他，不敢相信自己的眼睛，究竟他是在裝神弄鬼，還是邪帝舍利內的邪氣，在以毒攻毒下，反把石之軒改造變成「好人」。他真的不曉得該說甚麼才好，他再不明白石之軒，掌握不到他的內心世界。我的娘！這正是沒有絲毫破綻的「邪王」石之軒。

石之軒將目光上移，注入無盡的星空去，一邊輕輕道：「子陵到幽林小谷去吧！讓我的女兒有個幸福的歸宿，告訴青璇，這些年來我沒有去探望她，是因爲我不敢見她，缺乏那種勇氣。告訴她，我和她分屬兩個不同的世界，絕不可再有碰頭的機會，絕對不可以，唉！」

徐子陵心神劇震。妃暄說得不錯，石青璇仍是石之軒唯一的破綻，石之軒怕見石青璇，正因他知道自己難以對她痛下殺手，更怕再來另十五年的可怕噩夢，所以不肯多做一次蠢才。若讓石青璇與他相見，會有甚麼後果？

第五章 同床共榻

黃易作品集

第五章　同床共榻

寇仲仰臥山野，以羊皮外袍爲床，星空爲被。千里夢在十多步外流過的小溪旁響起喝水的聲音，無名則以他的胸膛爲巢，踡首安睡。他的手輕撫楚楚一針一線爲他縫製的羊皮袍，此袍經龍泉巧匠修補，回復原狀，表面看不出痕跡，但卻像他的心般傷痕累累。尙秀芳該已抵達高麗，她能否寄情於音樂的天地，將他淡忘？宋玉致對他究竟是愛多恨少，還是恨多愛少。他不敢去想，又忍不住去想。他寇仲路過壽春而不去見楚楚一面，伊人是否會因此肝腸寸斷，怪他無情！唉！男女之情不但令人牽腸掛肚，神傷魂斷！更是個可把人壓得透不過氣來的沉重包袱。不過若他在洛陽殉城戰死，她們當然爲他悲痛傷心，但一切都會被時間沖淡和療癒。忽然間他感到無比的孤獨，若她們中任何一人眼前正在身旁，他肯定自己會不顧一切去愛她，求她原諒。

徐子陵回到多情窩，侯希白看書看得搖頭晃腦，樂在其中。

徐子陵頹然在他另一邊隔几坐下，嘆道：「我剛見過你的師尊。」

侯希白雙手一顫，差點把書掉往地上，愕然往他瞧來，失聲道：「眞的？不是說笑吧？」

徐子陵沒好氣道：「說笑也拿別的東西來說，照我猜他大有可能想來處置你，卻見我從你家溜出來，遂改變主意，找我坐艇遊永安渠去。」

侯希白色變道：「你怎能活著回來的，且沒受半點傷。」

徐子陵苦笑道：「侯公子啊，你的石師再非以前的石之軒，而是成功把分裂開來的兩種極端再融合爲一的石之軒。你絕不知他哪句話是眞，哪句話是假。我對他再無半絲體察的把握。臨別時他給我一個可能是發自眞心的忠告，就是希望我立刻離開長安，到巴蜀探訪他的女兒。」

侯希白倒抽一口涼氣道：「這不是忠告，而是警告。現在我們該怎麼辦好？」

徐子陵感覺到侯希白從深心透出來對石之軒的敬畏和怯懼，知道若不能振起他的鬥志，後果堪虞。微笑道：「在他口中，希白兄只是個有獨立思想的頑皮孩子，還讚你甚爲出色。」

侯希白愕然道：「他竟會說這種話？」

徐子陵苦笑道：「這正是最令人頭痛的地方。他把我們看通看透，我們則完全不知他的意向如何。我們必須把形勢扭轉過來，若眞想不到辦法，今晚只好捲舖蓋離開長安。」

侯希白皺眉苦思道：「他爲何肯放過你？又或放過我？又或是否因我們兩個在一起而有顧忌？若是如此，那表示他有更重要的事情要幹，所以不想橫生枝節。」

徐子陵讚道：「希白兄的腦筋開始回復正常，這樣最好。我卻有個更大膽的想法，就是他的話至少有一半是眞的，就是直至此刻，他仍無法向他的女兒下毒手，甚至害怕有這個想法。所以因著我和青璇的關係，於是放過我，順帶暫緩對付你。」

侯希白點頭道：「雖是想得玄妙了些，但肯定有點道理。妃暄不是說過沒有一年半載，石師休想復原嗎？是否他因傷勢未癒，所以哄著我們待他傷癒始向我們動手。」

徐子陵神色凝重的搖頭道：「他不但完全復原，功力比之在小長安時更有精進，已臻天人合一之境，他不動手絕非因沒有把握收拾我。」

侯希白捧頭壓低聲音道：「我情願他擺明車馬來殺我，我們魔門中人從不著重甚麼長幼之序，師徒之義。若威脅到自己性命，可抗爭到底，現在我卻給他弄得糊裏糊塗。是哩！你找到紀倩嗎？」

徐子陵脫下黏滿鬍髯的弓辰春面具，拿在手中呆看半晌，啞然失笑道：「不知是否因你的石師暗伺在旁，我的意識雖感覺不到他，元神卻有感應，以致心神恍惚，犯下錯誤。因爲我根本不應扮弓辰春，見紀倩該扮黃臉漢雍秦才對，紀倩是想跟雍秦學賭技而不是弓辰春。幸好錯有錯著，令我與胡小仙搭上關係，她的媚術確是誘人，回想起來心兒還卜卜跳呢。」

侯希白一呆道：「你在說甚麼，聽得我更添糊塗。」

徐子陵解釋清楚，侯希白提議道：「橫豎睡不著，不如我們到上林苑找紀倩，不見她時再去賭場。」

徐子陵搖頭道：「無論我是弓辰春或是雍秦，均不宜被紀倩看到我們在一起，你該趁仍有福分睡覺好好安眠。」

侯希白嘆道：「石師隨時會來尋我晦氣，你教我怎能安寢，我就像紀倩般愈夜愈精神。你或者根本不該和紀倩碰頭，讓我去試探她吧！」

徐子陵訝道：「你不怕石之軒在門外等你嗎？」

侯希白搖頭道：「他既已復原，現在是要完成統一聖門兩派六道的時刻，而不是急著要將我這花間派的唯一傳人滅掉。我倒希望他來見我，看他有甚麼話說。」說罷回復一貫的瀟灑自如，哼著歌兒去了。

徐子陵離開小廳，穿過前後進間的天井，剛踏足後進的廊道，一震停下。他竟然聽到女子的悲泣，哭聲斷斷續續從左方走廊尾端侯希白的臥室傳來。我的娘！這究竟是怎麼一回事？誰家女子能神不知鬼不覺的潛進來，又因何事哭哭啼啼，這麼傷心？甫到長安，發生的事總是出乎他意料之外，忽然間他對即將展開的行動，再無半點把握。他重新舉步，來到侯希白虛掩的臥室門前，輕輕推開。溫柔的月色從朝東的窗子透入，照亮半邊臥室，另一半仍陷在暗黑裏，絕世美女婠婠梨花帶雨的坐在床頭，香肩不住聳動，哭得昏天昏地，神情悲楚。

徐子陵作夢亦未想過婠妖女可變成這樣子，呆在當場，好半晌移到床旁坐下，嘆道：「究竟是甚麼事？」

婠婠像此時始察覺他來到身旁，悲呼一聲，竟撲入他懷裏，泣道：「我師尊死了哩！」

徐子陵哪想得到有此反應，他當然可及時避開，卻是無法在這情況下硬起心腸，登時溫香軟玉抱滿懷，襟頭被她的熱淚沾濕大片。婠婠雙手摟實他的蜂腰，嬌軀抖顫，完全失去平時的冷靜自制，比之早前聽到祝玉妍死訊的冷漠是截然不同的兩番情景。徐子陵感到她的悲傷痛苦是發自眞心的，不由心中惻然，嘆道：「人死不能復生，終有一天我們也會死去，只是遲早的問題。」

婠婠把俏臉埋在他的胸膛，死命把他摟緊，悽然道：「師尊是婠兒唯一的親人，只有她眞正疼惜我，栽培我，現在她去了，掉下我孤零零的一個人。」又哭起來。

徐子陵胸膛衣衫濕透，一雙手更不知放在哪裏才好，只好輕拍她香肩道：「你剛才表現得很堅強，為何此刻會忽然兵敗如山倒的失去控制？還要躲到這裏來哭？」

婠婠抽搐道：「我不知道，人家離開這處後一直思前想後，再忍不住，只希望能在你懷裏把悲痛全哭出來。我絕不可讓派內其他人知道我為此悲傷失控。」

徐子陵無言以對，目光落在她那對蜷曲床沿的美麗赤足上，心中湧起感觸。無論魔門如何進行異常和泯滅人性的訓練，將門人變成心狠手辣、冷酷無情之徒，但人總是人，仍會有人的七情六慾，石之軒如此，婠婠亦是如此，就看你能否接觸到他們人性的一面。柔聲道：「你來了多久，有聽到我和侯希白的對話嗎？」

婠婠泣聲稍斂，以哭得沙啞的聲音道：「我來時只得你一個人，還以為你會生出感應，那知你全無所覺，人家哭出來你才懂得來安慰人家。」

徐子陵自家知自家事，曉得是因遇上石之軒陣腳大亂，致失魂落魄，嘆道：「你可知我適才碰上甚麼人？」

婠婠嬌軀一震，終不再飲泣。

徐子陵不自覺的輕撫她背心，道：「是石之軒！」

婠婠坐直嬌軀，拭去淚漬，黯然道：「我從來不曉得祝師在我的心中占有如此重要的地位。她其實是個很可憐的女人，石之軒害得她很慘，血債必須血償。石之軒是聖門的罪人，現在更是最有機會統一聖門的人；只要他殺死我，陰癸派將落入他手中。而且我只能孤軍作戰，因為只有如此可證明我是有資格的繼承人，才能坐上祝師空出來的寶座，那時派內的人始肯為我賣命。這是敝門初祖定出來的繼承法則，在接掌派主之位前，須獨自修行三年。子陵此刻該明白石之軒為何到長安來？」

徐子陵心中喚娘，這叫一波未平一波又起，比起應付只剩下一個破綻的石之軒，香家的事立即在比較下變得輕鬆容易。他雖視婠婠為敵人，但人接觸多後怎樣都有點感情，在情在理，他也不應眼看著石之軒殺死婠婠，否則眞給石之軒統一魔道，把分散的經卷重歸爲一，後果的嚴重，教他不敢去想。

婠婠美目深注，柔聲道：「你肯助我破他的不死印法嗎？」

徐子陵皺眉道：「在長安，他的不死印法根本是沒有破綻的，我們聯手對付他亦沒有用。我有個提議，現在我立即送你攀城離開，婠婠須立即奔赴巴蜀，此間事了後，我會到你避世的地方找你。」

婠婠秀眸泛著智慧的異芒，輕輕道：「你是否暗示在巴蜀他尚會有破綻呢？」

徐子陵搖頭苦笑道：「這可是他親口說的，我自問看不透他是眞情還是假意。」

婠婠灑然聳肩，毫不在意的道：「多一個制他之法總是好的，你徐公子到長安來究竟有何貴幹？不論是甚麼，我會爲你守秘密，甚至出手助你。」

徐子陵怎敢信她，斷然道：「我的事請你高抬貴手，最好不聞不問。」

婠婠幽怨的白他一眼，表示心中不悅，剎那後回復一貫冷漠篤定的神態，和剛才悲痛下淚的婠婠究若兩個不同的人，淡淡道：「今晚人家可否在此借宿一宵？」

徐子陵愕然道：「這是侯希白的居所，你該問他才合理。」

婠婠深深瞧進他眼內去，輕柔的道：「你可知敝師因何敗於石之軒手上？」

徐子陵心道當然是因她意圖拖他和師妃暄一起上路，口上卻不願說出來，緩緩搖頭。

婠婠嘆道：「修習天魔大法的女子，是絕不可和自己心愛的男子發生肉體的關係，師尊正因情不自禁，被石之軒騙到床上去歡好，所以天魔大法至十七重後再無寸進，始終不能達到第十八重的最高境界，只好以玉石俱焚與石之軒來個同歸於盡，可惜仍是失敗。」

徐子陵尷尬道：「這並非我拒絕你留宿的原因，而是我不能代侯希白答應你，因何你不接受我的勸告，立即離開長安。」

婠婠苦笑道：「尚未動手，我便倉皇逃竄，還有甚麼資格繼承派主之位？不要婆婆媽媽的好嗎？照我們侯公子一向夜夜笙歌的習慣，不到天亮絕不回家。不管你啦！人家哭累了，想睡覺哩！」說罷就那麼躺在床上，閉上美目，橫陳的嬌軀起伏有致，雪白的赤足，秀麗的玉容，即使以徐子陵的自持力，亦看得怦然心動，心中喚娘，更拿她沒法。

婠婠唇角逸出一絲甜蜜迷人的笑意，輕拍身旁柔聲道：「躺下來休息一會兒好嗎？」

徐子陵嚇得站起來，狼狽的道：「不行！」

婠婠依然美目緊閉，神態安詳的道：「剛才摟著人家都不怕，睡在一起有甚麼問題？呀！」

徐子陵心神劇震，只見婠婠臉上現出痛苦的神色，花容慘淡，陣紅陣白，顯是走火入魔的可怕先兆，難道她因祝玉妍之死動眞情，以至有此厄難。大駭下一時忘卻與她對敵的關係，撲上床去。

婠婠仍是抖震不休，探手將他摟個結實，累得徐子陵和她滾作一團時，顫聲道：「子陵救我！」

徐子陵雙手按上她香背，送入眞氣，懍然驚覺她體內天魔氣亂竄狂流，如脫韁野馬不受控制的在經脈竅穴間騰奔竄闖，若不把這可怕的情況改變過來，肯定她捱不了多少時候。別無選擇下，徐子陵無私的送入眞氣，先抵其丹田氣海，再由該處出發，沿十二正經來個撥亂反正。他因熟悉婠婠體內的情況，駕輕就熟的向她施以援手。長生氣在她嬌軀內不知運行多少遍，到徐子陵神疲力竭，眞元損耗鉅大之際，婠婠回復平靜，鬆開抱著他的手，躺在床上，似是沉沉睡去。

徐子陵不放心的探手按上她的香額，大吃一驚，感到她的體溫正瘋狂的攀升，想再輸入眞氣探個究竟，竟給她充盈澎湃的天魔氣排斥。此時更奇異的事又發生，當她變得灼手般熱時，體溫轉往下降，變得冰雪般寒凍，出奇地神色沒有任何變化。如此忽寒忽熱，徐子陵毫無辦法，無從入手。一陣疲累侵襲全身，徐子陵身不由己的閉目調息，臥倒婠婠身旁，他曉得若硬撐下去，說不定會對自己造成永久性的傷害。只休息片刻，只休息片刻——當他再張開眼睛，晨早的日光映入他眼簾，徐子陵駭然坐起來，婠婠仍躺在身旁，輕柔的呼吸著。

徐子陵聽到侯希白的足音，正朝內進走來，心知若非被他驚醒，或會繼續睡下去。伸手探觸額角，奇寒無比，此時他無暇理會，跳起床來，在門外截著滿身酒氣的侯希白。侯希白探頭一看，驚訝得合不攏嘴，望望床上的婠婠，瞧瞧徐子陵。徐子陵知他誤會，既狼狽又尷尬，忙把他推到外廳，將事情解釋清楚。

侯希白露出凝重的神色，道：「子陵中她的奸計哩！」

徐子陵色變道：「甚麼奸計？」

侯希白像從宿醉中醒過來般，雙目閃閃生輝，道：「我雖不眞正清楚她玩甚麼手段把戲，但看她現在的情況，她該是借子陵的長生氣助她突破天魔大法的限制，進軍陰癸派自初祖以降，歷代派主從未有人臻達的第十八重境界，甚或尤有過之。」

徐子陵心中亂成一團，不知是驚是喜。

侯希白道：「現在只有一個解決的辦法，就是下手幹掉她。」

徐子陵一震道：「這怎麼成？」

侯希白猛然起立道：「讓我來下手。」說罷往內進走去。

徐子陵叫道：「希白兄！」

侯希白往他退回來，頹然坐進椅內，喘息著搖頭嘆道：「你不用阻止我，我根本狠不下辣手摧花的心，何況是美若天仙的婠大美人，唉！」

兩人對視苦笑。

「嘭！」扣門聲傳來。

侯希白將李靖迎進小廳，坐好後徐子陵低聲道：「婠婠在房內，我們說話小心點。」

李靖爲之愕然。

徐子陵扼要解釋一遍，還坦然告之石之軒已返長安，又說出這回來長安的目的，李靖皺眉道：「我們還以爲京兆聯解散後長安的形勢會簡單明朗，現在聽子陵的分析，完全不是這樣的一回事。」

徐子陵嘆道：「我尚未告訴你，尹祖文正是那個向雷大哥施七針制神的人。」

李靖和侯希白同時失聲嚷道：「甚麼？」

徐子陵下意識的別頭一瞥婠婠所在的方向，束聚聲音道：「尹祖文該是與元吉和池生春暗中勾結，秘密擴展勢力。元吉表面支持建成，實則另有居心，希望借助魔門勢力成爲最後一個登上帝座的眞命天子。」

李靖往侯希白瞧去，道：「侯公子乃魔門中人，對此有甚麼看法？」

徐子陵曉得李靖是因侯希白的出身而不信任他，如不釋去李靖的疑慮，合作上將出現問題，道：「希白兄是魔門的異種，李大哥不能理解爲何經石之軒培養出來的徒弟竟是個可信任的人，是正常不過的事。唉！其中的原因，確是出乎一般的想像，玄妙非常。」

這回侯希白也給勾起興趣，欣然道：「子陵的話另有所指，哈！事實上我自己並不明白自己，究竟是怎麼一回事？」

徐子陵微笑道：「我這叫旁觀者清，問題出於石之軒過去十多年的性格分裂，一邊是冷酷無情殺人不眨眼的魔君，另一邊則是深悔自責的多情種。所以當他傳授希白兄花間派的武功，可能因花間派的心法影響，他較傾向變成那多情的人；而當他訓練楊虛彥時，亦因受補天派心法的引發，將楊虛彥這楊勇遺孤變成冷酷的刺客。後果便是希白兄和楊虛彥變爲極端不同的兩個人。」

侯希白拍桌道：「說得精采，所以我和楊虛彥的對立，竟是石師一手促成的，代表石師內心善與惡的鬥爭。假若我擊敗楊虛彥，石師會有甚麼感想？」

李靖沉聲道：「楊虛彥是石之軒手上重要的棋子，可發揮難以預測的後果，舊隋文臣大將擁楊廣者少，擁楊勇者多。一旦登上天子之位的人德望不足鎮服天下，楊虛彥可打正楊勇遺孤的旗號出而號召舊部。你們明白我的意思嗎？」

兩人點頭表示明白，曉得他指的是若李世民被排斥或被殺，人心不服時，禍亂分裂的局面怕會繼續下去，那時人心追思楊堅掌政時的隋朝，楊虛彥可帶來期望和幻想。

侯希白苦笑道：「這麼說，石師殺我是勢在必行，因爲我代表他善良的一面，是他性格分裂後的產品，故絕不容我這異種活在他眼前。」

李靖頭痛的道：「石之軒究竟躲在長安何處？若我們能把握他的行蹤，可集中全力，布局將他殺死，破他的不死印法，爲世除害。」說罷凝望侯希白，看他的反應。

徐子陵卻生出感觸，與寇仲在一起，他從來不用隱瞞任何事，甚麼均可掏出來研究討論。可是面對算得上是「兄弟」的李靖和侯希白，由於大家背景立場有異，像大德聖僧是石之軒另一化身一事他不敢隨便透露，怕惹來不測的後果。李靖亦然，由於侯希白是「石之軒傳人」的身分，始終對他有懷疑。

侯希白俊美的臉容露出茫然神色，搖頭嘆道：「我不知道，唉！他終是一手將我培育出來的人，我是不會主動去對付他，不過他若想殺我，我會盡一切方法保命，這是敝門的規矩。」

李靖聽他這麼說，反釋然點頭道：「我明白侯公子的立場哩！」轉向徐子陵道：「子陵對石之軒一事有甚麼提議？」

侯希白站起來無精打采的道：「我去看看婠姐兒。」避嫌的離開。

兩人瞧著他沒入後進的背影，均感心情沉重。

徐子陵壓低聲音道：「我們面對的可能是魔道有史以來最厲害的人物，任何一般我們以爲能收效的方法均不管用。在長安這種人口密集的城市，憑他的不死印法，肯定可輕易殺人，從容脫身。此人更是智計超群，警覺性高，李大哥可否暫時按兵不動，靜觀其變？」

李靖瞥一眼侯希白沒入的後進門，皺眉道：「你不爲你的好朋友的性命擔心嗎？」

徐子陵道：「我有個直覺，一天我在長安，石之軒仍不會下手收拾他這徒弟。」

李靖愕然道：「這怎麼說？」

徐子陵解釋一遍他跟石青璇、石之軒的關係，並沒有說出「石青璇乃石之軒唯一破綻」那方面的事，因他感到這乃石青璇與石之軒間的隱私，不宜公開。

李靖吁一口氣道：「我就算想對付石之軒也無從入手，好吧！秦王吩咐我全力支持你，究竟我可以在甚麼地方幫你的忙？」

徐子陵凝望他片晌，沉聲道：「我這回到長安來，主要的目的是無情地將香家喪盡天良的每一分子趕盡殺絕，連根拔起。」他少有這樣說話，但因素素和親身遇上香家父子幹下的惡行，終狠下心腸，決定對香家進行無情的剿滅。

李靖虎軀一震，雙目爆起精芒，冷然道：「即使沒有秦王的指示，我李靖定要全力助你。」

李靖離開後，徐子陵到臥房找侯希白，只見侯希白呆坐床沿，婠婠卻芳蹤杳然。

徐子陵在侯希白旁坐下，關切的問道：「希白——」

侯希白遞來一張信箋，苦笑道：「我進來時婠婠已離開，留下這該是給你的便條。」

徐子陵接過一看，只見箋上有一行清麗瀟逸的留言，寫著「愛你恨你，一生一世。」八個字。上款是「子陵」，下款竟是她淡淡的唇印。

侯希白湊過來看道：「香艷的留言，該是她因聖法大成，心情特別，一時下眞情流露，否則只會寫『愛你』兩字。」

徐子陵皺眉道：「哪裏來的信箋？」

侯希白道：「她往對面小弟的小書齋來個不問自取，眞奇怪，我一直在留意她，卻聽不到任何聲息。」

徐子陵倒抽一口涼氣，點頭道：「你猜得不錯，我也一直留意她的動靜，竟沒有絲毫的感應。唉！眞狡猾，我竟被她利用了！」

侯希白嘆道：「此事禍福難料，至少對我來說是這樣子，因爲石師一天收拾不下她，可能會暫緩收拾我。」

徐子陵瞧他好半晌，不解道：「為何侯兄今早對令師忽然變得如此消極被動？」

侯希白回復瀟脫自然，微笑道：「子陵是指我剛才對李靖說的一番話，哈！李靖既不信任我，我侯希白為何要對他說眞話。」

徐子陵笑道：「原來如此，你的不死印法究竟練出甚麼成績來。」

侯希白搖頭道：「愈練愈糊塗，愈沒有信心。不死印法與花間派的心法截然不同，講的是損人利己，不大適合我的性格。」

徐子陵道：「窮則變，變則通。照我的經驗，練功的過程是以波浪的形式進行，時登波頂，時沉浪底，當你置身低谷，大有可能是攀上另一高峰的先兆。」

侯希白同意道：「你的話很有道理，不如我將不死印法的口訣唸一遍給你聽，說不定你可找到破不死印的方法。」

徐子陵愕然道：「這豈非等於你親自助我對付令師？」

侯希白毫不在乎的聳肩道：「有甚麼問題，他要殺我，難道我坐著等死。」

兩人眼神交觸，旋則同時笑起來，沉重的氣氛盡去。

徐子陵笑著道：「研究不死印法一事暫緩進行，我們可否假設因小弟的關係，令師暫時不會來對付你呢？」

侯希白點頭道：「理應如此，昨晚我故意給石師機會，他則全無動靜。」

徐子陵沉吟道：「但若他以為我離開長安，豈非糟糕。」

侯希白道：「不用擔心，石師昨晚因初來乍到，不明白我現今的情況，但只要他見過楊虛彥，當從他處曉得我正替李淵畫百美圖，殺我會打草驚蛇，影響他統一魔門的大計。所以我說婠婠借你練成聖法禍福難料，正是這個意思。今天你有甚麼事要辦？」

徐子陵淡淡道：「這幾天我會很忙，要到押店聽課，不但要學習押店的經營手法，還要練一口帶平遙口音的話。」說罷站起來，一手搭著侯希白的肩頭，微笑道：「好好睡一覺吧！今晚回來找你吃飯和研究不死印法，希望不要聽你唸到一半時我已吐血受傷便謝天謝地。」

侯希白往床上倒下去，踢掉靴子，笑道：「這是美人兒睡過的床，小弟大有可能作一個既甜蜜又可怖、愛恨交纏的夢。愛你恨你，一生一世。哈！」

徐子陵離開北里的榮達大押，剛是華燈初上的時刻，著名青樓賭館所在的北里主街車水馬龍，非常熱鬧。他現在是臘黃臉的雍秦再加一副假鬍髯，即使是寇仲亦要多看兩眼才能看破他是徐子陵，其他人更不用說。榮達大押的陳甫本身是個可信任的人，再得李靖親身向他打過招呼，讓他曉得此事有天策府全力在背後支持，更是衷誠合作，令徐子陵少擔一份心事。

由於胡小仙的啓發，他想出一個妙想天開的方法，就是使他扮的「司徒福榮」成為池生春的情敵，把主動操控在手內，而非被動的待池生春來上鉤。問題是如何能把司徒福榮變成一個對池生春有威脅的提親者，如「大仙」胡佛讓他碰得一鼻子灰，只會是一個笑話。兼且此事必會開罪李元吉和尹祖文，只有錢而欠缺背景的司徒福榮如何在不令人生疑下競逐胡小仙？凡此均是必須解決的問題。

想著想著，發覺自己抵達明堂窩大門外，正猶豫該否到裏面打個轉，又怕撞上胡小仙時，一群人迎面而來，進入明堂窩。中間一人本身高人一等，還戴上高冠，非常矚目，赫然是他和寇仲的老爹「杜伏威」，由五個親隨高手簇擁而行，頗有威勢。他往杜伏威瞧去，老杜亦朝他望來，兩人眼神交觸，杜伏威仍是木無表情，似個吊死鬼的樣子，但徐子陵曉得杜伏威已將他這「兒子」辨認出來，因爲他並沒有掩飾眼神。杜伏威忽然停步，四名親隨連忙立定，徐子陵知機地在他旁緩步走過，好聽他指示。

果然杜伏威道：「對面街那間齋舖賣相不錯，我們和大仙打個招呼後，去試試它的齋菜是否如門面設計般出色。」

徐子陵心領神會，心中湧起親切、熟悉和信任的愉悅，舉步而去。

寇仲獨坐丘崗之上，遠眺地平盡處虎牢城的燈火。千里夢在背後安詳的飽餐青草，獵鷹無名在天上盤旋偵察，正大演其鷹舞，顯示有人在不住接近。月照下的虎牢城，代表著王世充東面的戰線，最堅固的軍事城堡，虎牢若失陷，附近管城、滎陽、鄭陽勢不能保。如能穩守虎牢，縱使洛陽各線全部失陷，他的少帥軍仍有機會把糧食物資通過虎牢送往洛陽，助王世充對抗李閥的大軍，故關係重大。想到這裏，寇仲忽然輕鬆起來，心忖只要能保著虎牢和偃師兩城，大有可能令李世民吃一場大敗仗，把現今李閥雄霸天下的威勢扭轉過來。

蹄聲自遠而近。寇仲跳起來笑道：「我還怕你們弄錯地點時間，要我白等三天三夜就糟糕哩！」

來的是他八鎮大將中的宣永、白文原、焦宏進、卜天志、高占道、陳長林、六部督監的虛行之和陳老謀。

陳老謀在馬上笑應道：「我們接到大小姐的飛鴿傳書，還怕來早哩！白等的將是我們。」

宣永笑著下馬道：「任大姐須留鎮彭梁，因不能隨來生足半天氣。」

卜天志首先與寇仲相擁大笑道：「少帥雖遠赴關外，但有關你揚威大草原的戰績卻像雪片般飛來，且誇大扭曲至令人難以相信。」

來到兩人旁的高占道欣然接口道：「例如說你們三人各以一敵萬，殺得突厥人落花流水，還追擊千里，把頡利的牙帳都拔掉。」

虛行之啞然失笑道：「不過這對少帥軍的士氣大有幫助，各路豪傑來投，讓我們能迅速壯大起來。」

寇仲放開高占道，大喜道：「我們現在能作戰的有多少人？」

虛行之道：「我們現在總兵力達三萬人，但稱得上是訓練有素的精兵只在萬許人間。」

白文原道：「只要少帥一聲令下，我們隨時可調這一萬人往戰場，保證不會讓少帥失威。」

寇仲興奮的道：「你們辦事，我當然放心，現時我們少帥軍的大本營情況如何？」

焦宏進答道：「王世充、竇建德、李子通、沈法興等自顧不暇，故沒人有空來惹我們。所以我們得到楊公寶庫運回來的大批財帛後，不但重建彭城，還減低賦稅，刺激工農商各業，兼之有大小姐、龍游幫和南方宋閥的全力支持，故彭梁日趨繁榮興盛，爲少帥奠定爭天下的基礎。」

陳長林道：「我和謀老依少帥交給我們魯大師的寶笈，建立起一支機動性和作戰力強的水師，艦艇的數目不住增加，只要再有一年的時間，將不懼李閥龐大的船隊。」

寇仲喜道：「全是好消息，看來我應是到轉好運的時刻。」

虛行之道：「一切都在緊鑼密鼓中，只待少帥的指示。」

宣永道：「據探子回報，李世民在關中集結大軍，揮軍洛陽一事如箭在弦，此乃成敗的關鍵，如我們能助王世充擊退李軍，那時將輪到竇建德和王世充展開黃河兩岸各城的爭奪戰，我們可南攻李子通，只要取得江都，我們將大增爭霸的籌碼。」

寇仲往天空招手發嘯，在衆人驚奇的目光下，無名俯衝破雲而下，安穩的落在他肩頭處，寇仲探手輕撫無名，解釋這頭寶貝的來歷，道：「我會教導你們一些練鷹養鷹的基本方法，勞煩你們帶牠回彭梁好好照顧，我的寶貝馬兒也須一併帶走。」

虛行之愕然道：「少帥決定獨赴洛陽嗎？」

寇仲點頭嘆道：「若我率領你們和過萬少帥軍到洛陽，只會招王世充之忌，所以我連乖無名也不敢帶去張揚。唉！王世充此人出身神秘，背景複雜，實在一言難盡。惟今上策，是由我一人去洛陽設法子，你們則全力備戰，聽我的消息。」目光再投往虎牢，心中燃起希望，暗想只要老子能助王世充守穩這黃河以南的東面戰線，李世民此仗必敗無疑，這該是他可以和有能力辦到的事。

齋肆大堂二十多張桌子全告客滿，徐子陵出手打賞夥計，又等待近兩刻鐘，被安排在一角的方桌坐下，點好齋菜，杜伏威一人獨自來到，他脫掉高冠，弓腰哈背變成另一個人似的，到徐子陵旁坐下，後者忙為他斟茶，還低喚一聲「乾爹」。

杜伏威現出一個罕有的慈祥笑容，欣然壓低聲音道：「能聽得你這聲爹，我已老懷大慰。唉！小仲仍堅持與虎謀皮，去助王世充守洛陽嗎？」

徐子陵無奈一笑，改變話題問道：「乾爹你這回到長安來是打個轉還是準備長住？」

杜伏威再嘆一口氣，有點茫然的道：「我不知道，問題出在我的所謂刎頸之交輔公祏身上，他與那魔門妖道左游仙占著丹陽自把自爲，更拒絕與我對話。李家父子上上下下待我非常不錯，眞想留在這裏享點清福便算，但又不忍眼睜睜瞧著老輔沉淪下去，千辛萬苦始能與魔門割斷關係，現在卻重投其懷抱，確是愚不可及。」舉杯以茶當酒般一口喝盡。

徐子陵再爲他添茶，色香俱備的齋菜上桌，徐子陵不由得想起師妃暄，若能與她在這齋肆一角共嘗上素，該是怎樣的一番情景？

杜伏威機警地掃視堂內其他賓客，道：「子陵到長安來所爲何事？」

徐子陵沉聲道：「孩兒可否問乾爹你一個問題，在李世民和李建成兩者中，你希望誰去繼承唐主之位？」

杜伏威雙目精光乍閃，冷笑道：「我杜伏威自淮南起家，南征北討，從未吃過敗仗，我的事業是從馬上得來的，你認爲我會尊重哪一種人？」

徐子陵欣然道：「這就成哩！我這回到長安是要對付池生春，因爲他大有可能是巴陵幫香貴的長子，香玉山的親兄。我們和香家不但有私仇，對他們販賣人口等爲非作歹的勾當更恨之入骨。」

杜伏威皺眉道：「要對付他還不容易。以子陵現在的身手，有心算無心下，取他狗命易如反掌。」

徐子陵湊近點嘆道：「問題是我們想從池生春身上把香貴逼出來，故不得不用上些計謀手段。」接著解釋一番，對這位老爹他是絕對的信任，連他自己亦不太明白爲何有這種心態。

杜伏威聽得啞然失笑道：「子陵的計劃確是妙想天開，我實難以判斷是否會行得通。我聽過司徒福榮此小子，據聞是個錙銖必計的人，卻未聽過他好色。且猛虎不及地頭蟲，他若爲避禍到長安來，哪敢同時開罪尹祖文和李元吉，除非他是嫌命長。」

徐子陵心忖薑是老的辣，他倒沒有想得這麼周詳，應道：「假若是胡小仙自己看上司徒福榮，情況是否會不同？」

杜伏威愕然道：「此事怎可能發生？」

徐子陵把胡小仙的事和盤托出後，道：「現在司徒福榮欠的是一個靠山，這靠山要硬得使池生春不敢以別的手段對付他，只能在賭桌上與他一爭短長。」

杜伏威明白過來，沉吟片晌後道：「這事我要回去想想，怎樣可找到你？」

徐子陵說出侯希白的多情窩。與杜伏威分手回家，侯希白正在書齋內興高采烈地畫他的百美圖卷，見他回來欣然道：「今晚我們直接到上林苑找紀倩，無論她如何忙，知是我找她定會分身見個面，子陵到時可直接問她。」

徐子陵在一旁坐下，皺眉道：「陰顯鶴方面有甚麼消息？」

侯希白放下毛筆，退往他旁的椅子坐下搖頭道：「他該尚未到長安，沒人見過這樣一號人物。」

徐子陵心中一沉，順口問道：「你甚麼時候起床的？」

侯希白頹然道：「我根本不能入寐，惟有替你老兄出外奔走辦事，我向長安一個信得過的幫會人物查探過池生春，得知此人確大有可能是香家的人，因爲在李淵入關前沒有人認識他，池生春是忽然冒起的，在李元吉支持下經營六福賭館，誰都不曉得他的出身背景，只知他有雄厚的資金，先從六福的原主人把賭館巧取豪奪的拿到手，短短數年間打響名堂，使六福成爲能與明堂窩爭一日短長的另一所大賭館。」接著嘆道：「不是我潑你冷水，我那位幫會朋友說池生春生性多疑，非常機警，比任何人更深明便宜莫貪之理。若依你的計劃扮成司徒福榮，大鑼大鼓的來與他在賭桌上較個高低並爭娶大仙胡佛的女兒，他不起疑才是怪事。香家幹盡壞事，會比一般人有更高的戒心，小弟認為你這條計是行不通的。」

徐子陵岔開話悠然道：「你似乎在長安很吃得開。」

侯希白欣然道：「我在這裏的人面相當闊，上自皇宮，下至市井，我總有辦法。唉！我在為你擔心啊！」

徐子陵微笑道：「不瞞你老哥，我和寇仲是小扒手出身，遇上特別著緊錢袋，甚或走路時用手按著錢袋的人，我們會採用聲東擊西之法，例如硬撞他一記，分他的心，另一人則趁機施展空空妙手。無論他把錢袋如何密藏，一把小刀子即可探驪得珠，百發百中，從不失手。」

侯希白微一錯愕，劍眉輕蹙道：「這聲東擊西之法如何用在池生春身上？」

徐子陵道：「還未想妥，不過希白兄的情報非常管用，使我更有把握。只要我們將池生春的多疑，變成入手的破綻，或可成為引他入彀的道兒，因放著有人肯把偌大家財送上門來的機會，他豈肯輕易錯過？」

侯希白動容道：「給你這麼一說，事情似又非絕不可行，我們要好好想想。哈！到上林苑灌兩杯黃湯如何？我在青樓總是靈感如泉的。」

徐子陵笑道：「去的是你。我還要你設法把紀倩弄往明堂窩去，好讓她無意中碰上我這長滿鬍鬚的雍秦。」

侯希白苦笑道：「這是不可能的，你好像並不清楚紀倩直到今晚仍是長安最紅的青樓名妓、明堂窩的首席方家客，兼且這位姐兒既愛使性子又愛亂發脾氣，好起來時可對你千依百順，但隨時可把你轟出明堂窩，這種事曾在我身上發生過一回。哈！現在長安的男人均以曾被她轟過爲榮，那至少表示能令她動氣。不過小弟卻只引以爲恥。」

徐子陵心中浮起紀倩明亮而變化多采的一對美眸，暗忖若非上一次到長安時她有事求自己，恐怕會遭到同樣的對待，心中一動問道：「你是否知道她和池生春是怎樣的一種關係？」

侯希白道：「池生春怎敢碰紀倩，因爲李元吉正是拜倒於紀倩裙下的不貳臣之一。」

徐子陵訝道：「以李元吉的威勢權力，要得到紀倩不是易如反掌嗎？」

侯希白道：「怎會如此簡單，紀倩的情況有點像尙秀芳，在長安是街知巷聞無人不曉，即使李淵也絕不容許李元吉對紀倩強來，免得招來對李家有損的話柄。何況李元吉尙要顧及本身的形象和聲譽，加上李淵身邊的近臣大多與紀倩有良好的關係，所以李元吉只可像其他裙下之臣般去爭奪紀倩的芳心，其中的愛恨苦樂，該是非常動人的。」臉上現出陶醉的神色。

徐子陵忽然想起一事，問道：「李元吉不是和風雅閣的青青夫人相好嗎？」

侯希白哂道：「青青夫人只是李元吉衆多女人之一，李元吉一向風流，最愛四處拈花惹草。」一拍徐子陵肩頭道：「好哩！要不要到上林苑碰碰運氣？」

徐子陵搖頭道：「我到青樓能碰到的只會是壞運氣，更重要的是我不可主動去找紀倩，只可讓她碰上我。幸好這並非急迫的事，今晚我要好好睡一覺，養足精神，明天才去想這事。你是否知道原來經營押店是怎樣一門高深複雜的學問？爲探求這門學問累得我筋疲力竭，你最好乖乖在這裏繼續作你的百美圖，畫累上床休息，別忘記你的石師心意難測，昨晚你又沒好好睡過，聽我的話吧！」

侯希白頹然道：「何用你來提醒我，現在只有作畫和盤桓青樓可令我忘掉一切，這或者是人與禽獸的分別吧！牠們只懂爲生存而奮鬥，我們卻懂寄情風月，忘掉對生存的威脅，這叫逃避。」

徐子陵深思道：「睡覺正是逃避的一種方式，所以禽獸亦有借睡覺逃避現實這與生俱來的辦法。」

侯希白興致盎然的道：「那麼人和禽獸最大的分別在哪裏？」

徐子陵凝想片刻，道：「我想最大的分別該是人會對自己本身的存在作出思索，例如我們因何存在？存在本身有甚麼意義和目的？冥冥中是否有主宰？每一個人是否均像扯線傀儡般任由命運擺布？生從何來？死往何去？生死之間究竟是怎麼一回事？」

侯希白聽得發起呆來。

徐子陵想起愛談生死之道的伏難陀，若不是得他啓發，自己恐怕不會對這人生之謎想得這麼透徹深入，使他更明白師妃暄爲何會捨棄塵世，修行天道，那正是對自身存在身體力行的探索。旋又想到石青璇，她是因截然不同的原因，對殘酷的現實和人世間的恩怨看通看透，故選擇避世隱居的生活方式。自己卻不幸捲入凡塵的大漩渦裏，難以抽身退脫。心中不由得暗嘆一聲。

侯希白點頭道：「子陵這番話有如暮鼓晨鐘，發人深省，我現在只想醉個不省人事，忘掉心中的痛苦。」

徐子陵心中湧起去見石青璇的強烈衝動，忽然間感到自己比以前任何一刻更明白她。可是眼前的侯希白是他另一個必須關心的人，道：「希白兄何不把心中的痛苦說出來，那會好過點。」

侯希白一對俊目紅起來，瞥徐子陵一眼後垂首苦笑道：「我是由石師一手培育成材，若說對他沒有感情，就是騙你的。有時他眞的對我很好。唉！我和他這盤賬該如何算？我現在只想面對面和他把事情弄清楚。昨晚我獨自到青樓去，正是想他來找我，要殺要剮悉隨他老人家的意思，總好過現在般如墜在迷霧中，沒有一件事是分明的。死並非那麼可怕吧？」

徐子陵終於清楚侯希白對石之軒的眞正心意，心中叫糟，因爲石之軒再非以前性格分裂的石之軒，在他認爲有此需要的情況下，會毫不留情把這個「產品」處決清理。沉聲道：「你不是說過若依師門傳下來的規矩和他在你十八歲那年立下的咒誓，你在二十八歲那年擋不過他的『花間十二支』，才會把你殺死？你現在該是二十七歲吧！還有一年的時間。」

侯希白頹然道：「二十八歲只是他訂下的限期，我隨時可要求提早舉行，我眞想曉得當變成被他殺死的冤魂後，石師是否會傷心後悔？唉！花間派的規矩宗法是自小從心中建立起來的，現在已成根深柢固的思想，所以我不會讓子陵你插手此事，只會憑自己的力量去渡過難關。」

徐子陵皺眉道：「像你目前般全無鬥志，一會兒說束手任從處置，一會兒又說要力爭過關，都是消極的表現，眞使人擔心。」

侯希白回復瀟灑自然，笑道：「這叫心情矛盾，若能不死，誰願尙有大好光陰時一命嗚呼？至少待我完成唐宮百美圖再說，哈！」

徐子陵道：「照我看你石師除非逼不得已，否則將不會親手幹掉你。」

侯希白一呆道：「子陵此話有甚麼根據？」

徐子陵沉吟道：「人非草木，孰能無情。即使自以爲鐵石心腸的石之軒，亦因害死碧秀心致充滿痛苦矛盾的度過十五年，否則這天下可能是另一番局面。現在從他所謂的『噩夢』中甦醒過來，不但不敢去碰石青璇這死穴，亦該不願親手處決自己一手培育出來的徒弟，所以我推測他會利用楊虛彥來對付你。」

侯希白精神大振道：「這會是完全不同的另一回事，我怎樣也不會讓楊虛彥得逞的。」

徐子陵見振起他的鬥志，心中大慰，道：「你石師只得兩個傳人，若死的是楊虛彥而非你，他沒理由將自己唯一的傳人毀掉，否則花間和補天兩派將無以爲繼。更可想像的是你石師必會全力支持楊虛彥成爲勝出者，若你再不振作，將會飲恨於楊虛彥的影子劍下。」

侯希白冷哼道：「我怎會那麼容易便宜楊虛彥？幸好得子陵點醒。哈！我現在可安心睡覺哩！」

自李世民取得柏壁大捷後，天下有足夠實力作其對手者，僅剩下以王世充、竇建德和蕭銑爲首的三大軍事集團。寇仲羽翼初成，暫且不論。宋閥僻處嶺南，割地稱霸綽有餘裕，但若憑其本閥之力，兼且南人不耐北方苦寒，則有鞭長莫及之嘆。宋金剛柏壁之敗，實是影響深遠，不但使劉武周聲勢由強轉弱，更令突厥在聯結好塞外各族之前不敢輕舉妄動。沒有突厥人的支持，另一依附突厥的霸主梁師都只好按兵不動，以隔岸觀火的態度坐看以洛陽爲中心的爭霸決戰。

三大軍事集團中，以蕭銑的形勢最不利，關鍵處在於杜伏威降唐，不但鎮著蕭銑，令他動彈不得，亦使朱粲、李子通、沈法興之輩在迫不得已下袖手靜觀變局。林士宏則被夾在兩大勁敵蕭銑和宋閥之間，難有任何作爲。在這逐漸明朗化的情勢下，天下頓成李閥、王世充和竇建德三方之爭，而寇仲的唯一希望，是把王世充和竇建德拉到一起，粉碎李世民不敗的神話。

經過一夜全速趕路，寇仲於清晨時分抵達洛陽，守城的兵衛誰不認識他，立即飛報王世充。來迎接的是寇仲對他頗有好感的王世充次子王玄恕，大家見面，自有一番高興。在親兵簇擁下，兩人並騎馳往皇宮。

寇仲問道：「李世民方面有甚麼動靜？」

王玄恕露出凝重神色，沉聲道：「據我們得來消息，李世民將於這幾天親率大軍出關東來，我們已作好準備，務要對他迎頭痛擊。唉！果然不出少帥當年所料，李世民吸取李密久圍洛陽不下的教訓，採取逐步肅清外圍據點，斷絕糧道，再孤立我們的策略。」

寇仲興致盎然地掃視繁榮如舊的洛陽風光，訝道：「李世民的大軍仍遠在關中，你怎知他採取甚麼策略？」

王玄恕道：「因爲柏壁之戰後，李家先後派出四名大將，在我們四周集結兵力。分別是史萬寶進駐龍門，斷我們南援之路；劉德威屯兵太行，倘若東攻河內，我們北路勢被封閉；王君廓則對洛口倉虎視眈眈，而另一將領黃君漢枕兵孟津，一旦渡過大河，回洛倉勢將難保。」

寇仲暗忖這確配稱爲「上兵伐謀」，李世民不費一兵一卒，只憑兵馬調動，即構成對王世充的龐大壓力。在這樣的形勢下，李世民若要勸降王世充旗下的將領，使他們離叛歸附自是水到渠成。

寇仲信心十足的道：「洛陽處於河流交匯之地，要眞把洛陽孤立，談何容易。當年我爲要說服令尊，言辭當然誇大點。不用擔心，李世民儘管放馬過來，只要我們能守穩偃師、虎牢一線，李世民圍城時，竇建德大軍來援，定可把李世民殺個落花流水，能否逃回關中亦成問題。」

王玄恕露出尷尬神色，低聲道：「父皇不肯聽我勸告，違反與竇建德的協議，已於昨天登上帝位。」

寇仲色變道：「甚麼？」

人馬馳進皇宮去。

在榮達大押幽靜的內堂，除子陵在上他到長安後的第二課。昨天主要是聽榮達的主持人陳甫說及平遙的風土人情、生活習慣，順帶學他的平遙口音。在語言上，徐子陵和寇仲均是極有天分的人，突厥話能很快上口，帶些鄉音的話自然難不倒他。

圓桌上放滿「盾錢帖子」、「錢票」、「賬簿」一類典當業的東西，看得徐子陵眼花撩亂時，坐在桌子另一邊的陳甫道：「我們典當業可以四個字來形容，就是『以財生財』，將財富放貸取利，憑高息賺錢，可以信用借貸，或以抵押放貸。抵押品由動產例如珍寶玉石，乃至不動產如房舍地契，甚或人身作抵押。」

徐子陵一呆道：「怎樣以人身作抵押？若沒有錢還，難道可將人賣掉嗎？」

陳甫身材瘦削，生就一副馬臉，五十來歲的年紀，相當高的鬢角有些花白，態度友善熱誠，聞言露出一絲曖昧的笑容，壓低聲音道：「欠債還錢，沒錢可以工作還債，若抵押的是標致的娘兒，更可賣入青樓。不過我們長安榮達絕不會幹這種事，但在鄉鎮偏僻的地方，我不敢擔保這種事不會發生。在你情我願下，官府很難干涉。何況我們開當舖的，首先要打通官府的關節，一方保持低調，一方睜隻眼閉隻眼，大家相安無事。」

徐子陵聽得信心陡增，只是這「以人作押」一項，對香家已有莫大的吸引力，等於以後可公然作人口買賣。皺眉道：「典當業究竟是怎樣開始的？」

陳甫輕描淡寫的道：「典當業於南北朝時大行其道，源於佛寺的『寺庫』制度。」

徐子陵愕然道：「怎會和佛寺有關？佛寺豈能幹斂財的勾當，不是與出家人的四大皆空有違背？」

陳甫微笑道：「出家人不用吃飯嗎？寺院通過各階層的布施，積聚大量財富，爲維持衆多僧侶的生活，進行各類宗教活動，維修和擴建寺院，凡此無財不行，於是想到『以財生財』的法門，憑放貸取利。」頓了頓續道：「至於有否違背佛門的本意，就非我所能知。不過至少佛教經律中的『無盡藏』有『生息不已，其利無盡』，『爾時六衆苾當種、種出息，或取或與、或生或質』的記載，令僧侶可安心放貸得利以供佛、法、僧三寶之用。」

徐子陵聽得耳界大開，問道：「這樣一個賺錢的行業，競爭一定很大，司徒福榮憑甚麼能脫穎而出，成爲全國最大典當業的老闆？」

陳甫欣然道：「這方面誰都要佩服大老闆，他之所以能這麼成功，皆因推出『穀典』和發行『錢票』兩門新的生意，穀典並不限於米糧，而是廣及其他糧貨，特別受農村鄉鎮的歡迎，試想可以糧貨換錢，雖然價格比直接買賣低一大截，但在方便和應急上卻非其他貿易方式所能比擬。至於錢票，對經商者可說是一種恩賜，方法是由當舖簽發兌換券，代替貨幣在市面上流通，隨時兌現，我們則賺取『貼水』。」

徐子陵明白過來，難怪說典當業最重商譽，所以香家或在財力上能超越司徒福榮，卻因與青樓賭館畫上等號，又有販賣人口的背景，隨時會遭爲政者掃蕩封閉，誰肯信他們發行的「錢票」。愈清楚典當業，愈有把握令香家上鉤，皆因此乃香家可藉以施展「偷天換日」大法的千載一時良機。

陳甫道：「好哩！現在輪到公子深入了解我們的經營和運作的手法。」

徐子陵心中苦笑，只好強迫自己振作精神，專心聆聽，爲扮好司徒福榮努力。

在皇宮的書齋內，一身龍袍的王世充看罷竇建德的密函，遞給坐在右下首的王玄應讓他過目，皺眉道：「竇建德為何要助我對付李世民？」

寇仲尚未回答，王玄應邊看竇建德的信函，邊頭也不抬的冷笑道：「說不定前門拒虎，後門進狼哩！」

寇仲立即心頭火發，正要拂袖而起，坐在寇仲旁的王玄恕忙接口道：「現在夏王與我們大鄭唇齒相依，洛陽若失陷，下一個——」

王世充截斷他道：「洛陽怎會失陷？李世民一向善於後發制人，薛舉父子和宋金剛就是這麼敗在他手上。我這回就以彼之道還治其身，當他久攻不下退兵之時，就是他全軍覆沒的一刻。」

寇仲雖對王世充絕無好感，卻不得不承認這是應付李世民大軍的正確戰略，問題是鄭軍能否堅守到那一刻。王世充目光閃閃的盯著寇仲，沒有立即說話，王玄應則把竇建德的書函毫不尊重的隨手扔在旁邊几上，臉含冷笑的瞧著對面位於王世充左首的寇仲。王玄恕無奈苦笑，默不作聲，書齋內充滿一片難堪的氣氛。

驀地王世充仰天長笑，道：「少帥如此著緊我大鄭的事，我非常感激。若李世民提早一年來攻，我或會手忙腳亂，可是經過整年備戰，我有十足把握打這場仗。現在我洛陽兵精糧足，只要能守到冬天大雪之時，哪到李世民堅持下去。」

寇仲心中大訝，上次見王世充，至少表面上這老狐狸對自己禮遇甚隆，但現在顯然態度大改，究竟他有何所恃？又或是如他所言的有十足把握勝此一仗。

寇仲生出無話可說的頹喪感覺，苦笑道：「聖上是否要對我下逐客令呢？」

王玄恕一震望往乃父。

王世充嘆道：「少帥實在是我非常欣賞的一個人物，只可惜不能爲我王世充所用。更大的問題是少帥已成嶺南宋家的人，宋缺一向敵視外族出身的人，我和他是水火不容，少帥請告訴我教我如何信任你？」

寇仲哈哈笑道：「事情有緩急輕重之分，假若聖上你有十足把握可獨力收拾李世民，小子當然無話可說。但事實擺在眼前，所有曾信心十足自以爲可收拾李世民的人，最後均被證實是錯的。若我是聖上，當不會未開戰先絕自己的後路。我要說的話全說出來哩！至於該怎樣做，請聖上定奪。」

王世充微笑道：「我們曾合作擊垮李密，這次自可聯手教李世民吃場大敗仗，少帥勿要多疑，只是大家必須將心裏的話先說出來。」

王玄應淡淡道：「擊退李世民，對少帥有甚麼好處？」

寇仲眞想照臉轟王玄應一拳，看他的青白小臉事後會變成甚麼樣子，此人不識大體，只因兩次被擒之辱，迄今仍對他懷恨在心。深吸一口氣後，沉聲道：「可否倒轉來說，若李世民攻占洛陽，對我寇仲有甚麼壞處，好嗎？」

王世充露出不悅之色，冷哼道：「少帥請說出高見。」

寇仲目光從與王玄應的對視，移往王世充。道：「洛陽若失陷，那竇建德將被迫退守河北，那時李世民只要隨便派他天策府任何一個大將，將可守得洛陽固若金湯。那時李世民第一個要殺的人不是竇建德而是我寇仲。」

王玄應哂道：「少帥有否高估自己在李世民心中的重要性？竇建德手下雄師達四十萬之衆，少帥軍只區區數萬人，且無堅城險地可守。」

寇仲回敬他嘲弄的目光，微笑道：「這不是誰重要些的問題，而是戰略的問題。李世民若攻下洛陽，李閥的唐室聲威大盛，一些見風轉舵之輩如高開道、羅藝之流，只好搶著向唐室歸降，令竇建德腹背受敵，動彈不得。李世民非是蠢人，只會誘竇建德勞師遠征的來攻，自己則從容布置用兵南方，一旦把我剷除，再在巴蜀建立水師船隊，加上有杜伏威的江淮軍作呼應，南方諸雄只餘任由宰割的份兒。那時竇建德唯一生路就是來攻洛陽，遇上天下最擅長守城的李世民，又有關中呼應，結果會是如何？似乎再不用小弟說出來吧！」

王玄應給他說得啞口無言，因爲他說的全是實話，更是王玄應從沒想過的。王玄恕雙目射出崇慕神色，不住點頭。

王世充兩眼精光大盛，不得不同意點頭，道：「少帥對整個時局看得非常透徹，不過洛陽是不會失守的。」

寇仲笑道：「聖上既指出要直話直說，那我亦不客氣，聖上憑甚麼這樣有把握？」

王世充成竹在胸的道：「因爲少帥千算萬算，仍算漏李閥內部的變數，若李世民能一舉攻克洛陽，當然不會有任何問題，若久攻不下，其他大敵則蠢蠢欲動，李淵或會改變主意，命李世民退兵，少帥明白我的意思嗎？」

寇仲心中一震，忽然掌握到王世充如此有恃無恐的原因，皆因他暗裏得到突厥人的支持，正因如此，遂不把竇建德的援助放在眼內。當李世民圍攻洛陽之時，只要頡利助梁師都之輩再犯太原，李世民在首尾難顧下，只好退兵回守關中。他與王世充互相緊盯半晌後，哈哈一笑，挨回椅背處嘆道：「假如聖上眞的作如是想，正中突厥人的奸計。」

王世充首次色變，不悅道：「突厥人和我有甚麼關係？我怎會中突厥人的計？」

寇仲微笑道：「聖上和突厥人是甚麼關係，我當然不清楚。只希望不是透過趙德言或大明尊教作橋樑搭出來的關係。頡利終有一天會聯同塞外諸族大舉來犯的，不過絕不會是幾個月內的事。我剛從塞外回來，對塞外的形勢或會比你們清楚些。」

王玄恕忍不住道：「塞外目前是怎樣的一番情況？」

寇仲道：「大可用一個『亂』字來形容，突利在畢玄的壓力下被迫和頡利修好，但雙方均因奔狼原之役和渤海立國之事師勞兵累，在重整陣腳和與其他各族建立新的關係前，絕不敢輕舉妄動。若我所料無誤，頡利表示支持你們大鄭，怕的只是你們不戰而降，讓李世民不費一兵一卒的奪得黃河的控制權，那時唾手即可取得天下。對頡利來說，最理想莫如李世民因攻打洛陽元氣大傷，那時突厥聯軍乘勢南侵，在李閥無力反擊下，先占太原，站穩陣腳，然後逐步蠶食，完成席捲中原的美夢。」

書齋內一陣重如鉛墜的沉默。

王世充凝望寇仲，長長呼出一口氣道：「頡利對我沒有任何承諾。」

他這句話說得軟弱無力，明顯是言不由衷，更令寇仲曉得自己猜個正著。

王玄應沉聲道：「剛才少帥說由趙德言或大明尊教為我們搭路，究竟是甚麼意思？」

寇仲聳肩道：「沒有甚麼意思，趙德言和榮鳳祥關係密切，而榮鳳祥本身是大明尊教的人，你們又對他特別容忍，我這樣順著一猜，該屬合情合理吧！」

王玄應為之語塞，言辭上的針鋒相對，他怎是寇仲對手？

王世充心不在焉的道：「我們不要在這些小事上爭拗，少帥有甚麼好的提議？」

寇仲暗鬆一口氣，費這麼多唇舌，要爭取的就是王世充這麼一句話。正容道：「我的提議可用三句話總結，就是守爲上、聯竇軍、固虎牢。」

王世充沉吟道：「我還以爲少帥有甚麼意想不到的提議，這些──嘿！這些二均爲我們擬定的策略。」

寇仲心中暗罵，至少「聯竇軍」一項不是他的既定策略，道：「守爲上一策說來容易，實行起來卻有一定爲難處。第二項的聯竇軍，聖上必須暫緩稱帝，事情才有得商量。」

王玄應終找到反擊機會，不悅道：「名不正言不順，現在舊隋廢君正式讓位父皇，令我大鄭軍心大振，這干竇建德甚麼事，他高興大可由夏王變稱夏帝，這是稱號的問題，否則父皇怎樣都像矮李淵一截似的。」

王世充默言不語，似是同意，又像在思索稱帝的事。王世充以鄭王還是鄭帝的身分與竇建德對話，當然有很大的分別，若採後者，勢令雙方很難有合作的共同基礎。王玄恕欲語無言。

寇仲嘆道：「這是大鄭的事，由你們決定。但任何一條戰線亦可失去，卻絕不能失虎牢偃師這條東面最重要的戰線，那不但是竇建德來援之路，更是我少帥軍可把糧草裝備源源不絕送來的生命死活線。我有一個大膽的提議，希望聖上信我是個守諾的人，絕對信任我。」

王世充一震道：「少帥想爲我守虎牢嗎？」

寇仲一字一字的緩緩道：「這當然最理想，卻是強聖上所難。我只希望能以楊公卿、張鎭周，又或玄恕公子爲正，我則當個手下跑腿的，那我敢說任李世民三頭六臂，亦不能孤立洛陽，我們可十拿九穩的打一場大勝仗。」

王玄應失聲道：「這怎麼行？」

王世充伸手阻止王玄應說下去，道：「此事待我仔細想想。」不顧王玄應的眼色，向王玄恕道：「少帥在這裏的住宿事宜，由玄恕打點。明早我們有個重要的軍事會議，少帥請準時出席。」

解釋清楚押店的組織和營運方式後，陳甫道：「昨天公子離開後，我接到良材的消息，請公子指示他們該在甚麼時候到長安來？」

徐子陵思索片刻，問道：「假設司徒福榮眞個到這裏來避難，陳叔你會作出怎樣的安排？例如是否會通知甚麼人等諸如此類。」

陳甫欣然道：「我想了半晚，安置的地方當然不成問題，因爲我們在長安有很多物業。嘿！大多是沒錢還債下變相賣給我們的。其中以皇城毗鄰，東市西北崇仁里的華宅最夠氣派，從那裏驅車往北里只是一刻鐘的車程，非常方便。」頓了頓又道：「至於要通知甚麼人，我也有想過，理該知會四方館又或兵衛部，打個招呼才合理。」

徐子陵微笑道：「這豈非不合司徒福榮一向怕見人的低調作風，更不似在避難。」

陳甫愕然道：「若沒有人曉得你們來長安，如何進行計劃？」

徐子陵道：「現在是戰爭的非常時期，長安城內戒備深嚴，任何風吹草動，絕瞞不過李建成的耳目，所以該先引起他們注意，讓對方發現我們，而不是我們打鑼打鼓的去驚動人。」

陳甫皺眉道：「怎樣可毫不著跡地惹起注意？」

徐子陵道：「你們那座在崇仁里的華宅是否須修葺一下？」

陳甫拍腿讚道：「好計！我就把那宅院來個天翻地覆的大修整，且像要趕在幾天內完成的樣子，旁人問及時則吞吞吐吐，故作神秘，對嗎？」

徐子陵長身而起拍拍他肩頭，道：「我約了個老朋友午膳，其他的事不用我說陳叔該知道怎麼辦吧！待會兒再見。」說罷欣然去了。

寇仲和王玄恕並騎馳出皇宮，踏上洛陽大街，心中豈無感慨。驕兵必敗。王世充目前的聲勢，正進入巔峰時期，主因是擊敗李密的瓦崗軍，雄霸中原核心戰略位置的東都洛陽。其次是在東都小朝廷的鬥爭中勝出，趕跑獨孤閥，現在更逼得楊侗禪讓帝位予他。外患內憂，一下子全解決掉。但他的稱帝在戰略上絕不聰明，因爲必會令竇建德生出反感，推翻聯手的盟約。不過卻是風氣潮流所趨，蓋因林士宏、劉武周、梁師都、李淵、蕭銑等各方霸主均先後稱帝，他王世充若再高舉「楊隋」的旗幟，將難有號召力。剛擊敗瓦崗軍的王世充聲勢如日中天，加上王玄應等人慫恿，心癢難熬下，遂走上這錯誤的一著。此時黃河以南，盡成他大鄭的領地，倘能擊退李唐東征的大軍，勢成獨霸中原之局，難怪他給野心掩蓋理智，連一手促成他今天聲勢的自己亦不放在眼內。

可是寇仲卻肯定若任由王世充與李世民決戰，最後敗的必然是王世充。致敗的原因是王世充本身性格的問題，此人表面的話雖說得好聽，事實卻是狡詐反覆，心窄不能容人，致除王氏同宗外無心腹可言，這樣的一個人，何能成大業。在這樣的性格支配下，他根本不可能以誠待人，更難令人甘願爲他效死。遇上豁達大度，知人善用的李世民，後果可想而知。否則如秦叔寶、程咬金之輩能爭相來投爲他出力，鹿死誰手，確未可知。未能對屬下諸將公平地論功行賞，莫說難望外人望風肆附，更會逼得手下投往敵對的陣營，此正是王世充最大的失著。

人馬馳上天津橋。王玄恕乾咳一聲，把寇仲從沉思中扯回眼前的現實來，道：「少帥在想甚麼？」

寇仲苦笑道：「我在想是否白來一趟？」

王玄恕大吃一驚道：「少帥萬勿這般想，父皇不是剛說他非常欣賞你嗎？」

寇仲嘆道：「我也很欣賞李世民，欣賞又如何？唉！不要再談這些洩氣的事，我可否仍住在上回的地方，那所房子相當不錯，我最愛它清靜。」心中最想問的是楊公卿的情況？但縱使是對他有好感的王玄恕，亦知不宜匆匆問出口來，否則如傳回王世充耳內，他不懷疑兩人的關係才怪。

王玄恕一口答應道：「這個沒有問題。」

寇仲忙道：「我不需任何人侍候。是哩！我在這裏的諸位老戰友近況如何？」

王玄恕欣然道：「楊老和張老兩位大將目前均在洛陽，我安頓好少帥後，會使人通知他們，他們定會很高興又可與少帥見面敘舊。」

寇仲放下心事，暗忖只要見到楊公卿，將可完全掌握到王世充這方面的形勢，那時再看看有甚麼方法可扭轉乾坤，讓王世充「慘勝」這決定天下命運的一場硬仗。

徐子陵踏進多情窩的院子，首次對選擇多情窩作落腳的地方生出悔意，因爲多情窩已因侯希白成爲名人沒有秘密可言。他正是因到多情窩，故先後被婠婠和石之軒發覺他來長安，以後情況更是禍福難料。空氣中殘留女子清幽的香氣，徐子陵浮現起與沈落雁泛舟河道的迷人情景，暗嘆一口氣，扯掉面具，推門進入前廳。

沈落雁動人的背影向著他，憑窗外望，柔聲道：「我的心很煩，想找個人解悶兒。」

徐子陵曉得她誤以爲自己是侯希白，緩緩舉步走到她身後五尺許處，淡淡道：「沈軍師爲甚麼事心煩呢？」

沈落雁嬌軀劇顫，猛地轉過身來，不能置信地嬌呼道：「啊！子陵。」她清秀明麗如昔的玉容泛起毫不掩飾的驚喜。

徐子陵入門前曾想過掉頭離開，可是終不忍心對這位已嫁作人婦的紅顏知己如此無情。徐子陵嘆道：「正是小弟。沈軍師是否因黎陽被破心煩，唉！我也很不好過。」

沈落雁露出千言萬言，不知從何說起的神態，秀眸異采漣漣，動人至極點，似欲要撲入徐子陵懷內，又像盡力在克制自己，忽然垂下螓首，輕輕道：「子陵猜錯哩！世勣於黎陽城破時成功突圍逃走，被俘的秀寧公主和李神通在寇仲的斡旋下爲竇建德釋放，你可以暫時安心。」「暫時安心」四字可圈可點，顯示這位善解人意的美女準確把握到徐子陵的心情。

徐子陵聽得李秀寧安然無恙，登時如釋重負，皺眉道：「然則軍師爲甚麼心煩？」

沈落雁別轉香軀，目光重落在窗外後園的美景處，輕柔的道：「我早不當軍師哩！爲何仍要喚人家作軍師，是否連喚一聲落雁亦吝嗇呢？」

徐子陵灑然笑道：「在我們心中，落雁永遠是那位美人兒軍師。」

沈落雁背著他「噗哧」嬌笑，道：「美人兒軍師，虧你們叫得出口，這稱號令我想起寇仲。我沒有看錯他，他或者是唯一能令李世民吃敗仗的人。」

徐子陵苦笑道：「可是這絕不會在洛陽之戰發生，寇仲自己比任何人更清楚此點，因爲我們明白王世充是怎樣的一個人。」

沈落雁不屑的道：「徧狹譎詐，多疑矯僞，難成大事。」

徐子陵動容道：「沈軍師這八個字形容得非常貼切。」

沈落雁再次轉過身來，回復一貫風流綽約的嬌姿美態，喜孜孜的道：「見到子陵，所有煩惱已不翼而飛，你眞的能不管寇仲的事嗎？」

徐子陵頹然道：「我不曉得。我現在最大的期望，是寇仲能及時退出這場攻打東都的大戰，否則洛陽失陷後，下一個將輪到他和他的少帥軍。」

沈落雁雙目閃著智慧的光芒，道：「你這叫關心則亂，寇仲豈是這麼容易被收拾的。更正確點說，應是『天刀』宋缺豈是這麼容易應付的。一旦惹出宋缺，將沒有人能預料局勢的發展。」

徐子陵一呆道：「宋缺竟會親自領兵上戰場？」

沈落雁沒好氣地橫他一眼，微嗔道：「子陵憑甚麼認爲他不會？李世民終究有胡人血統，宋缺絕不會讓這種人統一天下。要振興漢統，此乃千載一時的良機。李家顧忌寇仲，對宋缺更是憚懼。」

徐子陵訝道：「我只知宋家在南方有財有勢，卻不曉得在軍事上占著如此舉足輕重的地位。」

沈落雁道：「若說寇仲是天生的卓越統帥，宋缺就是博通古今衰變，中土最高瞻遠矚的軍事戰略大家。所以他能一直按兵不動，直至合他心意的寇仲興起，始表態支持。宋缺配寇仲，一個精於作全局的布置戰略，一個是沙場上無敵的統帥，你說李家對此有何感想？」

得沈落雁點醒，徐子陵開始從另一角度看寇仲的大業，更覺頭痛。無論誰勝誰敗，對中土的影響均是天翻地覆，捲南蕩北，無人能獨善其身。

沈落雁續道：「以宋缺之強大，竟能聯蕭銑以壓制林士宏，正代表宋缺要保存實力，靜待爭霸中原的時機。密公若能學他一兩成，當不會有偃師之敗，唉！」

李密慘勝宇文化及後，不待恢復元氣，立即用兵對付王世充，正是致敗主因。

沈落雁又道：「嶺南軍以俚僚爲主，民風純樸，刻苦善戰，視宋缺爲天人，固雖只十多萬之衆，卻是訓練精良，在宋閥的財勢支持下，加上寇仲這樣的人才，即使李世民亦不敢輕易言勝，所以你不用爲寇仲擔心。」

徐子陵苦笑無言。沉吟片晌問道：「軍師仍未說出因何事心煩？」

沈落雁嬌軀微顫，緩緩轉過身去，透窗瞧往蔚藍清澄的天空，嘆道：「還不是因爲念在一點故主之情？」

徐子陵心中一震，她竟爲李密心煩，究竟是怎麼一回事？

楊公卿、張鎮周和寇仲在廳內圍桌坐下，這兩位王世充手下最著名的大將均有風塵之色，可知奔波勞碌，因即將來臨的大戰難得休閒。

張鎮周免去閒話，劈頭道：「少帥可知王世充與朱粲暗中結爲盟友？」

寇仲失聲叫道：「甚麼？」

在爭霸諸雄中，聲譽之差者，莫過於「迦樓羅王」朱粲，他和女兒都是聲名狼藉的人，朱粲更被傳爲殺人食肉的魔王。近年來朱粲內則地方勢力抬頭，外則受壓於蕭銑和杜伏威，找靠山是理所當然的事，問題是王世充因何要收容他，此舉勢必盡失人心。

寇仲生出歷史重演的感覺，朱粲無論如何不濟，手下賊兵總有數萬人，他於王世充等於「五刀霸」蓋蘇文之於「龍王」拜紫亭，可成爲扭轉局勢的奇兵，難怪王世充如此有恃無恐。由於寇仲處境有異，李世民是下定決心摧毀王世充，而他寇仲必須助王世充守穩洛陽，擊退大唐的雄師，再不能像龍泉時般靈活應變，揮灑自如。

楊公卿搖頭道：「我眞不明白王世充因何一錯再錯，竟招攬這人人切齒痛恨的凶魔。」

寇仲暗忖小弟明白，只是不宜說出口來。皆因張鎭周並非他的心腹人，不宜讓他曉得太多秘密。從朱粲的作風觀之，他極可能是魔門出身的人，與和魔門有千絲萬縷密切關係的王世充結盟，乃水到渠成的事。事實上王世充不信任外人的性格，亦是魔門中人的特性，同門也互相猜疑，何況對待外人？張鎭周和楊公卿開口王世充，閉口王世充，毫不客氣，不但不視他爲皇帝，更似不當他是主子。

張鎭周壓低聲音道：「少帥這回來是否要助王世充應付李閥的大軍？」

寇仲嘆道：「可以這麼說，你老人家有甚麼打算？」

張鎭周淡淡道：「有甚麼好打算的，只好做一天和尚撞一日鐘。」

寇仲和楊公卿均聽出他言不由衷，因爲以他的精明果敢，王世充又傷透他的心，絕不甘願陪王世充一道送死。

張鎭周又道：「在現今的情況下，少帥尚有甚麼回天之計？」

寇仲生出警覺，心想若張鎭周暗中降唐，與李世民來個倒王世充的裏應外合，現在就是刺探機密。搖頭苦笑道：「除非王世充肯把部分兵權交出來，否則我有甚麼辦法？」皺眉問道：「你們怎知道王世充與朱粲秘密結盟？」

楊公卿道：「這消息最初是從朱粲內部傳出來的，指王世充收編朱粲的隊伍，並拜朱粲為龍驤大將軍，王世充雖多次向我們否認此事，但『毒蛛』朱媚曾兩次到洛陽來見王世充乃不爭之實，所以我們知道王世充在睜眼說謊。」

寇仲道：「那朱粲就再不能成為奇兵，頂多只能牽制李世民部分的軍隊。」

張鎮周冷哼道：「只看李世民兵員的調動，可知他的策略是要封鎖洛陽對外所有交通糧道，孤立洛陽。洛陽軍民達數十萬之衆，每天均消耗大量糧食，就算城內各糧倉全部滿溢，最多只能捱得半年。所以在戰略上李世民是正確的。」

楊公卿道：「現在須看李世民是否有本事將洛陽圍個水洩不通，亦要看竇建德是否會揮軍來援，所以虎牢一線最是重要，不容有失。」

張鎮周嘆道：「大鄭的成敗，要看明天的會議王世充如何分配兵權，若他肯用我們三人任何之一守虎牢，李世民大有可能吃敗仗。」

楊公卿冷笑道：「事到如今，若他仍執迷不悟，任用宗親，那就是他要自取滅亡。」

寇仲聽得大動腦筋，至此方知明天的軍事會議如此重要，王世充能否留住異姓諸將的心，還看明朝。

楊公卿道：「我自起床後沒吃過東西，肚子餓得咕咕叫，不如到天津橋頭的董家酒樓祭祭肚腸，順便為少帥洗塵。」

張鎮周歉然道：「我還有點事辦，楊公代我向少帥多敬兩杯酒吧！」

沈落雁背著徐子陵輕嘆道：「到現在我仍不明白密公因何降唐，從起義軍領袖的身分變成唐室的官吏，隨他入關的二萬瓦崗軍成爲唐室的官軍，將曾爲天下景仰討伐暴隋的正義之師徹底變質，現在他終於後悔哩！」接著旋風般轉過身來，道：「我沈落雁該怎麼辦？」

徐子陵明白過來，李密入關後並不得意，獲封幾個虛銜，事實上被投閒置散，反而手下大將李世勣受重用，怎能快樂得起來？柔聲道：「他可以怎麼辦？」

沈落雁香唇露出一絲苦澀的笑容，道：「他當然認爲自己可東山再起。」頓了頓嘆道：「王伯當雖名義上被封爲左武衛大將，同是有職無權，故生出非分之想，常對密公說李世勣據黎陽，張善相守羅口，中原一帶忠於密公的舊部仍是人多勢衆，逢此唐鄭交戰之時，只要離開長安，出走山東，招集舊部，定可創出一番新局面，重振瓦崗軍的聲威。唉！忠言逆耳，我雖多番勸密公打消這念頭，總是說不動他。你教我怎麼辦？」

聽到王伯當之名，徐子陵心中湧起難言的滋味，不過素姐已逝，對王伯當侵犯素姐的怨恨早雲散煙消。看到李密和王伯當兩個曾叱吒風雲的人，落至如此田地，哪還有興致與他們計較。問道：「在關內，隨他來的舊部有多少人願跟隨他的？」

沈落雁苦笑道：「連我也不願隨他自取滅亡，你說有多少人願跟他？」

徐子陵道：「你是否決定與他劃清界線？」

沈落雁道：「如我眞是那麼絕情的人，現在便不用煩惱。」接著嬌媚地白他一眼道：「現在心情好多啦，這些煩事不該對你說的。是哩！你到長安來有何貴幹，不是對那個所謂寶藏內的廢銅爛鐵仍死心不息吧？李淵起出那不符實的財寶後，任由那批發霉的兵器留在下面，現在誰都沒興趣談楊公寶庫，只當是個笑話鬧劇。」

徐子陵道：「我到長安來是要對付一個人，遲些待事情有些著落時，再奉上詳情好嗎？」他故意說得含糊，是不想節外生枝。

沈落雁不以爲忤的道：「能驚動我們徐公子，此人自非等閒之輩。差點忘記告訴你一件事，你們的好朋友商秀珣場主這兩天會到長安來，尹德妃特別邀我作她的伴友，聽說李建成對她很有意思。」

徐子陵一震道：「甚麼？」

第六章

寒林清遠

黃易作品集

第六章　寒林清遠

在董家酒樓四樓景觀最佳的廂房內，寇仲嘆道：「王世充又想害我！」

楊公卿一呆道：「不會吧！上回王世充出爾反爾，要殺少帥，曾大失人心，惹起軍方上下極大反感，現在際此風雲幻變的時刻，少帥更非易與之輩，王世充豈敢造次？」

寇仲舉杯相敬，雙方盡興一杯後，笑道：「這叫經驗之談，王世充因有信心贏此一仗，我又自動獻身的送上門來，他怎肯錯過良機不來個順手一刀，將小弟了結。」接著將王世充的身分揭出，道：「魔門中人行事心狠手辣，趕盡殺絕，不講天理人情。我屢次破壞他們的計劃，肯定成爲他們的公敵，如能一舉把我和李世民除去，他們成事的機會將大大增加。王世充派王玄恕來迎接我，正是爲安我的心。」

楊公卿皺眉道：「魔門的人一向自私自利，像一盤散沙。以王世充的性格，只會做對自己有益的事，對付你實在不智。唉！若非是你說的，我眞不敢相信王世充是魔門出身的人，不過只有王世充是魔門出身的人，方可解釋他和榮鳳祥的曖昧關係。」

寇仲壓低聲音道：「照我看原本鬥個你死我活、一盤散沙的魔門各系，現下正趨向團結一致的發展，因爲生死存亡，就在此刻。王世充成爲他們得天下最大的一個希望。剛才見王世充時他曾透露口風，說李閥內部不穩，可知魔門有人在關中玩弄手段。假若朱粲與魔門有關，朱粲歸降王世充，正顯示魔門聯成一氣，好能在這爭天下的鬥爭中脫穎而出。」

楊公卿點頭道：「若擊敗李世民，天下至少有一半落進王世充的口袋去，如能一舉除掉你和李世民，天下將更是王世充囊中之物。少帥對此有甚麼打算？」

寇仲雙目精芒大盛，微笑道：「當然是將計就計，先助王世充勝此一役，再想其他。」

楊公卿愕然道：「可是王世充不是要殺你嗎？」

寇仲淡淡道：「今時不同往日，王世充再不敢公然對付我，怕的是影響軍心，只能由魔門其他人來殺我，他可置身事外。那我就當作是有人送上門來給我練刀吧！」

楊公卿道：「在這種情況下，少帥留在這裏能起甚麼作用？不如我盡起手下兒郎，與少帥回彭梁隔山觀虎鬥。」

寇仲苦笑道：「我對你這一提議想得要命，可惜現在我的彭梁軍比起李閥大軍，仍是不堪一擊。且洛陽牽涉到巴蜀的動向，關係重大，不容有失，否則誰願爲王世充這種人出力？」

楊公卿道：「問題是王世充不會用你，你留在這裏只會被投閒置散，還要應付王世充的加害。」

寇仲冷哼道：「到他走投無路時，自然要來求我，我太清楚他無恥的性格。」

楊公卿深吸一口氣，緩緩道：「少帥認爲王世充有多少成勝算？」

寇仲顯是曾重複想過同一問題，想也不想的迅快答道：「頂多只有一成機會，還要靠李閥本身的內爭方能賺回來的。王世充根本不是李世民的對手。唉！若洛陽現在是我寇仲的，李世民肯定要吃大虧。」

楊公卿沉聲道：「果真如此少帥會怎麼辦？」

寇仲微笑道：「若我是王世充，會全力迎擊，與李世民打幾場硬仗，振奮軍心，務令有異心的外姓諸將不敢輕舉妄動。」

楊公卿嘆道：「可惜王世充並非少帥，在戰場對上用兵如神的李世民，只會敗亡得更快更急。假設王世充被孤立於洛陽，才求少帥幫忙，少帥有甚麼回天之計？」

寇仲知他為人穩重，如自己只是逞匹夫之勇，肯定會令他唾棄自己。正容道：「我原本的構想非常完美，就是當李世民攻打洛陽時，竇建德則渡河南來，只要枕軍虎牢附近，令李軍不敢冒犯虎牢，保持洛陽東線的暢通，使洛陽糧食無缺，圍城之戰勢將變成奪糧之戰，那李世民將難以安寢。只恨王世充急於稱帝，竇建德再難與他合作。只好將就點，由我的少帥軍補上，只要守著虎牢這一線生機，李世民將不能孤立洛陽，更有可能輸掉這場決定性的大戰。」

沈落雁翩然去後，侯希白飲飽食醉的回來，見到徐子陵在家，大奇道：「你不是要去聽課嗎？為何這麼早回來？」坐在他旁又道：「你那朋友陰顯鶴仍沒有消息，但有關征東大軍的謠言卻是滿天飛。」

徐子陵道：「有甚麼謠言？」

侯希白好整以暇的道：「無稽之談不用花時間，但有三則消息可堪玩味，且可信度非常高。」

徐子陵給惹起好奇心，笑道：「你要對我賣關子嗎？快說出來，否則大刑侍候。」

侯希白啞然失笑道：「有子陵作伴，苦悶的日子可變得有趣。第一個消息是李淵正考慮應否委派李元吉作李世民的副帥。」

徐子陵皺眉道：「不會吧！李元吉剛吃過敗仗，全賴李世民收拾殘局，反敗為勝。洛陽如此重要的戰役，怎會有李元吉的份兒？」

侯希白分析道：「你仔細想想，這並非沒有可能的。李淵派李元吉去洛陽，並非爲打勝仗，而是監視李世民，因怕他攻占洛陽後據其地以脅長安。李淵或者不會這麼想，但只要李建成的太子黨和妃嬪黨有這疑慮，等於李淵也有這顧忌。」

徐子陵記起李世民曾說過李淵怕他占領洛陽後稱帝，心中暗嘆，道：「第二個消息呢？」

侯希白道：「第二個消息更是驚人，就是食人狂魔朱粲竟歸順王世充，想不到王世充會這麼愚蠢。」

徐子陵愕然道：「竟有此事？」

侯希白道：「空穴來風，非是無因。朱粲既能與蕭銑和曹應龍合作，與我聖門應是關係密切。恰好王世充和聖門中老君廟的辟塵關係曖昧，故兩人若情投意合，在大敵當前下聯成一線，乃水到渠成的事。問題是此事怎會被張揚出來？」

徐子陵明白他的意思，若沒有內鬼，這種惟恐人知的事絕不會由王世充或朱粲主動公開。此事實關係重大，增添寇仲助王世充守洛陽的變數，使形勢更趨複雜。道：「應是牽涉到貴門派系間的鬥爭，王世充始終是大明尊教的人，不屬於兩派六道，現在中土的聖門裏某系有人支持王世充，說不定會被聖門其他派系的人反對，從中破壞。」

侯希白道：「這方面不用費神去想。最後的消息是關於池生春的，你不是說過要對他來個聲東擊西，混水摸魚嗎？原來他在長安開賭場並非順風順水，六福賭館本是屬於一個叫溫玉勝的人，此人外號『過山烏』，心狠手辣，否則不會得此外號。」過山烏是一種劇毒的蛇，性情凶猛，並不像大多數蛇般見人即避，且會主動攻擊人。

徐子陵點頭道：「李閥入主長安，理所當然的會將巴陵幫香家的舊有勢力徹底鏟除，池生春就是於此時受命改名換姓潛入長安，借屍還魂重操賭業，更搭上李元吉，發展至今天的局面，併吞明堂窩是他擴展賭業的下一步。」

侯希白道：「六福賭館是池生春從溫玉勝手中贏回來的，照江湖規矩，願賭服輸，溫玉勝該無話可說。可是池生春卻犯下大忌，竟連溫玉勝的愛妾也搶過來，聽說溫玉勝為此上門尋池生春的晦氣，從此失去影蹤，應是給池生春殺掉，此事最後不了了之。」

徐子陵愕然道：「溫玉勝竟死了！我們還如何利用此事？」

侯希白欣然道：「這正是最精采的地方，溫玉勝有位比他更有名氣的拜把兄弟，姓曹名三，外號『短命』，愛披長髮，善用飛刀，是臭名遠播的劇盜，在巴蜀曾橫行一時，後來給小弟幹掉，因他也是一個殘暴的採花惡賊。哈！你說是否精采？」

徐子陵皺眉道：「你是否要我扮短命曹三為溫玉勝向池生春報復？但你有沒想過若真的是曹三來和池生春算賬，以池生春的勢力，根本不會把他放在眼內。何況曹三是採花淫賊，不犯一兩起姦案，怎顯得出他的作風？」

侯希白失笑道：「除小弟外，沒有人曉得曹三是淫賊，我看中此人一方面是因他武功高強，夠資格成為池生春的禍患；另一方面則因我追殺曹三的事在巴蜀無人不知，只是我沒有把結果告訴任何人。所以當池生春奈何不了曹三時，定會來借小弟的美人摺扇去對付他，那小弟就可與池生春拉上關係，這是另類的聲東擊西。真正的聲東擊西，是你的司徒福榮擺出對著明堂窩而來的款兒，對池生春則欲拒還迎，池生春不上鉤才奇。」

徐子陵動容道：「希白兄爲我的事費了很大的心思。」

侯希白道：「我最恨的是採花賊，何況香家販賣婦女？你徐子陵的事也是我侯希白的事，否則甚麼是叫兄弟。今晚你打散長髮，來個大鬧香家，殺幾個人來玩兒。」

徐子陵苦笑道：「我不能這樣胡亂殺人的。」

侯希白道：「那就改爲打傷幾個人，總之要令池生春風聲鶴唳，寢食不安，方能達到目的。」頓了頓又道：「此計尚有一妙處，是可公然去摸池生春的底子，看他在別無他法下會央甚麼人爲他出頭。例如幫他的是婠婠，代表支持他的是陰癸派。曹三的作用，是要令池生春感到性命受威脅，遂能令他露出馬腳。」

徐子陵皺眉道：「曹三有這麼厲害嗎？」

侯希白笑道：「我當年殺他不知有多麼艱苦，此人高來高去的輕身本領名著一時，否則不能成爲著名的獨行大盜。你不用採花，只要幹幾起竊案，那就誰都曉得曹三大駕已臨長安。」

徐子陵微笑道：「好吧！依你之言，暫時作賊。事實上我早想來個夜探池府，只是怕打草驚蛇，現在有曹三這身分，可方便行事。」

侯希白大喜道：「我總算可幫上點忙，你現在休息片刻，待我秘密爲你張羅扮曹三的工具，至少有幾把飛刀才像樣子。哈！事情愈來愈有趣哩！」

楊公卿沉吟片晌，道：「我現在該怎麼辦？」

寇仲問道：「告訴我，現在除楊公你和張鎮周外，王世充最怕哪些人叛他投唐？」

楊公卿輕描淡寫的答道：「明天我們將會一清二楚。」

寇仲明白過來，明天的軍事會議中，王世充會對迎戰李世民大軍作出全局的調配，只要看他如何鉗制異姓諸將，可推知他的心意。

寇仲問道：「襄陽是否仍由錢獨關主持？」

襄陽乃王世充的大鄭以南最重要的軍事重鎮，若襄陽落入李世民手內，朱粲的軍隊將寸步難移，是大鄭和大唐必爭之地。當年李密與王世充作戰，曾親身到襄陽遊說錢獨關，可見襄陽的重要性。寇仲問起這方面的情況內中大有文章，因他曉得錢獨關是陰癸派的人。

楊公卿道：「此事頗爲奇怪，若我是錢獨關，絕不會於此時表態支持哪一方，而會在看清楚形勢後從容決定。可是事實卻非如此，錢獨關已表明支持王世充，令王世充更是信心十足。」

寇仲拍桌嘆道：「終於把事情弄清楚，王世充至少是得到大明尊教和陰癸派的支持，才如此有把握勝此一役。他娘的！今晚我定要去給榮鳳祥一個驚喜，來個先發制人。」

楊公卿道：「你不怕觸怒王世充嗎？」

寇仲微笑道：「我會見機行事。現在楊公你首要之務是保存實力，只要令王世充不敢派你作先頭部隊便成。還有一件事差點忘記問你，玲瓏嬌是否在洛陽？」

楊公卿搖頭道：「我不清楚，此女屬王世充的心腹，專爲他偵察敵人。少帥最好勿要向她說眞話，王世充肯信任她自有一定的理由。」

寇仲拍拍肚子站起來告辭道：「我要回家好好睡一覺，養足精神後，榮鳳祥將有難哩！哈哈！」

夕陽西下，華燈初上的時刻，在侯希白的多情窩內，侯希白爲徐子陵圍上一條掛著八把飛刀的腰帶。哈哈笑道：「披髮黑衣，腰掛飛刀，再戴上一個猙獰的鬼臉，一如翻生復活的短命曹三，連我這把他結果的人亦看得不寒而慄，疑神疑鬼。」

徐子陵苦笑道：「我雖做過小偷，扮大賊尚是破題兒第一遭，是否可算升級呢？」

侯希白道：「且是連升數級，因曹三並非一般小賊，而是擇肥而噬的獨行大盜。最好你能把池生春貴重的家當偷個精光，那曹三將一舉成名，長安城衆財主則惶惶不可終日。」

徐子陵移到書齋窗旁，細觀被天上夕陽彩霞染紅的浮雲，笑道：「那你要準備一隊馬車才成。」

侯希白殷勤的遞上外袍，讓他穿上以掩蓋夜行衣和腰佩的八把飛刀。徐子陵則自行把髮結髻，屆時只要把髮髻解掉，可化爲「短命」曹三。當把可怖的面譜貼身藏好後，徐子陵戴上面具，變成長上鬍鬚的「雍秦」。

侯希白笑語道：「子陵不當探子確是浪費人才，凡是出色的探子，無不深諳易容改裝之道，能化身千萬，扮甚麼似甚麼，子陵正有這本領。」

徐子陵道：「不要說笑哩！我由今早到現在，尚未有半粒米進過肚皮，若餓得雙腿發軟，給人追上便要應上短命的外號。你老哥有甚麼好的提議？」

侯希白道：「北里和東西兩市食市如林，任君選擇，你愛否吃辣的東西？北里有間川菜館是小弟經常光顧的好地方。」

徐子陵道：「現在連我都弄不清楚你是否假糊塗，我怎可以和你這名人一道走，若遇上熟人你如何介紹我？小弟只須你點條明路，自己尋著去醫肚子就成。」

侯希白開懷笑道：「這是我會錯意，皆因你老哥和寇少帥均愛出奇制勝，令小弟誤會一起上菜館是另一著奇招，又怕尋根究柢會令你覺得在下愚魯，只好順著你的口氣說話。」

徐子陵感到愈來愈喜歡這個人，道：「你今晚有甚麼去處，不是又去上林苑吧？」

侯希白攤手道：「不到上林苑，日子怎麼過。北里明堂窩附近的青城菜館，是紀倩最愛去的地方，我第一回就是跟她去的。」

徐子陵道：「明白啦！」

正要離開，侯希白扯著他衣袖道：「你聽過展子虔嗎？」

徐子陵愕然道：「展子虔是誰？」

侯希白壓低聲音道：「展子虔是前代畫壇巨匠，據傳池生春以重金求得展子虔的《寒林清遠圖》，視之爲瑰寶。我是得李淵親口說出，始知這稀世異寶落在他手上。你若把此畫偷出來，我能看上一眼雖死無憾矣。」

徐子陵爲之氣結，至此方曉得侯希白費盡心機要他扮短命曹三，肯定至少有一半是爲他自己。

侯希白還俏皮地向他眨眨眼睛，微笑道：「你現在該明白今晚我因何要通宵達旦留在上林苑吧！這叫做炮製不在場的證據。」

寇仲揹上井中月，穿窗而出，展開身法，立時耳際生風，進入夜行的天地裏。洛陽的街道仍是車水馬龍，熱鬧昇平。可是寇仲卻清楚大禍即臨，縱使王世充能保住虎牢、偃師的生命線，李世民必派兵千方百計攔截搶奪運往洛陽的糧草，使城內軍民進入艱辛的圍城歲月。洛陽居民對戰爭的警覺性並不高，因爲過往的攻城戰無不如隔靴搔癢，不能影響城內的生活。沒經過戰火洗禮的洛陽城，城內的人均有種洛陽永不會被攻破的錯覺。

事實上雄據黃河南岸的洛陽城北屏邙山，爲伊、洛、廛、澗四水交匯之地，城堅牆厚，城周超過五十里，要像竇建德圍黎陽般把洛陽城重重圍困，根本不可能辦到，在戰略上更是不切實際，只能於要衝點布重兵，以堵截的方法封鎖洛陽；在這樣的情況下，如附近有戰略性城鎮仍在鄭軍手內，等於一個敞開的缺口，不但可隨時突破李世民的封鎖，更可威脅到攻城軍的存亡，令李世民不敢分散兵力包圍洛陽，換句話說就是不能孤立洛陽，而那卻是唯一攻下洛陽的方法。

寇仲識途老馬的竄房越屋，體內眞氣運行攀上巔峰狀態，感官變得無比敏銳，當他翻過外牆，落入榮府後院時，敵人的明崗暗哨無一能瞞過他的耳目。他到榮府內並非貪一時之快，而是要證實心內一個想法，就是在塞外受到嚴重挫折的大明尊教，有否移師到中原來，並以榮鳳祥的府第作落腳之所。忽然往左貼牆滑行，避過監視他的崗哨，再以迅若鬼魅的身法，借樹木花叢的遮掩，拔地而起，來到後院一座似是下人宿處的建築物瓦頂上。環目一掃，院落重重，古樹參天，建築物之間繞有各式迴廊、環迴貫通，假山水池小亭，布置井然有序，燈火從屋內透出，廊道均以六角宮燈照個通明。換了一般好手，在這樣的環境下確是寸步難行，但對寇仲這級數的高手來說，榮府卻如一個不設防的地方。

寇仲展開身法，竄高伏低，來到可直視正東主院落外圍的園林裏，遇上當年與徐子陵夜探榮府的同一問題，因爲主堂四周是大片無遮無掩的空地，在燈火照耀下，無論他身法如何高明，要掠過近百步的空地而不被發覺，是絕無可能的事。此時宏偉的主大堂傳來杯盤交錯、喝酒猜拳的聲音，顯然正舉行晚宴，更令寇仲生出走近一瞥之心。

寇仲待一群捧著餚菜的婢僕走過後，躍上當年曾挑選藏身的二重樓，不由生出望洋興嘆的無奈感覺。若有徐子陵在，兩人聯手下，可輕易跨越這不可踰越的「鴻溝」，避過崗哨耳目，神不知鬼不覺的落到主大堂頂上。現在他則是無氈無扇，神仙難變。就在此際，心中驀生警兆，猛然回頭，一道迅似輕煙的人影，正貼著瓦背往他疾竄而至。

甫踏進青城川菜館，紀倩甜美的笑聲傳入耳內，令徐子陵心懷大慰，感到不虛此行。一眼掃去，紀倩被四、五位公子哥兒的人物衆星拱月般圍坐在一角的桌子，她不知聽到甚麼惹笑的話，正笑得花枝亂顫，吸引館內所有食客的目光。館內雖不乏打扮講究的女客，比起她的艷色，立時給映照得黯然無光。他忽然給人攔住去路，原來店內夥計因客滿的關係，婉言請他稍後再來光顧。紀倩的注意力終移到他身上，徐子陵迎上她的明亮目光，微微一笑，悠然轉身離開。來到人頭湧攢的北里主街，走不到幾步，紀倩嬌喘細細的自後趕上，道：「死鬼！你尚未離開嗎？算你有運道，楊文幹的京兆聯樹倒猢猻散，否則你定被人剝皮拆骨。」

徐子陵邊行邊道：「我昨天回來，目的是代朋友尋找失散的妹子。」

紀倩毫不客氣的一把扯著他外袍的衣袖，半強迫的拉他移往人流較少的橫街去，笑臉如花的道：「你在求我嗎？否則怎會這麼坦白而不像以前般故弄玄虛。嘻！請我喝酒吧！誰都知喝醉的紀倩，會答應平時不肯答應的事。」

看她晶瑩澈亮的明媚大眼睛，聽她充滿誘惑性的說話，徐子陵生出親切熟悉的動人感覺，微笑道：「最好找一間比較幽靜的——」還沒說完，早給紀倩扯得身不由主的進入橫街深處。

對方和寇仲打個照面，雙方同感愕然。來的竟是龜茲美女玲瓏嬌，一身夜行打扮，撲到他旁伏下，又探頭往屋脊主大堂方向望去，低聲道：「你到這裏來幹甚麼？」

寇仲嗅著她嬌軀散發的芳香，頓感夜闖榮府變得香艷旖旎，微笑道：「嬌小姐到這裏又所爲何事？」

玲瓏嬌朝他瞧來，神情肅穆的淡淡道：「當然是奉皇上之命，來探看榮鳳祥的動靜。」

寇仲失笑道：「你在說謊！」

玲瓏嬌嬌軀微顫，不悅道：「有甚麼好撒謊的。」

寇仲轉過身來，仰觀星空，含笑道：「王世充與榮鳳祥同一個鼻孔出氣，更是一丘之貉，在目前利益與共下，誰也不會防誰，嬌小姐不是說謊是說甚麼？」

玲瓏嬌雙眸射出銳利的神色，緊盯他好半晌，最後像軟化了的伏下嬌軀，再改爲側臥，輕輕道：「你究竟知曉多少事？」

寇仲扭轉身體，變成與她四目交投，頓時生出以瓦面爲床，星空爲被，同床共寢的迷人滋味，柔聲道：「你相信我嗎？不理嬌小姐與王世充是甚麼關係，我寇仲仍是站在嬌小姐的一方，絕不會將小姐的事洩露與第四個人曉得，只徐子陵是唯一的例外。」

玲瓏嬌輕嘆道：「我若不信任你，不會跟你說話，你還未說你知道多少內情。」

寇仲道：「在龍泉我曾和大明尊教的人交過手，更獲悉王世充是大明尊教派來中土的人，上一代的原子。請問嬌小姐和拉摩是甚麼關係？」

玲瓏嬌一震道：「你怎會曉得這秘密的？唉！我娘是拉摩的弟子，在王世充的庇蔭下避到中土來，後來潛回龜茲，我這回到中土來，是奉娘的命令向王世充報恩，只是——」

寇仲代她說下去道：「只是王世充在利益考慮下，又與大明尊教重修舊好，令嬌小姐不知該如何自處，對嗎？」

玲瓏嬌瞟他一眼，道：「你比奴家聰明，奴家的事當然瞞不過你。」

寇仲道：「榮鳳祥現在宴請的是否大明尊教的人？」

玲瓏嬌道：「我不曉得，所以來探個清楚。你是甚麼時候到洛陽的，皇上是否曉得？」

寇仲訝道：「我大鑼大鼓的來找王世充，你竟全不知情？」

玲瓏嬌道：「我本在慈澗探聽敵情，是偷偷回來的，怎知洛陽的事？奴家現在該怎麼辦呢？」

寇仲明白過來，正容道：「嬌小姐請先告訴我，你最大的心願是甚麼？」

玲瓏嬌欲言又止，旋即黯然道：「那是沒有可能的。」

寇仲道：「有甚麼是不可能的，先說出來聽聽。」

玲瓏嬌沉吟片刻，迎上他的目光，輕輕道：「娘最大的心願是把五采石送返波斯，你聽過五采石嗎？」

寇仲苦笑道：「不但聽過，還看過和觸摸過。」

玲瓏嬌香軀劇震，失聲道：「甚麼？」

於酒館靠門的桌子坐下，紀倩接過夥計送上的美酒，親自爲徐子陵斟滿一杯，再爲自己注酒時，笑吟吟的道：「你是否故意在小妹面前現身露面？你有甚麼不可告人的秘密？快給本姑娘從實招來，否則告將官府把你關進牢裏去。在這裏我紀倩是很有辦法的人。」

徐子陵知她逮著自己這條大魚，心情暢快，所以「妙語連珠」，微笑道：「小姐聽過陰小紀這個名字嗎？」他開門見山的道出來意，皆因時間無多，他還要為侯希白去偷《寒林清遠圖》。

紀倩呆起來，唸道：「陰小紀，這名字很耳熟。」

徐子陵愕然道：「很耳熟？」

紀倩聳肩道：「有甚麼稀奇。我來長安前走遍大江南北，曾遇過這麼多人，聽過後忘掉是最平常不過。陰小紀是你朋友失散的妹子嗎？因這個姓氏並不常見，我才會記起似乎曾在哪裏聽過。」

徐子陵的心直沉下去，滿懷的希望化為烏有，更懷疑紀倩順他口氣說話，以便她對自己有討價還價的本錢，頹然道：「我見小姐的藝名有個紀字在其中，還以為——唉！算了。」

紀倩舉杯相敬，興致盎然的道：「我的天！你竟當我是陰小紀，快說老實話，你不會只憑一個紀字猜我是陰小紀的，定有其他的原因，快給本姑娘老老實實的說出來。」

徐子陵開始有自投羅網的感覺，頭痛起來，道：「此事一言難盡，紀小姐今晚不用回上林苑嗎？」

紀倩道：「少賺一晚銀兩有甚麼大不了，我又沒應承人非回去不可。你這不解風情的冤家啊！今晚傳我兩手絕活如何？要錢要人，悉隨尊便。」

徐子陵心中一動，隨口問道：「小姐要對付的人是否池生春？」

紀倩俏臉微一變色，秀眸緊盯著他，好半晌才道：「若我給你一個肯定的答案，你可否不再尋根究柢，將手藝盡傳予我，當然不能再要錢要人那麼占盡便宜。」

徐子陵明白說到底她都不願對自己犧牲色相，心中忽生憐意，壓低聲音道：「小姐可否把右手伸出來？」

紀倩微一錯愕，雙目射出疑惑神色，終還是乖乖遵從，把手掌在桌面攤開。

徐子陵把手遞出，見紀倩看到他透明如玉的右手時露出訝色，心中叫糟，皆因他的手掌與臉色差異極大，不過這時顧不得那麼多，道：「若小姐能曉得我是用哪一個指頭點中你掌心，我就如你所願。」

紀倩欣然道：「這個還不容易，來吧！本姑娘和你走著瞧。」

徐子陵環目一掃，見沒有人注意他們，五指就開始動起來，由緩至快，波浪般起伏，驀地再不依次動指，且快得有如變戲法，看得紀倩眼花撩亂時，這美女「啊」的一聲，呆瞧著徐子陵把手移開後自己光潔纖長的手掌，呆若木雞。

徐子陵問道：「是哪一個指頭？」

紀倩雙目竟紅起來，接著眼角溢下兩滴晶瑩的淚珠，猛地立起，就那麼哭著奪門去了。輪到徐子陵發起呆來，不知所措。

寇仲從瓦面爬起來，目光從屋脊往主大堂方向投去，道：「嬌小姐該明白我和大明尊教的恩怨。」

玲瓏嬌來到他旁，低聲道：「王世充終究對娘和我有大恩，我可以離開他，卻不能背叛他。」

寇仲仍不清楚她和王世充的真正關係，亦不想逼她說出來，道：「我要過去看看。」

玲瓏嬌皺眉道：「你有方法接近嗎？」

寇仲微笑道：「只要兩條腿沒給廢掉，就可走進去看榮鳳祥在招呼甚麼人，對嗎？」

玲瓏嬌大吃一驚，道：「你尚未摸清楚敵人虛實，就那麼硬闖進去？」

寇仲一拍背上井中月，嘻嘻笑道：「這叫但求目的，不擇手段。譬之兩軍對壘，無論知否對方虛實，仗總是要打的。待會兒無論發生甚麼事，你千萬勿要現身助我。在三十六計中，我最擅長的是走為上著。就算大明妖教的甚麼大尊、善母、原子、五明子、五類魔全體在座大吃大喝，我寇仲仍有本事安然回家睡覺。探聽不成就立他娘一個下馬威，這叫靈活變通嘛。」說罷朝她露出一個燦爛的笑容。

玲瓏嬌現出不知好氣還是好笑的無奈神色，旋又低聲道：「我喜歡你這種事事滿不在乎卻又令人可恨的神色，去吧！」

寇仲往後悄無聲息的滑下瓦面，踏足實地時，從暗處走出，大搖大擺的往主大堂正門舉步而去。

徐子陵把外袍面具脫下藏在懷內，拆散頭髮，戴上鬼面譜，搖身一變而成短命曹三後，輕輕鬆鬆翻過池家位於城東北永福坊大宅的後院牆，立即收斂全身毛孔，防止體味外洩，因他剛才曾聽得院內有狗兒走動的聲音，一般江湖上的鼠竊之輩，休想瞞過牠們比常人靈敏百倍的嗅覺和聽覺。他立身處是院落東南角的後花園，足尖微一點地，拔身投往最接近的一座建築物，無聲無息的落在瓦面處。後方傳來犬隻在地面走動的聲音，不由得暗呼好險，假若自己略作停留，肯定會被護院惡犬發現。

他伏身掃視形勢，憑著對建築學的認識，迅快地在重重院落中判斷得正副賓主之別，認定位於莊院核心處一座建築物，穿房越舍的潛去。此建築物分前中後三進，以長廊天井相連，四周園林圍繞，景致極佳，花木池沼，假山亭榭，與院內別處截然不同，應是宅主人起居之處。他和寇仲曾隨陳老謀學習盜竊的本領，當時為的是東溟夫人手上的帳簿，現在為的卻是繪畫大宗師展子虔的《寒林清遠圖》。據陳老謀的教導，凡是珍寶之物，其主均會藏於身邊始覺安心，所以最有可能是在寢室之內，又或在起臥處附近建的地庫。此時剛過初更，池府內大部分人均已就寢，只餘數處建築物透出燈火，萬籟無聲，一片安寧。

當他肯定附近沒有惡犬影跡時，再不猶豫，掠進花園內去。同時功聚雙耳，收聽建築物內傳出的任何聲息。前進處隱有聲音傳來，似是一男一女在說話，由於距離頗遠，又有牆壁阻擋，所以聽不清楚。中進沒有絲毫聲息，後進該是寢室所在的地方，有微弱燈火透出，且傳來悠長均勻的呼吸聲，房內的人似在熟睡。徐子陵很想去偷聽前堂甚麼人在說話，因爲大有可能其中之一正是池生春，又怕他回後進的寢室睡覺，那他就坐失找尋寶畫的時機。

終於下決定，先尋寶後竊聽，心忖一般家常閒話，錯過毫不足惜。付諸行動，徐子陵從藏身暗處掠出，貼往燈火透出的窗旁，往內瞥去。一看之下立即目瞪口呆，因他從未想過會看到如此一番情景。

寇仲朝主大堂正門走去，立知不妥，因爲越過空地近半的距離，仍沒有榮府的人來攔阻他，非常不合情理。唯一的解釋，就是榮鳳祥早猜到他今晚會摸上門來鬧事，於是在主大堂設下「鴻門宴」，歡迎他大駕光臨。寇仲湧起段玉成改投大明尊教，包志復、石介和麻貴三人慘被害死的深切仇恨，心中燃起高昂的鬥志和濃重的殺機，心中冷哼一聲，踏上主大堂的白玉長階。堂內燈火通明，不時傳出敬酒對飲的歡笑聲，倏又靜至落針可聞，顯然是曉得他寇仲現身。寇仲跨步進堂，六道銳利和充滿敵意的目光同時投在他身上。空廣的大堂，在對門另一端筵開一席，坐著形相各異的六個人，全是面向大門，六人面前還擺著一副碗筷酒杯，只看此等格局，寇仲知自己所料無誤。

一眼掃去，六人中有五個是他認識的，辟塵妖道化身的榮鳳祥居左，臉含冷笑，正瞇起一對妖眼仔細打量他。另一邊是曾被他重創，洛陽幫的上任大龍頭上官龍，他臉色不錯，該完全康復，雙目射出深刻的仇恨，像一頭要擇人而噬的凶獸。居中的兩人分別是「子午劍」左游仙和「雲雨雙修」辟守玄，兩人均是魔門元老級的人物。前者與輔公祏關係密切，後者以地位論，在陰癸派內僅次於祝玉妍。坐在榮鳳祥旁的人寇仲要好一會兒才記起他是誰，此人是王薄的手下，人稱「病書生」的京兆寧，寇仲當年在洛陽曾與他有一面之緣，那時已感到他非是等閒之輩，想不到會在今晚這種情況下相逢。不認識的人是個獨目中年大漢，壯實魁梧，下頷寬厚，頭頂微禿，有些賊眉賊眼，帶著一股強悍狠辣的味道。尤令寇仲注意的是倚在他椅背的一把長約八尺的重關刀，使人感到他是兵器從不離身，隨時要與人拚個你死我活。

寇仲心中喚娘，這裏任何一人，單打獨鬥，他均有戰勝的把握，難道他們能比伏難陀更難應付嗎？可是只要其中任何兩人聯手，他大有可能落敗受辱。對方既是專誠布局對付他，當然是不講江湖規矩兼不擇手段，六人聯手可不是說笑的，即使強如石之軒，恐亦只有拚命逃走一途。不由暗責自己托大，可以推想敵人還有暗處的伏兵，在沒現身堂內的榮姣姣指揮下，把大堂重重圍困，不怕他突圍逃走。寇仲非是首次陷身絕地，把所有雜念全排出腦海之外，哈哈一笑，朝六人所坐桌子走去，朗聲道：「有勞各位久候哩！」

榮鳳祥微笑起立施禮道：「我們一邊喝酒談笑，一邊恭候少帥大駕，頗得其樂。少帥請坐，讓榮某人為少帥引見幾位朋友。」

左游仙傲然一笑道：「少帥之名早如雷貫耳，貧道左游仙見過少帥。」

寇仲大馬關刀般在六人對面坐下，「病書生」京兆寧起立俯身，爲他斟酒，笑道：「少帥確是膽色過人，甫抵洛陽即來赴會，京兆寧佩服。」

寇仲盯著他掛在背上的鋼骨傘，故作驚訝道：「剛才外面下雨嗎？」

獨目大漢哈哈笑道：「少帥談笑風生，果然見面勝似聞名，京老師這把傘子不是用來擋雨，而是殺人的。」

寇仲目光落到他身上，微笑道：「這位大哥是——」

上官龍冷哼道：「少帥不是關西人，難怪不能從宗兄的關刀認出它的主人是誰。」

寇仲仍想不出關西的高手中有誰是用關刀的，乾笑一聲道：「小弟最遠只去過長安，至於長安以西是甚麼樣子，請恕小弟孤陋寡聞。」

「雲雨雙修」辟守玄道：「天下用關刀者，誰能過於宗羅睺，不用到過關西亦該聽過吧！」

寇仲心中一震，他當然聽過宗羅睺，此人爲薛舉麾下的無敵大將，曾連敗唐軍，軍功甚盛。後來薛舉父子被李世民大破於淺水原，奠定獨霸關內的局面，還以爲宗羅睺已被李世民順手宰掉，怎知現在竟坐在這裏，不用說是針對李世民報仇來了。哈哈一笑，舉杯道：「原來是宗兄，敬你一杯。」宗羅睺喝一聲「好」，舉杯和他對飲。

榮鳳祥微笑道：「少帥這回光臨敝舍，不是只喝兩杯水酒那麼簡單吧？」

寇仲放下酒杯，點頭道：「說得對！這當是先禮後兵吧！小弟是算舊賬來的，你們一起上還是逐個來，小弟無任歡迎。」又轉向辟守玄道：「祝后因施展玉石俱焚對付石之軒無功而亡，順便告訴辟老一聲。」

辟守玄立時色變，欲語無言。榮鳳祥、上官龍和左游仙同時露出震駭神色。只一句話，就試出他們是與陰癸派聯成一氣，不願臣服於「邪王」石之軒，唯一不解處是楊虛彥與榮鳳祥的密切關係。

宗羅睺推桌而起道：「就讓宗某人先領教少帥名震塞內外的井中八法吧！」

房內布置華麗，正中處拽放一張大床，在床旁几上的燭火映照下，一位美女正在床上盤膝打坐，運氣行功。使徐子陵發呆的是此女爲祝玉妍另一女弟子白清兒，婠婠的師妹，兼且她頭上插著三支金針，勾起他對七針制神的聯想，頓然令他生出滿腦子的疑惑。白清兒因何會出現在這裏？照說香玉山該是靠向魔帥趙德言的一方，而陰癸派則與趙德言因邪帝舍利勢成水火，白清兒怎麼都不該在池生春的寢室內練功。其次是她頭上插著的金針，顯是出於七針制神同類源的手法，難道尹祖文到池生春的家爲白清兒施針，這是徐子陵一時間難以理解的。心中警兆忽現，事實上他聽不到絲毫足音，只是感覺有人接近，心中大懍，暗忖若來的是池生春，他的武功肯定比香貴和香玉山高明多了。再不敢向內偷看，貼牆靜立，收斂精氣，從外呼吸轉爲內呼吸。

片刻後，一個男聲在房內響起道：「清兒的進展比我預期中的要更好，下回可增添至五針激穴，到能十針齊施時，姹女心法有望大功告成。」

徐子陵聽得眉頭大皺，只聽姹女心法之名，便知是魔門異術，而練功的方法又如此邪門霸道，絕不會是甚麼好路數，似乎是頗有風險，白清兒爲何要冒這個險。房內男子的聲音有些耳熟，似曾在某處聽過，但總想不起是誰？

另一個女子的聲音道：「這個險是值得冒的，只有練成姹女心法，才有十足把握殺人於無形。

這回全賴我們陰癸派和滅情道兩門經典合一，始能還這失傳近百年的聖門秘法一個完整的面目。」

徐子陵認得是陰癸派長老級人物聞采婷的聲音，心想滅情道豈非是給自己宰掉的「天君」席應所屬的門派嗎？如此看來房內男子該是滅情道的重要人物，像尹祖文般精於以針刺頭頂要穴，大有可能尹祖文本身亦屬此一魔門派系。

男子冷笑道：「或者我們該感激岳山，若不是他在成都擊殺席應，我們結爲同盟的事勢會被他阻止。識時務者爲俊傑，現今天下的形勢，實是我聖門一統天下千載一時的良機，若我聖門諸道仍是一盤散沙，勢將痛失良機。」

聞采婷道：「樂師兄說得對。」

姓樂男子道：「聞師妹在這裏好好爲清兒護法，是我回六福的時候哩！」

徐子陵聽得心中叫苦，若聞采婷守在房內，他今晚的偷畫大計豈非要泡湯。

宗羅睺兩手提起闢刀，擺開架勢。其他五人分別移往大廳四周，隱隱形成把即將動手兩人包圍在廳心的形勢，守大門一關的是名列邪道八大高手之一的「子午劍」左游仙。寇仲心念電轉，明白過來，暗呼厲害。表面看對方似在講江湖規矩，只派一人下場，事實上卻是高明的戰術策略。試想當宗羅睺與他激戰難休的當兒，虎視在旁的敵人則看準時機，以旁觀者清的優勢覷隙出手，輪番施襲，他能應付多久？想通敵人的詭計，寇仲哈哈一笑道：「失陪啦！」

眾敵聞之無不愕然時，井中月離背出鞘，化作長虹，往守在後方的左游仙劈去。宗羅睺首先怒喝一聲，雙足離地，凌空撲擊，闢刀照寇仲背脊捌去，登時勁風呼嘯，聲勢十足。只要左游仙能把寇仲擋著，他有把握在數招內置寇仲於死地。「蓬！」「病書生」京兆寧的鐵骨傘張開，旋又合攏，從左側橫掃往寇仲；辟守玄、榮鳳祥和上官龍分由不同方向向寇仲撲去，無不全力出手，務要阻止寇仲逸出大堂。寇仲一個動作，牽動和改變了原先的形勢。左游仙冷哼一聲，掣出子午劍，劍鋒指向迅速往他逼近的寇仲，登時劍氣劇盛，子午罡氣隨劍發出，望寇仲照胸衝擊，連寇仲亦不敢懷疑他沒有足夠本領阻止他闖關出門。

若寇仲到洛陽來只爲鬧事逞強，他現在會施盡渾身解數，突圍離去。只恨他有更遠大的目標，就是要助王世充擊退李世民，若這麼走爲上著的溜掉，以後還不知要應付這批一心置他於死地，又得王世充暗中同意他們行動的強敵多少防不勝防的滋擾。所以在拔出井中月的一刻，他狠下立威的決心，務要憑更高明的戰略，與敵周旋到底，將敵人鎮懾。

寇仲進入井中月的境界，霎時間計算出敵人的距離和下一刻的位置，倏地體內眞氣迅速轉換，在出乎敵人意料下，竟改進逼左游仙爲疾退，一個旋身，逸離勢將被諸敵聯手圍擊的危險位置，一式擊奇，反迎向宗羅睺凌空砍至的闢刀。眾敵無不色變，誰想得到他全力攻向左游仙的當兒，竟能來此近乎不可能且神乎其技的變式。怒喝冷哼聲中，敵人紛紛變招改向，往寇仲猛擊，均遲卻一線。宗羅睺則無暇變招相迎，只能眼睜睜瞧著寇仲的井中月循著虛空一道合乎天然的玄妙線路，往自己闢刀畫至。既像蓄意而爲，又如無心插柳，其勢有一種玄之又玄，秘不可測的味兒。

塞外之旅的刻苦修行，是寇仲刀法修爲的非常重要階段，在生與死的威脅下，他的井中八法徹底與兵法融爲一體，成爲曠古絕今，惟他寇仲獨有的刀法。「噹！」井中月斜砍在闢刀鋒銳處，宗羅睺胸口如被大鐵錘硬撼一記，闢刀則被難以抗禦的螺旋勁帶得強將他往橫扯開，那種難受和有力難施的無奈感覺，實是生平首遇。「嘩」的噴出一口鮮血，踉蹌橫跌。宗羅睺本身肯定是高手，至不濟亦不會在一個照面被寇仲所重創，問題出在他不及變招，本是氣勢十足的一招變成師老無功並摸錯敵人虛實的敗著。而寇仲則是計算精準，蓄勢而為，故能一刀克敵。高手相爭，正是這一線之差。強如「天竺狂僧」伏難陀亦要因此飲恨於寇仲刀下，何況是不熟悉寇仲底細的宗羅睺。

寇仲大笑道：「這就叫天下第一的鬪刀好手？再看老子的兵詐。」說話時，身子往四方各晃一下，似要往某方逸去，最後偏仍是立定原地。這招變體的兵詐，是從伏難陀處學來的絕活，教人不知何所攻，更不知何所守。果然衆敵無不放緩一線，不敢魯莽攻來。此時左游仙、榮鳳祥和上官龍均位於靠大門的一方，在寇仲的背後，距離較遠。京兆寧和辟守玄分在他左右兩側，其中以京兆寧最接近。寇仲身子再晃，似要撲擊右側的辟守玄。

榮鳳祥眼力高明，大喝道：「京老師小心。」

寇仲笑道：「遲哩！」竟往側疾衝，反手一刀往持傘最先攻至的京兆寧掃過去。他的策略是絕不容對方形成合圍群攻之局，只要戰略得宜，將可逐個擊破，否則必死無疑。

宗羅睺此時勉強立定，寇仲嘲諷之言傳入耳內，想到一世英名，盡喪於寇仲此刀之下，又吐出另一口鮮血，無力再戰。

雙方交戰間的玄奧精奇，形勢變化，實非旁人所能了解，此時若有人在一邊觀戰，只會見到衆人位置不住變化，以快打快，沒有半分遲誤。

京兆寧冷哼一聲，鋼傘陡張，旋轉著往寇仲的井中月迎去。寇仲心知他這類邪門奇兵，必有奇異的手法和招數，若只兩人決戰，他會興致盎然的採取種種試敵測敵的手段，看對方能變出甚麼把戲來。此時強敵環伺，再沒有這種閒情，忽然一個側翻，來到京兆寧頭頂。京兆寧不愧高手，立即變招相迎，傘邊往寇仲下盤割去，凌厲非常。寇仲足尖點中傘邊，發出「噗」的一聲悶響，同時往上騰升。哈哈笑道：「不攻來啦！」京兆寧渾體劇震，雖未至如宗羅睺般吐血受傷，亦氣血翻騰，難過至極點，寇仲以螺旋方式輸出他體內合長生氣、和氏璧、邪帝舍利而成的眞勁，實在非同小可。京兆寧雖乃一方高手，但比起寇仲這名震天下的人物，終仍有一段距離。

左游仙、上官龍、辟守玄和榮鳳祥四人心知不妙，怕寇仲破頂而出，紛紛躍起來追，變成各自修行，再無合圍之勢。寇仲的所謂不攻，正是要如此耍弄敵人。一個翻騰，寇仲足尖點在橫樑處，人刀合一的朝手下敗將上官龍俯衝疾去。己方三名夥伴雖全在大堂半空，上官龍卻感自己變成孤零零的一個人，只能單憑己力應付寇仲驚天動地的一擊。他以前已非是寇仲對手，現在寇仲功力大進，比前判若兩人，刀未至，凜冽的刀氣早將他完全籠罩鎖緊，心膽俱寒下，上官龍的龍頭鐵杖改攻為守，除保命外再無他求。

「鏘！」寇仲與上官龍錯身而過，後者像斷線風箏般橫拋開去，寇仲則借力橫移，趕上改往下降的榮鳳祥，一刀抹去。榮鳳祥終非上官龍可比，長劍疾挑，「噹」的一聲正中井中月。寇仲長笑一聲，使出卸勁，帶得榮鳳祥往下墮跌，自己則借力再往上騰升。此時左游仙和辟守玄一口眞氣已盡，只能繼續降往地面，欲阻無力。上官龍「蓬」一聲掉在地上，龍頭杖脫手滾往一旁，發出嘈吵的磨擦聲，胸口血如泉湧，不用細看均知他只餘幾口殘氣。眼看寇仲破頂而出，但他又哈哈一笑，足尖再點樑柱，改往尚未觸地的左游仙凌空撲去。他的勇悍和高明，是敵人在動手前始料未及的。

徐子陵心叫完蛋時，許姓男子朝中進方向走去，聞采婷忽然低呼道：「許師兄請等等。」追出連接中後進的天井去。

徐子陵心叫天助我也，再朝寢室瞥一眼，白清兒仍閉目運功，對身外的事不聞不問。聞采婷陪那男子往中進方向走去，邊行邊說話，徐子陵無暇偷聽，穿窗而入，展開搜索，片刻光景肯定下面果然設有地庫，只是尚未能找到入口。心念電轉下，他的目光落到寢室南牆一組三個高逾人身的貼牆木櫃，正要過去查探，足音與人聲來至門外。徐子陵知道自己因心神放在搜索入口上，致有如此疏忽，幸好身旁有屏風擋著一角，以供主人方便之用，忙躲進去。

一個陌生的男聲在屏風外響起道：「清兒小姐一切順利嗎？」

聞采婷答道：「據你的許叔說，清兒的進展比他預期的更好，生春不用擔心。」

竟是池生春回來了，沒有那許姓男子在，徐子陵頓感輕鬆，心忖縱給發現，該可輕易硬闖離開。

聞采婷又道：「還以爲你至少三更才回來呢？」

池生春道：「我剛收到幾個重要的消息，煩聞長老立即發送洛陽，讓他們作好準備。」

徐子陵心中微懍，終肯定魔門果然聯手助王世充應付李閥的大軍，而池生春若眞是香貴的長子，那香家與魔門的「滅情道」必有密切關係。

池生春續道：「這回李閥是全力以赴，隨李世民東征洛陽有七位總管和二十五名將領，兵力超過十萬。據說拖了這麼久，是因要在滑水和黃河設置水陸的轉運站，以保證前線大軍的供給。不過黎陽的陷落，使李淵非常頭痛，在調度上很吃力。」

聞采婷道：「李淵有甚麼方法應付？」

池生春道：「聽說李淵正考慮派劉世讓率軍進駐土門，若竇建德有任何異動，就奔襲夏軍的洺州，以牽制竇建德。」

聞采婷冷笑道：「竇建德的河北軍戰鬥力強大，豈是區區一個劉世讓牽制得了的。」

池生春道：「那只是權宜之計，重要關鍵出自李建成自動請纓，要北上守蒲阪，鞏固北方的戰線，擺明是防止突厥人南下。李淵已答應他的請求，還另派行軍總管段德操進守延州，防備梁師都。這是我們事前所料不及的，對我們的計劃影響極大。」頓了頓續道：「李建成應是迫不得已，必須向李淵表明與突厥人劃清界線，更想向唐室將領大臣證明他確有軍事才能。其他事稍後再和長老詳談，我現在要去應付王伯當。」

徐子陵才明白池生春因何會回到寢室這裏與聞采婷說話，皆因王伯當正在前進的內廳等他。不用說王伯當是想利用池生春與李元吉的關係，請他說動元吉支持李密借故離開長安的圖謀。

櫃門拉開，然後是窸窸窣窣的換衣服聲音，這或者也是池生春到內室打個轉的借口，就是須換一件衣服。

聞采婷嬌笑道：「你的體格很好哩！」只要是正常男人，可曉得她讚語隱含挑逗意味。

池生春顯然對她不感興趣，岔開道：「王伯當說李密想於此非常時刻，爲唐室稍盡棉力，說服他降鄭的舊將叛鄭歸唐，長老相信嗎？」

聞采婷答道：「鬼才會信他。」

池生春邊行邊道：「有沒有徐子陵的消息？」

徐子陵聽他提起自己的大名，忙打醒精神留心聆聽。

聞采婷把他送往門外道：「他和寇仲分手後失去影蹤，我們猜他是往巴蜀找石青璇。」聲音遠去。徐子陵暗呼此時不溜更待何時，閃出屏風穿窗去了。

寇仲一口氣在凌空時和著地後眨眼的光景間氣勢如虹的向位列「邪道八大高手」的「子午劍」左游仙劈出毫無斧鑿之痕的十多刀，每一刀不但功力十足，且角度詭異刁鑽，中間全無予敵反攻的破綻空隙，在榮鳳祥、辟守玄和京兆寧撲過來援手前，殺得左游仙左支右絀，節節後退。但寇仲心知肚明像左游仙這種魔門元老級的高手，氣脈悠長，縱使沒有別人插手干擾，要殺他亦非容易；立即見好就收，閃電橫移，迎上血氣未復的京兆寧，一刀將他劈得連人帶傘踉蹌跌退後，又改退為進，嵌入搶上來的辟守玄和榮鳳祥間，一個旋身，帶得井中月旋飛一匝，先後擊中兩人長劍。他先巧妙地吸取了辟守玄部分眞氣，再以卸勁將他帶開，到砍在榮鳳祥劍上時，全力送勁，與他硬拚一記。「噹！」螺旋勁像海水決堤、山洪暴發的湧攻榮鳳祥，後者等於硬捱寇仲和辟守玄的聯手重擊，哪禁受得起，悶哼一聲，往後跌退。「嚓！嚓！嚓！嚓！」就在左游仙子午劍攻來前，寇仲連續向辟守玄刺出充滿慘烈意味的三刀，以辟守玄之能亦擋得異常吃力，忙往外避開。

鏖戰至此，左游仙、榮鳳祥一方不但對眼前的寇仲完全改觀，甚至生出恐懼之心。由於打開始主動之勢緊操在寇仲手上，他們不但不能形成合圍之勢，還給寇仲牽著鼻子走，六人中一死一傷後，仍然落在下風。寇仲哈哈一笑，腳踏奇步，忽然移到左游仙的左側，令位於左游仙另一邊和仍往外退開的榮鳳祥無法配合圍攻，井中月看似隨意的往左游仙掃去。左游仙的心志早被他剛才十多刀所奪，寇仲這一刀本身看似沒甚麼厲害，可是配上他縮地成寸、玄之又玄的步法身法，偏能對他構成嚴重的威脅，竟不敢擋格，往後疾退。寇仲刀勢不改，一個旋身移往仍陣腳未穩的辟守玄，井中月照他頸項抹去，巧妙處如若天成，精采處沒有任何言語可形容萬一。辟守玄哪想得到寇仲攻打左游仙的一刀變成由自己消受，哪敢招架，往後飛退。忽然間，圍攻他的三名勁敵，全給他殺得四散逃開。

外面此時傳來沸騰的人聲和火燒引起的噼噼啪啪的聲響，寇仲當然猜到是玲瓏嬌爲他在榮府內四處放火，榮鳳祥等則無不色變。寇仲怕玲瓏嬌會忍不住進來助他，倏收攻勢，橫刀而立笑道：「今仗到此爲止，你們若要殺我寇仲，本人隨時奉陪。」說罷拔身而起，撞破瓦頂，避過四面八方近乎盲目射來的數以百計勁箭，在空中來個移形換氣，就那麼改變方向，揚長突圍逃之夭夭。

徐子陵略爲猶豫，始曲指在窗槅叩出他和沈落雁約定的暗號。逢此近三更時分，李世勣在長安位於皇城西面只隔一條安化大街布政坊內的將軍府正是夜深人靜，明月斜照的一刻。徐子陵本想待明天始與沈落雁聯絡，卻怕時機失誤，只好依約定的方法來找沈落雁。

「咿喔！」窗門推開，露出沈落雁秀麗的玉容，她剛從床上起來，不施脂粉，釵橫鬢亂，另有一種灑脫隨意的動人風情。沈落雁低聲道：「快進來！」

甫進房內，沈落雁輕扯著他衣袖，在她閨房一角的椅子坐下，竟赧然嬌笑道：「我現在的模樣是否很嚇人呢？」

徐子陵不敢看她在單薄衣衫內美妙線條盡露的身體，有點尷尬的道：「請恕我冒昧來訪，皆因剛聽到有關密公的消息。」

接著將王伯當找池生春的事說出來。

沈落雁聽得眉頭大皺，道：「密公怎會變得這麼愚蠢！要說動他的舊部叛鄭降唐，單是魏徵足夠有餘。他難道不曉得自己降唐一事早令人失望透頂嗎？」又目光閃閃的打量徐子陵道：「你因何事往探池生春的府第？」

徐子陵知瞞不過她，又不想說出來，只好苦笑道：「可否待遲些才說呢？現在當務之急，是勸李密打消此意，安分守己留在長安，否則恐怕永世到不了潼關外去。」

沈落雁悽然道：「要李淵放虎歸山，是密公的妄想。我是勸不動他的，便任他向李淵提出，讓李淵拒絕他算哩。」

徐子陵思索片刻，沉聲道：「假若李淵答應又如何？」

沈落雁微一錯愕，道：「那就代表李淵有殺他之心。」

這回輪到徐子陵發起呆來，好一會兒才道：「我不明白！」

沈落雁嘆道：「道理很簡單，李淵絕不肯放密公回到他起家的根據地，那會令世勣處於進退兩難的局面。際此進攻洛陽的關鍵時刻，李淵絕不容許出現其他變數。所以李淵若答應密公的請求，只是假意允准，然後再試探他，讓他露出馬腳，那殺他時天下將沒有人敢數李淵的不是。」

徐子陵恍然大悟，點頭道：「所以最上之策，仍是勸李密打消此意，一旦提出，將收不回來。」

沈落雁頹然搖頭，傷感的道：「沒有用的，我勸他不要降唐，他不肯聽；現在我勸他不要叛唐，他亦不會聽的。」接著雙目射出奇異的采色，柔聲道：「落雁眞的很感激子陵來通風報訊，子陵再不用理這件事，說到底密公還是你和寇仲的敵人。」

徐子陵搖頭道：「看到他現在的落魄境況，我對他早恨意全消。我們是朋友嘛，軍師須小心點，切勿因李密開罪李淵，致令世勣兄陷於不利的處境。」

沈落雁點頭道：「我曉得怎麼辦啦！眞正需要你擔心的人是寇仲。聽說王世充手下大將李君羨和羅士信均已降唐，他們和世勣曾爲密公舊部，在魏徵游說下歸唐。寇仲識時務的該立刻離開王世充，轉往南方發展，否則難逃兵敗人亡之局。」

徐子陵聽得心煩意亂，搖頭無語。

沈落雁又道：「竇建德攻克黎陽後，宣布遷都洺州，長安朝廷盛傳他會在短期內稱帝，以對抗王世充稱帝之舉。洛陽現在唯一的希望是竇建德的救兵，但因王世充的妄自尊大，使他和竇建德合作的基礎化爲烏有。寇仲要利用王世充和洛陽擊退李世民，正如緣木求魚，不可能成功的。」

徐子陵欲語無言。

沈落雁淡淡道：「假若王世充降唐，你道寇仲會陷於怎麼樣的處境？」

徐子陵一震道：「這不大可能吧？否則他就不敢稱帝。」

沈落雁微聳香肩道：「在這變亂的年代，沒有甚麼事是不可能的。誰在事先想得到杜伏威肯歸降？否則現在將不是眼前這番局面。」

徐子陵更是心煩意亂，道：「軍師好好休息，我想回去靜靜地想一下。」

寇仲回到在洛陽棲身的宅院，楊公卿和張鎭周竟在等他回來，兩人均是神色凝重。

坐好後，張鎭周先問道：「少帥到哪裏去？」

寇仲若無其事的道：「來到洛陽當然要去探望老朋友榮鳳祥，順手宰掉上官龍。究竟有甚麼重要的事，累得兩位不去睡覺而在這裏陪我捱夜？」

楊公卿一呆道：「宰掉上官龍？」

寇仲笑道：「這些不過是節外生枝的小事，我還見到宗羅睺，給我一刀殺得棄甲曳戈，恐怕再無顏留在洛陽混。是哩！你們究竟有甚麼事？」

張鎮周道：「黃昏時收到消息，李世民的先頭部隊抵達新安。」

寇仲愕然道：「新安不是慈澗西面的城池嗎？該屬王世充的地方，爲何張公卻說得像唐軍可隨時進駐的樣子？」

楊公卿苦笑道：「道理很簡單，因爲負責守該城的正副大將羅士信和李君羨已率全城軍民降唐，慈澗現處於被正面衝擊的險境內。」

慈澗之於洛陽西線，等於虎牢之於洛陽東線，要知洛陽北靠地勢險要的北邙山脈，然後是黃河，山脈和大河成爲北面天然的屏障。洛水是黃河支流，從東北流至，於洛陽東分叉爲洛、伊兩河，洛水流經洛陽後，轉往西行；伊水則往南流去。壽安和伊闕分別是洛陽南面洛水和伊水旁最重要的城池。李世民大軍東來，首當其衝的就是慈澗，此爲攻打洛陽必取之地。倘能攻陷慈澗，李世民的大軍將可兵分兩路，一路進駐北邙山，攻打黃河南岸的回洛城，甚或東進攻打虎牢。另一路則向壽安進軍，占壽安後再攻打伊闕。所以慈澗的存亡，在整場洛陽的攻防戰中實處於關鍵性的位置，不容有失。

張鎮周痛心的道：「新安城防甚嚴，加上有慈澗在東呼應，本該穩如泰山，李世民即使有能力奪取新安，亦必須付出極大代價。現在李世民不費一兵半卒把新安收進口袋裏，王世充要藉新安阻遏唐軍的如意算盤再打不響，令他對異姓將領更有戒心。」

寇仲唯一的安慰，就是知道張鎮周尚未有降唐之意，否則該代李世民高興而非痛心疾首。

楊公卿道：「剛才我和鎮周仔細研究過，唯一能擊退李世民的方法只有一個。」

寇仲大喜道：「我還想不到有擊敗李世民的方法，快說來聽聽。」

楊公卿和張鎮周你眼望我眼，似是有口難言，又像指望由對方說出來。

寇仲大感奇怪，旋即醒悟過來，劇震道：「你們不是想扳倒王世充吧？」

張鎮周嘆道：「還有更好的辦法嗎？」

楊公卿苦笑道：「這是如今唯一可行的辦法。王世充任用同宗，盡失人心！若少帥能取而代之，可令軍心大振，誰不知道少帥是擊敗李密的最大功臣，更是李世民唯一畏懼的人。」

寇仲皺眉道：「問題是現在重要的軍權和城池的控制權均操在王世充的皇親國戚手上，如王世充有甚麼三長兩短，整個鄭國會亂成一團，潰不成軍，只會白便宜李世民。」

張鎮周冷笑道：「無毒不丈夫。只要我們計劃周詳，行事狠、辣、快。一舉殺盡洛陽城內王氏族人，再封鎖消息，然後假冒王世充親筆頒發的旨令，可把其他城池逐一接收，將王姓將領逐個誅除，那時何愁大事不成。」

寇仲因知魔門和突厥正全力支持王世充，曉得要扳到王世充此舉是似易實難。同時更明白王世充因何如此顧忌自己，因他害怕眼前這類情況的發生。

楊公卿道：「此事並非我和鎮周先想到的，適才禮部尚書裴仁基、左輔大將軍裴行儼和尚書左丞宇文儒童曾聯袂來找我，向我提出此事，希望我能和少帥商量，請少帥出手刺殺王世充。不過他們的目標是要讓被王世充廢掉的楊侗重登帝座，但卻觸發起我作如此想法，再找鎮周商討後，我們均認為非是絕不可行。」

寇仲頭痛起來，道：「讓我想想。」

張鎮周搖頭道：「若要動手，必須於明天上朝時動手，否則若讓王世充領大兵往守慈澗，我們將痛失良機。」

寇仲把心一橫，斷然道：「好吧！你們立即準備，明早將是王世充的死期。」

徐子陵回到多情窩，等待他的是去而復返的婠婠，她仍是那美得令人心顫的樣兒，並回復一向冷漠篤定的神態，似乎世上再沒有能使她動心的東西。可是徐子陵卻感到她和以往不同，但究竟怎樣的不同？他卻說不出來。直至踏進內堂，目睹她安詳優閒的坐在靠窗椅子處，他才知道她芳駕在此，而不能預早生出感應。如此不濟的最大原因，是因他擔心寇仲致心神不寧。

婠婠冷冷的瞧著他，櫻唇輕張的道：「這麼晚了，子陵到哪裏逛過？」

徐子陵在她旁坐下，沉聲道：「昨晚你是否在利用我？」

婠婠皺眉道：「不要說得那麼難聽好嗎？人家現在孤立無援，你仗義幫忙好應該吧！」

徐子陵搖頭不悅道：「你若要我幫你，何不開誠布公的提出要求，竟要來騙我！你那甚麼爲師傅哀傷的哭哭啼啼，全是裝出來的。用心是先引起我對你的同情心，再利用對我長生眞氣的認識，助你在天魔大法上修煉到功行完滿的最高境界，我有說錯你嗎？」

婠婠默然片晌，心平氣和的道：「子陵是甚麼時候醒覺的？」

徐子陵想不到她敢坦然承認，心中反響起危險的警號！硬將不平之氣壓下，淡淡道：「我太愚魯哩！要直至剛才看到你的一刻，方敢肯定自己又中你的奸計。」

婠婠凝望前方空處，聲音轉寒，道：「子陵勿要再侮辱我。我現在正掙扎求存，否則只有臣服於石之軒的一條路走。你助我成爲陰癸派的新主人，我則助你除掉石之軒，各有得益，豈非兩全其美。」

徐子陵苦笑道：「你想得眞周詳妥當，你該比我更想除掉石之軒吧！他正是你想統一魔道最大的障礙。」

婠婠發出一陣銀鈴般的動人嬌笑聲，搖頭嘆道：「子陵錯哩！且錯得非常厲害。我只要向石之軒俯首稱臣，他會對我愛護惟恐不及，說不定還將我收作他的女人，讓我成爲他的左右臂助。可是你和寇仲卻是他的眼中釘，寇仲他尚可容忍，因爲可利用他來牽制李世民，但你和師妃暄的關係卻是他無法容忍的。更大的問題是你兩人的修爲每天均在突飛猛進中，終有一天會成爲寧道奇和宋缺那級數人物，深深威脅到我聖門的存在。你信也好不信也好，石之軒絕不會錯過殺你的機會。」

徐子陵聽得糊塗起來，婠婠固是言之成理，可是當他面對石之軒時，確實感到他因石青璇的關係至少目前尚未有殺他之意。不過石之軒眞正的心意誰都沒法捉摸，則是不爭的事實。

婠婠終朝他瞧來，原本冰冷的眼神被複雜難明的神色替代，柔聲道：「你可以信人家一次嗎？石之軒上次放過你，是因他受祝師玉石俱焚所創，至今內傷未癒，所以借石青璇以穩住你，一旦他內傷盡癒，那時不但你要遭殃，石青璇亦將遭他毒手。石之軒是沒有人性的人，絕不能以常人之心測度的。」

徐子陵暗裏出把冷汗，因爲婠婠的分析有強大的說服力，說的極可能是眞實的情況。兼且師妃暄曾說過石之軒「康復」後，第一個要殺的是自己的女兒，虎毒不食兒這類說法對凶殘如石之軒者是兩碼子事。他可以不信婠婠，卻不能不信師妃暄的預測。何況他曾親口向師妃暄說過會盡力除去石之軒。那晚石之軒明明是要來對付侯希白，卻因他的介入改變計劃，裝作專爲與他見面，並勸他到巴蜀找石青璇，說不定全因不想他在這裏阻手阻腳，妨礙他統一魔道的大計。

婠婠說的話再一字一字的傳入他耳內道：「要殺石之軒，現在正是最後一個機會。否則若待他完全復原，那時即使天下三大宗師聯手對付他，他仍有安然逃逸的能耐。」

徐子陵仍堅守最後一道防線，不說出石之軒就是坐枯禪的大德聖僧。沉聲道：「我們縱有殺他之心，但該到哪裏找他和如何著手？」

婠婠道：「這方面由我想辦法，只要你肯答應和我並肩作戰便成。子陵啊！爲己爲人，千萬勿要錯過這千載一時的良機。」

徐子陵別頭朝她瞧去，婠婠的目光忽然變得鋒利如刀刃，似能透視他內心的想法。徐子陵心頭一顫，清楚感受到婠婠在精、氣、神上無不比前大大提升，再非昔日的婠婠。

婠婠語氣卻出奇的冷靜平和，淡淡道：「你的一句話，將可決定我聖門未來的命運。」

徐子陵感到自己的心正「霍霍」急躍，長長呼出一口氣，盡量令自己冷靜下來，好一會兒斷然道：「好吧！」

寇仲從禪定中天然醒覺，窗外剛透入第一道曙光，新的一天開始，新的煩惱隨之而來。刺殺王世充一事，根本不可能作眞正的籌劃，只能見機行事。於此大戰即臨之際，洛陽城內任何風吹草動，均瞞不過王世充和榮鳳祥的耳目。所以楊公卿和張鎭周既不能調動兵馬，更不敢知會其他存有異心的將領，只能和彼此信得過的心腹手下作好心照不宣的心理準備。殺王世充，只有一個機會，一擊不中，將招致王世充親衛的反擊，沒有第二個機會。王世充本身為貨真價實的高手，雖及不上杜伏威、晁公錯那個級數，但若及時驚覺，硬擋他寇仲全力數擊肯定沒有問題。所以寇仲必須營造出最有利的形勢，掌握時機，予他致命一擊。至於成功刺殺王世充後會出現甚麼局面，則只有老天爺曉得。想到這裏，寇仲暗嘆一口氣。隱隱感到刺殺王世充實是兵行險著，來一場生死豪賭。

蹄聲在宅外響起，自遠而近。寇仲功貫雙耳，立時大吃一驚。他所居宅院位於城南擇善坊內，緊傍通津渠，是前巷後河的格局，現在不但街巷兩端各有數十騎馳至，渠上更有多艘快艇破水的聲響，一下子將整座小院落重重包圍起來，難道刺殺之謀已經敗露？探手抓著擱在床上一邊的井中月。

王玄應的聲音從外面喝進來道：「少帥開門。」接著是叩門的激響。

侯希白滿身酒氣的回來，徐子陵仍呆坐椅子，前者在他旁坐下，興奮的道：「偷到手嗎？」

徐子陵沒好氣的道：「虧你還有這種閒情，滅情道的高手中，有誰是姓許的？」

侯希白失望的搖頭，道：「滅情道我只認識一個『天君』席應，此道在聖門兩派六道中行藏詭秘，不過聽石師提起他們時的口氣，與他們的關係該相當不錯；因為滅情道一向支持聖門諸道合一，你昨晚遇上此人嗎？」

徐子陵將昨晚的經歷細說一遍，侯希白的酒意登時退掉幾分，色變道：「滅情道竟肯與陰癸派聯成一氣，不是有石師在後主持吧？」

徐子陵皺眉道：「這有甚麼出奇之處，在巴蜀時陰癸派不是曾和席應合作，要把宋缺引往巴蜀去嗎？」

侯希白神色凝重的道：「那怎麼相同呢？其時祝玉妍尚健在，至少名義上是聖門的領袖，而石師則患上怪病。聖門諸系誰都不會服誰，更不會輕易結盟，現在只有石師夠資格將像一盤散沙的聖門各系統一團結起來。」

徐子陵心中一動，開始有些明白婠婠所說的孤立無援非是違心之言。

侯希白陪他齊發半晌呆後，長長呼出一口氣道：「石師若來逼我表態，我該怎麼辦才好？」

徐子陵探手過去，抓著他肩頭，語重心長的勸道：「找個僻遠些的地方避避風頭好嗎？」

侯希白夢囈般道：「那你怎麼辦？」

徐子陵苦笑道：「我想拋開一切，立即動身往洛陽找寇仲，逼他解散少帥軍，放棄爭霸天下的妄想。」

侯希白劇震朝他瞧來，搖頭道：「你不是說笑吧？寇仲是那種天生愛馳騁沙場的人，就像我愛到青樓去偎紅倚翠一般無異。」

徐子陵放開搭在他肩頭的手，軟弱的道：「最近他曾多次表示對戰爭感到厭倦，現時洛陽死路一條，或者我可以趁此時機說服他。」

侯希白嘆道：「有時我也會厭倦青樓打滾的生活，但還不是離不開那裏？因爲沒有其他更能吸引我的事物。我所有拿手絕活，甚麼吟詩作對、琴棋書畫，都要到青樓才有人欣賞，令人生出共鳴。寇仲亦然，戰場是最能表現他長處的地方，要他像你般閒雲野鶴的生活，我們的少帥絕辦不到。」

徐子陵頹然道：「你好像比我更了解他。」

侯希白勉強振起精神，道：「哈！我決定不走啦！要走也待完成能流芳後世的百美圖卷後再考慮。

哈！我準備在卷上作一百首詩，每首詩形容一個美人兒，這可是從沒有人曾幹過的壯舉。若你能再接再厲把《寒林清遠圖》偷回來，事情將更完美。」

徐子陵忍不住潑他冷水道：「你的石師來找你時怎麼辦？」

侯希白豪興忽起，笑道：「就和他來個據理力爭！誰叫他把我教導成這麼一個只愛風花雪月的人。」

徐子陵苦笑搖頭，道：「你好像完全失去鬥志，我對你的鼓勵難道絲毫不起作用。」

侯希白頹然道：「縱使練成不死印法，且擊敗楊虛彥又如何？石師若一心殺我，我終仍是難逃他毒手。」

徐子陵道：「你老哥似乎每天早上從青樓回來，都是現在般鬥敗公雞的頹喪模樣，全無鬥志！可是一到晚上，又會脫胎換骨的變成另一個人。好好睡一覺吧！黃昏見。」

侯希白茫茫然的瞧著他站起來，道：「不是又要到陳甫處學經營押店生意吧？」

徐子陵聳肩道：「或者先去和紀倩打個招呼，她的香居在哪裏？」

寇仲心念電轉，把眼前的處境迅速作出分析，那關乎到他自身的生死，以及是否要助王世充守洛陽的大計。若王世充蓄意殺他，他最聰明的做法是立即突圍逃走，再不理王世充的事。但除非王世充曉得部下對他的刺殺行動，否則殺寇仲實屬不智。既與竇建德關係破裂惡化，更使位於東南的少帥軍成為他的死敵，有百害無一利。所以現在的問題可能只是王玄應私下的行動，王世充並不知情，縱非容易應付，總勝過王世充盡起高手來圍殺他。

寇仲一邊應道：「太子少安毋躁，小弟即來開門迎接。」一邊把井中月揹到背上，又把暗藏刺日摺弓由楚楚手製的外袍搭在左肩處，悠然往前進走去。

剛推開前廳大門，尚未步下台階，「砰」的一聲門閂斷折，外院門給硬撞開來，王玄應策馬領先闖入，緊隨他旁的是滿臉殺氣、杏目圓瞪的滎姣姣。眨眼間，院子內滿是高踞馬上、殺氣騰騰的鄭國戰士，王玄應的親衛高手，人人對寇仲怒目而視，手按兵器。

寇仲明白過來，呵呵笑道：「太子若以這種連等開門亦不及的心情去對抗李世民的玄甲戰士，肯定必敗無疑。」

王玄應戟指怒道：「閉嘴！我來問你，我們大鄭視你為上賓，為何你昨晚竟到滎府殺人放火，是否不把我們大鄭放在眼內？」

寇仲抓頭道：「你究竟要我閉嘴還是答話？」

王玄應勃然大怒，滎姣姣嬌叱道：「還要砌詞狡辯，今天有你就沒有我，上！」

寇仲大喝道：「且慢！且容小弟先請教清楚，太子這回是否奉旨而來？」

王玄應微一錯愕，旋即怒道：「殺你區區一個寇仲，難道還要向父皇請示嗎？」

隨來的手下始知王玄應非是奉有王世充之命來殺寇仲，無不露出猶豫神色。若王世充因此怪罪下來，王玄應頂多被痛斥一頓，但他們這批左右從人，卻要承受嚴重罪責。

寇仲好整以暇道：「我差點誤會哩！我本還以為太子是公報私仇，原來全與公無關，剩為私仇，要替一個幫會的女子出頭。哼！際此新安失守，李閥大軍兵臨慈澗的當兒，難得太子尚有這種閒心閒情，自亂陣腳。你殺我於大鄭有何好處？除非太子認為你父皇的敵人不夠多，打起來未能盡興，否則的話，我們不該動手。」

王玄應臉色變得忽紅忽白，顯是得寇仲提醒後，開始思索殺死寇仲隨之而來的嚴重後果。

寇仲知他很難下台，轉向榮姣姣道：「虛彥兄近況如何？沒有榮大小姐在長安陪他，他的日子定是寂寞難捱啦。」

王玄應一震往榮姣姣瞧去，雙目射出嫉恨神色。榮姣姣氣得俏臉煞白，向王玄應怒道：「休要聽他生安白造的胡言亂語，還不動手？」

寇仲火上添油的道：「太子若肯到一旁平心靜氣聽小弟的幾句肺腑之言，當知小弟是否生安白造。」接著向王玄應左右喝過去道：「你們來評量評量，我寇仲面對頡利金狼軍的萬馬千軍而不懼，是否會在這時候誣衊別人以保命？」王玄應左右當然無人敢答話，但看神色卻知他的話既有威嚇力，更有說服力。

王玄應雙目忽然殺機大盛，甚至帶點瘋狂的意味，朝寇仲瞧來，沉聲道：「今天無論你如何舌粲蓮花，將難逃一死。」

寇仲仰天長笑道：「早知太子心意已決，我寇仲就不用花那麼多唇舌。是英雄的，先接老子三刀，三刀內若我不能再次把你生擒，我就當場自刎。」

王玄應雙目透出熾熱的仇恨和屈辱，狂喝道：「去你的娘！給我上！」

寇仲心中暗嘆，給這蠢人如此一鬧，刺殺王世充的大計勢將泡湯，如此刻殺傷大批鄭國戰士，此殘局老天爺都不曉得該如何收拾。

「停手！」敵我雙方愕然望去，王玄恕現身牆頭，斜掠而下，護在寇仲前，張開兩手正氣凜然道：

「大家是自己人，皇兄不可以動手。」

王玄應狠狠盯著乃弟，沉聲道：「你來幹甚麼？竟敢來管我的事，手指拗出不拗入，想造反嗎？」

王玄恕毫不退讓道：「我是奉父皇之命，到這裏接少帥入宮的。」

王玄應眼珠在眼眶內左右亂轉，好半晌才揮手道：「我們走！」說罷悻悻然率眾去了。

榮姣姣無奈隨隊離開，臨走前瞥向寇仲的眼神充滿怨毒，寇仲則以微笑相送。

王玄恕待乃兄走後，整個人像洩了氣的一陣抖顫，急喘道：「好險！」

寇仲感激的摟上他肩頭，道：「你來得眞及時，否則我將被迫大開殺戒。」

王玄恕驚魂甫定的道：「我曉得榮姣姣往找皇兄，心知不妙，所以立即飛馬趕來，差些兒趕不及。」

寇仲一呆道：「不是你父皇派你來接我入宮嗎？」

王玄恕苦笑道：「不這樣說，皇兄怎肯罷手離開，皇兄除父皇外，是不賣任何人的賬。」

寇仲聽得眉頭大皺，王玄恕這麼一心向著自己，自己卻要去刺殺他的老爹。唉！這究竟算怎麼一回事？道：「你爲我開罪皇兄，將來的日子恐怕很難過。」

王玄恕堅決搖頭道：「我不怕！現在宮內只有我一個人明白少帥是眞的想助我們擊退李家的東征軍。」

寇仲嘆道：「你沒想過擊退李軍後我們可能成爲敵人嗎？你爹正因這般想，故不肯信任我。」

王玄恕無奈道：「少帥是那種不肯臣服於任何人的英雄好漢，我們誰都明白。將來的事將來再說。若我不是父皇的兒子，定會投効少帥。當年大破李密的經歷，玄恕從沒有一刻忘記。」

寇仲首次後悔答應楊公卿和張鎮周刺殺王世充。假設仍如原先計劃先助王世充擊退李世民，然後再和王世充展開爭霸之戰，他的心會舒服得多。如果刺殺王世充，他怎樣面對眼前這位尊敬他的王玄恕？想到這裏，他眞的不敢想下去。

王玄恕道：「早朝的時候快到哩！我們須立即趕入宮。」

寇仲痛苦矛盾得差點想立即離開，但又曉得自己不會如此做，暗嘆一口氣，隨王玄恕去了。

徐子陵報上雍秦之名，稍候片刻得紀倩接見。這長安最當紅的名妓有所別致的院舍，位於清明渠東岸的太平坊，院內林木扶疏、清幽典雅，顯出她超乎一般妓女的身分和氣派。

紀倩在內廳接見他，一副心灰意冷的表情，且是一夜沒睡的疲憊神態，教人看得心痛。侍女奉茶後被她趕出廳外，兩人圍桌對坐，紀倩沒精打采的道：「你來幹甚麼？我這一世都學不懂你那種手法，我現在對你再沒有絲毫興趣。」

徐子陵訝道：「既是如此，小姐爲何肯賜見？」

紀倩神色凝重起來，沉聲道：「因爲我想弄清楚一件事，陰小紀這名字你是從何處得來的？爲何竟偏找我來查問？不會只因大家姓名中都有個『紀』字那麼簡單吧！紀倩只是我青樓的藝名，對嗎？」

徐子陵坦然道：「我確沒有說謊，陰小紀是我一位叫陰顯鶴的朋友失散多年的妹子，小姐對陰顯鶴這名字是否有印象？」

紀倩不耐煩的道：「我是第一次聽到這麼古怪的名字。快回答我，長安有千千萬萬的人，爲何偏向我問陰小紀這個人？」

徐子陵把心一橫，道：「因爲小姐的職業和似是要學好賭技去對付某一個人。在下再不隱瞞，陰小紀的失蹤，是與一個江湖幫會大有關係。楊廣在生時，這幫會是他的走狗，專事誘拐婦女、經營賭場與青樓的勾當，小姐明白我的意思嗎？」

紀倩的呼吸急促起來，怔怔瞧他片刻，卻說不出話來，顯示徐子陵說的話，在她芳心中惹起極大的震盪回響。

徐子陵坦誠的道：「小姐有甚麼心事，儘管說出來，只要我力所能及，定爲小姐辦到。」

紀倩搖頭道：「我從不相信賭徒的話，你不是賭徒嗎？還是我見過最高明的賭徒呢。」

徐子陵苦笑道：「你或者不會相信，我對賭博沒有半點興趣，學賭只因要對付這個幫會的人，怎樣方能令小姐信任我？」他隱隱感到紀倩有關於陰小紀的消息，甚至認識她。所以希望能說服紀倩。

紀倩冷笑道：「我怎知你是否那幫會派來試探我的人，你這人鬼鬼祟祟的，打開始我已不信任你，討厭你。」

徐子陵大感頭痛，皺眉道：「誰是小姐信任的人？」

紀倩不悅道：「爲何我要告訴你？這件事巧合得使人心寒！給我滾，以後我都不想見到你。」

徐子陵反大感興趣，微笑道：「小姐請勿隨便下逐客令，有事可仔細商量。小姐究竟信任誰？例如李建成、李世民又或『多情公子』侯希白？」

紀倩嬌軀微顫，好像首次認識他般對他重新打量，秀眉輕蹙道：「你認識他們嗎？」

徐子陵道：「我只是隨便舉幾個例子，小姐若肯說出信任的人，而在下湊巧又認識他們，可由他們證實我是個可讓你信任的人。」

紀倩冷哼道：「你不是隨口亂說的，至少侯希白就不是隨口亂說，好吧！你給我去找侯希白來證實你的清白吧！其他話我不想聽下去。」

寇仲與王玄恕並騎馳上天津橋，心底一片茫然。這回到洛陽是來錯了？他本以爲至不濟王世充也可像上次對付李密般因強敵當前採納他的意見。豈知實情非是如此，他還捲入洛陽本身的政治鬥爭中，弄至現在陷於進退兩難之身。魔門要去之而後快的態度又是另一個煩惱，使他不能專注於對付李世民壓境而來的大軍，可是他已泥足深陷，身不由己。尚未現身的塞外大明尊教更是另一個隱憂，可令他在猝不及防下陷於殺身之險。假若現在立即回頭，馳離洛陽又如何？這想法對他生出極大的誘惑力，但又知這等於放棄與李世民的鬥爭，對自己的聲譽更有嚴重的打擊。

宮門在望。守衛明顯加強，戒備森嚴，充滿山雨欲來的緊張氣氛。

王玄恕靠過來壓低聲音道：「待會兒如果父皇怪責少帥夜闖榮府的事，少帥請容讓一二，我知父皇內心仍是倚重少帥的。」

寇仲嘆道：「倚重？」

王玄恕正容道：「我不是砌詞來討少帥歡心，自少帥光臨，我們大鄭軍的士氣比前好多哩。所以父皇不理皇兄的反對，定要少帥來參與今早的誓師儀式。」

寇仲一呆道：「不是軍事會議嗎？怎會忽然變成誓師儀式。」

王玄恕尷尬道：「會議昨晚於新安失守的消息傳來後早開過哩！所以今早只是調兵遣將，安排職責。」

寇仲心想那豈非連楊公卿和張鎮周均被拒於王氏宗親的家族會議之外，這樣的態度，異姓諸將不造反降唐才是怪事。他還有甚麼話好說的！到隨王玄恕進入皇城，始醒覺錯過拂袖而去的最後機會。他會行刺王世充嗎？

徐子陵匆匆趕返多情窩，踏入廳門，興奮的心情立即冷卻，還直沉下去。石之軒背著他在一邊憑窗凝望院側的小園圃，似毫不知他回來。

徐子陵頭皮發麻的立在門旁，沉聲道：「希白呢？」

石之軒淡淡道：「我的徒兒很好，有勞子陵關心。」

徐子陵聽不到房內任何聲息，心中湧起怒火，踏前數步，移到石之軒身後，冷然道：「你是否處決了他？」

石之軒緩緩轉過身來，雙目異芒閃閃，上下打量他道：「你倒很關心朋友，爲何偏不關心自己？」

徐子陵暗中提聚功力，集中精神，使心靈重歸平靜，道：「前輩尚未回答我的問題，希白是否已死？」

石之軒仰天灑然一笑，負手朝他走來，直抵他左側，像研究他側面輪廓的線條般細審他道：「我著你到巴蜀去見青璇，子陵因何不領我的情？」

徐子陵默然不語。

石之軒不滿的冷哼一聲，往前舉步，到兩人背對背相隔達五步的距離，石之軒悠然立定，沉聲道：「這叫敬酒不吃吃罰酒。我石之軒縱橫天下，從來不會對要殺的人手軟，不過念在青璇份上，再給你徐子陵最後一個機會，限你在三天內離開長安，否則勿怪我心狠無情。」

徐子陵一字一字緩緩道：「希白在哪裏？」

石之軒聲音轉寒，亦是一字一字的緩緩道：「蠢才！」

徐子陵一聲冷喝，旋身一拳擊出，向這魔門有史以來最出類拔萃的高手主動出擊，因爲他再沒有其他選擇，縱死亦要死得轟轟烈烈，明知不可爲而爲之。只有這樣方不會在九泉下愧對他的摯友「多情公子」侯希白。

第七章

戰火眞情

黃易 作品集

第七章　戰火真情

旌旗蔽空下，王世充在一眾同宗將領和追隨他多年的心腹大將簇擁下，登上臨時搭建位於皇城與宮城間的閱兵大廣場南端、承天門外的木構帥台，親自調兵遣將，頒授兵符帥印。廣場上列陣參與誓師大典的過萬鄭軍，全屬王世充的親兵，乃支持王世充帝權的核心力量，故人人士氣高昂，戰意甚濃。文武百官，分立點將台兩側，足有三百餘人。

寇仲在王玄恕引領下，來到張鎮周和楊公卿之旁，三人對視苦笑，曉得在這樣的情況下，刺殺王世充一事提也休提。王玄恕安頓好寇仲後，到帥台另一邊加入以王氏宗親為主的行列去。寇仲環目一掃，認識他的如田瓚、楊慶、郎奉、宋蒙秋等紛紛向他含笑致意；其他不認識者，亦禮貌地向他頷首點頭，顯示他寇仲在王世充諸將中是無人不識和備受重視的人物。

張鎮周湊到他耳旁低聲道：「誓師大典後，王世充會立即發軍慈澗，我們須另尋機會。」

廣場上雖聚集過萬人，卻是鴉雀無聲，氣氛莊嚴肅穆。

寇仲凝望台上安坐龍椅的王世充，身後站著十多名親衛高手，貴為太子的王玄應立在他右側，訝道：「王世充在等甚麼？」

張鎮周答道：「他在等良辰吉時。」

話猶未已，承天門樓響起鐘聲，眾將士同聲吶喊，呼叫聲浪直衝宮城上的晴空。

王世充志得意滿的長身而起，舉起雙手，待將士歡呼聲逐漸斂收，高聲陳辭道：「自隋室傾覆，唐起關中，鄭帝河南，我王世充從沒有北侵之意，現今李淵命次子世民來犯，欲毀我家園，實是欺人太甚之舉。朕受禪登位——」接著是連串歌頌自己功德的好話。

寇仲聽得直搖頭，只是從王世充的開場白，便曉得他仍只是割據稱雄的心態，比之李閥以一統天下爲己任，明顯給比下去。再沒聽下去的興趣，湊過去低問楊公卿道：「慈澗形勢如何？」

楊公卿亦壓低聲音道：「形勢危急，李閥由秦叔寶和程知節率領的先頭部隊已抵新安，與羅士信的叛軍會合，隨時進軍慈澗。三人均曾爲李密部將，合作上如魚得水，羅士信又深明我軍虛實，所以慈澗這場硬仗絕不輕鬆。」

寇仲心中一陣難過，第一仗就要對上自己的朋友秦叔寶和程咬金，確是造化弄人。苦笑道：「羅士信好好的爲何要叛鄭投唐。至少該等鄭國出師不利時方投降亦不嫌遲嘛！」

楊公卿無奈的道：「還不是王世充的多疑反覆累事，王世充本來對羅士信非常厚待，後來見李密其他將領亦紛紛來降，對羅士信不再重視，還下詔命羅士信回洛陽，擺明是要用其他將領代他鎮守新安，羅士信遂一怒降唐，令慈澗陷於險境。」

此時王世充說話完畢，在王氏宗將帶領下，鄭軍齊呼「我皇萬歲！大鄭必勝！」掩蓋兩人的對話。

分派軍權和職分的重要時刻終於來臨。

徐子陵終於明白「沒有破綻的石之軒」是怎樣的一回事。且切身體會到師妃暄千方百計阻止石之軒「復元」的苦心。以前的石之軒身法歸身法，不死印歸不死印，兩者只是互相配合；可是眼前的石之軒，闊別十五年的兩種功法，終於重新匯合，結成完美無缺的一個整體，再沒有半點破綻瑕疵。

石之軒啞然失笑，似瞧不到徐子陵照面轟來的那一拳般，道：「子陵可知不死印其實只是一種高明的幻術。」

徐子陵心中叫苦，暗忖若連我這個與他多次交手的人，亦看不破他的幻術，其他人更是不行。「邪王」石之軒仍是神態優閒的立在距他半丈許近處，且似快被自己的拳勁在他臉上轟出個拳頭般大的窟窿來，可是他卻完全覷不到石之軒有何應變之道。石之軒既在那裏，也似不是在那裏，正出入於有無之間，動中含靜，靜裏生動。徐子陵完全把握不到他下一步的動向。沒有破綻的石之軒，就該是這個樣子。他這一拳再不敢用老，拳往後收，化爲掌心向外，另一手移前會合，兩手合攏作蓮花狀，然後十指波浪般抖動，活似新荷盛放，頗有像能將某種玄妙的奧理釋放出來的秘異意態。這朵以雙手模擬出來的活蓮花，本身亦是完美無瑕，可被視爲他徐子陵式的不攻。

石之軒饒有興致的審視徐子陵疑眞疑假的蓮花手印，動容道：「我從沒想過可以這方法應付石某人的不死印，也令我生出妒才之心，怕終有一天你能成氣候。子陵勿要怪我無情，我是別無選擇。」左手探前，以迅疾無倫的手法在胸前連續畫出近十個圓圈，大小不一，角度各異，古怪詭異至極點，登時氣勁「環」空。

徐子陵心神進入井中月的境界，雙目一眨不眨的盯著石之軒的動作，不敢有絲毫遺漏，微笑道：「邪王若打開始就這麼坦白，豈非不用浪費那麼多唇舌嗎？」

石之軒灑然一笑，左手功成身退似的重收背後，輪到右手撮指成刀，循著某一玄異的路線靈蛇竄動般恰好穿過剛才虛畫出來十多個氣環的每一個核心，用勁神妙得教人難以相信。如此奇招，徐子陵作夢亦未想過，十多個充滿殺傷力的氣環全給「掛」在石之軒的手腕處，右掌鋒往徐子陵的蓮花手印疾刺而來，取點是花蕊的正中心。那是最強的一點，亦是最弱的一點。徐子陵有十足把握可硬捱石之軒掌鋒的戳擊，卻心知肚明無法應付繼之而來十多個充滿殺傷力的氣環進襲，所以最強的一點，立即淪爲最大的破綻弱點。沒有人比徐子陵更了解石之軒的厲害，他曾與之多次交鋒，更曾旁觀他全力應付師妃暄和祝玉妍的聯攻，但那仍是有破綻的石之軒，不死印和幻魔身法尚未能如現在般水乳交融、渾然無間。

徐子陵兩手分開，迅又合攏，當掌心相距約半尺時，左右掌心分別吐出一捲勁氣，合成螺旋的氣球，往石之軒刺來的掌鋒迎去。這一下還擊是無計可施下硬被逼出來的。「蓬！蓬！」氣勁交擊之聲不絕如縷，石之軒掌鋒的勁氣首先將徐子陵震退三步，接著每一個氣環，均把徐子陵衝得後退一步，徐子陵連續釋放出十多團螺旋氣球，擋到最後一個氣環時，「砰」的一聲背脊撞上廳內西壁，喉頭一甜，猛地噴出一口鮮血。

石之軒出奇地沒有乘勝追擊，仰天笑道：「好！以圓破圓，虧你有此本領。我從噩夢甦醒過來後，已將畢生所學融會囊括、化繁爲簡於七式之內，名之爲『不死七幻』，這是第一幻法『以虛還實』，取其意而不重其實，千變萬化，你能只傷不死，非常難得。」

徐子陵聽得倒抽一口涼氣，他的內傷經噴血減壓後已大幅減輕，又憑長生氣神奇的療治，故仍能保持強大的戰鬥力。石之軒這番話傳進耳內，卻令他知道石之軒不但回復精神分裂前的原狀，更作出突破，創出「不死七幻」的奇功。只是第一幻他便擋得這麼辛苦，其他六幻他能憑甚麼捱得過去？但又隱隱感到此爲石之軒的心理戰術，務要瓦解自己的鬥志，若自己生出逃走之心，便正中其下懷。他是絕跑不過石之軒的不死幻的。石之軒看似從容瀟灑，事實上他的勁氣將他緊鎖籠罩，且徐子陵更明白石之軒有「借氣窺敵」的本領，自己體內任何眞氣變化，均瞞不過他，他徐子陵稍有異動，不論反擊或逃遁，只會招來針對性的致命攻擊。不幸地他再不能從氣勁接觸中反窺對手動靜，因爲沒有破綻的石之軒再無隙可尋，無虛可窺。這種形勢若不能改變，明年今日將是他的周年忌辰。徐子陵情願面對畢玄，也不願對上石之軒。倏忽間他把體內眞氣保持在絕對的靜態，從容笑道：「邪王請賜招！」

石之軒露出訝色，皺眉道：「子陵高明之處，確大出我意料之外。唉！你可知我若不能一鼓作氣，根本無法狠下心腸。」

勁氣忽消。徐子陵只覺虛虛蕩蕩，生出無處落實的難過感覺，心中叫糟，石之軒像從有轉無，再從無轉有般出現身前五尺許近處，右手探出中指，往他眉心點至。短短的距離內，石之軒的手法卻是變化萬千，每一剎那都作著微妙精奇的改變，只要看不破其中任何一個變化，都是應指敗亡的悲慘結局，且每一個變化造成一個幻覺，令人再分不出甚麼是眞，甚麼是假。

寇仲隨楊公卿的隊伍出發，開赴慈澗。楊公卿本部有五千餘人，是追隨他多年的子弟兵，即使以王世充對人的多疑，亦不敢動楊公卿這支部隊，例如以別人取代楊公卿等舉措，因爲那只會立即惹來兵變。楊公卿本是著名的起義軍領袖，後來投誠王世充，故地位特殊。這支訓練有素，久經戰陣的隊伍駐紮在洛陽城西洛水東岸，寇仲和楊公卿兩人輕騎出城，拔營起行，成爲王世充開往慈澗的先鋒軍。張鎭周則另有任務，被派往守慈澗以南的壽安。若慈澗失陷，壽安是最有可能被攻擊的另一重鎭。王世充擺明在安撫這兩位最重要的將領，明知兩人交情甚篤，故將楊公卿安排在身旁，那張鎭周若想反叛，亦須三思。他肯讓寇仲與楊公卿一起上道，也是妙著，因爲寇仲是絕不會向李世民投降的人，只是沒想過楊公卿早暗裏向寇仲稱臣而已。

對兵權職分的分配，王世充仍是以本宗將領爲主，外姓將領爲輔。以楚王王世偉、太子王玄應、齊王王世惲、漢王王玄恕、魯王王道徇五將鎭守洛陽。東線最重要的虎牢由荊王王行本負責，附近重要的城池則由楊慶守管州、魏陸守滎陽、王雄守鄭陽、王要漢守汴州。這些將領大部分是從舊隋隨他過來的，又或與他有密切關係，例如楊慶的妻子是王世充的姪女。另一個比較特別的安排是派魏王王弘烈往襄陽，與錢獨關聯合堅守這洛陽最南面的重鎭，俾能與朱粲互相呼應。其他有實力的大將如段達、單雄信、邴元眞、陳智略、郭善才、跋野綱均被策封爲各種頭銜的大將軍，由王世充統御出征。更厲害的一著是王世充公布全軍只有郎奉、宋蒙秋和另一心腹將領張志方是有資格爲他傳遞詔令的使者，此著可見王世充的老謀深算，免去因手下叛變假傳旨意之禍。

楊公卿乃精通兵法者，把五千軍馬分作前、中、後三軍，互相呼應，又派快馬先行，占領往慈澗沿途的制高點，確保行軍的安全。寇仲與楊公卿在中軍並騎而行，均有點意興闌珊，沒有談笑的心情。

寇仲嘆道：「楊公對王世充這人知得多少？」

楊公卿皺眉道：「你指哪方面的事？」

寇仲望往前方看不到隊頭延綿不絕的兵馬，沉聲道：「我是指他的出身來歷，他既是胡人，爲何煬帝仍肯重用他？」

楊公卿道：「我不太清楚，只聽人說過他本姓支，屬西域哪一胡族恐怕沒人曉得。他的老爹幼時隨母嫁霸城王氏，故改姓王。至於煬帝爲何會重用他，應與他拍馬屁的工夫有關，對嗎？哈！」

寇仲聽出他語氣裏對王世充的憎厭鄙視，嘆道：「然則楊公你爲何肯爲他効力呢？」

楊公卿臉色一沉，滿懷感觸的道：「他從前不是這個樣子的，但自從鬥垮獨孤閥，更趕跑你，兼之大勝李密，便整個人變了，且變得教人難以相信。若當年他就是如今這副嘴臉，我寧願自盡亦不會降他。」接著往寇仲瞧來，目光閃閃，壓低聲音道：「少帥不是說過要我盡量保存實力嗎？」

寇仲暗吃一驚，低聲道：「你不是想現在掉頭開溜吧？」

楊公卿道：「這是最後一個機會，少帥一言可決。」

寇仲的心臟「霍霍」躍動，又頹然搖頭，道：「若我們這樣開溜，保證張鎮周第一個開城迎接唐軍，而王世充則陣腳大亂，被李世民勢如破竹的席捲而來，那時我們的彭梁能捱得多久？」

楊公卿苦笑道：「我不是沒想過這些問題，只是要我和眾兄弟為王世充這卑鄙小人賣命，太不值得！」

寇仲搖頭道：「我們不是為王世充，而是為自己的存亡奮鬥。我有另一個較能兼顧楊公感受的提議：就是假設我們能把李世民逼回新安，我們便和王世充各行各路，如何？」

楊公卿淡淡道：「你到過慈澗嗎？」

寇仲聞弦歌知雅意，駭然道：「慈澗不是洛陽南最重要的軍事重鎮嗎？」

楊公卿嘆道：「王世充一直想聯李淵對付竇建德，故把董淑妮嫁入關中作皇妃，又為表示友好，所以沒有對慈澗大造防禦工事。加強慈澗與諸城間的軍防是破李密後的事，故此慈澗的城防遠及不上虎牢、襄陽，比之你的彭梁城池也有不如，城周只十多里，處於丘陵平野之地，無險可守。我們若要擊退李世民，只能與他在城外決戰。」

寇仲倒抽一口涼氣，心忖這回王世充能發往慈澗戰場的軍隊，包括楊公卿的兵員在內，只在三萬之數，其他人須駐守各戰略要點，以應付李世民之外另四路軍的威脅進犯。至此才深切體會到李世民用兵的高明，逼得王世充無法集中全力迎擊他的主力。

楊公卿沉聲道：「李世民天策府諸將悍勇無倫，所部玄甲鐵騎雖只三千餘人，卻有『天兵』之稱，雜在唐軍中往往能發揮出難以估計的突破力，薛舉和劉武周均因此吃大虧。這回慈澗之戰李世民有壓倒性的兵力，又因羅士信的投降而對慈澗和我方的形勢瞭若指掌，且有新安作後援補充，少帥認為尚有多少成勝算？」

寇仲想起自己的鑿穿戰術，如讓李世民的勇將天兵對王軍來個鑿穿，不但慈澗難保，三萬大軍能有多少人逃返洛陽亦成問題。

楊公卿續道：「所以若我們現在立即折往彭梁，再設法在李世民大軍壓境前先一步攻下江都，應是明智之舉。」

寇仲呼吸沉重起來，好一會兒才斷然道：「我們絕不能就這樣放棄洛陽，因為那不但牽涉到巴蜀的未來動向，更令我生出不如李世民的心態。在我看來，洛陽之戰大有可能是唯一使李世民吃敗仗的機會，在形勢危急下，我有把握說動竇建德南下來援，我的少帥軍亦可藉機發揮作用。慈澗之戰，我們不能退縮，否則退此一步，即無死所。我們要打的是損耗戰，李世民勞師遠征，無論補給如何完善，人總是會累的，我寇仲就以慈澗之戰，向李世民證明我寇仲並非好惹的。王世充不是封我作甚麼他娘的護駕軍師嗎？兵權雖沒有，但在千軍萬馬對壘沙場之際，哪到他不聽我的話。」

楊公卿仰天笑道：「好！一切就如少帥所言，你若與我想法相同，就不是名震天下無人不懼的寇少帥。」

瞧著石之軒變化無窮的一指戳至，指風將他完全籠罩，其中氣勁強弱分布又不斷微妙改動，使人防不勝防，擋無可擋。徐子陵心中第一個念頭，是貼牆往橫滑移開去，來個避之則吉。可是石之軒接踵而來的攻勢如何應付？現在眼睜睜瞧著石之軒一指攻至，仍難以掌握其變化，何況於倉皇退避之時。這些念頭電光石火的在他心中掠過，徐子陵一掌劈出，角度亦不斷變化，以應付石之軒鬼神莫測的玄妙手法。表面看來兩人似是旗鼓相當，但徐子陵卻曉得是被石之軒牽著鼻子走，因爲他每一個變化都是應石之軒新的變化而生，處於絕對的被動和下風。眼看指掌交擊，石之軒於跡近不可能的情況下，長指擺掃，徐子陵想應變時，時間已不容許。指尖掃打掌鋒。徐子陵如給萬斤大鐵槌重重敲擊，整條手臂自肩膊以下立時麻木至不覺疼痛，至此始知石之軒這一指乃其全身魔功所聚，已硬給掃得貼牆往右直跌開去，噴出第二口鮮血。

徐子陵心知要糟，若依目前跌勢，將沒可能且更無力擋格石之軒的乘勝追擊。人急智生下，忙逆轉體內受石之軒指勁驅動的眞氣，竟貼牆上升，後腳猛撐，離牆斜衝上小廳主樑的位置。石之軒運掌橫劈，擊在他剛才所立位置的空處，及牆而止，還保持那個姿勢，怪異至極點，顯是徐子陵此著大出他意料之外。徐子陵連續三個翻騰，落往另一邊牆的窗子前，背向石之軒。每個翻騰，他體內長生氣都運轉一遍，療治體內傷勢，到足踏實地時，他右手回復感覺，陣陣發痛。窗外陽光漫天，充滿生氣和光明，與廳內瀰漫殺機的空間有如兩個天地，對徐子陵更生出龐大的誘惑力。若他穿窗逃逸，石之軒該不敢在通衢大道，衆目睽睽下追殺他吧？

石之軒出奇地沒有攻來，只凝視他自己劈空的右掌，哈哈笑道：「長江後浪推前浪，石某人想不認老也不行。子陵仍認為自己有勝算嗎？」說罷收回手掌，負手轉身目光投往徐子陵臨窗而立的背影。

徐子陵靈光乍閃，石之軒分明是予自己機會逃走，再憑其不死幻在自己逾越外牆逃命之前把他截殺，否則就應繼續出手。但他為何採取這樣的策略？唯一的解釋是他因玉石俱焚而來的傷創仍未完全痊癒，故每次全力出手之前，總要有一段時間凝聚魔功，否則會牽動傷勢。這或者是他徐子陵的一線生機。徐子陵緩緩轉過身來，淡然自若道：「邪王這一指又有甚麼名堂？」

石之軒負手舉步，好整以暇的來到廳心圓桌坐下，目光投往徐子陵，欣然道：「這是七幻裏的『以偏概全』，子陵被逼得以巧對巧，正因看不破偏全之理。」接著輕嘆一口氣道：「子陵！你不如立即動程往巴蜀好嗎？只要你能立誓從此隱居幽林小谷，再不出世，我石之軒破例放你一馬。」

徐子陵湧起石之軒言不由衷的感覺，且尚是首次捕捉到石之軒的心意。因為以石之軒的聰明才智，該清楚徐子陵是絕不受恐嚇威迫的那類人，他若真的希望徐子陵到幽林小谷長伴石青璇，就不該有最後的一句。這是否表示石之軒在拖延時間，好在不影響傷勢的情況下，提聚功力，準備另一個可擊殺徐子陵的猛烈攻勢。

徐子陵唇邊露出一絲不屑神色，全身衣衫忽然獵獵作響，無風自拂，雙目澄明清澈，凝定在石之軒身上，不放過他任何細微動靜，沉聲道：「希白兄是否已不在人世？」說話時一手負後，另一手探前，掌心向外，功力不住集中提聚。

石之軒仰天笑道：「我石之軒從不用回答無禮的問題。你天分雖高，可惜武功仍未到『入微』的境界。比之師妃暄尚有不及，好話說盡，放馬過來！」

徐子陵冷叱一聲，右掌疾推，一球螺旋氣勁從掌心吐出，以迅雷激電的高速，橫過丈許空間，照石之軒面門印去。這是寶瓶印氣的進一步提升，從一束化作一球，比拳頭還小，更高度集中，更難抗禦。這是給石之軒逼出來的臨時創作。經過塞外之行的修練，徐子陵無論在心法和功力上均有長足的進展，長生氣與和氏璧及邪帝舍利的異氣渾融一體，成爲古今未有的眞氣，能隨心所欲，變化萬千。石之軒的說話，令他更肯定剛才這邪王對自己連施殺著，極可能早牽動內傷，所以故意貶低他的武功，又指他不及師妃暄，事實只是要使他動氣。

石之軒冷哼一聲，仍安坐不動，張口吐出一股氣箭，刺往圓球。徐子陵右掌稍移，寶瓶氣球竟改變方向，先往外彎出，堪堪避過氣箭，改往石之軒左臉頰撞去。神乎其技至使人不敢相信的地步。石之軒顯是想不到徐子陵兩度受傷後，仍有此駭人至極的能耐，終於坐不穩椅子，倏地仰身往後，一個翻騰，以毫釐之差避過寶瓶氣球，落往廳子另一邊。寶瓶氣球凝定半空。徐子陵剛閃過擊空射至的氣箭，以鬼魅般迅疾的身法，趕上來揮掌輕飄飄似是全無力道的拍擊凝在半空的寶瓶氣球。寶瓶氣球如有實質的發出破空呼嘯聲，如影附形又像冤鬼纏身的往正向地板落下的石之軒追去。時間角度拿捏得天衣無縫，石之軒觸地的一刻，正是勁氣襲體之時。交戰至此，徐子陵首次搶得主動和上風，卻是得來不易，如非看破石之軒確是內傷未癒，他絕不敢孤注一擲的以全身勁力凝聚成這寶瓶氣球，爲自己的存亡作一豪賭。

石之軒雙目殺機劇盛，再一聲冷哼，探指疾戳。氣球再非直線前進，而在空中畫出弧線，往石之軒印去。「波！」勁氣爆破，氣勁捲飆。任石之軒的不死印法如何厲害，也無法化解如此高度集中且螺旋急轉，本身自成一體，排斥外氣，殺傷力極強的氣勁，所以只能以硬碰硬，與徐子陵硬拚一招。徐子陵看似終尋得破解不死印法的法門，可惜只能在石之軒內傷未癒的情況下施展，因爲以石之軒的絕世魔功，在正常的情況下自可輕易硬架他的氣球，那時徐子陵由於眞氣損耗過鉅，將無以爲繼，敗得更快。

離石之軒近兩丈的徐子陵應指渾體劇震，噴出交戰以來第三口鮮血，踉蹌跌退。石之軒則慘哼一聲，臉色轉白，往後斜飛，「颼」的一聲穿窗而出，一閃後沒進外面陽光普照的天地。徐子陵「咕咚」一聲坐倒地上，渾身乏力，再吐出一口血。

徐子陵被啓門聲驚醒過來，此時體內激盪的眞氣平復下來，進入逐漸康復的過程。且聞聲整個人輕鬆起來，因爲他辨認得是生死未卜的侯希白獨有的足音。

侯希白推門瞥見徐子陵盤腿坐在地上，廳內處處血漬，大吃一驚，撲到徐子陵背後，手掌按上他背心，輸入眞氣，駭然道：「甚麼人這麼厲害，竟把子陵打成這個模樣？」

徐子陵苦笑道：「除你的石師外尚有何人？」

侯希白愕然道：「若是石師的話，我便要奇怪你仍能活生生的在這裏喘氣。」

徐子陵沉聲道：「猜得不錯，你的石師仍是內傷未癒。否則我就是躺在地上而非坐在地上。我們時間無多，一旦他功力盡復，我和你將沒命離開長安，所以討香大計必須火速進行。」

侯希白俊臉一沉，皺眉道：「照你估計，石師需多久才能復原？」

徐子陵頹然道：「你的石師就像一口深不可測的水井，明知他內傷未癒，仍沒法摸著他的底子。」

得侯希白眞氣助療，徐子陵容色與傷勢均大有改善。

徐子陵問道：「這叫錯有錯著，我還以爲你給他宰掉，所以不顧後果的主動出手，否則情況更不敢想像。」

侯希白感動的道：「你該主動逃走才對，石師絕不願驚動李閥的人，故逃到街上會安全很多。以前我是睡覺的高手，倒在床上可立即呼呼入睡，現在則失去這能力，只好四處打聽消息，藉以消遣該用來睡覺的時間。嘿！我懷疑楊虛彥已離開長安，卻不知他滾到哪裏去。」

徐子陵一征道：「這小子神出鬼沒行蹤詭秘，你見不到他並不代表他不在長安。」

侯希白放下按在他背上的手，移到他對面盤膝坐下，微笑道：「山人自有妙計，小楊的花園那幾株由他親手淋水培植的毒花毒草，這兩天改為由下人侍候。你猜這小子到哪裏去了？」

徐子陵苦笑道：「我怎麼曉得呢？」

侯希白正容道：「我猜他是到洛陽去。」

徐子陵一震道：「洛陽？」

侯希白道：「我有很大的把握小楊是到洛陽去，且是奉石師之命，要到洛陽行刺我們的兄弟『少帥』寇仲。因為你已來了長安，若你在寇仲身邊，楊虛彥絕對無機可乘。」

徐子陵肯定的道：「寇仲這回塞外之行，在刀法上有重大的突破，楊虛彥想殺他只是痴心妄想。」

侯希白道：「我卻不像你那麼信心十足。楊虛彥是當今世上最出色的刺客，而刺客成功之道是掌握時機。在正常的情況下，當然奈何不了仲少，但試想在以下的一種情況：洛陽外圍所有城池均被攻陷，李世民率軍狂攻洛陽，仲少奮不顧身日夜守城，終至筋疲力竭，而養精蓄銳的楊虛彥則趁城內亂成一片，烽煙蔽天的一刻扮成守軍，接近仲少——」

徐子陵喘息道：「不要說下去，你這小子原來說起故事來這麼繪影繪聲的，石之軒為何要殺寇仲，少帥軍和洛陽王軍的瓦解對他有甚麼好處？」

侯希白嘆道：「師傅是縱橫家，常言智謀比千軍萬馬更厲害，他的心性雖注定他非是縱橫沙場的人才，可是若論權謀手段，卻數不出有哪個能及得上他。這幾天我不住苦思他以前對我說過的話，大概地把他的謀策理出一個輪廓，照我看是雖不中亦不遠矣，所以能猜到楊虛彥要去刺殺寇仲。他剛才想殺你，恰好證實我的想法。」

徐子陵茫然問道：「此話何解？」

侯希白沉吟片晌，露出深思的神情，徐徐道：「石師是深謀遠慮的人，當年以巧計傾覆大隋的天下，不可能沒有後著，而他的後著就是李淵，他更摸通摸透李淵的性格和弱點，分別把兩只重要的棋子安插在他身旁，就是楊虛彥和尹德妃。」

徐子陵點頭道：「他對李淵看得非常準確，李淵現在已成最有機會一統天下的霸主，唯一的障礙是李世民，假設李淵不是違諾改立李建成為繼承人，你石師的心血將盡付東流。然則既有尹德妃，為何又要把董淑妮弄入唐宮？」

侯希白沉聲道：「因為尹德妃未能為年事已高的李淵生兒子，董淑妮近誕之兒正好填補此一缺陷。至於那嬰兒是否眞是李淵的兒子，這要董淑妮自己才曉得。楊虛彥意圖害死張婕妤，正是為董淑妮爭寵的手段。」

徐子陵仍是有些不解，皺眉道：「你這些推測合情合理，但與除去我和寇仲有甚麼關係？」

侯希白道：「當然大有關係，李閥愈早得到天下，對石師的陰謀愈是有利。最理想的是李世民破洛陽時以身殉戰，由李元吉接收李世民的戰功成果。因統一之戰愈拖得久，李世民的重要性勢將不斷增加。石師只要能控制李淵，剩下的李建成和李元吉又轉而互相爭鬥，石師更將有機可乘，混水摸魚的接收李唐的天下。到時只要把董淑妮的兒子捧出來作傀儡皇帝，后妃把政，兼有聖門作強大後盾，誰能與抗？」

徐子陵不得不點頭道：「這事確非沒有可能。」

侯希白興奮起來，道：「雖然其中尚有很多細節仍未想通，但事情的大致該是這樣子，所以石師最顧忌的人是寇仲，一來因他刀法蓋世，在一般情況下除石師親自出馬再沒有人能收拾他，更因他有石師最顧忌的人之一『天刀』宋缺在背後支持，就算石師通過建成、元吉成功除掉李世民，寇仲的反擊力卻不容輕估。又試想以下的情況：世民與建成、元吉之爭，變成元吉與建成之爭，而寇仲則以為李世民抱不平討伐李家和聖門作號召，得到慈航靜齋、宋缺和突利等全力的支持，會是怎樣一番情況？首先天策府諸將會全靠往寇仲這邊去，對嗎？」

徐子陵嘆道：「我要到洛陽打個轉，唉！我究竟該勸寇仲退出這場爭天下之戰還是應請他繼續堅持下去？你教教我好嗎？」

侯希白搖頭表示無能為力，道：「何不再化身為『霸刀』岳山，把李淵這多情的老頑固點化。」

徐子陵道：「此事不可輕舉妄動，先不說李淵是否肯聽岳山的話，這種管人家事的行為絕不合岳山的性格。現在他該往嶺南找宋缺決戰才合理。」

侯希白道：「你去找寇仲，那麼這裏的事怎麼辦？難道要我假作失蹤來扮司徒福榮，小弟對典當業可沒像你般好學。」

徐子陵道：「若我日夜兼程趕路，一來一回將是五、六天光景，回來時再非徐子陵而是司徒福榮，有甚麼問題？」

侯希白道：「你眞那麼有信心能掉下寇仲在洛陽不顧嗎？」

徐子陵雙目射出深邃的神色，語調卻非常平靜，道：「現在再非顧及個人得失的時候，寇仲既作出他自己的選擇，他就要面對所選擇的命運。我現在最關心的是天下百姓的福祉，他們已受夠苦！再經不起摧殘。若讓你石師陰謀得逞，天下尚不知亂至何時？我一定要阻止此事的發生，更希望清楚你的立場。」

侯希白苦笑道：「我已把心中所想和盤托上，還不清楚表明立場嗎？唉！坦白說，直至剛才知道你老哥為我不顧生死血戰石師，我始能下此一決定，先前我還打定主意不捲入石師的事情內，他要殺我殺個夠吧！」

徐子陵探手抓著他肩頭道：「我現在必須立即趕往洛陽，其他事例如聯絡李靖和陳甫則改由你代勞，記著這再非個人榮辱，而是關乎到天下蒼生。中原若亂下去，突厥大軍南來之日，將是我們淪為亡國奴的時刻。」

侯希白雙目射出堅定神色，斷然點頭，道：「子陵儘管吩咐。」

徐子陵想起紀倩，心忖此事要待他回來後才好處理。

「行必為戰備，止必堅營壘。」經過三天行軍，楊公卿和寇仲的五千先頭部隊終抵達慈澗。慈澗守將右游擊大將軍郭善才大喜出迎。經商議後，決定靠城立寨，以加強慈澗的防守力，因背靠堅城，有險可恃，故採立攻擊性的「偃月營」，指揮部所在的中軍居中，兵力二千人，然後再分左右兩翼，各千五人，面向平原。又在偃月營陣前挖壕，深丈五，口寬二丈，底寬丈二，由於口大底小，敵方兵馬掉進去會遭到更大的傷害。唐軍此時尚未開始攻城，只在離城兩里遠處的丘陵高地設立木寨，大興土木，為李世民大軍作好攻城前的準備工夫。估計其兵力在一萬至一萬五千人間。

楊公卿、寇仲率親兵赴前線察敵，在離敵營半里許處一座小丘頂上遙觀敵寨的情況。日落西山，天地一片蒼茫。

楊公卿嘆道：「只看敵方營寨的布置，便知羅士信、秦叔寶和程知節是精於兵法的將才，只可惜投誠李世民，否則若能爲我所用，可大增勝算。」

寇仲點頭同意，立營之要，是爲達到「自固」和「扼敵」兩大軍事目標。不但是宿營地和指揮部，保障安全的庇護所，儲備糧草和器械的供應站，更是扼據戰略要點，阻止敵人進犯的軍事要塞。對方能踞高地，擇要隘，於此慈澗、新安兩城間的四通之地立營建寨，既對慈澗構成威脅，又令他們無法進逼新安，收復失地，正深合「下營之法，擇地爲先」的要旨。

在楊公卿另一邊他的頭號心腹年輕大將麻常道：「他們立的是方營陣，看其布局，該可抵受任何一個方向的攻擊，本身且能互相支援，達到營中有營、隊中有隊的要旨。若我們向他們發動攻擊，會正中其下懷，無任歡迎。」

寇仲審視立在將高地占據連綿近半里的敵寨，營內炊煙四起，隱見敵騎馳出寨門，遙向他們指點說話，微笑道：「攻寨只比攻城好一點，咦！那不是秦叔寶和程咬金？」

楊公卿和麻常凝神望去，果然看到從寨門陸續擁出的騎士中，秦程兩人赫然在內。寇仲心中湧起萬般滋味，暗想若這兩位「兄弟」率兵來襲，自己該掉頭走，還是憑自己的身手刀法，借此良機斬殺這兩員猛將於千軍萬馬之中？後一想法令他不寒而慄，他怎狠得下這般心腸。

麻常低喝道：「來哩！」

遠方寨門的秦叔寶和程咬金排衆而出，策騎衝下丘坡，快馬加鞭，朝他們立身的小丘筆直奔來，沒有半個隨從。楊公卿一衆近百親兵立即緊張起來，手都按到刀劍和弓弦處，只待頭子發令。

寇仲心中暗嘆，沉聲道：「千萬不要動手，他們是信任我寇仲，我去看他們有甚麼話要說？」一夾馬腹，奔下丘坡往他們迎去，把楊公卿等留在後方。

雙方迅速接近。

程咬金隔遠喝道：「好小子！竟淪落至當王世充那兔崽子的先鋒，還有面目見我們嗎？」

雙方在近處勒馬收韁相遇。

秦叔寶從馬上探過身來，緊握寇仲雙手，神色凝重的道：「好兄弟，到我們這邊來吧！」

寇仲苦笑道：「你們好像今天才認識我？」

程咬金催騎來到他另一邊，伸右手抓著他左肩胛，怒道：「信不信我將你廢掉，他娘的！你那時曾教我們如何反抗王世充，現在翹翹屁股卻又去向王世充投誠效力，算哪門子英雄好漢？」

秦叔寶皺眉道：「老程給我放開你骯髒的臭手，大家兄弟怎可見面就動粗？惹怒少帥保證你以後只能單臂上戰場，嫖女人也再不能像以前般賣弄花式。」

寇仲哈哈失笑道：「不要說得那麼嚴重，我絕不會還手的。」

程咬金悻悻然的收回大手，仍忍不住再罵一輪粗話。

秦叔寶嘆道：「老程和我不是不明白你的處境，只是與王世充這種卑鄙小人合作是不會有好結果的，我們是爲你設想。」

程咬金憤然道：「憑你那區區數萬少帥軍，其中至少一半只適合在家吃奶和帶孩子，與我大唐軍硬撼根本是不自量力，不信的話可到我們營寨看看。」

寇仲雖不住被程咬金臭罵甚至侮辱，卻不但不以為忤，且心中湧起友情的溫暖，苦笑道：「既然如此，為何你們不來助我攬好少帥軍，卻去投靠李世民那小子，現在則來數我的不是。」

秦叔寶不悅道：「你怎能怪我們？那時你的少帥軍軍不成軍，不成氣候，我們又敬重李靖是胸懷救國濟民大志的好漢子。大丈夫立身於世，自要轟轟烈烈的幹一番大事。」

程咬金冷哼一聲，沉聲接道：「環顧中土，誰及得上秦王知人善用，豁達大度，知機的滾到我們這邊來，一齊打破王世充的卵蛋。」

寇仲正容道：「大唐的太子若是世民而非李建成，小弟或會考慮兩位老哥的提議，因為說到底我也曾和李小子做過兄弟。可是現在唐室眞正能作主的人是李淵，合法的繼承人是李建成那混蛋，不要怪我危言聳聽，一旦你們的主子失去利用價值，將是鳥盡弓藏的一刻，不信的放長眼光去看，瞧我有否猜錯。」

秦叔寶嘆道：「我們早知勸不動你的哩！但可否退出這回洛陽之戰，因為王世充根本沒有機會。羅士信和李君羨的降唐，難道還不能給你清楚的啓示？」

程咬金移轉方向，一把抓著他馬兒的韁索，氣呼呼的道：「來！到我們處看看，你小寇仲並不是第一天到軍隊來混的雛兒，該有眼睛看出誰更有勝算。」

寇仲大吃一驚，勒馬道：「老程你似乎忘記我是你們唐軍必欲斬殺的敵人！」

程咬金怒道：「你當我是甚麼人，既敢把你請回寨內，當然能保證你的安全。」

寇仲皺眉道：「你不怕李小子怪你私通敵人嗎？」

秦叔寶哈哈笑道：「李世民若是這種不識大體的混蛋，我們不會口服心服的爲他賣命。他奶奶的，你寇少帥執迷不悟，大家就在戰場上見個眞章好啦！但兄弟是兄弟，至少要喝飽一頓黃湯才拚個你死我活。」

寇仲豪氣狂湧，道：「好！不過先要讓我回去向老楊交代兩句，然後隨你們去看看你們的大唐兵是否人人三頭六臂，刀槍不入，哈！」

大地逐漸暗黑下來。徐子陵坐在關中平原一段黃河的南岸呆看著太陽消沒在地平線下，心中滿懷感觸。遠去的三艘大船仍可隱見帆影，是負責把糧草物資源源不絕送往關外，以供應龐大軍隊所需的船隊之一。無論李閥國庫如何充足，糧倉滿溢，但連年戰爭，最近又有柏壁之戰，可肯定消耗李閥大部分的存糧。唐室兵制是戰爭時徵集壯丁入伍，平時解甲歸田，從事生產，除各王侯大將的親兵是終生服役外，其他戍務均是輪番值勤。像這回發兵十餘萬遠征關外，生產力方面失去十多萬壯丁，對農作收穫當然有很大的影響，且要支持這些無暇生產戰士經年累月的需求，對民生打擊極鉅，即使以關中的富足，其子民仍不免要過著節衣縮食的緊日子，其他遠比不上關中的區域，更是民生凋零，加上人命的損失，戰火的破壞，法紀的敗亡，戰爭的禍害確令人不敢深想。甚麼時候這一切才可停止？

徐子陵忽又強烈地想著石青璇，石之軒既要殺他，那爲統一魔道，是否亦會狠心殺死自己唯一的女兒？對此他再無把握。他腦海裏浮起一幅又一幅與這美女初遇、相交的動人情景，古廟的美麗背影，荒僻山居的隔簾對話，中秋佳節成都燈會長街的驚艷，獨尊堡憑窗的奏簫，恨不得立刻拋開一切，趕到幽林小谷保護她，乖乖的守在她與世無爭的天地裏，再不理人世間此起彼繼的仇殺和鬥爭。可是他現在卻是無暇分身。擺在他眼前急待解決的事太多哩，幸好石之軒重傷未癒，更要應付魔門的事情，他徐子陵尚有空隙時間，待一切解決後，他會立即趕赴幽林小谷。但他眞可以解決正糾纏著他，牽連廣泛，錯綜複雜的各種難題嗎？

外觀已是氣象肅深，軍容鼎盛，進入寨門，更感受到營寨堅大的防守力量，以木柵爲隔，高地爲險，外闢壕塹，內設壁壘，圍布蒺藜竹馬，深栽鹿角，加上守以強弩，只要糧水無缺，縱使王世充盡起大軍，想攻下這營寨亦要大費工夫，且須付出慘痛代價。

營寨的唐軍知道己方主帥把名震天下的少帥寇仲請回寨內，立即轟動全營，但由於唐軍軍紀極嚴，沒有人敢離開崗位或放下手頭的工作，只是忍不住隔遠偷眼看他，既敬畏又帶著濃烈的敵意。只是這情況，已教寇仲心驚，他以前的少帥軍比起來只是一盤散沙，只好希望在宣永、白文原等通曉兵法的將領不斷訓練下，現在會比較像點樣兒。

踏進寨門直通中央中軍帥帳的走馬兵道，秦叔寶低聲道：「我和老程在一個月前早潛來此地，勘察地形，爲我大唐軍預作準備。秦王委我們兩人以重任，一來是因我們熟悉王軍，二來是因我們和羅士信向有交情，更重要的是秦王對我們絕對信任，如此明主，值得我們以肝腦塗地爲報。」

寇仲心中感激，兩人毫不避嫌的邀他入營參觀，是要盡最後努力說服自己歸唐，而自家知自家事，他只好忍心拒絕他們的好意。今晚大家仍是兄弟，明天將是務要置對方於死地的敵人。

另一邊的程咬金道：「只是選這立寨的地方便幾經反覆推敲，既不可距慈澗太遠，太近則易受攻擊，所謂擇地屯兵不能趨利避害，是驅萬衆自投死所，非天之災，將之過也。少帥並不是第一天出來混闖，看看我們的手足，無不是精挑出來的優秀戰士，至於王世充的手下，不用我說大家都曉得是甚麼貨色。」

秦叔寶接下去道：「這回的東征軍是秦王親自監督挑選的，秦王選兵有他的一套，首取膽氣精神，次取膂力便捷，認爲伶俐而無膽者，臨敵必自利；有藝而無膽者，臨敵忘其技；有力無膽者，臨敵必怯，俱敗之道也。」

三人邊行邊說，所到之處靠向營內唐軍無不側目。

程咬金哂道：「王世充的軍隊全是募兵和降兵，人心離散，只懂向利益看，我們大唐行的是府兵制，人人有家有業，戶籍明確，爲保家園，不僅作戰勇敢，且服從軍紀。老弟是精通兵法的人，當然知兵，可惜靠向王世充這不知兵的蠢人。」

寇仲苦笑道：「王世充不是那麼不濟吧？」

三人來至主帳前的空地，守兵同時吆喝致敬，整齊劃一。

秦叔寶立定冷哼道：「王世充如何算得知兵。孫子兵法有云：兵以何爲勝，以治爲勝。且必須治強盛之軍。知兵還要懂用人，兵書又云：誰謂任賢而非軍中之首務也？天下賢才，自足供一代之用。不患世無人，而患不知人；不患不知人，而患知人而不能用。知而不善用之，與無人等。如此才能投之而往，如手之使指。若王世充眞的知人善用，我和老程就會留在他那邊與你並肩作戰，羅士信亦不會獻城歸順。他奶奶的，你這小子還要我們說多少話才夢醒？」

寇仲見所遇唐軍，人人士氣高揚，鬥志鼎盛，早暗自心驚，兼之兩人說話雖愈來愈不客氣，但均是良藥苦口，句句從實，嘆道：「府兵制並非沒有弱點，至少對秦王來說有一點非常不利，就是將不專兵，戰爭完畢，將帥歸朝而府兵歸府，府兵不會受某一固定的統帥控制，更難向某個人效忠，只向國家負責。所以無論你們的明主秦王如何軍功蓋世，無敵沙場，一旦變起不測將難以反抗李淵，若李建成網羅得中外高手，他更是任由宰割，兩位老哥有否想過這方面的問題？」頓了頓續道：「我不是要當王世充的走狗，而是要借他來讓我的少帥軍爭取時間，你們要我說多少次才明白我的爲難處。」

秦叔寶和程咬金給他說得相對苦笑，無奈搖頭。

蹄聲響起，營寨另一邊馳來一隊人馬，帶頭的將領身材健碩，顏容俊偉，充滿自信，隔遠哈哈笑道：「士信見過少帥，素仰素仰。」說罷與隨身諸將躍下馬來，迎往三人。

寇仲抱拳笑道：「原來是鼎鼎有名的羅士信將軍，小弟早聞大名。」

羅士信見他隻字不提叛鄭歸唐的事，大生好感。搶前拉起他的手懇切道：「與王世充合作，等於與虎謀皮，少帥乃秦王最看重的人，若能改助我們，必得禮遇，請少帥三思。」

寇仲苦笑道：「好意心領。只可惜小弟另有想法，詳情可問我這兩位直到此刻仍是兄弟的兄弟。」

羅士信失望地放開他的手，望向秦叔寶和程咬金，兩人只能以無奈的苦澀笑容回應。

羅士信皺眉道：「請恕我直話直說，戰爭是雙方軍力的較量，守城攻堅，臨陣廝殺，全憑將帥士氣，現在王世充任用私人，只重同宗將領，士無鬥志，寇少帥是聰明人，怎會陪他一起送死？」

秦叔寶憤然道：「不和於國，不可以出兵；不和於軍，不可以出陣；不和於陣，不可以運戰；不和於戰，不可以決戰。少帥還要我們費多少唇舌？」

程咬金沉聲道：「王世充既失公允，再無誠信可言，無誠信則不能和衆，最後只能以飲恨收場。」

寇仲苦笑道：「你們究竟是請我來喝酒還是奚落教訓我？」

羅士信隨身諸將中有人踏前移位，來到羅士信身後，按劍喝道：「好話說盡，少帥仍是不識時務，待小將領教高明，看看少帥是否名如其實？」

包括羅士信在內，對此人的膽大包天均感愕然。

秦叔寶現出怒容，叱責道：「阮青你給我滾蛋，有多遠滾多遠，我不是要維護自己的兄弟，而是要維護我大唐軍的士氣，不想白白送一個表演的機會予少帥，亂我軍心。滾！」

阮青大感錯愕，往頭子羅士信瞧去，臉色陣紅陣白，尷尬非常。所有人目光集中到羅士信身上，看他如何處置。

羅士信淡淡道：「秦將軍的話等於我的話，我以後再不想見到你。」

阮青臉上血色褪盡，羞慚無地的敬禮後掉頭走了。

羅士信像作了微不足道的事般，漫不經意道：「以下犯上，不知自量，任何一項已是犯下天條，這種人不要也罷。」

寇仲不得不對這未來的敵人重新估計。

程咬金伸手搭上他膊頭道：「天塌下來是明天的事，今晚我們就喝他娘的一個痛快。最理想是把你灌得不省人事，長臥醉鄉，錯過洛陽的大戰役，哈！」

衆人興高采烈的入帳去。

寇仲返回營地，城上城下燈火通明，挖壕等防禦工程仍在火熱地進行，不因黑夜的來臨停頓。最忧目的是在外圍處建起八座高達五丈的木架哨樓，頂處分兩層，每層箭樓上各有八名箭手守衛。

麻常正在指揮手下工作，見寇仲回來，忍不住問道：「有沒有跟他們打起來，咦！少帥不是剛喝過酒吧？」

寇仲搭著他肩頭往主帳走去，道：「打是早晚要打，卻不是今晚。你的鼻子很靈，我只喝過三杯吧！」

麻常訝道：「李世民一向治軍極嚴，軍中禁酒，怎會有酒供應？」

寇仲欣然道：「那是老程那傢伙在立寨前埋在地下最後一罎珍藏，哈！他娘的，所以立帥帳時這傢伙要親自監督，務要分毫不差，我和老秦、老程和老羅四個人躲在帳內偷偷喝酒，不知多麼有趣刺激。」

麻常有感的道：「該是和我少時躲在房內夜讀禁書差不多，不送你啦！大將軍在帥帳內。今晚我們必須打醒十二分精神，照羅士信的作風，今晚必來偷襲，燒幾個營帳示威，誰叫我們的兵力比他差上一截。」

寇仲笑道：「放心吧！老羅怎樣都要給我一點面子，不是說他和我有甚麼交情，嚴格來說應是瞧在我的井中月份上，小規模的襲擊，只會是白便宜我。」

麻常露出崇慕的神色，肅然致敬，道：「少帥所言甚是，末將完全同意。」

寇仲揭帳而入，解下盔甲的楊公卿席地而坐，左右各放置小几，左邊几子燒著一爐檀香，弄得滿帳芬芳，另一邊几子放著一壺熱茶和幾只杯子。這大將神態優閒，見他回來微笑道：「來！喝一杯熱茶再說。」

寇仲在茶几旁坐下，接過楊公卿斟滿遞來的熱茶，笑道：「想不到楊公在戰場上仍這麼懂享受生活。」

楊公卿嘆道：「檀香和香茗是我消除緊張的獨門秘方。對我來說，睡不著覺才是兵家大忌。待會兒我還要和麻常輪班，不休息鬆弛一下怎行？」

寇仲道：「楊公儘管睡他娘一個日上三竿，輪班的事，由我代勞便成。」

楊公卿搖頭道：「外面全是追隨我多年的子弟兵，若他們發覺我偷懶不與他們同甘共苦，心裏會很不舒服。你們談出甚麼結果來？」

寇仲苦笑道：「可以有甚麼結果？唐室領頭的人是李淵，太子是李建成。」

楊公卿冷哼道：「李建成！」

寇仲見他雙目射出熾熱的仇恨，知他憶起舊恨，岔開道：「但羅士信確是個智勇兼備了不起的將才，不易應付。」目光落到杯內深綠的茶水裏，心中劇震，醒悟到他正處於非常危險的情況中，因爲他已失去戰勝李世民的信心。

王世充自作聰明的愚頑出乎他意料之外，與竇建德的失和更令他陣腳大亂；而李世民挾柏壁之勝的餘威東來，新安因羅士信歸唐失守，加上外姓諸將密謀行刺王世充，內外交困的鄭國像一艘正不斷下沉的船，使寇仲生出獨木難支的頹喪感覺。還有較早前被秦叔寶和程咬金硬拉他入唐營，深切感受到唐兵軍紀之嚴、士氣的高昂和唐將對李世民的效死和崇拜，更摧毀了他僅餘下的少許鬥志。若他保持著這種心態，慈澗一戰必敗無疑。

寇仲暗裏冒出一身冷汗，以往無論千軍萬馬的大會戰，又或單打獨鬥的爭雄決勝，他能以弱勝強全仗對自己的信心和強大的鬥志，故能保持在井中月的至境，把兵法戰略與刀道融會淋漓盡致的發揮出來，爭取勝利。所以現在他必須回復信心，在不可能的劣勢下創造出不可能的成果，視千軍萬馬的交戰如棋弈，始能有勝望。

楊公卿的說話傳入他耳內道：「羅士信當然不好應付，秦叔寶和程知節又豈是好惹？明天王世充的大軍來時，若我沒有料錯，王世充會逼我們爲他打頭陣進攻他們的營寨，白白犧牲大批兒郎。」

寇仲啞然失笑道：「好一個大蠢才！」正要續說下去，麻常的聲音在帳外響起道：「美胡姬求見少帥。」

寇仲與楊公卿交換個眼色，應道：「快請她進來。」

麻常道：「她想在帳外見少帥。」

楊公卿皺眉向寇仲道：「去看她有甚麼話要說的？小心點，她終究是王世充的人。」

寇仲拍拍楊公卿肩頭，示意他放心，揭帳而出，麻常道：「少帥請隨我來。」領路前行。

玲瓏嬌的倩影出現在營地外圍邊沿處，寇仲一手輕拍麻常，道：「麻將軍回去辦事，由我應付她便成。」

麻常領命去後，寇仲朝玲瓏嬌舉步走去，自那晚她在滎府放火助他逃跑，他與她一直沒有聯絡，不知如何，此刻竟生出少許陌生疏離的感覺，可能因受楊公卿說話的影響，又或因她這時望向他的眼神。兩人終於面面相對。在星光月色下，這美女巧俏的玉容平添幾分神秘美。

玲瓏嬌低聲道：「隨我來！」展開身法，往營地外的暗黑掠去。

寇仲緊隨她身後，直奔到慈澗西北十多里外丘陵起伏的山野，密林內現出一道溪流，寧靜地反映天上的月光。

玲瓏嬌在溪旁一塊平坦的大石坐下，還示意他坐到她身旁，淡淡道：「李世民已從黃河登岸，若連夜行軍，明天可抵此處。」

寇仲一呆道：「這小子來得眞快。」

玲瓏嬌朝他瞧來，秀眸異光閃閃，道：「他的船隊共有八十艘大船，只有四十三艘船泊岸登陸，其他船隻繼續朝東航行，估計李世民的兵力在三萬到四萬之間，另一批人大有可能是往攻洛陽。」

寇仲搖頭道：「另四十艘船的兵員不會直撲洛陽，而是部署對洛陽外圍城市的攻擊，最有可能是洛陽東北、大河南岸的回洛城，那不但是供應洛陽所需的重要糧倉，更是大河的交通要塞，如能攻陷回洛，可與對岸的河陽隔河呼應，截斷大河以西的水路交通，把大河置於控制下，更可作爲進攻另一糧倉洛口的後援基地，從而進犯虎牢，李世民這一著眞厲害。」

玲瓏嬌把目光投往淌流著的溪水，輕輕道：「我只希望洛陽之戰能快點結束。」

寇仲愕然道：「你希望王世充贏還是輸呢？」

玲瓏嬌不耐煩的道：「我不願想這個問題。」

寇仲訝道：「你是否和王世充說過關於大明尊教的事？」

玲瓏嬌突然激動起來，急喘兩口氣，搖頭道：「不要問我，洛陽之戰不論誰勝誰負，我已完成娘對我的囑咐。現在我只想返回自己的地方，再不理任何人，更不管五采石的事，我也沒能力去管。」

寇仲曉得她必是跟王世充曾大吵一場，所以變得如此心灰意冷，憐意大生，柔聲道：「嬌小姐若要離開，何不立即離開，只要我寇仲不死，總有一天會爲小姐取得五采石，送到小姐手上。哈！我也想到龜茲見識一下。」

玲瓏嬌輕嘆道：「我現在仍未到走的時刻。」說罷長身而起。

寇仲陪她站起來，愕然道：「就只說這幾句話？」

玲瓏嬌聳肩道：「還不夠嗎？本來我是找楊公卿的，知你在那裏，忍不住和你說兩句，你代人家通知楊公吧！我要走啦！」

寇仲皺眉道：「你要到哪裏去？」

玲瓏嬌美眸射出茫然神色，搖頭道：「我不知道，小心點，王世充對你是不懷好意的。」

寇仲瞧著她的背影消失在密林深處，暗嘆一口氣，他幾可肯定李世民的大軍正往慈澗逼來，明天將會是艱難的一天。

徐子陵借夜色的掩護，附在一艘運送軍事物資的大船底部，從水路偷出潼關，出關後，棄船登岸，往慈澗趕去。他原本的目的地本是洛陽，幸好偷聽船上衛兵的說話，曉得李世民正率大軍進犯慈澗，遂作出改變。

他腦海中不住浮現石青璇的倩影，師妃暄則似變得在遙不可及的遠處。原因可能是基於他對石之軒生出恐懼，更可能是因他對石青璇的關心和思念。石青璇是首位令他生出愛慕的女子，對師妃暄他非是沒有愛慕之意，卻由於她身分特殊，使他不得不蓄意抑制任何涉及男女間愛戀的情緒，故一直是尊敬多於男女間的情愛。直至在龍泉這充滿異國情調的地方，對師妃暄的苦戀才像不受控制的熔岩般噴發出來，差點不可收拾。但對石青璇卻沒有如師妃暄的障礙，且這秀外慧中的美女對他的吸引力比之師妃暄毫不遜色，又似乎對他另眼相看，肯爲他奏簫獻藝，讓他看到她的如花玉容，兼之其淒迷的身世，也令徐子陵情難自禁。可是石青璇的表明心跡，有如一盤冷水照頭淋下，使他在那時刻猛下決心，盡力把她淡忘，否則後來不會有與師妃暄的龍泉之戀。師妃暄已回靜齋，極有可能永不再踏足塵世，龍泉變成一段畢生難忘的回憶，回到中原後，尤其身在長安時，面對石之軒的威脅使他不斷想起石青璇，本如枯木死灰的心又復活過來。他是否從不爲自己去爭取？假若他努力爭取，能否打動石青璇的芳心，讓她放下獨身終老的意向？

徐子陵暗嘆一口氣，心中苦笑，自家知自家事，他心知肚明在男女之事上，他是絕不會主動去爭取甚麼。當日在龍泉，只要師妃暄有一句決絕的話，他們的精神愛戀便不可能繼續下去。他不願強人所難，縱使要承受最大的傷痛，付出終生形單影隻的沉重代價，他仍會把傷痛深深埋在心底裏。這是他隨遇而安的性格，師妃暄是一語中的。唉！爲何自己不能因一位心儀的女子而改變？自己是否蠢蛋一名？西方天際露出曙光，新的一天終於降臨大地。就在此時，他聽到女子嬌叱和兵器交擊聲，從左方里許遠處的樹林傳來，忙提一口眞氣，全速趕去。

在清晨昏暗的光線下，寇仲和楊公卿登上營地的箭樓，憑高遠眺敵陣的情況。李世民的主力大軍從西北方源源開至，進駐大寨，羅士信、秦叔寶和程咬金則兵分三路，逼近慈澗，布下防禦性的陣勢，以防他們趁李世民主力軍陣腳未穩之際發動攻擊。

寇仲惋惜的道：「若非有羅士信等人在這裏立寨凝手凝腳，昨夜我們大可突襲李小子，要他大吃一驚。」

楊公卿搖頭道：「李世民一向作風穩健，思慮縝密，絕不會讓敵人有偷襲他的機會。現在看來，我們已陷於被動之勢，只能待他來攻，看可守到甚麼時候。」

寇仲暗吃一驚，曉得楊公卿失去信心鬥志，就像昨晚的自己，如不能激起他爭勝之心，極可能王世充大軍未至，慈澗已守不住。從容笑道：「這豈是致勝之道，進攻是最佳的防守。現在李小子挾柏壁之戰的餘威東來，士氣高昂，若被他們感到我們怯戰，只會添長其氣燄，使他們更勢不可當。」

楊公卿眞的大吃一驚，朝他瞧來，愕然道：「少帥不是要憑我的五千兵馬，主動向對方超過五萬的軍力挑戰吧？」

寇仲哈哈大笑起來，透露出強大的信心，點頭道：「有何不可？李世民的主力軍初來乍到，兼之水路顚簸，昨夜又兼程趕路，連早飯也沒時間進食，此時能迎戰的只有老羅的軍隊。我們不是沒有可乘之機。只要打他娘的一場硬仗，證明唐軍並非那麼可怕，我們才能壓下敵人氣燄，振奮我方士氣。否則若讓李軍休養一天，而王世充的援軍到今晚才到，那我們會很難捱至明天。」

楊公卿苦笑道：「少帥的分析很有道理，不過單是老羅的軍隊人數是我們的三倍，我們若頂不住他們的軍力，敗返慈澗，後果將更不堪想像。」

寇仲欣然道：「上兵伐謀，現在老羅的軍隊唯一的部署要著只是防禦我們襲擊李小子筋疲力盡的遠征軍，更想不到我們敢發兵向他襲擊，所以若我們敢出兵，已成奇兵。正面交鋒，我們當然要吃不完兜著走。可是我們卻可來個明是李軍，暗爲羅軍的策略，只要依足我的妙計，我們定可避重就輕，牽著敵人的鼻子走。大勝雖沒有可能，小勝卻可預期，只要令李小子吃驚一番，我們便達到目的。」

楊公卿呆想片刻，點頭道：「少帥作戰的方略果然與別人不同，更是膽大包天，計將安出？」

寇仲湊過頭去，附在他耳旁說出他妙想天開的計劃。在面對李世民大軍壓境的一刻，他完全回復一貫的自信。

林外空地激戰的兩男一女，全是徐子陵認識的。兩男是大明尊教五類魔的「熄火」闊揭和「惡風」羊漠，女的則是「美胡姬」玲瓏嬌，正被前兩者疾施殺手，逼得左支右絀、險象橫生，嬌軀多處淌血，其勢再難支持下去。徐子陵心中湧起怒火，加速前進，提聚全身功力。「熄火」闊揭的雙刀和長得頗為文秀的羊漠的長劍，交織成天羅地網，任玲瓏嬌如何努力突圍，劍勢仍被逼得不住收窄，無法遁逃。只能憑高明的輕身功夫，屢屢避過對方致命的殺著。

闊揭首先瞥見徐子陵以驚人的高速向戰圈掠至，他並未見過徐子陵，雖看出對方並不好對付，仍毫不畏懼道：「你去應付他！」

羊漠抽劍後撤，改往從密林掠出的徐子陵迎去，叫道：「夜長夢多，快點收拾她。」

闊揭獰笑一聲，雙刀如驟雨狂風般往玲瓏嬌攻去，後者見來的是徐子陵，立時精神大振，竟堪堪擋住對方攻勢。羊漠手中劍化作激電，朝徐子陵射去，威勢十足，不愧五類魔中的人物。徐子陵連石之軒也奈何不了他，哪會把羊漠放在心上，突然停下，像釘子般立在草地，羊漠登時色變，作夢都想不到有人可在這疾衝的勢子中全無先兆的說停就停，為之大失預算，變招不及，惟有硬著頭皮仍依勢子照敵人前胸刺去。徐子陵忽又衝前，似要把胸膛迎上劍鋒時，倏然逼至羊漠左側處，揮掌掃打刃鋒。一股不可抗禦的力量，帶得羊漠往前方踉蹌跌去，等到醒悟敵人用的是借力打力的卸勁時，已後悔莫及，失去平衡，眼睜睜瞧著徐子陵錯身而過，往闊揭後背突襲狂攻。羊漠比任何人更清楚，闊揭肯定見不到明天的太陽，這個念頭從心中升起，他立即借跌勢繼續前衝，能奔多遠就奔多遠，能走多快就有多快，捨下闊羯逃命去也。

第八章

旗開得勝

黃易作品集

第八章　旗開得勝

戰鼓聲中，楊公卿親率三千大軍，從營地開出，迅速注進慈澗西面平原敵寨所在的戰場上，形成與敵方正面對壘的局面。果如寇仲所料，中軍的羅士信立即揚起旗號，鼓號齊鳴，氣氛拉緊，秦叔寶和程咬金兩翼軍同時移動，以車輪輾螳螂的壓倒性優勢兵力，趁楊軍陣腳未穩之際，試探的湧逼而來。兩軍均以步行的槍盾手作先鋒，箭手居後，然後是機動性強的騎兵，只要步行的兵陣牽制對方的攻擊，騎兵可從任何一方攻襲對方。現在兩翼齊展攻勢，當逼得楊公卿的三千軍繼續挺進交鋒，羅士信的中軍將正面迎擊，憑優勢的兵力一舉將楊軍擊潰，然後緊咬著敗返營陣的楊軍摧破營壘，直攻慈澗城，說不定就可這麼不費吹灰之力攻陷慈澗。這誘敵之計是不怕羅士信不入彀的。

此時楊公卿的三千軍在營外立卒伍、定行列、正縱橫，擺出一個前行持戟盾，後行持弓弩的拱月陣，形如彎月，凸出的部分對著對方中軍。除楊公卿和八名將領在馬上指揮，其他全是清一色的步兵，用的是高過人身的大盾牌，盾下方伸出尖錐，可插入土壤一尺之深，加上槍戟箭矢的助守，不怕敵方戰馬的衝擊。

兩軍交戰，致勝因素有四，就是「陣、勢、變、權」四要，而以「陣列」居首。二人對決，哪一方技藝高明，便可取勝。兩軍對壘講求的卻是群體合作的力量，倚賴的正是陣法，要做到「出無窮之變，或伏或起，或正或奇，似整不整，似亂不亂。合亦成陣，散亦成陣，行亦成陣，敵固不知我之所以退，抑亦不知我之所以進」，始能把群戰的力量發揮出來。故此在戰場上，憑的非是個人勇力，而看是否乃「有制之兵」，將領的指揮更成勝敗關鍵所在。

楊公卿是身經百戰的名將，一旦同意寇仲的計劃，立即拋開對敵人壓倒性兵力的畏懼，擺出最能應付眼前局面的陣勢，迎戰強頑的敵人。寇仲和麻常的騎兵趁敵人尚未部署停當的空隙，從營地左右兩側翼營的兩個出口開出，布陣在楊軍兩翼處，形成進可攻退可守充滿機動性的威脅力，與楊軍的全守勢像日月般互相協調，互相輝映。寇仲率一千精騎布軍於楊公卿右翼，心神進入井中月的境界，冷眼瞧著秦軍和程軍的推進和接近。慈澗城上郭善才率的守城軍則準備就緒，投石機和箭弩車嚴陣以待，若楊軍不敵，在有秩序的情況下退返營地，他們將可發揮龐大的支援力量；如若被敵人殺得亂成一團，當然是另一回事。在這兩方人馬逐漸接近的一刻，戰場的氣氛如一條繃緊的弓弦，大戰一觸即發。

秦叔寶三人昨晚沒有吹牛皮，唐軍確爲一支訓練有素的精兵，只看其推進的陣勢法度，能陣間容陣，隊間容隊，隅落鉤連，整而不亂，人人步伐一致，生出千軍萬馬推進的氣勢，已足可寒敵之膽。戰鼓聲中，敵方兩軍推進至二千步的距離。中軍傳出號角聲，顯示羅士信的中軍開始推進，配合秦、程兩軍的逼近，形成對王軍更大的壓力和威脅。寇仲卻是夷然不懼，自天明前的一個時辰，李世民主力軍陸續抵達，羅士信的先鋒軍於此一個時辰前便動員護駕，防止他們的突襲。到現在足近三個時辰，不但睡眠不足，辛勤勞苦，且尚未吃早飯。而楊公卿的軍隊雖輪番挖壕設防，但工事在三更前完成，有足夠的休息。現在是以養精蓄銳飽餐之兵，對付對方既疲且餓之旅，只要擋得住他們首輪攻勢，對方鋒銳一失，他寇仲便可趁機占便宜。現在是以守代攻，時機至時，會轉爲以攻代守。等於由「不攻」變「擊奇」。兵法刀法，實無二致。

鼓聲驟急。秦程兩軍同聲發喊，由緩步變成急步，隨著鼓聲的節奏，從兩翼殺至，登時風雲變色，戰意橫空。當兩軍衝至八百多步的距離，號角再起，後方各奔出一隊近二千人的騎兵，繞往外側，從大外檔配合步卒殺來，蹄聲起落，轟傳整個平原，聲勢駭人。敵陣大後方的李世民主力大軍停止入寨休歇的行動，轉在木寨前的平野布陣，只看高起隨風飄舞的帥旗，便知李世民大駕已臨，爲己方兵馬助威。

寇仲仰天長笑，道：「是時候哩！吹號！」

厮常的一千騎兵應號聲往寇仲布兵處馳來，慈澗城則中門大開，降下吊橋，衝出兩千守兵，在營內箭樓和壕沿處布防。喊殺聲加強，擂鼓趨急，敵軍從急步轉爲急奔，像兩股潮水般，憑盾牌兵在前掩護，衝鋒陷陣而至。敵騎則從左右外檔向己陣兩翼衝刺。慈澗的會戰終於拉開戰幔。

經徐子陵以長生氣爲玲瓏嬌療傷近一個時辰，玲瓏嬌內傷盡癒，只低聲說句謝謝，接著沉默起來，似有滿懷心事。

徐子陵望向闊羯伏屍處，重創他的是自己，殺他的卻是含恨反擊的玲瓏嬌。大明尊教的人壞事做盡，闊羯是咎由自取，死有餘辜。此時他對玲瓏嬌的身世已猜到七、八成，知她不願向自己吐露心事，又忍不住心生憐意，問道：「姑娘一向獨來獨往，行蹤隱秘，他們能盯上你很有本事，故姑娘須加倍小心提防他們還有後著。」

玲瓏嬌冷哼道：「他們只因猜到我會去見寇仲，故能伏在營地外等我，下回他們休想再有機會。」接著語調轉爲溫和，瞟他一眼道：「我們到樹林內說兩句話好嗎？」

她的語氣帶點請求的意味，徐子陵不忍拂其意，點頭答應。兩人在密林邊沿各挨一樹坐下，林外炎陽似火，照耀大地，他們卻躲在濃蔭底下，感受林木內清涼濕潤的滋味。

玲瓏嬌打開話匣，卻心不在焉的問道：「爲甚麼會這麼巧的？」

徐子陵知她有心事，且在猶豫應否向他透露，口上答道：「我正要去找寇仲，姑娘則是剛見過他，所以會碰個正著。」

玲瓏嬌露出一個心力交瘁惹人憐愛的表情，輕搖螓首道：「這不是巧合，而是冥冥中早注定了，因爲娘在另一個世界庇佑我。唉！愛上一個人是否會很辛苦的，愛可以令人很疲累啊！」

徐子陵心中一震，應道：「對這方面我體驗不深，沒有能力爲姑娘解答這問題。」

玲瓏嬌朝他美目深注的瞧來，肅容道：「我想告訴你一件事，但只許你一個人知道，不准告訴寇仲。」

徐子陵心中再震，曉得她看上的男子正是寇仲那小子。苦笑點頭道：「若是有關姑娘的私隱，小弟可否免涉此事？」

玲瓏嬌兩眼微紅，垂下頭去，以蚊蚋般的微細聲音道：「你猜到那人是誰啦！我感到他有點喜歡我，可是縱喜歡又如何？他和宋家小姐有婚約，宋家又一向排斥外族，爲此無論我要吃甚麼苦，我絕不能令他爲難，損害他的事業。我本還不捨得離開他，但現在王世充指使邪教的叛徒來殺我，我和王世充已一刀兩斷，須立即離開。」

徐子陵聽得目瞪口呆，他尙是首次聽到一位女子吐露心聲，坦言愛上另一男子，更深切感受到她暗戀近乎自虐的矛盾和痛苦！而她是如此嬌俏可愛，不由得憐意大生。道：「姑娘怎知是王世充指使人來殺你？」

玲瓏嬌狠狠道：「前天我和王世充大吵一場，我一直當他——唉！我不願說哩！只有他清楚我在甚麼地方。念在娘的份上，我不和他計較，我很累，只想立即趕回家鄉，再不理任何事。」接著長身而起，微笑道：「寇仲和你是我見過的漢人中最好的，是眞正的英雄好漢。你們要小心大明尊教，聽說他們新一代裏終有人練成悟破《御盡萬法根源智經》，獲封爲新一代的原子。你和寇仲已成他們的死敵，以他們一向的行事作風，會千方百計，不擇手段的來害你們。我說了出來舒服多哩！謝謝你！告訴寇仲人家回龜茲啦！」言罷飄進林內深處。

徐子陵起立叫道：「誰是大尊？」

玲瓏嬌道：「是一個叫修古司都的回紇人，乃偷走波斯明尊教秘典逃來東方的『魔王』哲羅的得意傳人，更是東方邪教第一個勘破智經的人，你們若遇上他，絕不可以輕敵大意。」

看著她窈窕嬌小的背影沒進樹林深處，徐子陵頹然坐下，苦戀的滋味，他比任何人更清楚。

麻常的一千騎兵與寇仲的騎隊會合後，寇仲領頭衝出，取出曾揚威大草原的「刺日弓」，另一手從箭筒熟練的拔出四枝箭，只是取箭的手法，足可獨步慈澗戰場。

在寇仲和麻常領軍向對方側衝過來的騎隊殺過去之際，守城大將郭善才領著十多名手下小將從城內策騎馳出，指揮布在營地的大半手下由南翼出口衝出，列盾箭陣迎擊從另一側衝刺過來的敵騎，令楊公卿可集中全力，應付左右兩路衝鋒而至的敵兵。羅士信中軍鼓聲一變，不但全軍加速前進，二千騎兵更從後衝出，望著寇仲的騎隊中段切去，若寇仲的騎隊給從中切斷，變成首尾難顧，在敵人多出一倍的強勢兵力下，動輒會全軍覆沒。雙方各展奇謀，就像高手對壘，憑的不但是武力的強弱，更講誰的戰略較爲優勝。喊殺聲搖撼整個戰場。

楊公卿陣中千箭齊發，掠過長空，飛蝗般漫天遍野的往秦、程兩軍射去。營地餘下的近千守兵把投石機推往楊軍陣後，蓄勢待發，只要羅士信的中軍移至投擲的範圍，十多座投石機將可對敵人造成龐大的傷亡，重達數十斤的巨石，並非盾牌和盔甲所能抵擋的。

寇仲一馬當先，一枝枝勁箭從刺日弓連珠發放，箭無虛發下，射透敵人的戰甲，中箭者帶著一蓬血雨往後拋擲下馬，擋者披靡。他無論刀法箭術，都是在戰場培養至大成的境界，刀法是兵法，回到戰場，如魚歸大海，鳥翔晴空。他的心靜如井中之月，完全把握到戰場上遠至每一角落的形勢，更清楚若給距離只九百多步的敵騎截著，那由羅士信中軍衝來的二千敵騎肯定可把己隊攔腰切斷及衝散。關鍵處在於己隊能否一下子將敵隊擊潰，突破對方的阻攔，在羅軍騎兵切至前衝往敵陣右方空處，那時將可直接威脅到後方李世民的大軍。

敵騎盲目的向寇仲還箭，只能射越雙方間大半的距離，便力盡墮往草原上，可是已有十多人中箭墮斃。寇仲狠下心腸，到雙方距離只餘六百步許，再疾往敵騎發箭，一時人仰馬翻，累得後面衝來的敵騎紛紛被阻失蹄，亂成一片。騎隊前陣的潰亂，波浪般影響和蔓延至全隊，再不成隊形，而是往兩旁散開。隨在寇仲身後的騎兵見主將如此厲害，箭法如神，只憑一人之力重創對方，直比天兵神將，立即士氣大振，氣勢如虹，人人在馬背上彎弓搭箭，敵人甫入射程，同時箭雨齊發，令散亂的敵人更是潰不成軍。

寇仲往箭筒摸去，摸了個空，左右各二的四個箭筒一百二十枝箭矢全部射光，狂喊一聲，拔出名震中外的井中月，一夾馬腹，勇不可當的躍過一匹倒斃戰場上的戰馬，硬闖進敵騎陣內。在戰場上，甚麼誘敵惑敵的招數全是兒戲笑話，每一刀劈出均講求效率，以硬碰硬，力強刀快者勝。「噹！」一名敵人給他連人帶槍，劈得拋離馬背，硬被他以重手法震斃，一招都擋不住。寇仲展開刀法，見人便斬，手下無一合之將。隨在身後的手下配合他無堅不摧之勢正面狂撼失去陣勢的敵方騎隊，殺得敵騎人仰馬翻，往四外潰散。此時羅軍援騎仍在七百步外奔來，由於敵我兩方騎隊正在混戰的當兒，無法發箭，只能衝過來作近身交鋒。麻常乃楊公卿愛將，身經百戰，見狀知寇仲的一千騎兵足可應付變得七零八落的敵騎，忙領一千手下，離開大隊改往羅軍援騎迎去。寇仲此時重整隊形，不再追擊潰逃的敵騎，也轉往援騎殺去。

在中軍指揮全局的羅士信大吃一驚，想不到在寇仲指揮下敵軍可強悍至此，若讓麻常的騎兵迎頭截著己軍，寇仲再來個攔腰衝擊，己軍勢遭先前隊伍的同一命運，影響整個戰局，忙下命令，中軍改攻為守，停止推進，又吹號命騎兵撤回中陣。正抵禦不住全力進攻的秦軍和程軍的楊公卿，見狀大喜，原本準備迎擊羅士信中軍的投石機改變目標，開始發射，投往兩側攻來的敵軍。人命在戰場上變得不值半個子兒，雙方不住有人喪命或受傷，卻沒人理會，戰事無情的繼續下去。看著敵騎退回己陣，寇仲暗叫可惜，若依剛才形勢發展，他說不定可重創戰場上的唐軍，麻常此時來到他旁，騎隊重整陣勢。

麻常興奮的道：「我們立即回師夾擊，定可把敵人殺個落花流水。」

寇仲往最接近的正和守在營地外楊公卿展開激戰的秦叔寶大軍凝神望去，微笑道：「老秦果然是精通兵法的人，不要看他們似不顧一切的對楊公狂攻猛打，事實上他已作好準備，隨時可分出大半兵力迎擊我們。且我們若敢進攻他們，他們只要能頂一陣子，羅士信會率大軍從後壓來，恐怕最後只有你和我或可逃回去。」

麻常細察敵陣，點頭同意道：「少帥眞冷靜，他們後方的軍隊確在開始後撤布陣。」

話猶未已，號角聲起，秦、程兩軍開始有秩序的緩緩後撤，死傷者均被抬走，而羅士信的中軍則往前推進，重整隊形的兩隊騎兵分布兩側，若楊公卿乘勢追擊，又或寇仲想來個攔腰突襲，羅軍均有足夠能力應付。

布陣在戰場以北的寇仲在馬上伸個懶腰，從容道：「今天戰事完畢，此戰將可大振我軍士氣，亦可教李小子不敢視我寇仲如無物。」

麻常全神留意敵人的退卻，心悅誠服的道：「如我們眞能刺殺王世充，由少帥取而代之，李世民今仗必敗無疑。」

寇仲苦笑道：「在慈澗刺殺王世充，你不是說笑吧！洛陽的守將全是他的人，甚麼事都待回洛陽再說吧。唉！希望不用回洛陽便把事情解決。只要能在這裏狠挫李世民，他的東征大計不但完蛋大吉，恐怕他更不能保住王位。若李淵一怒下改派李建成代替他，那天下更將會是我寇仲的哩！」

徐子陵於黃昏時分抵達慈澗，王世充的大軍二萬五千人陸續進駐，紮營於城池兩側；另一邊的李世民則在羅士信的木寨外，亦即昨天寇仲和楊公卿遙窺敵營虛實的小丘另立一寨，兩寨互相呼應。此時雙方均爲加強營寨的防禦工事忙個昏天黑地，徐子陵在營寨中軍營入口報上來意，守門衛士立即飛報正在帳內與王世充及諸大將密議的寇仲，寇仲大喜出迎。兩人在寨門碰頭，均有恍如隔世的感覺。

徐子陵環目一掃，見遠近守軍目光無不集中到他兩人身上，低聲道：「我們到外面說話。」

寇仲一把摟著他肩頭，朝營外走去，道：「我今天剛小勝一場，殺敵近千之衆，令王世充那老狐狸高興得合不攏嘴。我現在愈來愈有把握可擊退李小子，若你肯來助我，此仗將更添勝算。」

徐子陵苦笑道：「我這次來不是助你打仗，而是另有要事。唉！對李世民你千萬不可輕敵，否則我下回來會是爲你收屍。」

寇仲無奈道：「我也知道陵少你老人家不會回心轉意，只是忍不住說出心中的願望，沒有你在旁說笑胡吹，日子眞的很難過。一世人兩兄弟，卻要這麼各走各路的，確是造化弄人。你不是扮司徒福榮去騙池生春嗎？爲何可抽空來探小弟？」

徐子陵苦笑無言。

寇仲一呆道：「不是又來勸我退出爭天下吧？」

徐子陵哂道：「我才不爲此費唇舌，你這冥頑不靈的傢伙，來吧！」展開腳法，往北馳去。

寇仲大笑道：「我們好久沒比拚過腳力，看誰跑得快一點。」追在徐子陵背後，兩人一前一後疾掠如飛，流星般投往兩邊營地燈火不及的暗黑深處，當徐子陵奔上離兩方營地足有三里遠的一座小山崗上，倏地立定。

寇仲來到他旁，笑道：「好小子！只差那麼一點點，就是追不上你。」

徐子陵欣然道：「我也撇不掉你。」

寇仲探手搭上他肩頭，用力摟個結實，指著李世民的營地道：「唐軍訓練的精良、紀律的嚴明，是我在中土從未遇過的，明天我將會與李小子在這廣闊的戰場上拚個你死我活，看看他縱橫無敵的玄甲天兵厲害至何等程度？」

徐子陵愕然道：「你不是說剛勝他一仗嗎？爲何又說得像尚未與李小子交過手的樣兒？」

寇仲嘆道：「今天我只是和老秦老程的先鋒軍交戰，且勝來僥倖，全因羅士信新降李世民，急於立功下便宜了小弟。」

徐子陵岔開道：「老跋仍未來找你嗎？」

寇仲笑道：「他去會初戀情人，怕怎樣都要纏綿一段日子，哈！希望他不會被柔情感化，放下偷天劍過其只羨鴛鴦不羨仙的生活就好哩！」

徐子陵笑道：「原來你這小子既自私又不安好心，老跋肯爲一個女人安定下來，你該爲他高興才對。」

寇仲嘆道：「你該知我在說笑。老跋是怎樣一個人，你和我最清楚。哈！少說廢話，陰小子那古怪傢伙有否到長安尋池生春的晦氣？」

徐子陵臉上蓋上陰霾，頹然道：「仍沒有他的影蹤，教人擔心。」

寇仲道：「這種事擔心是沒有用的，只好期望他吉人天相。你這次來究竟有甚麼重要的事？」

徐子陵道：「此事一言難盡，坐下再說。」

兩人席地坐下，徐子陵凝望左方遠處燈火耀空的慈澗城，淡淡道：「我在長安碰上石之軒，還與他交過手。」

寇仲失聲道：「甚麼？」

徐子陵一五一十把到長安後的遭遇詳細說出，最後道：「若待石之軒傷勢盡癒，我或你遇上他必死無疑，石之軒的魔功已臻出神入化的境界，即使祝玉妍比之他仍有一段的距離。」

寇仲思索道：「這個當然，否則祝玉妍不用使出自殺招數『玉石俱焚』，你最熟悉石之軒，究竟有否尋出破他不死印的方法？」

徐子陵搖頭道：「我只覺略有頭緒，卻不敢肯定是否有效，問題是他的幻魔身法和不死印結合爲一，根本無隙可尋，無虛可乘。」

寇仲斷然道：「我不信他眞能變成無法擊敗的惡魔，只要是人就有弱點，例如祝玉妍的玉石俱焚曾重創他。現在他內傷未癒，更可能因與你激戰牽動內傷，此實殺他的千載難逢之機，兼且我們曉得他藏身何處。」

徐子陵狠狠盯他一眼，沉聲道：「你可以分身嗎？」

寇仲目光投往李世民營地，道：「若我的兄弟徐子陵有難，我寇仲甚麼都可以拋開。」

徐子陵道：「事有緩急輕重，你這樣離開如何對得起楊公卿，況且我再回長安會化身爲司徒福榮，暫時該沒有危險。」

寇仲頹然道：「說得對。我確該看看這裏戰況如何發展，才能決定何時抽身回到長安和你聯手宰掉石之軒，一了百了。一日不除石之軒，必後患無窮。」

徐子陵又把遇上玲瓏嬌被羊漠和闊羯兩人追殺，他出手救助之事說出來，當然略過玲瓏嬌的心事不提，緊守承諾。

寇仲呆住半晌，道：「她回家也好，表示她終看破王世充猙獰的眞面目。這麼說大明尊教的人已抵洛陽。他娘的，新的原子會是誰，不會是玉成那傻子吧！」

徐子陵道：「我絕不希望你猜中，但機會卻很大。玉成的資質你和我最清楚，根基更是好得沒有話說。此事眞令人頭痛，你不但要小心大明尊教，且要小心楊虛彥，我和侯希白均猜他公報私仇的奉李淵之命來行刺你。」

寇仲哂道：「我會怕他嗎？」

徐子陵道：「勿要托大，在正常情況下他當然奈何不了你，可是若慈澗失利，你們被迫退返洛陽，然後李世民大舉攻城，你仲少久戰力疲下，養精蓄銳的楊小子將有可乘之機，別忘記他得傳石之軒的幻魔身法，又是第一流的刺客。」

寇仲信心十足的道：「慈澗此仗，我是不會輸的。」

徐子陵語重心長的道：「不要過分自信，因問題可能會出在王世充身上。要說的說完哩！我還要去見李世民。」

寇仲失聲道：「甚麼？」

徐子陵聳肩道：「有甚麼好大驚小怪的。魔門的勢力在他家內生根，大家一場老友，在情在理我好該給他一個警告，對嗎？」

寇仲苦笑道：「陵少想出來的，會錯到哪裏去。唉！若我跪下來求你，你肯留下來助我勝此一役嗎？然後大家開開心心的去算計石之軒，聯手破他娘的甚麼不死幻。長生對不死，大家應是旗鼓相當，但我們的兵力卻是他的一倍，合共兩條好漢。」

徐子陵轉身沒好氣的道：「你會這樣做嗎？」

寇仲哈哈笑道：「當然不會。現在老子有頭有臉，哈！有甚麼好笑的，滾去找你的李小子好朋友吧！」

徐子陵斂笑淡然道：「告訴我，你是否眞的想成爲另一個楊堅，一統天下後做皇帝？」

寇仲深深凝望著他，一字一字的緩緩道：「我可否答過這問題後，你再不會懷疑我。我可對任何人說謊，卻絕不會騙我的好兄弟徐子陵。我對做皇帝半丁點兒興趣都沒有。但一統天下使百姓得過太平日子卻是我肯付出性命作為代價以追求的夢想。兵法就是刀法，對我寇仲來說，武道的最高體驗正是身體力行的以武力去換取天下的太平，我確信對得住自己的良心。若師妃暄挑選的是我而非李小子，子陵可不用這麼為難。」

徐子陵苦笑道：「好小子，終忍不住吐露內心的不滿。如你大哥的目標只是希望天下太平，那一切好商量，你奶奶的！」

寇仲一把摟著徐子陵肩頭，微笑道：「最眞心的那一句，就是我寇仲要贏，不但要贏眼前慈澗一戰，還要爭天下的每一場戰爭，像老跋以戰養戰式的修行。當我一統天下，建立霸業的一刻，便是功德完滿的一刻。那時得煩子陵去請妃暄仙子下山來給我們挑他娘的一個皇帝出來，這方面她可比我們兩兄弟在行得多。」

徐子陵啞然失笑道：「希望你不是給勝利沖昏頭腦，尚未與李小子交手，竟一副勝券在握的樣子。李世民非一般庸手，至少在駕御群將一項上遠勝過你，至於兵法戰略，打過此仗始可分明。」

寇仲放開徐子陵，正容道：「兄弟！去吧！大家永遠是兄弟。我是絕不敢輕敵的，李小子的厲害，我比任何人更清楚。」

寇仲回到營地，心中仍想著徐子陵，也有點後悔；他尚是首次對徐子陵說這麼重的話，因為徐子陵在這時刻去見李世民，令他心裏很不舒服。現在不舒服的感覺已煙消雲散，遂較能體諒徐子陵的矛盾和苦衷。他比任何人更明白與他關係比兄弟更親近的徐子陵，他有著悲天憫人，時刻爲天下蒼生著想的好心腸。若非爲了他寇仲，徐子陵說不定會全力助李世民統一天下，乃至登上皇位，完成師妃暄對李世民的期待。可是因他與李世民在爭霸路上的衝突，徐子陵唯一可做的惟有置身事外，他內心的痛苦和矛盾可想而知。若現在他寇仲仍是無掛無礙，則一切好辦。可惜他已是泥足深陷，欲退不能，少帥軍、楊公卿和他的將士，宋缺的支持和期望，都是他既拋不開也不願捨棄的。何況李世民現在仍非是李淵的繼承人。

剛踏入寨門，麻常迎上來道：「王世充著少帥立即去見他，他在城樓上。」

寇仲心中暗嘆，心忖這老狐狸這回不知又耍弄甚麼花樣。

李世民摒退左右，當寬廣的帥帳內剩下他和徐子陵兩人，他拉著徐子陵的手在帳心席地坐下，然後放開他的手欣然道：「他們差點要抗命不肯離開。因爲怕你是爲寇仲來行刺我，哈！徐子陵是甚麼人？他們太不了解。今晚我們定要談個痛快。」

徐子陵心中浮現李世民手下諸將長孫無忌、尉遲敬德、龐玉等人離帳時的不情願表情，苦笑道：「剛才我和寇仲分手時，他臨別的贈言是大家永遠是兄弟，其含意是無論我怎樣對待他，甚至出賣他，他仍當我是兄弟。」

李世民哈哈笑道：「徐子陵會出賣朋友？我李世民第一個不相信。子陵遠道而來，分別見寇仲和小弟，究竟有甚麼急迫的事？」

徐子陵把侯希白的話轉述，最後道：「你的老爹已完全被別有居心的女人和小人所蒙蔽，視你爲楊廣而李建成為楊勇，再沒有甚麼道理可說，世民兄可有甚麼打算？」

李世民默然片晌，嘆道：「想不到魔門手段如此厲害，哼！不過天下一日未平，我李世民尚有被利用的價值。唉！坦白說，我也不知怎麼辦才好，子陵對我有甚麼忠告？」

徐子陵淡淡道：「世民兄一天不回長安，沒有人可奈何你。」

李世民一震道：「子陵是否暗示我須在關外自立呢？」

徐子陵沉聲道：「將在外，君命有所不受。除非世民兄有十足把握，否則回長安後將陷於完全被動，任人魚肉的劣境。石之軒現在魔功大成，再無任何破綻，天下恐難有能鉗制他的人。」

李世民苦笑道：「實不相瞞，我現在最擔心的不是家族內的鬥爭，又或魔門的陰謀，而是寇仲加宋缺而成的威脅，那是長安上下的噩夢，也是妃暄的夢魇，若不能趁宋缺北上前徹底擊垮你兄弟的少帥軍，天下將重陷南北分裂的局面，那時突厥入侵，我們勢將沒有反擊的能力。」

徐子陵哂道：「寇仲加宋缺。」

李世民神色凝重的道：「世民非是危言聳聽，我剛收到南方來的消息，宋缺正在嶺南集結兵力，俚僚的戰士加上宋家的子弟兵，兵力可達十萬之眾。估計召集和裝配需時兩至三個月，還須另加三個月至半年的訓練和演習，那時宋缺會親率大軍東來，若再加上寇仲和他的少帥軍，天下誰能攖其鋒銳。」

徐子陵皺眉道：「宋缺開始動員？」

李世民道：「所以我只餘頂多半年許的時間攻打洛陽和平定北方，否則誰都無法逆料未來的變局。」

徐子陵苦笑道：「宋缺加寇仲，唉！世民兄對宋缺這個人了解多少？」

李世民嘆道：「此人雄才大略，學究天人，不但是精通兵法的統帥，更是對天下山川形勢有深刻認識的人，在戰場上則是無敵的猛將。手下更視他如神明，對他忠誠方面沒有人敢懷疑。若再有寇仲輔他，將如虎添翼，在戰場上與他們交鋒，誰敢誇口有勝算。」

徐子陵苦笑道：「寇仲說過他只有爭霸天下，讓蒼生安享太平的興趣，卻無當皇帝的野心。唉！我怎麼說才好？」

李世民默默凝視著他，好一會兒忽然問道：「我們的關係弄成現在這樣子，是否起因於秀寧？」

徐子陵啞口無言。

李世民無奈地道：「秀寧沒向我說過甚麼，是我自己回想當日的情況猜出來的。大家本是好好的，寇仲卻忽然拒絕我的提議，還要取賬簿離開，我和他的關係從此逆轉惡化，現在還要在戰場上對決。假若有一天寇仲不幸命喪我李世民手上，子陵會怎樣對待我？」

徐子陵平靜答道：「我會求秦王你讓我把他的遺體領走，帶回小谷安葬。」

李世民嘆道：「或者死的是我李世民，相信寇仲亦會善待我的遺骸，天下落在寇仲手上，怎樣都勝過落在石之軒手上。」

徐子陵明白他是因聽到李淵輾轉爲魔門控制，故生出感觸，遂有這種說話。

李世民又往他深深瞧來，輕輕道：「子陵可知妃暄返回靜齋前，曾到長安找我，與我詳談近兩個時辰，對我作了很多有用的指示。」

徐子陵湧起連自己都不明白的滋味，就像師妃暄芳蹤再現人世，當然那非是實情，只是因她下定決心再不出世，故而要與李世民見最後一面。艱澀的道：「妃暄有甚麼話要說？」

李世民搖頭道：「她主要是問我關於我們李家的情況，唉！到現在我終於明白，為何上一輩的超卓人物，在碧秀心被石之軒害死後如此傷痛欲絕！因為眼前有妃暄這好例子，誰能不被她高尚的胸懷情操，彷如天仙下凡的秀慧引起愛慕之心，可是愛意只能密藏在心底下，不敢表露絲毫，怕對她冒瀆不敬。」

徐子陵一震道：「世民兄！」

李世民苦笑道：「這是我首次向人吐露心聲，因為小弟曉得子陵比任何人更明白我的感受。哈！說出來後舒服多哩！」

徐子陵欲語無言，在某一程度上卻感到自己的幸運，至少他曾和動人的仙子試過「師妃暄式」談情說愛的醉人滋味。

李世民又道：「她走時說過一句奇怪的話，是關於你的。」

徐子陵愕然道：「甚麼話？」

寇仲進入慈澗城，登上城樓，王世充正臨高遠眺李世民方面的形勢，漫空星斗下，陪伴王世充的是追隨他的心腹大將陳智略、郭善才、跋野綱、張志、郎奉、宋蒙秋，和李密處投來的降將段達、單雄信、邴元眞。楊公卿卻不在其中。

王世充見寇仲來到，堆起笑容道：「少帥請快到朕身邊來。」又對其他將領道：「朕要私下和少帥說幾句話。」

眾將移往兩邊遠處，剩下王世充一個人立在城樓處。

寇仲來到他旁，心中第一個衝動是要質問他爲何對玲瓏嬌如此狠心無情，最後壓下衝動，淡淡道：「聖上有何賜諭？」

王世充神色轉爲凝重，沉聲道：「李世民不愧當世名將，比我估計的來早三天。若非少帥今早當機立斷，主動出擊，我大軍抵達時勢將被他殺個措手不及，雖不致就這樣決定勝負，但肯定動搖我們軍心士氣。現在敵人雖比我們多出近二萬人，我們卻是有城可依可守，形勢仍有利得多。」

沒有王玄應在旁礙手礙腳，兩人間談話的氣氛較爲協調，大家均是知兵的人，可省去很多無謂的意氣爭拗。寇仲沒有答話，因知他尚有下文。

王世充默思片刻，壓低聲音道：「另外五萬人到哪裏去了？」

寇仲道：「我有一句肺腑之言，希望聖上可聽入耳。」

王世充別頭向他瞧來，道：「說罷！」

寇仲微笑道：「這句話容後再說，聖上召我來，是否想問子陵找我有甚麼事？」

王世充道：「你們兄弟間的密話，不說出來朕絕不怪你。」

寇仲淡然道：「雖是密話，與聖上卻大有關係，子陵告訴我：石之軒再次到人世間作惡，他的目標是要我不能活著離開洛陽，而李世民則不能活著返回關中，那天下極可能成爲石之軒囊中之物。」

王世充露出震駭神色，旋又平復下去，肅容道：「少帥意何所指？」

寇仲道：「若洛陽被破，聖上只要向李淵說一聲投降，李世民絕不敢動你分毫，那是因爲淑妮的關係，但李世民卻絕不容我活命。洛陽既落入李淵手上，與關中互相呼應，竇建德再不能有任何作爲，那時李世民的利用價值亦告完蛋，我的想法就是這麼簡單。」

王世充冷笑道：「這只是石之軒的如意算盤，洛陽是不會陷落的，永遠不會。」

寇仲道：「我的肺腑之言，正是針對洛陽保得住與否而發。假若聖上能拋開一切顧慮，不理李世民如何動員攻打其他要塞重鎮，死守慈澗，將有極大機會可保洛陽。」

王世充沉聲道：「你是否曉得李世民的全盤作戰計劃？」

寇仲道：「那並不難猜。除了來攻慈澗的五萬五千主力大軍，李世民把餘下兵力分作四路，其中以從河陽渡大河攻擊回洛為重頭戲。其他三路只是騷擾性質，作用在拖住聖上的大軍，令聖上不敢減少洛陽的兵力，其他城池的軍隊則難以調來慈澗參戰。」

王世充目光移回城外遠方敵營，重複兩次的喃喃道：「回洛城！回洛城！」

寇仲道：「現在河陽指揮唐軍的是黃君漢，他只要據守河陽，就能拖住我們的援軍，進退不得，另一方面則守不住慈澗。惟今之計，是任得其他城池失陷，若能守得住慈澗，洛陽可穩如泰山。那時將輪到李世民泥足深陷，進退不得。倘再把李世民趕回老家，失陷的城池還不是手到擒來？」

王世充又往他瞧來，好半晌始道：「我們守得穩慈澗嗎？」

寇仲嘆道：「恐怕老天爺才有資格答聖上此一問題，且更要看聖上的判斷和決心。慈澗關係重大，一旦失守，對軍心士氣的打擊無可估計，最怕再多來幾個羅士信，聖上會吃不消的。」

王世充斷然道：「好！我就依少帥之言，全力固守慈澗。」目光投往城外，一字一字的緩緩道：「若我把軍隊交由少帥全權指揮，少帥有多少成勝算？」

寇仲聽得又驚又喜，曉得王世充目睹大唐軍容陣勢，失去信心，故生出對他倚賴之心。王世充心知肚明，若換過他是寇仲，今天必不敢迎戰敵人在數目上超出己方數倍的大軍，而他寇仲能在此劣勢下出擊並獲小勝，已贏得王世充和軍方將領的好感和尊敬。否則王世充不會有這句話。

寇仲掃視敵陣延綿的燈火，哈哈笑道：「那李小子這回有難哪！」

李世民沉吟道：「我有時眞想不通你和寇仲怎會走在一起，純看眼睛便曉得你們有截然不同的性格。寇仲像無時無刻不在找尋新鮮的事物、冒險與刺激，打敗對手和征服對手的機會；而子陵你則與世無爭，只想過隨遇而安的生活。子陵同意我對你們的判斷嗎？」

徐子陵愕然道：「我沒想過你會這樣看寇仲。誠然他是個對新鮮事物充滿好奇心的人，卻非蠻不講理，只是他有自己的一套看法和理想，且不是旁人包括我在內能改變他的。」

李世民欣然道：「這正是妃暄對寇仲的看法。她要我說出這一番對你們兩人的看法後，然後說出自己的意見。她指出除非我能在洛陽之戰擊垮寇仲，甚至把他殺死，否則未來必成南北對峙之局，那時能解決僵局的只有一個人，就是你徐子陵。」

徐子陵呆住片刻，苦澀的道：「這就是她那句話嗎？妃暄太看得起我哩！唉！問題是當南北分裂對峙之勢形成，再非關乎寇仲一個人，而是牽連到宋缺、宋閥和整個支持漢統的南人，在那情況下小弟恐怕無能爲力。」

李世民嘆道：「我也向妃暄說出同樣的見解，可是她沒有直接答我。只說當天下蒼生最需要徐子陵時，子陵是會當仁不讓的。」

徐子陵苦笑道：「這叫仙心難測，她不是想我去找寇仲決鬥吧？」

李世民沉聲道：「坦白告訴子陵吧！我會盡最後努力避免與寇仲成爲死敵。可是若努力失敗，我會抛開一切，盡所有力量對付他。否則若讓宋缺與寇仲聯成一氣，後果將不堪想像。」頓了頓續道：「世民眞的非常感激子陵告知關於石之軒的陰謀，我會小心應付，不會教奸人得逞，致步上隋楊的後塵。」

寇仲步出城門，楊公卿迎上來道：「他有甚麼話說？」

寇仲低聲道：「到營外走走如何？」

楊公卿使人牽來戰馬，兩人並騎馳出營地，途中遇上麻常，麻常笑道：「若不是有少帥相陪，小將定要阻止楊老出營。少帥可知天策府有派人向敵營搦戰的習慣，在深夜輪番向另一敵方挑戰，既可擾敵，假若對方龜縮不出，更可揚威耀武，如你派兵出營追殺，則說不定又會中伏。哈！不過這回他們卻不敢重施此技，皆因我們有少帥助陣，惹惱少帥他們要吃不完兜著走。」

寇仲哈哈笑道：「你老哥說得我心花怒放，果是拍馬屁高手。」

出營後，寇仲道：「麻常這人相當不錯，有勇有謀。且看他現在仍能輕輕鬆鬆的開玩笑，當知他不把生死放在心上。」

楊公卿道：「這人確是個人才。是哩！王世充又有甚麼花樣？」

寇仲與他馳上一座小丘，環目細察遠近形勢，微笑道：「王世充怯戰哩！」

楊公卿一呆道：「尚未正式與李世民交鋒，他竟害怕起來，還用出來混嗎？」

寇仲哂道：「他打過甚麼大仗？李密那場仗是我和楊公爲他贏回來的，以前他的所謂勝仗只是恃強凌弱，替楊廣鎭壓未成氣候的義軍。李世民乃天下有數的名帥，軍力比我們強，訓練比我們好，手下猛將如雲，謀臣如雨。躲在洛陽的高牆後死守不出他或者會好一點，在平原會戰怎不令他心虛氣餒，他娘的！」

楊公卿不解道：「縱使他心中害怕，該不會告訴你啊。」

寇仲目不轉睛打量遠方燈火輝煌的敵營，微笑道：「他當然不會對我吐露心聲，卻請我明天在他身旁獻策，等於間接爲他指揮軍隊，以他的爲人，如非怯戰，怎肯作此安排？」

楊公卿錯愕道：「明天？李世民陣腳未穩，該沒這麼快來攻吧！」

寇仲沉聲道：「這正是我的策略，明天李世民來攻也好，不來攻也好，我們也要出兵布陣示威，引李世民來個小試虛實，假若他龜縮不出，我們就當預演一回，如他敢迎戰，將被我們牽著鼻子走。」

楊公卿倒抽一口涼氣道：「少帥是否會過分高估我們的作戰能力？在這丘原平野之地，能勝自可長驅直進，否則兵敗如山倒，倘敗勢一成，動輒全軍盡墨。李世民這回的東征軍，是在唐室的六十萬大軍中精挑細選出來的，乃精銳中的精銳，我們不倚城作戰，實屬不智，少帥須三思。」

寇仲從容一笑道：「我沒有奢望可在明天擊潰李世民的大軍，但要贏此一役，不冒點風險怎行？若待唐軍養精蓄銳來攻，不如我們先發制人。明天倘能鬥個平分秋色，我軍將士氣大振，敵人則剛好相反。」接著壓低聲音道：「楊公勿怪我直言，我方上自統帥，下至兵卒，大多數人對唐軍都抱有像楊公你般的看法，心忖著到慈澗來只是虛應故事，最後還是要回守洛陽。我卻不是這麼想，就讓李小子在這裏見識我寇仲的手段。」

楊公卿沉吟片晌，嘆道：「我現在愈來愈明白少帥和我們的分別，但王世充那膽小鬼肯冒這個險嗎？」

寇仲啞然笑道：「誰叫他想做皇帝，當然要拿出賭注來博哩！來！讓我們四處看看，好爲明天的大會戰做足工夫。」

李世民親自送徐子陵到寨外，隨行的有長孫無忌、尉遲敬德、龐玉、羅士信和十多名護駕親兵。

徐子陵不好意思的道：「世民兄不用送啦！」

李世民欣然道：「我只是順道吧！照例我要到戰場巡視一番，做點功課。讓我送子陵一匹馬代步如何？」

徐子陵搖頭道：「我還是喜歡用兩條腿走路，世民兄不用客氣。」

李世民轉頭對衆將士道：「你們留在這裏。」然後扯著徐子陵走遠十多步，低聲道：「還記得長安玉鶴庵的常善尼嗎？通過她可把信息傳往慈航靜齋給妃暄。唉！石之軒的事，你看是否該讓她知曉？」

徐子陵心神劇震，忽然間，師妃暄再不像以前般遙不可及，至少有聯絡她的方法。

李世民道：「子陵看著辦吧！」接著有點難以啓齒的道：「子陵回長安後，可否幫我一個忙。」

徐子陵收攝心神，道：「只要力所能及，定爲世民兄辦妥。」

李世民雙目精芒乍閃，沉聲道：「設法幹掉尹祖文和任何精通七針制神的人，這種邪術對我是很大的威脅。」

徐子陵心中同意，這種可怕的酷刑，最硬的漢子也承受不起的。如若李世民的心腹被擄去施刑，說不定會盡洩李世民的秘密。試想若李世民有心對付建成、元吉，而此事又被揭破，李淵會怎樣處置李世民？淡淡道：「此事包在我身上。」

李世民苦笑道：「我一方面求你辦事，另一方面卻要殺你的兄弟！子陵會怎樣瞧我李世民？」

徐子陵陪他苦笑道：「兩件事不可混爲一談，我只好作這麼想。」

李世民又道：「還有是楊文幹，京兆聯雖冰消瓦解，但楊文幹勢力仍在，不過從地上轉往地下。一天不除去他，終是後患無窮。在一般情況下楊文幹起不了甚麼作用，可是在長安內，當父皇完全站到建成的一方，楊文幹和他的手下將是舉足輕重，不可疏忽的一股力量。」

徐子陵道：「我會設法把他挖出來，爲世民兄了此心事。」

李世民拉起他雙手用力一握，道：「子陵珍重！」

寇仲和楊公卿繞個大圈，從北面一座樹林穿出，抵達樹林邊沿處時勒馬停定。

楊公卿笑道：「少帥是否已胸有成竹？」

寇仲點頭道：「現在確有較多把握。」接著指向兩方營地中間一座小丘道：「若我是李世民，會以此丘作指揮台，既可盡覽全局，又不怕被敵突襲。」

楊公卿道：「若我們先占這小丘又如何？」

寇仲搖頭道：「我們不能勉強自己，只能像今早般靠城布陣，方便進攻退守，除非李世民不敢迎戰，我們才登上小丘耀武揚威，風光一番後退卻。哈！戰場上的風光。咦！」

楊公卿亦看到二十多騎現身丘頂處。

寇仲功聚雙目，凝神瞧去，劇震道：「李小子不會這麼便宜我吧！其中一個似乎正是他。」

楊公卿一震道：「若眞是李世民巡視戰場，那其他的人肯定全是一等一的高手，只我們兩人恐怕會吃虧。」

寇仲搖頭道：「不是兩個人，而是我一個，楊公只給我在這裏押陣，若我能狠下心腸斬殺李小子，今晚我們可抽身返回彭梁。他娘的！我究竟能否在這情況下動手？說到底我和李小子總算有過交情。」

楊公卿道：「戰場上不是你死就是我亡，哪有人情可講，更是不擇手段。問題是少帥眞否有信心應付這麼多人，不如待我回去調一批好手來助陣較爲穩妥點。」

寇仲道：「時機一去不返，更何況若大批人馬聲勢浩蕩的殺過去，只會是打草驚蛇，看我的。」言罷飛身下馬。

楊公卿大吃一驚，探身一把抓住他肩頭，勸道：「太危險哩！」

寇仲仰望星空，微笑道：「楊公好像忘記我面對頡利的千軍萬馬而不懼，區區二十多個精兵猛將，嚇唬別人自是足夠有餘，卻仍未放在我寇仲眼內。」

楊公卿受他強大的自信心感染，不由得鬆手。寇仲迅如輕煙的閃出林外，藉長草樹叢的掩護，鬼魅般往敵騎潛去。

徐子陵在草原飛掠，朝大河方向前進，趕返長安，心中一片茫然。兩虎相爭，必有一傷。他卻無法阻止事情的發展，造化弄人。師妃暄爲何認定自己是可以改變這似乎是早經注定的命運，而事實上他總覺得無能爲力。他感覺到李世民或可狠下決心應付建成和元吉的迫害，但仍無法不顧及與李淵的父子之情。李世民的沉穩冷靜出乎他意料之外，反應更非如他預想般的衝動激烈，而是斷然決定把長安發生的事置諸腦後，集中精神與寇仲周旋。若沒有宋缺介入此事，就算不看在徐子陵份上，他於擊敗寇仲後必會放寇仲一馬，不會力圖置他於死地，宋缺卻令事情走上另一路向。李世民向他說明此事，正表示那是他沒有選擇中的唯一選擇。他多麼希望能遠遠離開這即將發生的一切，不再聽到有關於這殘酷攻防戰的任何消息。可是他已難以置身事外。他能坐看寇仲被殺嗎？

寇仲從草叢樹後撲出，流星般奔往丘坡，朝李世民掠去。面向這邊的龐玉和兩名親衛高手同時警覺，大聲吆喝，到發現來者是寇仲後，忙從馬背躍起，掣出兵器，一劍兩刀對寇仲迎頭截擊。

丘頂的李世民、長孫無忌、尉遲敬德、羅士信和十六名親衛高手並沒有如寇仲預料般亂作一團，李世民哈哈一笑，道：「少帥別來無恙！」

長孫無忌等紛紛取出兵器，團團環護李世民，再分出五名親衛高手下馬對付寇仲。

寇仲則心叫可惜，若能潛至丘坡才被發現，又或對方策馬來攔截，他便可仗著比馬兒靈活得多的身法，掌握機會對李世民作出近身狂攻，現在則已成雙方力戰之局。口上應道：「世民兄也是風采依然，可喜可賀。」

「噹！」井中月離背而出，往前疾挑，正中龐玉攻來的一劍，接著身子往右稍移，只差毫釐的避過本是斬到頸項的一刀，井中月往橫掃出，狠狠迎上右方高手從側劈來的刀背上。龐玉首先悶哼一聲，運劍的右手虛虛蕩蕩，無處著力，難過至極點。他以前在洛陽曾與寇仲交手，可是眼前此刻的寇仲卻似脫胎換骨的變成另一個人，功力深不可測，刀法又無法捉摸，駭然下退後重整陣腳。「噹！」右邊親衛高手竟被他連人帶刀掃得踉蹌橫跌開去，原來寇仲從龐玉處借來部分內勁，此君哪能不立即吃虧。寇仲掃開右方敵人的同時，底下飛出左腳，靴頭命中左方敵人變招搠至的刀鋒，那人眼睜睜瞧著寇仲踢來，偏是無法避開，螺旋勁發，那人噴血跌退。龐玉疾退時，五名持槍的親衛高手越過龐玉，奮不顧身的向寇仲殺來。丘頂上的李世民等人看得倒抽涼氣，寇仲竟變得如此厲害，再非他們熟悉的寇仲。

寇仲哈哈一笑，拔身而起，五枝長槍擊在空處。寇仲何等精明，見五人一式用槍，判斷出這五名親衛高手定是精通某種能把長槍的優點發揮出來的陣法，哪敢被他們纏上。再從丘坡俯衝回來的龐玉卻是大惑不解，寇仲筆直彈往半空，力盡時豈非要筆直的落回地上，如何可應付在地上等待他的五桿長槍。在難以揣測下他只能在旁押陣以待。

在坡頂上李世民等人無暇多想，除李世民外，人人放下兵器，右手取弓，左手取箭，拉個滿圓彎弓往仍在騰升的寇仲射去。弓弦聲連串爆響，十四枝勁箭脫弦而出，織成一片箭網，往寇仲激射而去，射箭者無一不是此道高手，取點的準繩角度，均是無懈可擊，只要寇仲依循現時升勢速度，肯定會變成箭靶。任他武功再高，也不能在這種情況下同時格擋十四枝勁箭。李世民生出不忍之心，卻又隱隱感到寇仲不會這麼容易被人殺死。果然寇仲一聲長笑，眞氣變換，竟改直上爲往旁斜衝，不但堪堪避過能奪命的勁矢，還越過龐玉，直朝丘上諸人撲去。龐玉大喝一聲，沖天斜起，長劍直追寇仲後背。寇仲去勢陡增，迅速拉遠與龐玉劍鋒的距離，朝丘頂的李世民投去。尉遲敬德等哪想得到寇仲有此逆轉眞氣變換身法方向的絕活，無不大失預算，來不及取出慣用的兵器，紛紛從馬背躍起，凌空迎擊寇仲，就以手上大弓，揮擊硬攻。他們均是身經百戰的猛將勇士，臨危不亂，不但不會在空中撞作一團，還互相配合，分出一半人形成搶攻與阻截的人網，另一半人則忙收弓抽取兵器，固守原地。由寇仲來犯，直至此刻，只是眨幾眼的光景，可見戰況的緊湊激烈。

李世民拔出佩劍，他本身亦武技強橫，雖見寇仲勇不可當，奇招迭出，仍是一無所懼。龐玉的劍直追寇仲後背，五名槍手亦反殺回來，只要尉遲敬德、羅士信和三名親衛阻截成功，寇仲將陷入重圍，有死無生。長孫無忌護在李世民旁，目不轉睛的盯著寇仲來勢，諸將中以他和尉遲敬德武功最高，他更是冷靜多智，不會因己方似能控制局面而生出輕忽之心，還考慮到情勢變化下種種應變的方法。首先迎上寇仲的是尉遲敬德，像他這級數的高手，手上雖是長弓而非慣用的歸藏鞭，仍是招數凌厲，威足勢猛。眼看可堪堪掃中對方的井中月，豈知井中月明明是疾劈而來，竟倏生變化，心中叫糟時，長弓不及變招，硬被寇仲刀鋒挑在弓弦處。

寇仲大笑道：「這叫兵詐！似實而虛，虛反成實。」

「崩！」弓弦分中斷開，弓體彈直。這一刀最巧妙的地方，是在避重就輕，不與尉遲敬德硬拚，卻擊在長弓最脆弱處，化解敵人攻勢。試想彎弓變成直木，加上彈直時生出的力道，任尉遲敬德如何了得，一時亦難變招反擊，還要怕寇仲再施殺手，只好往下沉墮，不過他並不擔心，羅士信的刀和另三名親衛高手的劍，可教寇仲窮於應付。哪想到寇仲竟借挑中弓弦那些許力道，借力上升，一個翻騰，竟完全避過空中截擊，再往丘上只有長孫無忌和餘下三個親衛護著的李世民投去。無論戰略刀法，寇仲均運用得出神入化，精采絕倫。

後面追之不及的龐玉落回地面，心中後悔，若適才以靜制動，固守丘頂，當不致陷入眼前局面。如讓寇仲正面攻擊李世民，即使事後李世民毫髮無損，他們已難逃保護不周的罪過。長孫無忌當機立斷，見李世民欲揮劍迎敵，狂喝道：「你們擋住他！」一把抓著李世民坐騎的韁索，拉轉馬頭朝營寨方向奔去。三衛右刀左盾，齊往凌空而降的寇仲撲去。「砰！」井中月閃電般擊中其中一面盾牌，借勢往上彈升，憑空再換一口氣，疾如箭矢的往李世民和長孫無忌射去。李世民和長孫無忌剛奔下丘坡，坐騎雖神駿非常，仍未能放盡四蹄，臻達全速，寇仲身法卻已全面展開，疾如流星般後發先至的趕到。

長孫無忌早蓄勢以待，一個翻身，從馬背落地，手中玉簫化作千百反映天上星月的光點，往雙腳快要觸地的寇仲狂風暴雨的點過去。他計算得非常精確，在寇仲觸地前出手，那是寇仲舊力未消，新力未生的尷尬時刻。寇仲一聲暴喝，腳尖疾伸，比長孫無忌估計的先一步觸碰地面，接著陀螺般往他旋轉過來，人刀合爲一體。「叮叮」之聲不絕如縷，長孫無忌施盡渾身解數，玉簫連點十多下，均點在井中月的刀體上，仍無法阻遏狂攻而來的刀勢，只好往後飛退，否則若讓寇仲連人帶刀撞入他懷內，他會像被五馬分屍般給砍成多塊。

寇仲卻是心中長嘆，暗讚長孫無忌功夫了得，憑他奮力擋格了這幾招，使自己白白錯過除去李世民這勁敵的天賜良機，功敗垂成。長笑道：「世民兄慢走，我不送哩！」

李世民早奔下丘坡，回頭笑道：「遲些找少帥把酒談心如何？」

寇仲在被敵人圍攏前，迅速溜掉。

徐子陵抵達大河，再沿河西上，疾走一個時辰，快天亮時，地勢轉平，前方出現渡頭，在日出前的暗黑裏，寧靜無人。徐子陵還以爲找錯地方，待看到刻有「翁山古渡」的小石碑，肯定是和雷九指、宋師道等約定會合入長安的正確地點，遂於渡頭坐下，呆望滾滾東流不休的大河水。負責知會雷九指一方的是陳甫，他與歐良材有個藉快艇通信的渠道，消息可迅速往還，雷九指等理該正在此處等候他，可現在仍未見船影。正猶豫該否呆等下去，還是直接往找雷宋等人，帆影在上游出現，一艘小風帆順流駛至。徐子陵感到不大對頭，司徒福榮的座駕舟當然不會是這麼一艘單桅小風帆，而應是三桅甚至五桅的巨舶，忙躲進古渡旁的樹林內去。

風帆泊岸，歐良材現身船上，東張西望。徐子陵仍未弄清楚是怎麼一回事，從林內閃出。歐良材見到他，大喜道：「子陵快上船。」

徐子陵登船，歐良材下令把船掉頭，朝西駛往入關的方向，道：「這是雷老哥的意思，他說趁天下皆知你去見秦王的當兒，找個和你身材近似的人扮司徒福榮入京，那就誰都猜不到司徒福榮和你有關。不過子陵現在須火速趕往長安，否則若讓假司徒福榮開腔和人應酬說話，你這眞司徒福榮再要扮他會有破綻。」

徐子陵啞然失笑道：「我竟是眞的司徒福榮嗎？那不眞不假的司徒福榮行止如何？」

歐良材欣然道：「司徒福榮躲往塞外去，以爲那是宋家勢力不及的地方，沒有一年半載怕仍不敢回來。我們在同一時間從平遙開出大船，又放出風聲他是往長安避風頭；平遙的商家全是自己人，大家口徑一致，有誰人會再去查探打聽來證實表面沒有任何可疑的消息？」

徐子陵望往露出晨光的天際，心中一陣感慨，寇仲與李世民爭雄鬥勝的戰場離他愈來愈遠，可是他能把戰場從心頭拋開嗎？

兵器交擊聲響個不絕，在城上城下大批戰士圍觀喝采聲中，寇仲赤著上身，與十二個由麻常精挑出來的楊公卿親兵比武演練，精采迭出，惹得觀者不住叫好，氣氛熾熱。

「踏踏踏！」寇仲展開奇步，倏地逸出重圍，舉刀笑道：「今天就到此爲止，我們留點氣力去搗李世民的卵子！」衆人又爆出震天采聲。寇仲來到在旁含笑觀戰的楊公卿處，負責爲他拿衣物的親兵忙替他拭汗穿衣。

楊公卿笑道：「少帥這麼鋒芒畢露，不怕招聖上之忌？」

寇仲把刺日弓好好收藏，淡淡道：「他該感激我才對。」望往在牆頭仍不住向他致敬的守軍，道：「這是最好激勵士氣的方法，就是以身說教，用實際行動顯示我的實力，那在戰場上會發揮意想不到的功效。這一招是從頡利學來的，在要攻打龍泉前，頡利還和一衆將士在後方營地射箭爲樂，這是眞正的大將之風。」

楊公卿欣然道：「在這裏最尊敬你刀法的人該是我，除少帥外，誰能視李世民的親兵猛將如無物，殺得他只有策騎逃命一途。」

寇仲頹然道：「不要提哩！只差一點點我就不用一早起來便演一場耍猴子戲。」

蹄聲驟響，一騎從城內奔出，兩人望去，竟是正式受命專爲王世充傳遞命令的大將張志，寇仲和楊公卿你眼望我眼，均感不妙。

張志在兩人身前下馬，道：「我們入帳再說。」

寇仲動也不動，皺眉道：「張大將軍是否奉有聖上之令。」

楊公卿冷哼道：「聖上有甚麼指示？」

張志爲難的低聲道：「聖上著我口頭傳令，取消今天主動出擊，改爲靜觀其變。」

寇仲和楊公卿同時失聲道：「甚麼？」

即使楊公卿原先並不同意今天出戰，可是王世充的朝令夕改，正犯上兵家大忌。現在人人準備妥當，士氣如虹之際，王世充的愚怯行爲就像照頭向他們淋下一盤冷水，怎不教人心灰意冷。

張志苦笑道：「聖上認爲——」

寇仲打手勢阻止他續說下去，飛身上馬喝道：「我去跟他說。」再不理張志，策馬直入城門，去見以慈澗總管府作臨時行宮的王世充。

寇仲闖入總管府，守衛均不敢攔阻，他直抵大堂，才被王世充的親衛攔在門外，寇仲大喝道：「我要見聖上。」

王世充的聲音傳來道：「讓少帥進來！」

寇仲氣沖沖的跨步入廳，正和王世充說話的宋蒙秋和郎奉知機的退出廳堂，只餘王世充獨自一人坐在廳南的太師椅上，好整以暇的品嘗香茗，還示意寇仲到他右下首坐下。

寇仲卻筆直來到他身前，沉聲問道：「這是怎麼一回事？」

王世充不悅道：「怎麼一回事？我昨夜睡不能寐，將事情反覆思量，最後決定今日仍不宜用兵。道理很簡單，防禦工事仍未完成，匆匆出兵，一旦失利，城池左右陣地將受衝擊，後果堪虞。」

寇仲沒好氣的道：「可是聖上有否想過昨晚才下令全面備戰，決心今天出擊，忽然改變過來，這對士氣會產生不良影響。而且我們的戰略是要先發制人，以示我軍對唐軍一無所懼。如讓李世民占得先手，我們被動的還擊，與主動出擊是截然不同的兩回事。」

王世充冷哼道：「少帥勿要動氣，我只是把出擊推延一天，待壕防做妥，十拿九穩時出戰。戰場上不但要鬥勇力，還要鬥智計，躁進乃兵家之忌，不過是區區一天的時間，現在李世民陣腳未穩，怎樣都要幾天時間休息準備，明天和今天並沒有甚麼分別。」

寇仲憤然笑道：「若李世民這麼容易被人猜中他的行止戰略，就不配稱當世無敵的帥將，他能比聖上預測早三天抵達，現在怎會讓人猜中他何時來犯？李世民的兵法可穩可奇，奇正變化無窮，我們若以平庸的軍事規條去看待他，肯定不會有好的結果。」

王世充泛起怒容，道：「朕自有主張，不用你來教訓我。」

寇仲再按不下怒火，仰天笑道：「既是如此，我寇仲只好及早回彭梁去享點清福。」

王世充臉容一沉，正要說話，宋蒙秋和郎奉神色慌張的衝進來，齊聲嚷道：「李世民大軍全面發動，正朝我軍逼至。」

第九章

慈澗會戰

黃易作品集

第九章　慈澗會戰

王世充和寇仲登上城樓，遙觀敵勢。唐軍在兩座營寨外開始集結兵力，調動井然有序，迅捷靈活，確是軍容鼎盛，士氣如虹，裝備精良，訓練有素。雖仍在初步的集結階段，已可見微知著，令人看到整個戰陣的雛形。

王世充在寇仲耳旁低聲道：「朕錯啦！少帥可有甚麼補救方法？應堅守還是迎戰？」

寇仲心頭一震，王世充真的是怯戰，失去信心，故方寸大亂下低聲下氣來求教自己。王世充這反覆不定的情況非常危險，會令他在面對取捨時，作出錯誤的判斷。

他凝神打量敵陣，兵力約在五萬人間，其他五千人該是留守營寨。中央清一色是步兵，兩翼和前後陣均是騎兵。中央步軍又分九組，每組三千許人，由不同兵種的隊伍合成，各備弩、弓、槍、刀、劍、盾、拒馬等兵器。可以想像作戰時在李世民的指揮下陣法變化無窮，隨時針對敵人而作出種種最有效的應變。寇仲見唐軍如此威勢，亦不由得心生寒意，從而推出王世充等其他人的感受。不禁恨起王世充來，若王世充肯聽教聽話，先李世民一步出軍，便不用被李世民搶個先著，累得現在連他都感到進退兩難。如若慈澗是洛陽、長安級的堅城，甚或次一級如黎陽或虎牢，他不用想也會主張堅拒不出，憑穩固的城池和強大的防守力削弱損耗唐軍的力量，只恨慈澗卻是不堪大軍衝擊的小城池，且根本無法容納三萬多鄭軍，只能及早依城立寨抗擊龐大的敵軍。

楊公卿和其他諸將來到王世充和寇仲左右兩旁，聽候王世充的指示，而王世充則等待寇仲這「護駕軍師」的說話。

矮壯強橫，臉相粗豪，有胡人血統的王世充心腹大將跋野綱分析道：「敵人的動員正接近完成階段，若我們現在倉卒出營迎戰，陣勢未成，敵人壓陣攻來，我們一個抵擋不住，立要吃大虧。照臣下看該以據壕城固守最爲穩妥。」

城頭十多名將領近半數人點頭表示同意。楊公卿亦嘆道：「我們已失去在營外會戰的時機。」

寇仲曉得楊公卿是說給他聽的，表示他不支持在這種情況下迎擊敵人。深吸一口氣，心神進入井中月的境界，若連他亦失去鬥志，此仗必敗無疑。從容笑道：「若我們堅守不出，李世民會有甚麼反應，是揮軍強攻？還是收兵了事？」

王世充忽然皺眉道：「眞奇怪？他們並沒有預備跨壕攻城的工具。」

郎奉諛媚的道：「可知李世民只是要顯示實力，耀武揚威，我們可置之不理。」

大將陳智略沉聲道：「李世民的功業戰蹟，全是從守城得來的，並不善於攻城，所以我們打定主意據城穩守，李世民將莫奈我何。」

寇仲心中暗嘆，李世民既是守城的專家，當然比任何人更明白城池的強處和弱點，知守然後知攻。事實上，王世充和手下大將是被李世民的威名和現在顯示的實力嚇得不敢迎戰。

寇仲淡淡道：「諸位尚未回答我的問題，李世民究竟是揮軍強攻，衝擊我們的營地，還是展示實力後收兵了事？」

郭善才道：「少帥怎樣看呢？」

眾人目光齊集寇仲身上，聽他的答案。寇仲哈哈笑道：「李世民不愧縱橫無敵的主帥，虛實相生，使人摸不透他的目的。我們則連他究竟是揮軍來犯，還是想示威一番亦弄不清楚。」轉向王世充道：「李世民在測試我們的反應，如果我是李世民，聖上若龜縮不出，他可派出一軍，繞往慈澗後方，在那裏選取戰略地點，設立能堅守的營寨，斷去我們與洛陽的聯繫，絕我們糧草。等到他能成功在慈澗四方建成這類營寨，慈澗將被重重封鎖，我們將不戰而潰，以最窩囊的方式輸掉這一場本應是漂漂亮亮，鹿死誰手，尚未可知的大會戰。」

王世充一震道：「少帥是主張出戰。」

寇仲道：「我們是別無選擇，主動之勢已落入李世民手上，當其陣勢完成，便向我軍推進，待鉗制得我們動彈不得之時，我們將變成砧板上的肥肉，任他宰割。聖上必須當機立斷，否則延誤軍機，後悔莫及。」

楊公卿點頭道：「少帥的話很有見地，聖上請立即決斷。」

王世充的呼吸急促起來，倏地喝道：「就如少帥提議，立即布陣迎敵。」

此時敵陣爆起震天的喝采吶喊聲音，潮水般不斷湧來，只見李世民帥旗出現在營寨出口處，主帥李世民在天策府諸將簇擁下，加入唐軍中陣。

寇仲仰天笑道：「李世民啊！就讓我們見識一下你的眞本領。」

鄭軍從城中和營地源源不絕注入戰場，唐軍亦開始推進，果如寇仲所料，李世民選取在雙方間的小丘作臨時指揮台，以旗號、戰鼓、號角指揮全局的進攻退守。鄭軍布的是半月形圓陣，以慈澗城作依託，將防禦線盡量縮小，以收緊密集的隊形，盡可能形成有機的防禦體系，藉此對抗唐軍較為疏散的進攻型方陣。三萬鄭軍分左中右三師，左、右兩師各五千騎兵，兩萬步軍居中。右方騎兵由楊公卿和麻常指揮，左方騎兵則是陳智略為主，跋野綱為副。中軍步兵分作四大組，每組五千人，分由邴元眞、單雄信、段達和郭善才統率，宋蒙秋和郎奉留守城池。寇仲和張志陪同王世充和其二千人的親衛兵團位於中軍正中處，指揮進兵，統攬全局。方陣的唐軍，與半月形依城布陣的鄭軍，兩方兵馬，隔遠對峙。大戰一觸即發。

實際上唐軍只比鄭軍多出二萬人，但由於唐軍布的是疏散的進攻陣式，鄭軍是密集的防守陣式，驟眼看去，漫山遍野均是唐軍和迎風飄拂的旗幟，兵力便似在鄭軍數倍以上。從寇仲的角度瞧去，前方盡是往左右延展的各式兵種唐軍，聲勢駭人至極點。確是兵悍將勇，軍容鼎盛。反觀己方，由於先勢被奪，被敵軍牽著鼻子走，人人臉色沉重，無不抱著能抵住敵軍的進攻便非常了不起的被動心態。寇仲排開一切雜念，心無旁騖的觀敵察敵，尋找敵人的破綻空隙。

「咚！咚！咚！」敵陣戰鼓齊鳴，中軍前三組的合成步兵團和前鋒騎隊向前推進，直逼而來，到離鄭軍中鋒步兵陣千許步外停止，隊形往兩旁舒展，形成長方橫陣，動作整齊劃一，迅疾而有效率，盡顯訓練有素的成績。雖未眞的進攻，已對鄭軍構成龐大的壓力。仍是騎兵居前，步兵居後的陣式。

寇仲欣然笑道：「好一個李世民，我寇仲差點看漏眼。」號角聲起，唐軍側翼兩支騎兵策騎緩進，逐漸散開移往外檔，像一對巨鉗伸展般以掣敵人。

王世充臉色凝重的道：「少帥看破李世民甚麼陰謀詭計？」

寇仲道：「右方騎兵共有五隊，每隊千人，靠內側的一隊就是李世民最精銳的玄甲天兵，也是能鑿穿的奇兵，李世民仗之屢克大敵，若我們不能及早定計對付，今仗必敗無疑。」

王世充另一邊的張志訝道：「我們並不是未曾聽過李世民的玄甲親兵，可是這批騎兵表面看與其他騎兵沒有半點分別，少帥憑何判斷此隊正是李世民的玄甲天兵？」

王世充點頭表示同樣的疑惑。

寇仲好整以暇的道：「看他們的坐騎，要比其他隊伍的戰馬安詳整齊，這是突厥人觀馬的要訣，馬兒有敏銳的觸覺，若主人緊張不安，牠會清楚感應，更在行動與神態反映出來。正因這隊人馬是精銳的精銳，久經戰陣，所以人人神凝意舒，不像其他人般心情緊張，遂經馬兒反映出來。」

張志定神細看，嘆服道：「果是如此，少帥的眼力眞高明。」

王世充道：「我們該如何應付？」

寇仲淡然道：「敵方最強的一點，正是弱點破綻所在，假若我們頂得住他們，李世民在今仗將無所施其慣技，至於下一仗，留待下一仗再算吧！」往王世充瞧去，沉聲道：「聖上最精銳的部隊是否我們身後的親兵團？」

王世充無奈點頭道：「應是如此！」

寇仲笑道：「沒有犧牲怎能有收穫？聖上只要分出五百人給我指揮，我可對李世民這支釘子般有穿透力的奇兵迎頭痛擊，殺他娘的一個落花流水。否則如讓這隊人由陣前殺到我方陣後，又回頭衝殺返來，我們將陣不成陣，軍不成軍！」

「咚！咚！咚！」戰鼓齊鳴，喊殺連天，唐軍終於發動攻擊，漫山遍野卻又陣形完整的奔殺過來。雙方大軍，終於正面交鋒。

徐子陵於黃昏時分進入長安城，這回他打醒十二個精神，施展種種撇敵手段，以防被高手如石之軒或婠婠之輩跟在背後，潛往侯希白的多情窩。

侯希白見他回來，喜道：「早猜到你今晚該是時候回來，所以不敢到上林苑去，情況如何？寇仲肯否聽你的話？」

徐子陵在書齋一角坐下愕然道：「聽我的甚麼話？」

侯希白陪笑道：「我是不知該問甚麼才好，所以順口來這一句，只要寇仲提高警覺，楊虛彥該難逞奸謀。李世民又有甚麼打算？」

徐子陵苦笑道：「他的打算是管他娘的長安事，先幹掉寇仲再說其他。」

侯希白呆頭鵝的在他旁坐下，茫然道：「這算甚麼打算？」

徐子陵嘆道：「此事多想無益，不如擱下不想。有和雷大哥聯絡過嗎？」

侯希白點頭道：「他們昨天入城，住進崇仁里的華宅去，一切似乎頗為順利，雷大哥他們擺出力求低調的姿態，不過司徒福榮來長安的消息已暗地傳開去。不過由於唐鄭交戰，又有寇仲參與，吸引了唐室的注意力，現在街談巷議的話題都是與此有關，沒有人有閒情去理會一個暴發戶的出沒。」

徐子陵問道：「見過紀倩嗎？」

侯希白搖頭道：「這幾天她以抱恙為由沒有返回上林苑，至於陰顯鶴，則仍未有消息，他是否會遇上不測之禍？」

徐子陵嘆道：「我們不必胡亂猜測，以免徒然鬧得心煩意亂。」

侯希白道：「婠婠來找過你兩回，該怎樣應付她才好？」

徐子陵道：「她再來找我，請代我和她約個時間在此處會面。我還要去找胡小仙，還有你那幅《寒林清遠圖》，對嗎？」

侯希白精神大振，喜道：「對極！在下還怕陵少忘掉此事。你甚麼時候去偷，我就甚麼時候到上林苑製造不在場的鐵證。」又壓低聲音道：「石師全無動靜，看來你眞的牽發他的傷勢，使他必須密藏潛修，希望這段好日子可以拖長一些。」

徐子陵想起石之軒立即頭痛，問道：「你的百美圖進展如何？」

侯希白道：「只差十來個美人兒，畫美人一點不難，難就難在那百首美人詩，首首不同，累得我差點要放棄。」

徐子陵拍拍他肩頭道：「今晚到上林苑去花天酒地吧！我要去和雷老哥、宋二哥會合，弄清楚情況後再行事，今晚會是非常忙碌的一晚。」

激烈的攻防戰，從上午延續至黃昏。唐軍主攻，鄭軍主守。在李世民的指揮下，唐軍將士對鄭軍發動一波又一波持續不斷的狂攻猛擊，從遠距離的箭射到近身的肉搏，此起彼繼，無休止地進行著。馬蹄軍靴踢起的塵土，遮天蔽日，雙方互有傷亡，血染草原，屍橫遍野，戰況慘烈。

寇仲以弈劍術的心態面對這場等於由他指揮的劇戰，王世充反成他的傳令將軍。在這一刻，他變成只求成功的指揮者，每一名將士，都是他放在棋盤上的棋子，以冷眼去作出判斷，哪子該留，哪子該棄，作爲爭取最後的勝利。不如此，鄭軍早抵不住唐軍的撼擊，被迫退回營裏城內。

號角聲起，接戰中的唐軍潮水般退卻，寇仲下令追擊，卻給迅速補上的唐軍硬以強弓勁箭逼回來，雙方再成對峙之局。寇仲暗責自己疏忽，唐軍退而不亂，連死傷者亦全部送返後方，可知是有秩序的退卻，不宜追擊，就是一念之差，累得百多人命喪敵手，身為主帥的確是責任重大。敵我兩陣燃起千百計的火把，日戰轉為夜戰，又是另一番氣氛情景。

王世充沉聲道：「李世民究竟尚有甚麼鬼主意？」

這是鄭軍一方每一個人急欲曉得的事，戰場上的李世民指揮若定，策略變化無窮，若非有寇仲這軍事上的天縱之才冷靜應付，一一化解，鄭軍肯定不能像目前般不失寸土。雙方重整陣腳，移走死傷。寇仲身上多處負傷，他卻像個沒事人般不以為意，甚至拒絕包紮治理傷口。別人以為他英雄了得，不畏傷痛，他卻心知肚明，長生氣比任何聖藥更有療效。

他和王世充分派的五百親衛多番出擊，粉碎敵人連番猛攻，他的刺日弓發出的連珠箭，更使敵人心寒膽喪，否則戰局會變成由唐軍全部操控的發展。王世充的二千親衛精銳，分作四批讓他統率調遣，故每回都是以生力軍勇不可當的姿態反擊唐軍，屢創奇功。

張志道：「眞奇怪，李世民為何仍不出動他的天兵？」

直至此刻，那一千被寇仲法眼看破的天兵騎士，只曾伴攻兩回，仍在養精蓄銳，等待時機。

寇仲微笑道：「大將軍累嗎？」

張志嘆道：「除非是鐵鑄的，怎能不累？」

寇仲道：「所以大家都累哩！李世民就是等候此刻，他的天兵方可發揮最大的效用。」

話猶未已，唐軍留在後方從未參與過攻擊的一隊步騎兵，開始推進，其中正包括天兵騎隊在內，退回去的兩萬步騎兵重整陣勢，按兵不動，不過若在李世民一聲令下，他們可隨時再投身戰場。敵人不住逼近。

寇仲拔出井中月向身後休息充足的五百騎兵嚷道：「成功失敗，就看我們的本領。」

五百戰士轟然響應，寇仲在他們心中建立起無敵的領袖地位，人人樂意追隨他，為他效死。此事雖招王世充之忌，但寇仲已顧不得那麼多，否則他將橫屍此地，洛陽、少帥軍全不關他的事。前方中軍步兵依鼓聲旗號的指示，往兩旁橫移裂出去路缺口，讓寇仲領軍衝出，迎擊首次殺到的玄甲天兵和數以萬計的唐軍。

徐子陵從後牆進入崇仁里的華宅，易容改裝了的雷九指和宋師道兩人正在後廳說話，見徐子陵來會，當然非常歡喜。

雙方大致交代別後情況，徐子陵訝道：「為何不見從人，小俊到哪裏去了？」

雷九指道：「小俊正在裝扮，我們再經思慮後，計劃有少許變動，但該是更加完美。」

徐子陵對雷九指或尚有疑惑，但對宋師道卻是信心十足，欣然道：「小弟洗耳恭聽。」

宋師道灑然笑道：「事實上只有兩項變動，首項是因應形勢變化，原來司徒福榮比我們想像中的更為膽小，接得我們警告信後，就那麼與申文江兩人連夜離開平遙避禍去也，生意交由親弟打理。所以我們不能婢僕成群的跟來。」

徐子陵訝道：「又有這麼巧的？他為何不帶其他人，而偏和申文江一道避禍？兩人關係這般親密嗎？」

雷九指笑道：「你這叫聰明一世，蠢鈍一時，當然是宋二爺在信內下料子，不怕申文江敢不與老闆有禍同當，亡命天涯。」

徐子陵恍然道：「宋二哥確是算無遺策。」

宋師道笑向雷九指道：「我並不是宋二爺，而是申先生，方管家幾時可改口。」

雷九指自掌一記嘴巴，裝作誠惶誠恐的道：「小人知罪！小人知罪！申爺大人有大量，勿要和小人計較。」這幾句話他以帶著平遙鄉音的誇張語調說出，惹得哄堂大笑。

徐子陵嘆道：「若此刻有石之軒、婠婠那類高手來探望我們，我們所有心血將盡付東流。」

宋師道點頭道：「子陵說得對，蘇管家你該檢點些，否則只要文江在福榮爺面前說一句話，蘇管家你立即要捲舖蓋回鄉耕田。」

三人再次對視大笑。徐子陵挨往椅背，心中一陣難過，若寇仲在此，那有多好。大家一起開懷大笑，共商與奸人周旋的大計。

一個聲音從後門處傳來，老氣橫秋的道：「蘇管家又犯上甚麼錯失？咦！竟是徐爺！」

徐子陵一眼瞧去，登時心中叫妙，走進來的小俊扮得就像司徒福榮本人大駕親臨，似足圖畫中他的體型臉相。

雷九指跳起來，一把摟著任俊肩頭，探手捏他的臉皮道：「這張臉雖及不上魯師妙手的巧奪天工，但至少亦有他七、八成的工夫，我保證司徒福榮看到他時，會以爲自己在照鏡子。」

徐子陵不禁莞爾，笑道：「該說連魯大師亦以爲這張面具是他做的。」

雷九指欣然放開捏著小俊臉皮的手，笑道：「好小子！何時學會拍馬屁的？」

宋師道道：「這是我們第二項變更。因爲要你徐子陵整天坐在這裏扮司徒福榮實在太浪費，所以平時改爲小俊代勞，到要在賭桌上顯身手，以你的功夫，模擬小俊的聲音該是輕而易舉的事。」

任俊捋鬚正容以平遙口音的語調道：「開押店不但是一盤生意，更是一門學問，想賺錢首先講商譽，我司徒福榮多賺一個子兒少賺一個子兒絕不是問題，最重要是諸位朋友聽到我司徒福榮四個字便有信心。」他說話的音調、緩急和斷續均有種令人一聽難忘的特徵，正因有此異樣與別的不同處，故容易被掌握和模仿。

雷九指道：「這是歐良材教的路，司徒福榮確是用這般語氣說話的。據歐良材說，小俊學得有七、八成相似。」

徐子陵信心大增，道：「坐下再說！」

四人坐好後，宋師道道：「我們和官府打過招呼，並請他們關照我們不願張揚的願望。陳甫明天會遣幾個婢僕下人來侍候福榮爺，至於護院保鏢一類我們會透過陳甫暗中招聘，若池生春眞的對我們有狼子之心，該會趁機讓手下混進我們這處來，我們可將計就計。」

任俊道：「最怕是池生春根本不曉得我們大駕蒞臨。」

徐子陵思索半晌，向雷九指道：「雷大哥有否傳小俊兩手絕活？」

雷九指尙未答他，任俊探手攤掌，三顆骰子赫然出現掌心處，笑道：「我現在連睡覺亦夢到自己在賭錢，不過在夢中總是輸多贏少。」

徐子陵欣然道：「那會省去我很多工夫。眞正的司徒福榮年紀有多大，妻妾子女情況如何？」

雷九指答道：「眞正的司徒福榮該不過四十歲，似乎不好女色，到現在仍是獨身，所以很多人在懷疑他另有癖好，與宋二爺有一手。」

宋師道啞然失笑道：「雷老哥又來耍我，他是與申文江有一手，而非甚麼二爺三爺。」

徐子陵望向任俊，道：「小俊有否心怯？」

任俊肯定的搖頭道：「有雷爺和二爺在旁指點，我不但不害怕，還感到樂在其中。」

雷九指正容道：「小俊非常好學，天分很高，子陵不用擔心他能否勝任。」

徐子陵道：「這就成哩！唯一擔心的是小俊的眼神會洩漏秘密，因爲只要有點眼力，可看出他是練家子。」

宋師道道：「敢開押店的人背景怎會簡單？司徒福榮出身黑道，本身是平遙一個著名幫會的龍頭大哥，我這申文江也是世家子弟出身，自幼習武，所以這方面不成問題。」

雷九指道：「我扮的蘇管家眞有其人，是司徒福榮另一心腹，在平遙武林薄有名氣。司徒福榮和申文江逃往平遙，他便南下不知去向，該是奉司徒福榮之命到南方打聽宋二爺家的動靜。」

徐子陵深感群策群力的好處，自己可輕鬆得多，道：「你們今晚好好休息，待我安排一切後，明天可實行我們的討香大計。」

宋師道訝道：「子陵會有甚麼安排？」

徐子陵長身而起，笑道：「首先要安排一位絕色美女看上小俊這絕不討人歡心的司徒福榮，令他改變癖好，改爲喜歡女人。我的娘！這是怎麼一回事？」

戰事終告暫時結束。唐軍屢攻不下，李世民鳴金收兵，控制主動的大唐軍有秩序的撤返營地。此仗關鍵處在於寇仲死命抵著李世民的「鑿穿天兵」，令唐軍無法突破鄭軍的防禦線，雙方均傷亡頗重，死傷達數千之衆，戰情慘烈。寇仲負傷累累，戰袍被自己和敵人的鮮血染得斑駁可怖。經過塞外以戰養戰的修行，他完全掌握如何在千軍萬馬的血戰中保命之道。但受傷是無可避免的，任你武功如何高明，刀法何等了得，在避無可避及人擠人的混戰中，捱刀碰劍是必然的事，但如何把來自敵人的傷害減至最低，卻是寇仲從無數戰役領悟出的超凡本領。戰士在清理戰場，楊公卿和他策馬繞過城營，來到慈澗另一邊一座小丘上，由此以快馬沿官道朝東疾走，兩天許的時間可抵洛陽。

寇仲道：「待會兒我要去向王世充說話，必須於此設立營寨，以確保糧道暢通，否則若被李世民派小隊人馬襲劫運糧隊伍，可使我們窮於應付。」

楊公卿道：「那就不如索性建一座石堡，可與慈澗遙相呼應，工事兵與匠人可從洛陽調來，如此即使慈澗失陷，李世民仍不能長驅直進，直逼洛陽。而我們若迫不得已退返洛陽，也不懼李世民啣尾追擊。」

寇仲訝道：「我們今天剛打過一場漂亮的大仗，教李世民不敢小覷我們，楊公對慈澗是否能穩守仍這麼沒信心嗎？」

楊公卿嘆道：「我對少帥當然信心十足。但對王世充則是另一回事！誰曉得明天他又會想出甚麼蠢主意來。」

寇仲大有同感，道：「那建一座像點樣子的石堡要多少時間？」

楊公卿道：「爲抵禦唐軍攻打洛陽，早在城內儲存大批鑿好的方石，準備必要時修補破損的城牆。若把部分方石運來建石堡，而人手足夠的話，可於十來天的時間弄成一座有抵禦能力並容納數百守兵的石堡出來。」

寇仲訝道：「可以這麼快建成石堡，令人想像不到，那就不如夾道建起兩座石堡，其防守之力將以倍數增強。」

楊公卿欣然道：「好主意。不過最好不要由我們提出，由我私下去和跋野綱商議，他追隨王世充足有十年，是王世充最信任的外姓將領，他的提議王世充較易入耳。」

寇仲思索的道：「跋野綱和王世充同是胡人，可能有血緣關係，又或同大明尊教有關係，該是跟王世充說話的理想人選，楊公想得周到。」

楊公卿苦笑道：「周到？唉！應說辛苦才是。在戰場上，拿主意的人若出問題，神仙難救。」

寇仲道：「打過今天這場仗後，我對整個形勢從悲觀轉爲樂觀，現在誰都該曉得我是有誠意助王世充擊退李世民。現在只要能說服王世充接納竇建德；另一方面則向竇建德痛陳利害，請他出兵來援，李世民將進退兩難，陷進被動的劣境。」

楊公卿沉吟片晌，沉聲道：「竇建德究竟是怎樣的一個人？」

寇仲微一錯愕，好一會兒才道：「坦白說，直到此刻我仍摸不清楚他是怎樣的一個人，他說話得體，只說該說的話，圓滑得不會惹人反感。不過他的缺點，也極可能是他的優點，是過度的自信。像攻陷黎陽後，他曾想過揮軍渡河攻擊虎牢，這不但代表他不把王世充放在眼內，還低估李世民的威脅。」

楊公卿道：「難怪王世充怕他，竇建德攻陷黎陽，對王世充構成很大的威脅，在這樣的情況下，兩人絕無聯手抗唐的可能。」

此時麻常和十多名手下策騎奔至，道：「聖上有請少帥！」

寇仲和楊公卿交換疑惑的眼神，均猜不到王世充因何事這麼急著要見他寇仲。

徐子陵戴上「雍秦」的面具，外加侯希白那副鬚髯，進入明堂窩的外大堂。逢此接近初更的一刻，燈火通明的大堂人頭湧湧，圍著賭桌喧聲震耳。徐子陵換得少量籌碼，施施然在賭桌間閒逛，心中想著的卻是胡小仙，只要他在賭廳角落留下暗記，明天將可聯絡上胡小仙。唯一擔心是自己因趕往慈澗，錯過與她聯絡的約定期限，不知是否會因而出現變化。最後還是把心一橫，趁沒人注意時留下暗記，以只有他和胡小仙才明白的方法，標示見面的地點時間。然後隨便在其中一張賭桌賭兩手，輸掉近半籌碼，正要離開，香風襲至，紀倩在他身旁走過，道：「我在那間川菜館等你。」

王世充踞坐總管府大堂南端的「龍座」，諸大將段達、單雄信、邴元眞、張志、陳智略、郭善才和跋野綱等分坐兩旁，氣氛嚴肅。見寇仲來到，衆將均向他含笑打招呼，態度尊敬。顯示他寇仲在他們心中建立起一定的地位，贏得他們的敬意。

王世充將拿在手上的書簡，遞給站在椅後的親兵，淡淡道：「給少帥過目。」

寇仲大感愕然，王世充冷哼道：「這是李世民使人射進營地的書函，信是給朕的，話卻是向你說。」

寇仲接過信件，展開細看一遍，其他人除王世充外，顯然未悉飛箭傳書的內容，露出好奇神色。以李世民的作風，此信內容當然不會光是無聊的話。

寇仲看罷闔起書函，啞然失笑道：「好一個李世民，這麼簡簡單單的幾個字，已可令聖上心中不舒服，而我則進退兩難。」

大將陳智略忍不住問道：「李世民究竟在信內耍甚麼花樣？」

王世充悻然道：「朕怎會因此介懷，少帥可自行決定該怎麼辦。」

衆人更是摸不著頭腦，不過誰都曉得王世充說自己不介懷，與實情剛好相反，否則不會說氣話。

寇仲在右方那排椅子的最後一張坐下，把信件擱在几上，拍著扶手哈哈笑道：「李世民在信內邀我三更時分到他營地見面，我究竟該去還是不該去呢？」

諸將恍然。李世民這著確非常厲害，信是給王世充，話卻是向寇仲說，正點出王世充與寇仲間最大的矛盾。且擺明不尊敬王世充，明示在李世民心中，只有寇仲堪作對手，王世充根本不被他放在眼內。

張志乾咳一聲，道：「聖上須小心這有可能是李世民布下對付少帥的陷阱。」

寇仲心中暗讚，張志這句話非常得體，將話事權交回王世充手上。

邴元眞嘆道：「這封信是非常高明的離間計，聖上勿要中李世民的圈套。」

只聽王世充手下兩名大將爭著爲他說好話，當知衆將對他寇仲生出倚重之心，問題是王世充心胸狹隘，理智上曉得諸將所說屬實，情緒上仍難接受。

單雄信皺眉道：「李世民會有甚麼話和少帥說？少帥若是可輕易動搖的人，今天就不會在這裏和我們出生入死的共抗唐軍。」

寇仲心懷大慰，卻知道諸將愈爲他說好話，會更招王世充之忌，可是偏拿不出別的辦法。

王世充果然仍是神色不善，冷冷道：「這麼說，諸位卿家均認爲少帥不宜赴會，對嗎？」

一直沒有作聲的跋野綱道：「照我看以李世民的作風，此會絕非鴻門宴。且儘管眞是陷阱，以少帥的身手，要突圍逃走誰攔得住。或者李世民經過今仗，知難而退亦屬可能。」

王世充冷哼道：「若他是知難而退，該直接來向我提出。」

郭善才道：「我還想到另一個可能性，就是李世民想弄清楚少帥的心意，然後決定應否退兵。」

對王世充諸將來說，不論是追隨他多年的老部下，又或像段達、單雄信和邴元眞等從李密處投降過來的將領，均曉得寇仲是擊敗李密的大功臣，今天一仗全憑他撐著大局，所以郭善才這番分析人人認爲理所當然。只有王世充愈聽愈不是味道。

王世充見衆人大多點頭同意郭善才的見解，臉色一沉，向寇仲道：「少帥比任何人更清楚你自己與李世民的關係，且說到底少帥是客卿身分，不受朕直接管轄，所以此事應由少帥自行決定。」

寇仲心中暗嘆，表面仍從容自若，淡淡道：「多謝聖上！李世民既敢約我，我寇仲就敢去見他。他對我說過甚麼話，我會一字不漏轉述與聖上，聖上請信任我。現在我唯一的目標是守穩慈澗，其他的事既無暇去理，亦無暇去想。」他對王世充是說盡好話，給足他面子。若王世充仍想不開想不透，那是他自取滅亡，他寇仲還可以幹甚麼？

徐子陵進入川菜館，紀倩背著衆人在較僻處的一角等候他，菜館快要收舖，再不接待遲來的客人，只餘三張桌子仍有賓客，寧靜安詳。在紀倩對面坐下，紀倩美目向他飄過來，似回復一貫的生機，異采漣漣饒有興趣的打量他，待他開口說話。

徐子陵苦笑道：「小姐請先恕過在下爽約之罪，皆因身有要事，當日須立即離開長安，今日黃昏時分才回來。」

紀倩一手托著巧俏的香腮，另一手懶洋洋的爲他斟茶，滿不在乎的道：「是否又是不可告人的事？」

徐子陵灑然微笑道：「小姐猜個正著。」

紀倩放下茶壺，「噗哧」嬌笑，瞟著他道：「你倒坦白。這回你有很大的改變，不但聲音好聽得多，說話的神氣跟以前更活像兩個不同的人。噢！差點忘記告訴你，人家記起陰小紀是誰哩！」

徐子陵大喜道：「眞的？」

紀倩不悅道：「我紀倩是說謊的人嗎？不過若要我告訴你，卻有一個條件。」

徐子陵早知她不會如此馴服，微笑道：「小弟洗耳恭聽。」

紀倩一字一字的道：「你要告訴我爲何你要對付池生春，然後由我決定是否參與。假如你說的話令我不感興趣，我是不會透露陰小紀的任何事。」

徐子陵欣然道：「這個要求很合理，有機會紀小姐可向侯希白詢問我是否是可以信任的人，他會給小姐一個確切的答案。」

紀倩抿嘴淺笑道：「不用緊張，若我半點不信你，今晚不會坐在這裏和你這冤家說話，還會改找我在官府的朋友在明堂窩門口把你擒個正著，關進牢內去。那時我要知道甚麼事，會親自拷問。」

徐小陵給她說得啼笑皆非，知她仍是含恨在心，怪自己戳破她要學成非凡賭技的美夢，聳肩道：「言歸正傳，我要對付的不是姓池的，而是姓香的，小姐開始感興趣，對吧？」

紀倩坐直嬌軀，秀眸閃閃生輝，柔聲道：「先告訴我你究竟是寇仲還是徐子陵。我曾多次問希白關於你們的事，希白只是笑而不語，卻承認你們和他有過命的交情。」

徐子陵明白過來，紀倩是因上回他提起侯希白，從而猜出他是誰，所以態度大改。輕俯往前，迎上她期待的眼神，柔聲道：「我應否先說兩句江湖的場面話？例如甚麼行不改名，坐不改姓，然後說出自己是徐子陵。」

紀倩忍不住發出銀鈴般的動人笑聲，掩嘴瞪他一眼道：「不要逗人家笑好嗎！我現在想嚴肅認眞點嘛！」

徐子陵心中暗嘆一口氣，長安可以說是另一個戰場，只是這戰場實在比寇仲在慈澗的戰場有趣得多。寇仲是否自尋煩惱？

紀倩在他眼前輕揚玉手，吸引他的視線，道：「你在想甚麼東西？」

徐子陵坦然道：「我在想寇仲，希望他到這一刻仍可活得好好的。」

紀倩喜孜孜的瞧著他道：「你眞的把人家視作朋友，不怕我害你嗎？」

徐子陵正容道：「我從沒想過小姐會害我。」

紀倩湊近他低聲道：「告訴你一個秘密，這幾晚人家都在明堂窩門外等你，因爲知道你一定會來。」

徐子陵生出不妥當的感覺。

紀倩笑道：「你扮徐子陵扮得眞像。如果我不是曉得寇仲和徐子陵正在慈澗跟秦王鬥生鬥死，定會給你騙得貼貼服服，現在嘛！嘻嘻！」

徐子陵心叫不妙，紀倩靈活的跳起來往後避退，三張桌子共七名客人同時拔出兵器，搶過來把他封死在角落處，這些人徐子陵並不認識，全是生臉孔，看樣子該是長安權貴的公子哥兒，紀倩的仰慕者，在紀倩的徵集下湊雜成軍。

紀倩在「大後方」得意洋洋嬌笑道：「你這騙子算老幾，竟敢來騙本姑娘，你若眞是徐子陵，就露兩手給我見識見識。」

其中一個持劍的年輕公子大笑道：「即使是徐子陵又如何？讓我們長安七公子令他知道甚麼是天外有天，人外有人。長安豈是隨便任人撒野的地方。」

刃光忽閃。兩劍分從兩個角度橫斬直劈他的頸項和臉頰，既狠且疾，頗有兩下子。徐子陵心中暗嘆，若給這甚麼他娘的長安七公子暴露他徐子陵的行藏，弄得李淵等全曉得他身在長安，那就冤哉枉也。

唐軍營寨前擺開一桌酒菜，只有兩個席位，李世民悠然自得的安坐靠著寨門的位子，身後立著尉遲敬德、龐玉、秦叔寶、長孫無忌一眾心腹大將，在營寨火把光的照耀下，隆而重之的恭候寇仲大駕。

寇仲單人匹馬從慈澗城營方向馳來，直抵酒席前，輕輕鬆鬆的甩蹬下馬，任得趕來爲他牽馬的唐軍侍候馬兒。笑道：「世民兄果是信人，小弟初時還以爲把酒言歡只是隨口說說，現在才曉得是眞的。」

李世民長身而起，從容道：「我們終曾是知交，縱使要決生死於戰場上，在可能的情況下也應該來個敘敘舊情。少帥請入座！」

他身後諸將無不目光灼灼的盯著寇仲的一舉一動，眼神充滿敵意，又隱含尊敬。

寇仲來到另一邊的席位，大模大樣坐下，李世民親自爲他斟滿一杯，然後坐下舉杯道：「我大唐軍營內嚴禁喝酒，違令者斬，所以今晚的宴會，不得不在寨外舉行。酒是附近村落張羅回來的米酒，充滿鄉土風味。讓我先敬少帥一杯。」

兩人舉杯對飲。

李世民回頭向手下諸將道：「你們退回寨內，本王有幾句心腹話要和少帥說。」

諸將齊露愕然之色，又知李世民言出必行，軍令如山，無奈下退得一乾二淨，只剩兩人在營寨外隔桌對坐。

寇仲計算酒席離寨門足有二百步的距離，訝道：「世民兄不怕我突然發難？世民兄武功雖高，可是若我肯以命換命，拚著硬捱世民兄一擊，說不定在世民兄的手下來救護之前，重創世民兄。」

李世民哈哈笑道：「若寇仲是這種人，我李世民根本不屑和你共桌談心，我李世民絕對信任你，更相信不會看錯你。」

寇仲苦笑道：「我確實不會這樣無恥。唉！你老哥害得我很慘，使我和王世充再添心病。究竟我們還有甚麼好說的？」

李世民又為他斟酒，微笑道：「以前我是力勸少帥而不果，這回卻想痛陳利害。少帥勿要笑我，因為大家終究曾做過兄弟好友。」

寇仲舉杯道：「這一杯就是為我們以前的兄弟之情而喝的，飲過這一杯，以前的兄弟情一筆勾消。若我寇仲命喪世民兄之手，做鬼亦不會怪世民兄，只會怪自己不自量力，妄圖與世民兄為敵。」

李世民喝一聲「好」，兩方再盡一杯。

寇仲放下酒杯，悠然道：「世民兄有甚麼利害須向小弟痛陳？我倒希望有點新意思，若都是我早曉得的，我們便不用花時間，各自早點回去睡他娘的一覺。」

李世民往前微傾，雙目閃閃生輝，凝視寇仲，微笑道：「我想和少帥來一場豪賭。」

寇仲把掃視寨門情況的目光收回來，迎上李世民銳利似能洞穿任何秘密的眼神，大感意料之外的訝道：「豪賭？我們賭甚麼？」

李世民道：「賭的當然是洛陽，假若我李世民不能在半年內攻陷洛陽，我李世民從此不問任何軍事政事，但我如能成功，閣下須放棄爭霸大業。我可任你解散少帥軍，又或把少帥軍歸順於我，我李世民保證會善待寇仲的每一名手下。」

寇仲虎目精芒乍閃，嘿然道：「半年說長不長，說短不短，世民兄不怕作繭自縛？」

李世民笑道：「若我說的是一年之期，少帥是否還肯賭此一鋪？任何賭博，沒有風險就沒有樂趣。」

寇仲嘆道：「世民兄的膽子比我還大，若換過小弟是你老兄，逢此慈澗勝敗未分之際，怎敢說此豪情壯語？」

李世民仰望星空，徐徐道：「讓世民亦來一個假設，若洛陽的主事者是寇仲而非王世充，我李世民絕不敢下重注作此豪賭。」

寇仲一呆道：「你的痛陳利害果然與別不同。你不怕我說服王世充死守慈澗，由於有洛陽作後援，說不定可堅持上一年半載。世民兄那時豈非要眼睜睜瞧著手上的籌碼輸個一乾二淨？」

兩人表面客氣友善，事實上卻是針鋒相對，各不退讓。

李世民啞然笑道：「少帥是否對王世充過分高估？少帥表現愈出色，愈招王世充之忌。鄭國政權內外交困，派系鬥爭和只重同宗將領更是不得人心。少帥可以有良好的願望，可惜事實偏是冷酷無情。」

寇仲微笑道：「王世充終究是曾帶過兵打過仗的人，在戰場上刀來箭往，豈容他有餘暇玩弄骯髒手段。」

李世民淡淡道：「那我就把世充逼返洛陽，予他多點時間考慮自身的處境。不瞞少帥，我已命懷州總管黃君漢和猛將張夜叉在河陽集結三萬大軍，只要成功渡過孟津，將可剋日攻陷回洛。不用世民提醒少帥，回洛和洛口，乃供應糧食予洛陽兩大糧倉之一。回洛失守，對慈澗這方面的軍糧供應，怕多少會有點影響吧！」

寇仲立時處於下風，苦笑道：「幸好尚有洛口，一天虎牢仍在，洛口可源源不絕把本身藏糧由洛水運往洛陽，以保洛陽糧食無缺，支援慈澗的鄭軍，更可向大河下游諸城買糧。何況現在回洛已加強防守，世民兄是否言之過早？」

李世民長笑道：「虎牢！哈！虎牢！」接著眸神深深注視寇仲，微笑道：「爲了虎牢，世民另遣三軍，每軍萬人，一由行軍總管史萬寶率領，自宜陽進軍伊闕。另一軍由劉德威指揮，自太行東圍河內。河內乃現今鄭軍在大河以北唯一據點，此鎮失守，大河北岸盡入我手，憑我大唐水師的實力，少帥是否仍有疑惑我們能置大河於控制之下呢？」頓了頓續道：「大河既任我縱橫，最後一軍由上谷公王君廓率兵，渡河枕軍洛口，斷去洛陽最後一條糧道，洛口的糧草要運往洛陽，那時須問過我李世民才成。」

寇仲回復冷靜，淡淡道：「想不到世民兄對紙上談兵興致極濃，小弟只好奉陪到底。世民兄對攻陷伊闕似乎成竹在胸，小弟卻是大惑難解。壽安、伊闕兩城，一據洛水之南，一據伊水之西，兩城相隔不過一日馬程，唇齒相依。壽安有經驗老到的張鎮周坐鎮，只要他發兵呼應，史萬寶憑甚麼本領攻陷伊闕，伊闕城外尚有龍門堡，況且若襄陽錢獨關與朱粲聯軍北上，史萬寶將四面受敵，能否逃回來向世民兄問好請安，勢成疑問。」

李世民笑而不答道：「這處請恕世民賣個關子，任由少帥自行想像如何？」

寇仲倒抽一口涼氣道：「世民兄是否在暗示張鎮周向你歸降？」

他絕非大驚小怪，因為若張鎮周投降一事屬實，不但對鄭軍士氣打擊無可估量，隨之而來的後果更是不堪想像。首先是伊闕不保，且切斷與洛陽的聯繫。大唐軍那時會如蝗蟲般蠶食洛陽南面所有城鎮，北面的大河則在唐軍手上，再失慈澗，洛陽將只餘東線虎牢唯一的呼吸孔道透氣。

李世民岔開道：「不知少帥是否懂下圍棋，對我來說，王世充和他的軍隊是一條大龍，若正面對撼，我縱勝亦傷亡慘重。所以得採取圍堵和斬截的策略，堵死他每一個活口，然後逐一收氣，到只剩下洛陽一隻眼，獨眼焉能造活？少帥請指教。」

寇仲苦笑道：「小弟從未學過下圍棋，獨眼活不了，那麼一雙眼是否能活？另一個活口就是虎牢，更是另一條活龍的來路。」

李世民微笑道：「若世民沒有牽制竇建德或你少帥軍的方法，根本不敢東來，寧願在關中坐看竇建德和王世充鬥個頭崩額裂。」

寇仲一震道：「我的少帥軍？」

李世民漫不經意的道：「杜伏威既已歸唐，李子通還有甚麼作為？降我大唐，還可封侯拜將，風風光光。少帥軍雖朝氣勃勃，士氣昂揚，可仍是羽翼未成，自保或可有餘。只要李子通作出北上攻侵之態，少帥的彭梁軍將動彈不得，派不出一兵半卒往援虎牢。」

寇仲整片頭皮發麻起來，至此才領教到李世民兵法如神，算無遺策。

李世民好整以暇的悠然道：「至於竇建德，一方面要留下部分兵力以壓制北面高開道和羅藝的蠢蠢欲動，更要應付東面另一支義軍的挑戰，這支義軍由山東孟海公率領，與徐圓朗齊名，竇建德想收拾他怕要費一番工夫。」

寇仲就像一個賭得天昏地暗的賭徒，想下最後一注時，忽然發覺手上籌碼全輸掉。最難過的是明知李世民的戰略，他仍無法應付和改變。深吸一口氣，道：「假若世民兄輸掉慈澗此仗又如何？」

李世民啞然失笑道：「我這一仗是無論如何不會輸的。由今晚開始，我軍將堅壘不出，等待另四支軍隊分別攻陷回洛、洛口、河內、伊闕的好消息。若這還不夠，世民可留下萬來人守寨，自己則率其他人沿大河南下親取北邙山南、洛陽東北的金墉城。那時看王世充是否會因慈澗而置洛陽不理，陪少帥在這裏賞月觀星？」

寇仲拍桌嘆道：「好小子！你奶奶的熊！到現在我終於明白甚麼是上兵伐謀，亦明白爲何薛舉父子和劉武周、宋金剛輸得這麼他娘的一塌糊塗。你老哥令我有力難施。你今晚請我來喝酒，就是要這般令我難堪而下不得台，對嗎？」

李世民肅容道：「恰恰相反，我請你來喝酒談心，因爲我李世民仍當你是兄弟。你寇仲是英雄的，就接受我的賭約。我李世民定下半年之期，當是還你的人情債。」

寇仲雙目精芒閃閃，凝視李世民而不語。

李世民沉聲道：「不要對虎牢再寄任何希望，我已派李世勣全權負責攻克虎牢，此人無論在李密軍中，又或我大唐諸將裏，均是一等一的人才，我有十足信心他可輕取虎牢。」

寇仲搖頭嘆道：「洛陽之戰，對我太不公平哩！」

李世民道：「戰爭從來如此，江湖有江湖的規矩，戰爭有戰爭的規矩，成者爲王，敗者爲寇。少帥入鄉隨俗，如何竟出此言？」

寇仲霍地立起，仰望星空，緩緩道：「我寇仲有我寇仲的規矩，秦王由此刻開始，再不用眷念舊情，只該依你戰爭的規矩把我和我的少帥軍斬草除根。若技不如人，我寇仲死而無怨。」

李世民嘆道：「如此說少帥是不肯接受賭約，這是何苦來哉？」

寇仲大笑道：「因爲我愈來愈感到有你老哥這樣一個對手，定可不負此生。」

兩人最後一場談判，終告破裂。

燈火倏滅。長安七公子的各式兵器不是劈中椅子，就是斬上桌面，徐子陵早不知去向。紀倩等仍在漆黑一片的菜館內驚惶摸索，徐子陵悠然從後門悄悄離開。這是他能想到的最佳應付辦法，亦只有他能在眨眼間一舉手弄熄館內八盞照明的宮燈，趁由光明轉爲昏暗的當兒，輕鬆逸出包圍網，令七公子摸不著他衫角。如此窩囊的事，自命不凡的七公子當然不會宣揚出去，還可自詡爲使徐子陵的「雍秦」怕得落荒而逃的好漢，不致驚動其他人。

與紀倩關係惡化是無可奈何的事，只好暫且不理，待將來時機到時把誤會澄清。當他轉入一條橫巷，立即飛身登上巷旁平房瓦頂，搖身化爲惡形惡狀面如鬼臉的「短命」曹三，全速往池生春的華宅方向掠去。

赴約前寇仲曾表示會一字不漏把跟李世民的對話轉述與王世充。可是眞要這麼做時，寇仲始明白到這是不可能的；不但只能選擇性地挑選適合向王世充說出來的東西，還要把李世民原本的口氣語調改變，把侮辱性的字眼去掉。在慈澗總管府的內廳，王世充摒退左右，全神聽寇仲的報告。

寇仲最後道：「李世民這回約我去說出這麼一番話，主要是令我知難而退。但聖上放心，我現在比任何時刻更有信心可守穩慈澗。若李世民眞的繞道往攻洛陽，我們就把他留下的營寨夷爲平地，再夾擊他攻打洛陽的軍隊。像洛陽這麼堅固的大城，豈是一年半載可以攻下的。」

他半句不提李世民提議而他不敢接受的賭約，也沒說出張鎭周的事，那大有可能只是離間之計，當然也可能是確有其事。至於李世民的戰略，他則如實報告。

王世充滿臉陰霾，沉聲道：「若我們長期攻不下他的城寨，我們的三萬軍豈非給他區區萬來人牽制在這裏。李世民若能攻陷回洛，連營北邙山，可輕易截斷洛陽到慈澗的運糧道，而因他掌控黃河的控制權，得關中從水路支援，糧食補給方面卻全無問題。此消彼長，對我們大大不利。」

寇仲大吃一驚，忙道：「聖上絕不可放棄慈澗，慈澗若失，壽安和伊闕勢將不保，對我們士氣打擊之重更是難以估計。北面大河既已入李世民之手，如讓唐軍席捲南方諸城，切斷與襄陽的聯繫，我們將僅餘偃師、虎牢的東線，完全陷於被動。」

王世充冷哼道：「我卻不像少帥般悲觀，虎牢與洛口、滎陽、管州、鄭陽、汴州和偃師各城互相呼應，這條線上的城池全是對我王世充忠心耿耿的大將把守，李世民想斷我東線豈是易事？如李世勣敢攻虎牢，等於自取滅亡，只要我把兵力集中洛陽，東線有事，我從洛陽調軍往援，李世民能捱得多久？到冬天大雪時，他只有退返關中，那時天下將是我王世充的天下。」

寇仲淡淡道：「可是聖上有否想過我們的成敗將繫於虎牢，這是否叫孤注一擲，只能每天求神拜佛希望虎牢不會陷落？」

王世充搖頭道：「朕意已決，明天開始，我們分階段撤軍，退回洛陽。回洛是我們兩大糧倉之一，比之慈澗對洛陽的成敗影響更大。」

寇仲聽得無名火起，霍地起立，沉聲道：「終有一天，聖上會後悔這個決定。兵敗如山倒，退兵雖非戰敗，可是慈澗的失守，會影響所有將士對聖上的信心，也影響他們對聖上的忠誠。聖上可否給我一萬人，由我寇仲負責爲聖上死守慈澗一線。」

王世充冷然瞧他好半晌，緩緩搖頭道：「朕必須保存兵力，以守洛陽。」

寇仲長嘆並作個無奈的表情，就那麼往出口走去。

王世充怒喝道：「你要到哪裏去？」

寇仲沒有回頭，沉聲道：「當然是回彭梁去，看看有沒有機會從李子通手上把江都奪過來，江都是另一個洛陽，若入我手，無邊無際的大海將任我寇仲橫行，李世民若攻到彭梁來，我才有籌碼與他周旋。」

王世充軟化下來，嘆道：「朕有自己的難處，何不坐下來好好商量，研究出可兩全其美之策。少帥是爲慈澗設想，我則是爲洛陽著想。例如可在慈澗和洛陽中間夾道建兩座石堡，既可加強洛陽以西的防禦力，又不用像苦守慈澗般有鞭長莫及之虞。」

寇仲曉得張志把他和楊公卿先前的構想向王世充提出，而說到底王世充仍因心怯而決定棄守慈澗，搖頭道：「只有慈澗仍在，這樣兩座石堡才可發揮積極作用。唉！我眞的不想離開聖上，只因別無選擇，不願這麼容易給李世民宰掉而已！」

王世充離座而起，直走到寇仲身後，不悅道：「少帥怎樣才肯留下助朕，除慈澗此事朕是難以點頭外，其他均有商討餘地。」

寇仲旋風般轉過身來，斷然道：「好！只要聖上肯讓我全權負起守護虎牢的重責，我寇仲就與聖上共存亡，絕不中途離棄。」

徐子陵駕輕就熟的潛入池府，避過巡犬護院，進入內宅，更是打醒十二個精神，皆因隨時會遇上魔門高手。三進內院只前廳燈火通明，傳來人聲，中、後兩進均是黯無燈火。徐子陵暗叫天助我也，循老路窺探池生春寢室的動靜，白清兒人去床空，被舖摺疊整齊，顯示池生春尚未上床。心忖不知白清兒是否練成甚麼姹女心法，去了害人。

他迅速進入臥室，以專業的眼光手法，不到半刻鐘即發現地室入口在靠牆其中一個櫃內，被衣物掩蓋，且不需甚麼開關設施，拿著把手掀起現出斜伸往地室的木梯，心想怎會這麼順利，肯定附近無人後，打著火摺子，鑽往地室去。地室丈許見方，空空蕩蕩，一邊是三個木櫃，另一邊是三個堅固的檀木箱。徐子陵逐個櫃子打開，內藏的分別是兵器、藥物和各式賭具，木箱裝的全是金錠，三箱金錠合起來該超過萬兩之鉅，足可把整個明堂窩買起，假設「大仙」胡佛肯點頭答應。

徐子陵心叫不妙，轉而對地室內壁、地板、天花板展開逐寸的探查，很快肯定侯希白夢寐以求的《寒林清遠圖》，並非藏於秘室內。登時大感頭痛，始知作雅賊之不易，這麼房舍連綿的一座府第，如何可大海撈針的去尋找一個卷軸。忽然心中一動，畫是要來看的，池生春是否會把畫卷掛在廳堂當眼處作補壁之用，而自己則傻瓜般的盡往秘處搜尋？想到這裏，徐子陵靜悄悄的退出來，把一切回復原狀後，經過中進的書齋內廳，往燈火通明的前堂走去。

寇仲氣沖沖的穿過城門，守門衛士肅然致敬，士氣高昂。早在候他的楊公卿和麻常迎上來。

寇仲打手勢著他們勿要詢問，邊行邊道：「李小子眞厲害，一個約會加一番說話，就把我寇仲打垮。他娘的！肯定是要報我前晚想殺他的一箭之仇。」

楊公卿和麻常見他神色不善，均知不妥，前者皺眉道：「究竟是怎麼一回事？」

寇仲在離寨門十多步處立定，目光投往遠方敵營輝煌的燈火，頹然道：「王世充要退兵以保回洛和洛陽！」

麻常失聲道：「甚麼？那壽安和伊闕豈非要拱手讓人？」

楊公卿震駭道：「那等於逼張鎭周歸順唐室。」

寇仲心中暗嘆，他和楊公卿比任何人包括王世充在內更明白張鎭周，他對王世充已完全失望，如能刺殺王世充，他定會站在寇仲和楊公卿的一方。但在王世充棄守慈澗的情況下，他當然不肯爲王世充這種卑鄙反覆、用人惟私的小人犧牲性命，投降以換取唐室的官職爵位，實乃明智之舉，沒有人可批評他半句話。如果李世民能預估他的一番話可令王世充撤軍放棄慈澗，而這行動後果之一是令鄭軍兩大名將中的張鎭周憤而投降，李世民的心計實在可怕。苦笑道：「所以我說李小子厲害。」扼要的把李世民事先聲明的戰略部署向兩人詳說一遍。

楊公卿吁一口氣道：「李世民這番警告說得合時，因爲洛陽剛傳來消息，我們一個水師在孟津慘敗，集結河陽的唐軍正準備大舉渡河進犯回洛，而李世勣的大軍合共二萬人，已在大河南岸登陸，攻陷河陰，正威脅虎牢、滎陽、管城諸鎮。李世民以事實證明他說的非是空口白話。」

麻常道：「我們該怎麼辦？」

楊公卿道：「李子通仍有一定實力，足可威脅我們在彭梁的兄弟。」

寇仲苦笑道：「現在我必須離去，到長安助我的好兄弟對付石之軒。王世充撤軍約需十來天時間，回洛陽後，他別無選擇下只好派你們往援回洛，再配個王玄應諸如此類的人來監視你們，你們須把握機會往彭梁去與衆兄弟會合，長安事了，我會立即趕返彭梁。試試看有甚麼法子既可保存實力，又可攻下江都。那時我們仍有一線生機。」

麻常道：「如王世充親自督師往援回洛，我們又應如何？」

寇仲斷然搖頭，拍拍麻常肩頭，笑道：「放心吧！若李世民可讓王世充分身去救回洛，就不是我認識的那個李世民。王世充有秩序的退軍，李世民絕不會冒險追擊，而會兵分兩路，一路往壽安、伊闕，與史萬寶會合，切斷襄陽與洛陽的連繫；另一路則由李世民領軍東進，背倚北邙山以壓洛陽，對王世充來說你以爲洛陽還是回洛重要呢？」

楊公卿道：「幸好我軍的家小盡在偃師，偃師守將亦是我的人，從那裏逃往彭梁非常方便，只要有足夠安排的時間便成。」

寇仲訝道：「這會是王世充控制手下將兵一個大破綻。若他把軍隊的家小眷屬全留在洛陽，要背叛他將多出很多顧慮。」

楊公卿道：「但這在實行上有很大的困難，且不利經濟，洛陽全城三萬戶，人口達七十萬之衆，加上軍隊，已達飽和狀態，若再加上將士家眷，糧食供應方面肯定應付不來，所以家眷均隨將士駐地安置，亦是穩定軍心的手段。否則只是安排將士定期回家探親，已是非常頭痛的事。」

麻常道：「少帥非走不可嗎？或者待明天再和王世充據理力爭，說不定他會回心轉意，少帥這麼離開，太可惜哩！」

楊公卿也道：「我可游說其他明白兵法戰略的大將，明早向這蠢才痛陳利害，令他不再一意孤行，自取滅亡。」

寇仲嘆道：「我太明白王世充這個人，他信的只是自己，這也是魔門中人的特性。我最後一個要求是為他死守虎牢，他卻以需時考慮來敷衍我。他娘的！我不想再為這種人浪費時間，現在我唯一的機會，是在李世民攻下洛陽之前先取江都，再央我的未來岳父從海路來援，那時我可要李小子好看。」說罷往寨門步去。

楊公卿和麻常亦步亦趨，欲語無言。對寇仲的謀略智慧，兩人早心悅誠服，他的決斷應是最好的選擇。

寇仲忽又止步，道：「我的另一兄弟跋鋒寒或會在這幾天來洛陽找我，他清楚我們的關係，找不到我自然會找楊公。」

麻常道：「我會著人留意，洛陽城防現在非常緊張，不關照一聲，恐怕他很難入城。」

寇仲笑道：「這小子比我更有辦法。你們最好不要洩出風聲，因為他也是魔門欲得之而後快的頭號大敵之一。放心吧！他有辦法入城的。」

楊公卿道：「少帥可放心，我們是否該請他到彭梁候少帥呢？」

寇仲道：「這樣太浪費他哩！請楊公為我傳話，請他貼身保護楊公，至彭梁為止。有他的偷天劍在旁，縱使陷身千軍萬馬，仍有機會可突圍離開。」

楊公卿一顫道：「多謝少帥！」

寇仲道：「防人之心不可無，張鎭周若降唐，王世充對楊公將疑惑大增，所以在任何情況下，亦要防他一手。保存實力，是在當今情勢下唯一可行和應該做的事。」又抓著麻常肩項道：「楊公是我寇仲最敬愛的長者之一，麻常你給我打醒精神，好好照顧楊公，將來我們定可縱橫天下，雪卻今晚受辱於李世民之恥。」

麻常兩眼淚湧，垂頭堅定的道：「我就算赴湯蹈火，亦要讓大將軍有再見少帥的機會。」

寇仲哈哈一笑，朝寨門走去。看著他遠去的背影，兩人均感到他帶走守住洛陽的最後一個希望。

前廳傳來池生春和那魔門許姓高手在說話，卻沒有聞采婷或白清兒的聲音。到現在徐子陵仍弄不清楚池生春和「許師叔」的關係，只知許師叔公然助池生春管理六福賭館。他潛至中進和前進交接的大天井，立在入口旁燈火不及的暗黑處，功聚雙耳，一絲不漏偷聽兩人的低聲交談。

池生春嘆道：「不知是誰把消息洩漏出去，竟傳進李淵耳內，弄得我進退兩難。」

許師叔冷哼道：「是否是獨孤閥的人故意陷害生春？」

徐子陵心中一懍，獨孤閥竟會與池生春有瓜葛？此事確出人意料之外，幸好聽許師叔的語氣，雙方間該非是互相信任、衷誠合作的關係。否則只是尤楚紅一人，已夠他們應付。據寇仲說，以尤楚紅的功力，在他針療的協助後，極有可能從哮喘病復原過來，功力因而大有突破。沒有喘病的尤老婆子，可不是說笑的一回事。

池生春苦笑道：「我不曉得。照道理他們肯把東西賣給生春，生春說好說歹都算是他們的主顧，能暫濟他們在長安頭寸吃緊的燃眉之急。生春是他們的恩人而非仇人，這樣害生春於他們有何好處。他們開支龐大，又急於重建昔日聲勢，不怕以後我不肯再和他們交易嗎？」

徐子陵明白過來，同時心中暗嘆。獨孤閥倉皇逃離長安，只能匆匆帶走部分貴重的細軟，在洛陽的產業財富全給王世充沒收。現在長安居住，若要保持昔日的生活風光，不得不把手上値錢的東西變賣，以供生活所需，又或作生意賺錢的本錢。現在的徐子陵「身家豐厚」，不愁衣食，可是池生春這番話，卻勾起他和寇仲在揚州作小扒手時穿不暖、吃不飽的回憶，心中湧起難言的滋味。究竟是那時快樂些，還是現在快樂點？恐怕自己和寇仲並沒有肯定的答案。

許師叔道：「誰曉得生春你手上有展子虔的《寒林清遠圖》？」

徐子陵立時精神大振，暗呼幸運，原來獨孤閥變賣的，正是此寶。想想亦是道理，只有像獨孤閥這類長期位於隋皇朝權力核心的世家大閥，始有可能擁有這種識貨者無不動心的異寶。且說不定是從廢帝楊侗處順手牽羊帶來長安的。

池生春沉吟片晌，道：「這種事我怎會胡亂說出去，曉得此事除獨孤閥的人外尚有『大仙』胡佛，因爲我要憑他老人家的眼光去鑑證此畫眞僞。要花萬兩黃金的寶畫，生春當然不肯輕忽從事。不過我相信大仙絕不會洩露此事，因爲我明言若婚事落實，此寶就是聘禮。」

徐子陵哪想到《寒林清遠圖》有此與胡小仙有關的曲折故事。「大仙」胡佛既是鑑定古畫的專家，本身該是像侯希白般愛畫如命的人。由此可見池生春對迎娶胡小仙的重視，威逼利誘，無所不用其極。也使他更感此事的迫切性，江湖有江湖的規矩，一旦胡佛開金口答應婚事，連胡佛自己亦不可以在沒有充分的理由下改口。

許師叔同意道：「胡佛不是那種亂說話的人，胡佛只得一女，後繼無人，得生春你入贅，是他幾生修到，洩露寶畫對他有害無利。」

池生春淫笑道：「當胡小仙試過生春的滋味後，包保她明白甚麼是幾生修到。」

徐子陵首次想到這事的嚴重性，甚至可令他落得滿盤皆輸的後果。魔門自有一套在床上媚惑取悅女性的秘法，胡小仙或者仍不算淫娃蕩婦，但始終非是正經閨女，若給池生春使手段弄上手，由恨變愛，兩相歡悅，大有可能盡洩他徐子陵的秘密，那就眞是賠了夫人又折兵，陰溝裏翻船。

許師叔嘿然奸笑道：「胡小仙有甚麼本領可飛離生春的掌心，何況祖文和李元吉均是他父女不敢開罪的人。至於《寒林清遠圖》，生春不用過分擔心李淵，他只愛女色不愛書畫，更要講做皇帝的風度，生春只須詐作不知，過兩天把畫當聘禮送給胡佛，讓胡佛去爲此頭痛，還干你何事？哈！」

只聽他這番話，可知此人心術極壞，幸災樂禍，盡顯魔門中人自私自利的劣性。

池生春嘆道：「問題是今早李淵差遣劉文靜來和我說話，說甚麼張婕妤在前代四家的珍藏中，獨欠展子虔一幅手墨眞跡，言外之意，是要生春自己識相，乖乖獻寶。唉！坦白說，若非曾向胡佛說過以畫爲聘禮，我定會毫不猶豫拿畫去討好李淵，讓他可討美人歡心。現在卻是進退兩難，怕胡佛惱羞成怒，以此作藉口拒絕婚約，師叔教生春怎麼辦好，累得我吃不下飯。」

徐子陵至此掌握到《寒林清遠圖》的關鍵所在，難怪李淵會向侯希白提起此畫，說不定是想借侯希白之口去逼池生春獻寶，哪知侯希白卻見獵心喜，想據爲己有。李淵等得幾天，見池生春仍未有動靜，遂忍不住著劉文靜明刀明槍的向池生春提出他的要求，害得池生春茶飯無心，陷入兩難兼顧之局。

許師叔恍然道：「原來事情變得這般棘手，難怪你坐在這裏唉聲嘆氣。劉文靜既已開口，生春不立即獻畫，已同時開罪劉文靜和李淵，此事恐對我們的大計非常不利。」

池生春道：「生春當然不敢公然不給劉文靜面子，所以坦白向他道出已以畫作聘的事，希望他在李淵面前美言兩句，待婚事定後，我再想辦法從胡佛手上取回來，獻予李淵。」

許師叔一震道：「糟糕！」

池生春大吃一驚道：「有甚麼問題？」

許師叔嘆道：「當然大有問題，『大仙』胡佛無論在長安或江湖上都是德高望重，李淵終是半個江湖人，不能全不講江湖規矩，若李淵為妃嬪的愛好硬逼像胡佛這樣地位的老叔父獻出獨女婚嫁的聘物，會為江湖所不齒。李淵最愛面子，怎肯做這種觸犯眾怒的事？」

池生春無言以對。

徐子陵悄悄退回中進的書齋，現在縱使沒有侯希白的請求，他亦會不惜一切把寶畫偷到手上，使池生春的難題由痛症升級為死症，打亂他的陣腳，不但可破壞他和李淵的關係，更可令胡佛不滿。

寇仲全速在星空包裹的廣闊原野朝西飛馳，離開戰場愈遠，心底更覺茫然。難道就這麼窩囊的任王世充失去洛陽，甚至失掉宋玉致的婚約、宋缺的期望和支持，失去巴蜀，乃至失掉整場爭霸天下的鬥爭。他與王世充的決裂，會對王世充軍心造成雪上加霜的打擊，很多原本沒有異心的大鄭將領，現在會從本身的利益去重新考慮去留。他幾可肯定李世民必可成功孤立洛陽，那只是時間的問題。洛陽何時失陷，關係到他少帥軍的存亡。以他現在的實力，明刀明槍絕不可能從李子通手上把江都奪過來，只能用計，若時間容許，他可通過竹花幫從內部瓦解聲勢似江河日下的李子通的防禦力量。

由決意爭霸天下開始，他從未有過像眼前般的計窮力竭。李世民視他為唯一勁敵，他此刻才眞正明白到李世民確是他最大的障礙和威脅。他現在只想趕快找到徐子陵，向他傾訴心中的徬徨和怨憤。他沒有因此心灰意冷，雖難免失落失意，但在內心深處，他的鬥志正像燎原的星火逐漸蔓延。他和李世民的鬥爭，只能以一方的敗亡來解決。

徐子陵藏身於其中一個櫃內幾近整個時辰，終聽到池生春返回臥房的步音。接著是池生春的驚呼，徐子陵不用拿眼去看，就知他看到以書鎮壓在枕上，他冒「短命」曹三的留書。

上面寫著：「池館主足下：暫借《寒林清遠圖》，以償素願。曹三頓首」寥寥數字。

風聲疾去。徐子陵心中叫好，卻沒有立即推櫃門而出，因池生春乃老江湖，絕不會蠢得立即去看寶畫是否被盜，只有當他肯定曹三並不在旁，才會懷疑曹三是否眞的盜寶去了。他功聚雙耳，追蹤池生春，果然察覺他只是在內宅三進四處搜索，且顯示出迅快的身法速度。聲音遠去，徐子陵仍耐心等候。不半晌池生春重返臥室，這回尚有那許師叔隨行。

許師叔沉聲道：「曹三不是死了嗎？這麼多年都聽不到他的消息，為何偏在這時間來？」

池生春心煩氣躁的道：「他是想找死，竟敢來惹我，我操他十八代的祖宗，若眞敢取去我的《寒林清遠圖》，無論他躲到天涯海角，我也要他受盡我門的極刑而亡。」

許師叔道：「少說廢話，看看《寒林清遠圖》才是首要正事。」

接著是櫃門拉開，地道被揭開入口的聲音，在入口櫃旁另一櫃內的徐子陵心中大訝，暗忖難道寶畫眞的藏在地室某一秘處，只是自己疏忽了。細想又該非是如此，若有暗格，除非由魯妙子親自設計，否則怎瞞得過他？

地室下傳來池生春的笑聲，道：「原來只是吹牛皮，《寒林清遠圖》仍安然無恙，他娘的，差點給這短命的小子欺騙。」

接著是池生春爬回來，櫃門闔上的聲音。徐子陵差些失去信心，要搶出去強奪寶畫，旋又按下衝動，因發覺事有蹊蹺。因爲他既沒有聽到機括開啓暗格的異響，更沒有聽到打開畫卷查看的聲音，於理不合。唯一的解釋是外面兩個奸人思疑自己用計，故將計就計，引他出來。兩人足音遠去。忽然間他們的互逞奇謀變成比賽耐力戰，徐子陵正懷疑自己的判斷時，足音再響。

池生春的聲音在門外響起道：「我有很不祥的感覺。」

許師叔道：「我們猜錯哩！曹三沒有來過，否則撒粉的地上會現出足印，而我們便可憑『定形粉』的氣味把他挖出來。」

徐子陵暗叫好險，若自己適才忍不住從櫃內走出來，肯定著道兒仍懵然不覺。

池生春顫聲道：「我要去看看！」

許師叔道：「我在旁爲你押陣，我怎樣都不信曹三如此神通廣大，竟能曉得你把圖軸藏在甚麼地方。」

池生春道：「如此有勞師叔。」忽又啞然失笑道：「我們是因圖軸太重要，故患得患失。曹三算甚麼？就算把畫軸送到他手上，他亦沒有能耐活著把畫帶走。」

許師叔道：「小心點總是好的。」足音移動。

徐子陵推開櫃門，閃身而出，足不沾地橫過臥室，穿窗而出。由盜竊變成強奪雖非理想，可是他別無其他選擇。

《大唐雙龍傳》（全套二十卷）卷十五終

新人間叢書122

大唐雙龍傳修訂版〈卷十五〉

作　者—黃易
主　編—葉美瑤
編　輯—邱淑鈴
校　對—蕭淑芳・黃易・陳錦生
企　畫—王嘉琳
董事長—趙政岷
總經理
總編輯—余宜芳
出版者—時報文化出版企業股份有限公司
10803台北市和平西路三段二四〇號三樓
發行專線—(〇二)二三〇六—六八四二
讀者服務專線—〇八〇〇—二三一—七〇五・(〇二)二三〇四—七一〇三
讀者服務傳真—(〇二)二三〇四—六八五八
郵撥——一九三四四七二四　時報文化出版公司
信箱—台北郵政七九～九九信箱
時報悅讀網—http://www.readingtimes.com.tw
電子郵件信箱—liter@readingtimes.com.tw
印　刷—勁達印刷
初版一刷—二〇〇二年十一月十八日
初版九刷—二〇一六年七月二十二日
定　價—新台幣二五〇元
⊙行政院新聞局局版北市業字第八〇號

ISBN 978-957-13-3800-1
Printed in Taiwan

國家圖書館出版品預行編目資料

大唐雙龍傳修訂版 ／ 黃易著 . --初版 . -- 臺
北市：時報文化， 2002〔民91- 〕
冊； 公分 . --（新人間：122）

ISBN 978-957-13-3800-1（卷15：平裝）

857.9 91013842

編號：AK0122	書名：大唐雙龍傳〈卷十五〉
姓名：	性別：________ 1.男 2.女
出生日期： 年 月 日	身份證字號：

________ **學歷：**1.小學 2.國中 3.高中 4.大專 5.研究所（含以上）

________ **職業：**1.學生 2.公務（含軍警） 3.家管 4.服務 5.金融 6.製造 7.資訊 8.大衆傳播 9.自由業 10.農漁牧 11.退休 12.其他

地址：________ 縣（市） ________ 鄉鎮區 ________ 村 ________ 里

________ 鄰 ________ 路（街） ________ 段 ________ 巷 ________ 弄 ________ 號 ________ 樓

郵遞區號 ________

（下列資料請以數字填在每題前之空格處）

________ **您從哪裡得知本書／**
1.書店 2.報紙廣告 3.報紙專欄 4.雜誌廣告 5.親友介紹
6.DM廣告傳單 7.其他 ________

________ **您希望我們爲您出版哪一類的作品／**
1.長篇小說 2.中、短篇小說 3.詩 4.戲劇 5.其他 ________

您對本書的意見／
________ 內　容／1.滿意 2.尚可 3.應改進
________ 編　輯／1.滿意 2.尚可 3.應改進
________ 封面設計／1.滿意 2.尚可 3.應改進
________ 校　對／1.滿意 2.尚可 3.應改進
________ 翻　譯／1.滿意 2.尚可 3.應改進
________ 定　價／1.偏低 2.適中 3.偏高

您的建議／

請沿虛線撕下後對折裝訂寄回，謝謝！

請沿虛線摺下裝訂，謝謝！

廣　告　回　信
台北郵局登記證
台北廣字第2218號

時報出版
CHINA TIMES PUBLISHING COMPANY
尊重智慧與創意的文化事業

地址：10803台北市和平西路三段240號3樓
讀者服務專線：0800-231-705・(02)2304-7103
讀者服務傳真：(02)2304-6858
郵撥：19344724 時報文化出版公司

請寄回這張服務卡（免貼郵票），您可以——
●隨時收到最新消息。
●參加專為您設計的各項回饋優惠活動。

新感覺・新人間・文學的新版圖

新人間

寄回本卡，掌握新人間系列的最新訊息。